KERSTIN GARDE

Das gemütliche Gasthaus im Löwensteg

AF177283

Weitere Titel der Autorin:

Über die Autorin

Kerstin Garde schreibt über liebenswerte Heldinnen mit kleinen Schwächen und gefühlvolle Helden, die ihr Herz nicht verstecken. Wichtig ist ihr ein Augenzwinkern zwischen den Zeilen und eine ordentliche Portion Romantik. Die Autorin lebt mit Freund und Katzen in Berlin. Sie hat studiert und eine kaufmännische Ausbildung absolviert.

Kerstin Garde

Das gemütliche Gasthaus im Löwensteg

Ostsee-Liebesroman

Lübbe

Cradle to Cradle Certified® ist eine eingetragene Marke
des Cradle to Cradle Products Innovation Institute.

Vollständige Taschenbuchausgabe
der bei Bastei Lübbe erschienenen E-Book-Ausgabe

Copyright © 2025 by
Bastei Lübbe AG, Schanzenstraße 6 – 20, 51063 Köln

Bei Fragen zur Produktsicherheit wenden Sie sich bitte an:
produktsicherheit@bastei-luebbe.de

Vervielfältigungen dieses Werkes für das Text- und Data-Mining bleiben
vorbehalten.

Umschlaggestaltung: Guter Punkt, München | www.guter-punkt.de
Umschlagmotiv: © iStock/Getty Images Plus: phatthanit_r | Andre Luiz
Moraes | heckepics | Alexandr_Zharikov | Aphap; © AdobeStock: OLIVER
stockphoto; © iStock : STILLFX
Satz: 3w+p GmbH, Rimpar
Gesetzt aus der Adobe Caslon Pro
Druck und Verarbeitung: GGP Media GmbH, Pößneck

Printed in Germany
ISBN 978-3-404-19417-9

5 4   3 2 1

Sie finden uns im Internet unter luebbe.de
Bitte beachten Sie auch: lesejury.de

Prolog

Frühling 2015

> Es hat geklappt. Ich kann es nicht glauben. Morgen geht es schon los. Aber heute will ich noch mit dir anstoßen! Treffen wir uns an unserer Brücke?

Wie toll war das denn? Voller Freude bestätigte ich Gabriels WhatsApp-Nachricht und machte mich sofort auf den Weg, denn ich war gerade in der Nähe, hatte ich doch eine neue Location für eine Reality-Doku über Hotel-Tests ausgekundschaftet, die noch diesen Herbst an den Start gehen sollte. Ich liebte meinen Job als Location-Scout, hatte erst kürzlich den Einstieg in die Freiberuflichkeit gewagt, nachdem ich zuvor Filmwissenschaften studiert hatte, und verfolgte das langfristige Ziel, Szenenbildnerin zu werden. Und da es für diesen Beruf keine gezielte Ausbildung gab, war es möglich, von einem Bereich in den anderen zu wechseln, wenn man sich bewährte.

Ich steckte vergnügt das Handy weg und legte noch einen Schritt zu.

Ich freute mich so für Gabriel, denn ich wusste bereits, worauf er angespielt hatte. Schon Tage vorher hatte er mir erzählt, dass sein Senior Partner ihm einen sehr wichtigen Mandanten vorstellen wollte, mit der Aussicht, dass Gabriel ihn vertreten sollte. Das war eine Auszeichnung für ihn. Handelte es sich doch nicht um irgendeinen Mandanten, sondern um einen mächtigen Firmenboss aus Norwegen. In Gabriels Lebenslauf würde solch eine Referenz hervorstechen, sofern es klappte. Doch davon ging ich aus. Denn Gabriel war ein Top-Anwalt.

Ich eilte an der Hundewiese vorbei, um schließlich auf die Kennedybrücke zuzuhalten, unter der die Binnenalster in die Außenalster überging. Sie mutete deutlich schlichter an als die parallel verlaufende Lombardsbrücke, die mit ihren steinernen Verzierungen wie aus einer anderen Epoche schien. Die Kennedybrücke hingegen war zweckmäßig, sicher kein Touristenmagnet, aber für uns etwas Besonderes.

Dass wir uns hier treffen wollten, war nämlich kein Zufall. Hier waren wir uns vor zwei Jahren in die Arme gelaufen. Er war aus Timmendorfer Strand nach Hamburg gezogen, um sein Jura-Studium abzuschließen, während ich gerade meine WG gewechselt hatte und die Gegend um den Alsterpark zu meiner neuen Joggingstrecke auserkoren hatte. Wir hatten unser Studium an derselben Uni begonnen, wenn auch in unterschiedlichen Studiengängen, waren uns aber auf dem Campus nie begegnet. Das war erst hier auf der Kennedybrücke passiert. Er war in Gedanken vertieft gewesen, hatte mich nicht kommen sehen. Und ich? Ich hatte in meinen verschwitzten Joggingsachen gesteckt, gerade eine kleine Pause eingelegt und nur auf mein Handy gestarrt, rechts und links von mir nichts gesehen. Prompt war Tollpatsch Mia ihm in die Arme gelaufen.

Es hatte sofort gefunkt. Ich hatte mich auf den ersten Blick in seine blauen Augen verliebt, in sein charmantes Lächeln und die süßen Grübchen an seinen Mundwinkeln. Und als er mir aufgeholfen und mich gefragt hatte, ob ich mit ihm ausgehen würde, jetzt und hier, da hatte ich nicht anders gekonnt, als Ja zu sagen. Ein Ja, das mit Leichtigkeit über meine Lippen und aus vollem Herzen gekommen war, weil ich instinktiv gespürt hatte, wie besonders diese Begegnung gewesen war. Ihm war es nicht anders gegangen.

Schon nach unserem zweiten Date, das nur einen Tag später folgte, war uns beiden die Magie zwischen uns bewusst. Manchmal merkte man einfach, wenn es passte. Wenn zwei Puzzleteile sich zusammenfügten, zu einem großen Ganzen. Keine Zweifel, einfach nur dieses Gefühl, als hätte man immer schon auf den anderen gewartet, um ihn dann endlich zu finden.

Er war nur ein bisschen älter als ich mit meinen damals dreiundzwanzig Jahren, und entsprechend war er auch erfahrener gewesen. Ich hatte mich bei ihm fallenlassen können, was wunderschön gewesen war.

Endlich hatte ich die Kennedybrücke erreicht, aber Gabriel war noch nicht da. Ich ging ein paar Schritte, atmete die gute Abendluft ein. Schwungvoll warf ich die Haare in den Nacken und lehnte ich mich mit dem Rücken an die stählerne Brüstung.

Ein Blick nach oben verriet, der Himmel färbte sich allmählich dunkel, purpurfarbene Muster bildeten sich am Horizont und umleuchteten die Skyline von Hamburg.

Unter meinen Füßen ging die Binnenalster rauschend in die Außenalster über. Ich stützte mich auf dem schmalen Geländer ab, an dem die Farbe bereits abblätterte, schaute ins Wasser hinunter und meinte, darin den Himmel zu sehen. Ein paar Wolken zogen über meinen Kopf hinweg. Eine Möwe krächzte.

Wenn er jetzt nach Norwegen flog, ging es mir durch den Kopf, würde ich einige Zeit auf ihn verzichten müssen. Und obwohl er noch gar nicht aufgebrochen war, vermisste ich ihn allein schon bei dem Gedanken. Aber das erschien mir nicht unnatürlich. Er und ich, wir waren so eng miteinander verbunden, dass er für mich wie die Luft zum Atmen geworden war.

»Mia?«, erklang plötzlich seine Stimme.

Ich fuhr herum, blickte in seine hellblauen Augen. Ich hatte nicht gemerkt, dass er inzwischen angekommen war. Das dunkle Haar wehte ihm ins Gesicht. Wieder einmal fiel mir auf, wie schön er war, mit diesen fein gemeißelten Wangenknochen.

»Hab ich dich erschreckt?«, fragte er sanft.

Ich schüttelte den Kopf, spürte, wie mir das Herz vor Glück bis zum Hals schlug, genau wie bei unserer ersten Begegnung damals. Wie jedes Mal, wenn wir zusammen waren.

Ich streckte die Arme aus und schloss ihn darin ein. Er hob mich hoch, drehte sich mit mir und lachte. »O Mia, das wird der beste Tag meines Lebens!«, verkündete er, und ich stimmte in das Lachen ein.

Ja, was wir hatten, war besonders. Ich spürte es bis in meine Zehenspitzen. Dieses Kribbeln des Glücks.

Wir schauten uns an, versanken in unseren Augen, und ich küsste ihn voller Sehnsucht. Es kam mir vor, als schmeckten seine Lippen noch viel besser als sonst. Oder mit jedem Tag, den wir uns liebten, noch etwas süßer.

»Wartest du schon lange?«

»Nicht lange …«

Er setzte mich ab, lächelte mich immer noch an. Seine Wangen waren gerötet.

»Also, jetzt erzähl schon. Du darfst nach Bergen?«, mutmaßte ich.

Sein Strahlen wurde nur noch größer. »Herr Lindblom will mich persönlich kennenlernen und hat mich in seine Villa eingeladen. Der Senior Partner kommt auch mit. Er will sichergehen, dass nichts schiefläuft. Aber es sieht gut aus. Das ist ein millionenschwerer Mandant«, erklärte mir Gabriel mit leuchtenden Augen. »Wenn er sich für mich als seinen Anwalt entscheidet, würde ich sehr wichtige Fälle für ihn bestreiten.«

»Das klingt großartig.« Ich war so stolz auf ihn. Ole Lindblom war für seine wohltätigen Projekte und Umweltschutzaktivitäten bekannt, zudem leitete er gleich mehrere große Unternehmen, die sich dem Fairtrade verschrieben hatten. Daher war er der perfekte Mandant für Gabriel, dessen Idealismus ich immer schon bewundert hatte. Sein Ziel war es, irgendwann eine eigene Kanzlei zu gründen und Umwelt-Anwalt zu werden. Lindblom war ein wichtiger Schritt auf diesem Weg. Und Gabriel wäre der perfekte Anwalt für Herrn Lindblom, so viel stand fest. Einen besseren als ihn gab es nicht.

Er beugte sich zu mir runter und küsste mich.

Ich genoss den Moment. Spürte das Kribbeln in meinen Wangen, die heiß glühten und zugleich vom Abendwind abgekühlt wurden. Er griff nach meiner Hand.

»Wollen wir ein Stück gehen?«, schlug er vor.

»Ich dachte, du wolltest mich ins Restaurant entführen?« Anstoßen und so.

»Das auch. Schließlich müssen wir meinen kleinen Erfolg feiern. Aber vorher möchte ich noch etwas anderes tun.«

Ich sah ihn neugierig an, aber sein schelmisches Lächeln verriet, dass er es mir erst sagen würde, wenn der richtige Moment gekommen war.

»Also? Kommst du mit?«

»Sicher«, stimmte ich zu und erwartete, dass er mich runter zur Außenalster führen würde, um mit mir dort entlangzuspazieren, wie wir es schon so oft getan hatten.

Ein paar Wagemutige hatten dort ihre Decken ausgebreitet, als wäre es schon Sommer. Ich hingegen fror, zog den dünnen Mantel noch etwas fester um mich, woraufhin er schützend den Arm um mich legte. Ich kuschelte mich an ihn, spürte seine Wärme, die so wohltuend war, und bemerkte irritiert, dass wir nicht zum Wasser runtergingen.

Stattdessen führte Gabriel mich noch ein Stück weit über die Kennedybrücke.

»Hier müsste es sein, oder?«, sagte er schließlich.

Er blieb genau an der Stelle stehen, an der wir zusammengestoßen waren. Wie hätte ich es auch je vergessen können? Dies war die Stelle, an der unser Glück begonnen hatte. Hier, am genau zehnten Meridian. Er ließ mich los, und ich vermisste die Wärme, die er gespendet hatte, im selben Augenblick. Ich nickte ihm zu und schloss die Arme um meinen Oberkörper.

»Das hier ist ein besonderer Ort für uns, daher muss ich es hier tun.«

»Was denn tun?«, fragte ich überrascht.

Und dann blieb die Welt stehen. Alles um uns herum erstarrte, nur er und ich nicht, denn plötzlich ging Gabriel vor mir auf ein Knie. Einfach so, ohne Vorwarnung. Ohne irgendein Anzeichen, das ich hätte bemerken können.

Mein Herz raste nun wie wild. Selbst die Kälte des Abends spürte ich nicht mehr. Was hatte das zu bedeuten? Er wollte doch nicht … Ich war so perplex und überrascht, dass mir die Luft wegblieb. Kein Wort kam über meine Lippen, aber sie bebten vor Aufregung.

»Es passieren gerade so viele Dinge in meinem Leben. Vieles ändert sich. Diese Reise, der neue Mandant. Das ist aufregend, wie ein Abenteuer. Ich merke, es geht voran. Und das auch noch sehr schnell. Aber ich will nicht nur Veränderungen in meinem Leben. Es gibt auch jemanden, den ich gerne bis zu meinem Lebensabend bei mir hätte. Mia, ich liebe dich. Und deswegen möchte ich nie mehr ohne dich sein. Ich will mein Leben mit dir verbringen.«

Meine Hand legte sich auf meinen Mund. Noch immer war ich absolut sprachlos.

Aus seiner Jackentasche zog er ein kleines Kästchen hervor. Mir wurde ganz anders. Nun wanderte meine Hand herunter, platzierte sich auf mein viel zu rasch schlagendes Herz, als wollte sie es beruhigen. Ein vergebliches Unterfangen.

Meine Augen fingen an zu brennen, mein Atem ging schneller. Seiner auch.

»Mia, du bedeutest mir alles. Dass wir uns hier getroffen haben, ist kein Zufall, es war vorherbestimmt, daran habe ich keinen Zweifel. Du bist intelligent, witzig, du reißt mich mit, du erfüllst mich, ich kann mir nicht mehr vorstellen, jemals wieder ohne dich zu sein. Daher muss ich es fragen, bevor ich aufbreche, bevor alles anders wird, damit du mein Anker bist. Damit ich zu dir zurückkommen kann in dem Wissen, dass uns nichts und niemand jemals trennen kann. Ich liebe dich. Du ahnst nicht, wie sehr. Das will ich der ganzen Welt zeigen, alle sollen es wissen. Du und ich, für immer! Willst du meine Frau werden?« Er öffnete das Kästchen, darin befand sich ein Ring, der wunderschön aussah.

Der schönste Ring der ganzen Welt.

Ich versuchte, die Tränen zurückzuhalten, aber sie flossen schon über meine Wangen. Das waren die schönsten Worte gewesen, die ich je gehört hatte, die je zu mir gesagt worden waren. Und ich wusste, sie waren wahr, denn sie spiegelten genau das wider, was auch ich empfand. Dieses perfekte Glück. Ein paar Leute schauten zu uns rüber, sie fieberten mit, ich fächelte mir frische Luft zu, schaute ihn an, in seine hoffnungsvollen Augen. Und es gab keinen Grund, auch nur einen Moment zu zweifeln. Ich liebte ihn!

Ich nickte heftig, presste ein »Ja« hervor und fiel ihm in die Arme. »Ich will, Gabriel. Ich liebe dich!«, raunte ich in sein Ohr und küsste ihn. Die Leute um uns herum jubelten, es war seltsam vertraut, fast als kannten sie uns, obwohl wir keinem von ihnen je begegnet waren. Doch in gefühlvollen Augenblicken wie diesen wuchsen Menschen zusammen, fühlten mit, wie etwas in Erfüllung ging, das sie sich vielleicht selbst wünschten.

Aber dass es nun mir passierte, war unglaublich, und doch fühlte es sich unfassbar richtig an. Denn mit uns, das passte.

Und dies war die Krönung, die unsere Liebe besiegelte. Wie er es gesagt hatte, für alle sichtbar!

Als sich unsere Lippen wieder voneinander lösten, sah ich ein Leuchten in seinen Augen.

Sanft steckte er mir den Ring an.

Es war der glücklichste Moment meines Lebens.

1. Kapitel

Drei Jahre später

Der Boden gab unter seinen Füßen nach, zerbröckelte und glitt ins Nichts. Wie ein Stein fiel er selbst in die Tiefe, verschwand im Dunst von Nebelschwaden, die ihn, einem gierigen Schlund gleich, verschluckten.

»Nein!«, rief ich und streckte die Hand über dem Abgrund aus. Doch niemand griff nach ihr. Mein Herz raste wie wild. Ich schlug um mich. Donner, Blitz und Hagel prasselten auf mich nieder, und der Regen verwischte meine Sicht. Ich war blind. Sah nichts, hörte nichts. Ein Schrei entrang sich meiner Kehle. Im nächsten Moment schreckte ich auf.

Ich wusste nicht, wo ich war. Mein Atem ging so schnell, dass mir schwindelte. Erst nach und nach ergaben die Formen vor meinen Augen Sinn.

Es brauchte eine Weile, ehe ich die Umrisse meines Schlafzimmers erkannte. Die Kommode, den Schrank, die Vorhänge vor dem Fenster, die irgendwann mal weiß gewesen waren, jetzt aber in einem Grau-Ton imponierten. Einfach nur mein Zimmer. Mit beiden Händen fuhr ich mir übers Gesicht.

Meine Stirn war feucht vom Schweiß. Kalt blieb er an meinen Fingerspitzen hängen. Ich schüttelte mich. Versuchte, die Erinnerung abzuwerfen, einfach nur loszuwerden. Aber wie sollte das gehen?

Drei Jahre war es her. Drei Jahre auf den Tag genau. Mir schwindelte erneut. Ich drückte die Hand auf die Brust, um mein Herz zu beruhigen, erinnerte mich daran, als wäre es gestern gewesen, als ich den Anruf von Gabriels Mutter erhalten hatte. Es war seltsam, wie surreal und erschreckend echt mir diese Erinnerung zugleich vorkam, als hörte ich sie in diesem Moment an meinem Ohr.

»Es gab einen Unfall. Gabriel ... er ist ...« Ihre Stimme hatte fern geklungen, mechanisch. Als wäre sie nicht sie selbst gewesen, als hätte sie über jemand anderen gesprochen, aber nicht über Gabriel.

Ich wusste noch, wie ich erstarrt war, wie ich mich nur mit Mühe aus dieser Starre hatte befreien können und immer wieder denselben Gedanken gedacht hatte: Nein, das kann nicht sein.

Er war zum Wandern zum Gullfjellet aufgebrochen, dem höchsten Berg östlich der Gemeinde von Bergen, eine wunderschöne Ausflugsregion Westnorwegens. Herr Lindblom hatte ihn dazu ermutigt, sich einen Tag freizunehmen. Doch es war ein Unwetter aufgekommen und Gabriel nicht zurückgekehrt. Dasselbe Unwetter, das zum Zeitpunkt des Anrufs gegen meine Fensterscheiben geprasselt hatte, weil es zu uns heruntergewandert war. Jedes Grollen, jedes Blitzen war mir in die Glieder gefahren wie Hiebe.

Mir war schlecht geworden. Richtig schlecht. Ich hatte das Blut in meinen Adern rauschen gehört, mein Herz bis zum Hals schlagen gespürt. Da war dieser Drang gewesen, das Geschehene rückgängig machen zu wollen. Etwas tun zu müssen, um das Unglück nachträglich zu verhindern, weil es doch gerade erst passiert war. Dieser geringe zeitliche Abstand erzeugte die irrationale Illusion, als wenn das noch möglich wäre.

Aber natürlich war das nicht gegangen.

»Jemand hat ihn in einen Felsspalt stürzen sehen. Die Suchaktion ist nach nur vierundzwanzig Stunden abgebrochen worden. Sie sagen, es gab keine Überlebenschance.«

Ich war zusammengebrochen. Verstummt. Obwohl mir zum Schreien zumute gewesen war.

Nur eine Woche nach unserer Verlobung hatte er einfach so … fort sein sollen? Ich hatte es nicht greifen können. Er war jung und gesund gewesen, er hatte noch das Leben vor sich gehabt. Ich hatte keine Zeit gehabt, mich darauf vorzubereiten, weil es aus dem Nichts gekommen, er mir einfach so entrissen worden war. Aber das konnte doch nicht sein? Nicht bei Gabriel! Das war ein Scherz. Ein ganz übler noch dazu. Wir hatten doch Pläne gehabt für die Zeit nach seiner Rückkehr. Ich hatte es nicht glauben können, nicht glauben wollen. Und ich tat es bis heute nicht.

Verschollen ist nicht tot! Dieser Gedanke war es, an dem ich mich festkrallte wie an einem Strohhalm.

Niemand hatte nachempfinden können, wie ich mich gefühlt hatte, aber alle hatten versucht, mich zu trösten, für mich da zu sein. Dafür war ich dankbar gewesen, und trotzdem hatte ich mich allein gefühlt.

Aber wie hätte ich ihnen erklären sollen, wie es wirklich in mir ausgesehen hatte? Den Druck in meiner Brust, das Gefühl, als würde mir jemand die Kehle zuschnüren. Als würde ich an einem Abgrund stehen, nein, sogar hineinstürzen. In die dunkle Tiefe.

Mein Leben war zerstört gewesen, nichts hatte mehr Sinn ergeben. Jeder Tag ein Kampf. Jedes Essen eine Qual, ich hatte furchtbar abgenommen. Ich war nicht zur Trauerfeier gegangen. Ich hatte mich geweigert anzuerkennen, dass er für tot erklärt worden war.

Tag und Nacht, es war alles dasselbe. Manchmal vergaß ich ganz, was geschehen war, glaubte, dass er jede Sekunde durch die Tür kommen würde, versteckte mich hinter der Illusion, dass in Wahrheit alles ganz normal wäre. Wie immer. Aber er kam nicht ins Zimmer, kam nicht zu mir zurück. Er ließ sich nicht nach einem Tag harter Arbeit in der Kanzlei in seinen Ohrensessel sinken, lächelte mich nicht an und fragte mich nicht, ob wir eine meiner Shows ansehen wollten, für die ich die Locations gesucht hatte. Stattdessen fand ich eine Beileidsbekundung seines Senior Partners im Briefkasten. Mit Worten, die mich gar nicht erreichten, weil alles in mir taub geworden war.

Tage vergingen, Wochen vergingen, irgendwann waren es Monate.

Mit der Zeit fasste ich eine gewisse Stärke, fand andere Wege. Ich wusste nicht genau, wann es passiert war. Doch ich hatte angefangen, mich ganz meinem Job zu verschreiben, Tag und Nacht nach Locations für Drehs gesucht. Ein bisschen, als hätte ich mich in eine Parallelwelt geflüchtet. Denn umherzustreifen, schöne Drehorte zu erkunden, das nahm mich ganz ein. Meine Familie sagte, dass das nur ein Verdrängen der Gefühle sei, was jedoch immer noch besser war, als diesen Schmerz zu empfinden. Arbeit, immerzu Arbeit, ich hatte für nichts anderes mehr Zeit.

»Kind, du musst etwas tun, du kannst doch nicht ewig so weiterleben«, sagte Mama und vermittelte mir eine Beratungsstelle. Doch es brauchte zwei weitere Monate, ehe ich mich aufraffte, dort mal anzurufen und einen Termin auszumachen. Was sollte das schon bringen? Sie konnten mir Gabriel nicht zurückbringen. Zu meinem Erstaunen merkte ich aber, dass das Gespräch mit der Psychologin guttat. Ich fühlte mich weniger allein. Und als ich dann auch noch zu einer Selbsthilfegruppe ging, wo ich Menschen treffen konnte, die durchgemacht hatten, was ich durchmachte, merkte ich zum ersten Mal, dass es doch ein Leben danach geben könnte. Vielleicht nicht sofort, aber irgendwann.

So war aus dem tiefen Riss in meinem Herzen eine Narbe geworden, die nur noch hin und wieder schmerzte. Die Welt war ein Stück weit grauer geworden, immerhin, ich kam zurecht. Nahm wieder mein Leben in die Hände, stieg vom Location Scout zur Szenenbildnerin auf, tat nun das, was ich immer hatte tun wollen. Mein lang gehegtes Ziel. Gabriel wäre so stolz auf mich gewesen. Und nun näherte sich dieser Tag. Heute vor drei Jahren.

Alles drohte wieder hochzukommen. Ich hatte es schon vorher geahnt, die ganze Woche über war ich angespannt gewesen, wie auch die Jahre zuvor. Wie sollte man damit umgehen? Wie sollte man das je begreifen können? Dass dieses besondere Licht in meinem Leben verschwunden war?

Just in dem Moment klingelte mein Handy. Ein Blick aufs Display verriet, es war meine gute Freundin Leonie.

Ich schluckte die Tränen runter und ging ran.

»Hey, Süße«, meldete sich Leo. »Wie geht es dir?«

Ich seufzte. Das war wohl Antwort genug.

Leo kannte meine Geschichte.

Zwar hatte sie Gabriel nie kennengelernt, aber ich hatte ihr so oft von ihm erzählt, dass sie natürlich auch wusste, welcher Tag heute war. Dieser Tag, vor dem ich mich das ganze Jahr über fürchtete.

»Hör mal, ich hab mir was überlegt. Komm doch zum Frühstück zu uns.«

Ich wischte mir über die Augen. Appetit hatte ich keinen.

»Du sollst heute nicht allein sein. Ich decke den Tisch, aber du musst nichts essen, wenn du nicht willst«, schlug sie beherzt vor. »Du kommst einfach zu mir und wir machen etwas, das dich auf andere Gedanken bringt.«

Das klang vernünftig genug, dass ich es mir überlegen wollte. Was hätte ich heute auch sonst tun sollen? Pläne für Szenenbilder vorbereiten vielleicht. Immerhin ging bald ein neuer Job für mich los. Ein wirklich tolles Projekt für eine erfolgreiche Fernsehserie. Nur konnte ich mich gerade nicht darüber freuen. Es war wie alles andere in meinem Leben, grau in grau. Aber daran hatte ich mich gewöhnt.

»Mia? Was meinst du?«, hakte Leo geduldig nach. »Sag bitte Ja. Ich weiß, wie schwer der Tag für dich ist. Aber ich möchte für dich da sein.«

17

Ich musste lächeln. Typisch Leo, sie war einfach eine ganz Liebe. Es wäre sicher gut, heute unter Menschen zu sein.

»Ja … ich komme.«

»Super! Bis gleich.«

2. Kapitel

Kurz darauf parkte ich vor ihrem Reihenhaus und stieg aus. Ich lief auf das Gebäude zu und blickte an der Außenfassade hoch. Ein typischer Hamburger Altbau mit winzigen Balkons. Da surrte mein Handy. Ich zog es aus der Hosentasche und erhaschte einen Blick aufs Display, wo eine Nachricht von Mama angezeigt wurde.

> Heute ist ein neuer Tag, sieh nach vorne!

las ich. Seufzend steckte ich das Mobiltelefon wieder weg, ohne die Message anzuklicken und die gesamte Nachricht zu lesen. Ich wusste bereits, was drin stand. Mamas ewiges »Es ist drei Jahre her ...« Aber davon wollte ich heute nichts hören.

Zügig betrat ich den Hausflur und lief die Treppen bis in den dritten Stock hoch, als wäre ich auf der Flucht, als könnte ich vor diesem Datum fliehen.

Ich war ehrlich froh, dass ich Leo hatte.

Sie war zwei Jahre lang meine Gesangslehrerin an der Musikschule gewesen, bevor sie nun in Mutterschutz gegangen war. Das Singen war seit jeher mein Hobby, ich hatte es wieder aufgenommen, in der Hoffnung, darin Trost zu finden. Doch schnell hatte ich gemerkt, dass es nicht mehr das Richtige für mich war. Die Lieder, die ich hatte singen sollen, hatten mich nicht mitgerissen. Auch Leos Lob für meinen schönen Mezzosopran hatte nichts daran geändert. Als ich den Vertrag wieder hatte kündigen wollen, hatte Leo mich zur Seite genommen und gefragt, was wirklich mit mir los sei. So waren wir damals ins Gespräch gekommen. Keine Ahnung wieso, aber ich hatte gemerkt, dass ich ihr bedingungslos vertrauen konnte und ihr meine Geschichte erzählt. Sie hatte nur zugehört, nicht geurteilt, keine klugen Ratschläge gegeben, die ich gar nicht hatte hören wollen. Danach hatte ich mich nicht nur erleichtert gefühlt, das Eis zwischen uns war auch gebrochen gewesen, ich war dort geblieben, hatte weiter gesungen und mich von ihr unterrichten lassen. Ein Stück weit war so auch meine Liebe zur Musik zurückgekehrt.

Leo hatte eine wunderbare Stimme, hatte selbst auf Musicalbühnen gestanden und konnte Gesangstechniken vermitteln wie keine andere. Selbst totalen Laien wie mir, die zumeist nur unter der Dusche sangen. Außerdem waren wir zu guten Freundinnen geworden, die sich auch außerhalb des Unterrichts trafen. So wie jetzt. Leo war eine starke Frau, die für einen da war, wenn man sie brauchte.

Ich war froh, an diesem Tag nicht allein zu sein. Natürlich wollte ich auch die kleine Alina sehen, die laut Leo schon ein ordentliches Stück gewachsen war, seit ich sie zuletzt getroffen hatte. Fast wie an einem ganz normalen Tag.

Ich hielt vor der Tür mit dem Klingelschild *Andresen / Bianchi* und klingelte. Schon hörte ich Schritte von drinnen. Leo öffnete mir, die süße Alina auf dem Arm. Säuglinge sahen so niedlich aus mit ihren zerknautschten Gesichtern, die nichts als Zufriedenheit ausstrahlten.

»Mia, meine Süße, schön, dass du vorbeischaust«, sagte Leo und drückte mich vorsichtig an sich, darauf bedacht, dass Alina nicht aufwachte.

»Hi, Leo«, sagte ich, ohne den Blick von dem Baby abwenden zu können. »Die ist ja wirklich gewachsen«, stellte ich begeistert fest. Wie normal das alles klang. Es war wirklich gut, dass ich heute hier war.

»O ja, und sie hat einen gesegneten Appetit. Komm rein.«

Sie führte mich durch den Flur, der vollgehängt war mit Bildern ihrer früheren Produktionen. Auf einem trug sie ein

Les-Misérables-Kostüm, hatte sie doch eine Rolle in dem Stück ergattert. Ich konnte nur staunen über ihre Beweglichkeit, die sie in Form eines beeindruckenden Spagats auf einem der Bilder zur Schau stellte. Das Herzblut und die Liebe zu ihrem Beruf standen ihr ins Gesicht geschrieben, und das, obwohl es nur eine Fotografie war.

Auf einer dieser Produktionen hatte sie ihr Herzblatt kennengelernt.

»Setz dich doch«, sagte Leo, nachdem sie mich in ihr gemütliches Wohnzimmer geführt hatte. Auf dem Esstisch hatte sie ein paar Brötchen und Aufschnitt bereitgestellt, auch Müsli und Milch sowie eine große Karaffe Orangensaft. Ich ließ mich auf einen der gepolsterten Stühle sinken.

Vorsichtig legte sie das Baby in eine kleine Trageliege. Alina gluckste zufrieden, wachte aber nicht auf. Wir musterten die Kleine eine ganze Weile verliebt, wie sie so selig schlummerte. Ich beneidete sie um die Sorglosigkeit, die sie erleben durfte.

»Tee?« Leo hob fragend eine Kanne, die ich erst jetzt bemerkte.

»Gerne.« Umsichtig goss sie mir etwas ein, ich griff nach der Tasse, nippte daran. »Mmh. Ingwer-Tee?«

»Den hat Riccardo aus diesem entzückenden kleinen Teeladen unten an der Ecke mitgebracht. Ich liebe diese Sorte.« Leo zwinkerte und nahm ihre eigene Tasse.

»Der gute Riccardo. Er ist so ein toller Papa, so verliebt in die Kleine.«

Leo lächelte glückselig.

Ein bisschen, das musste ich zugeben, beneidete ich Leo. Zwar suchte Riccardo gerade einen Job, da er ja nun mit ihr sesshaft geworden war und nicht mehr als Techniker auf Konzerten oder Musicalshows deutschlandweit arbeiten konnte, doch trotz dieser Lage hatten die beiden sich und Alina. Eine süße kleine Familie. Auch ich hatte mir immer Kinder gewünscht. Aber daran und an so vieles andere wollte ich jetzt nicht denken. Das Leben hatte mir einen Strich durch die Rechnung gemacht.

Mein Blick glitt durch den Raum, hin zu dem Regal, in dem unzählige Notenbücher standen, bis zu dem Flügel am Fenster.

»Die Kleine wird sicher musikalisch werden wie ihre Mama«, überlegte ich, Leo aber winkte ab.

»Na, mal sehen. Ich werde jedenfalls keine dieser Mütter, die ihre Kinder zum Geige- oder Klavierspiel zwingen. Außerdem hat sie ja noch einen Papa, und Riccardo ist alles, nur kein Musiker.« Sie grinste.

Ich nahm noch einen Schluck Tee. Er war wirklich ausgezeichnet. Vielleicht sollte ich nachher auch noch mal unten am Teeladen vorbeisehen und mir eine Packung mitnehmen?

»Magst du etwas essen?«, bot mir Leo beherzt an. Aber ich schüttelte den Kopf. Ich hatte immer noch keinen Appetit. Genauer gesagt schnürte sich mir der Magen zu.

Leo atmete tief ein.

»Du weißt, dass ich eine tolle Schulter zum Ausweinen habe«, hakte sie nach und strich sich imaginären Staub von ihrem Wollpulli.

Ich musste unwillkürlich lächeln. Ja, zufällig wusste ich das. Ich nickte und nahm erneut einen Schluck.

»Ich bin für dich da, Süße. Ich weiß, dass heute ein schwerer Tag für dich ist und du eine wirklich harte Zeit hinter dir hast.«

»Es fühlt sich so unwirklich an«, sagte ich leise und umschloss meine Tasse mit beiden Händen. Die wohltuende Wärme strömte in meine Finger. »Als wenn ich aus der Zeit gefallen wäre. Alles läuft ganz normal weiter für die anderen, aber nicht für mich.«

Leo nickte verstehend.

»Auf dem Weg hierher musste ich daran denken, wie dieser Tag heute sein könnte, wenn … wenn Gabriel noch hier wäre. Was wir machen würden? Hätten wir zusammen gefrühstückt? Wäre er dann zur Arbeit gefahren? Hätte er frei gehabt und den Tag mit mir im Bett verbracht?«

Leo lächelte, ihr Blick glitt in die Ferne. »Das wäre sicher ein schöner Tag. Vielleicht würden wir auch hier sitzen, so wie jetzt, nur dass er bei uns wäre.«

Ich schaute zu dem leeren Stuhl neben mir und seufzte.

»Er hätte dich gemocht. Er kam … mit jedem aus.« Das hatte ich so sehr an ihm geliebt, seine positive Art, die jeden für sich eingenommen hatte.

Leo schaute mich betrübt an und reichte mir ein Taschentuch. Mir war gar nicht aufgefallen, dass eine Träne über meine Wange rollte. Ich tupfte sie weg, versuchte mich zu fassen.

»Womöglich brauchst du mal Abstand von allem?«, sagte Leo vorsichtig, fast zurückhaltend.

Ich schloss die Augen. Meine Hände krallten sich unterdessen um meine Tasse, als hinge mein Leben davon ab.

»Du weißt, ich hab das nie so gesagt, weil meiner Meinung nach jeder seine eigene Zeit hat. Aber heute ist nun mal kein Tag wie jeder andere. Was denkst du darüber?«

Ich sog die Luft durch die Zähne.

»Du denkst also auch, dass ich endlich anfangen soll nach vorne zu sehen?«, schnaubte ich und dachte an die SMS von Mama.

Leo hob abwehrend die Hände. »Das wollte ich damit nicht sagen, ich dachte ja nur …«

Wie weit nach vorne sollte ich denn noch sehen? Ich verdeutlichte mir, was in den letzten Jahren geschehen war. Wie ich mich entwickelt hatte. Die Aufs und Abs, die Tatsache, dass die Selbsthilfegruppe mir eine gewisse Stabilität gegeben hatte, meine Beförderung. Immerhin war ich nun Teil des Teams der *Alsterhaus*-Serie, die hier in Hamburg gedreht wurde. Was also meinte Leo?

»Abstand kann helfen, wieder klar zu sehen«, fügte sie hinzu.

»Ich habe mein Leben in den Griff bekommen«, sagte ich ärgerlich.

Leo zog eine Braue hoch, legte den Kopf schief und sah mich an, als würde ich fabulieren.

»Süße, merkst du es denn wirklich nicht?« Sie streckte die Hand nach ihrem Mobiltelefon aus, das auf dem Beistelltisch lag, und wischte dann mehrmals über das Display, ehe sie es mir vor die Nase hielt.

Auf dem Screen sah ich eine entzückende Pension mit Gaststätte und Vorgarten. Es sah malerisch aus. Ein Ort voller Licht und Idylle. Einladend. Umringt von Blumen und Gräsern. Eine Kuhfleckenkatze hockte auf einer der Stufen und gähnte in die Kamera. Das Bild hätte aus einem Prospekt sein können.

»Das *Zum Löwen?*«

Leo nickte und lächelte mich sanft an. »Die Pension meiner Mama. Ich hab sie gefragt, ob noch ein Zimmer frei ist, und sie hat Ja gesagt.«

»Oh … aha.« Was hatte das mit mir zu tun? Na ja, ich konnte es mir wohl denken.

Leo lehnte sich zurück. »Hör mir erst mal zu, Mia, bevor du Nein sagst. Du weißt, wie lieb ich dich habe, und das ist auch der Grund, warum ich mir ein bisschen Sorgen um dich mache. Ich sehe doch, dass es dir nicht gut geht. Zu gerne würde ich dir helfen. Ich habe mir daher gedacht, du brauchst einfach mal einen Tapetenwechsel. Jetzt mehr denn je. Die letzten Wochen hast du nur gearbeitet. Das hält doch kein Mensch durch. Außerdem kommst du hier in Hamburg nicht auf andere Gedanken, wie sollte das auch gehen? Was du brauchst, ist eine Auszeit, um wieder auf die Beine zu kommen, neue Perspektiven zu gewinnen.«

»Du schlägst mir vor, dass ich Urlaub in der Pension deiner Eltern machen soll?«

»Das ist mein Vorschlag, ja. Du fährst nach Travemünde und beziehst das Zimmer im *Zum Löwen*. Dort entspannst du dich so richtig, machst endlich mal Urlaub. Und zwar richtigen Urlaub, nicht nur zu Hause sitzen und grübeln, nein, ich will, dass du dir die Gegend anschaust und die Seele baumeln lässt. Geh an den Strand, die Ostsee ist direkt vor der Tür. Genieße das Wetter, die See, einfach alles. Ich bin mir sicher, es würde dir guttun.«

Ich schüttelte ungläubig den Kopf. Das klang so verführerisch, dass ich fast gewillt war zuzustimmen. Doch es gab einen Haken.

»Ausgerechnet Lübeck …«

Timmendorfer Strand, der Heimatort von Gabriel, wäre direkt vor meiner Nase.

Es würde unweigerlich bedeuten, sich der Vergangenheit zu stellen. Ich war nicht sicher, ob ich dazu bereit war.

»Liebes, ich muss dir gestehen, dass das Teil meines Plans ist.«

»Was?«

»Ich habe das *Zum Löwen* nicht nur wegen der schönen Lage und der Nähe zum Meer vorgeschlagen oder weil du als ehemaliger Location Scout von Hotel-Tester einen Blick für tolle Herbergsbetriebe hast.«

Ich hob eine Braue. Was meinte Leo?

Ihre Hände legten sich vorsichtig auf meinen Unterarm.

»Ich sage das nur ungern, aber … wenn man dich so sieht, hat man das Gefühl, du bist in der Vergangenheit stecken geblieben. In diesem Schmerz …«

Also doch, es ging doch darum! Hatte sie sich mit meiner Mutter verbündet?

»Ich weiß, wie schwer es dir fällt, wie schlimm es für dich war. Aber Mia … Ist es nicht an der Zeit, ihn loszulassen?«

Ihre Stimme war ganz sanft und einfühlsam. Aber das löste etwas in mir aus. Genauso wie Mamas SMS. Sogar noch mehr, weil es von Leo kam.

»Wieso meinen alle, besser zu wissen als ich, wann ich was fühlen soll und wann nicht?«, entfuhr es mir. »Wann ich bereit bin, Gabriel gehen zu lassen oder wann nicht. Ihr könnt das nicht wissen, ihr könnt es auch nicht entscheiden.«

Nun flossen mehrere Tränen, sie rollten wie ein unendliches Rinnsal über meine Wangen.

»O Mia ... das kam total falsch an, entschuldige bitte! So wollte ich es nicht sagen.«

Sie reichte mir erneut ein Taschentuch. Ich schniefte hinein und hasste den Gedanken, dass sie dennoch irgendwie recht hatte. Vielleicht hatte ich mein Leben weniger im Griff, als ich dachte? Es ging mir nicht gut, ich musste was ändern.

Ihr Arm legte sich um mich, ich nutzte nun doch die Chance, von ihrer Schulter Gebrauch zu machen, lehnte mich an diese. Ich hatte heute stark sein wollen. Eigentlich.

»Nein ... ich muss ... mich entschuldigen. Das war ... nicht ganz fair«, gab ich zu und schniefte leise. »Ich weiß ... dass du es nicht böse gemeint hast.«

Und Mama tat es auch nicht, niemand tat das.

Sie hauchte ein Küsschen auf meinen Schopf. »Ich hätte es vielleicht anders angehen sollen.«

»Nein. Ich möchte, dass du mir immer sagen kannst, was du denkst.« Ich richtete mich wieder auf, sah sie ernst an. »Wieso hast du ausgerechnet an Lübeck gedacht?«

Leo atmete tief ein, nickte dann schließlich.

»Das weißt du doch längst, oder?«

Ja, ich ahnte es.

»Du hast dich nie richtig von ihm verabschiedet«, erinnerte sie mich. »Das kannst du dort tun. Es ... gibt keinen besseren Ort.«

Ich schluckte. Seine Ruhestätte war in Timmendorfer

Strand. Ich hatte mich nie dorthin gewagt. Es hätte bedeutet, es zu akzeptieren.

Der Realität ins Auge zu sehen. Und nichts hatte ich mehr gescheut als das. Ich wusste nicht, ob ich stark genug dafür war. Doch ich sah auch ein, dass das der Grund sein könnte, warum ich trotz meiner Erfolge auf der Stelle trat. Leo schaute mich mitfühlend an, ich kam mir vor wie ein offenes Buch, in dem sie las. »Gabriel hätte nicht gewollt, dass du dein Leben nicht mehr lebst«, sagte sie ruhig.

Wieder etwas, das ich nicht hören wollte. Wieder etwas, mit dem sie recht hatte.

»Ich weiß nicht, ob ich das kann, Leo … ich stimme dir ja zu, euch allen, die ihr mir immer wieder sagt, dass ich abschließen muss. Aber was … wenn ich es nicht kann? Wenn ich dort bin, aber es nicht über mich bringe?«

»Du bist nicht allein, Süße. Ich bin für dich da. Wenn du das nicht machen willst, verstehe ich das. Und wenn du es doch tust, aber nicht abschließen kannst, ist es auch okay. Ich will doch nur, dass es dir besser geht. Und ich glaube fest an dich.«

Das wusste ich. Ich drückte ihre Hand.

»Du hast ja recht«, gab ich zu und schluckte den Kloß, der sich in meinem Hals gebildet hatte, herunter. Ich sah in diesem Moment sehr klar, erkannte, dass dies tatsächlich die Aufgabe war, die mir bevorstand. Eine Art Prüfung, vor der ich mich bisher erfolgreich gedrückt hatte.

Zudem war ich meine eigene Chefin, meine Auftragslage erlaubte mir auch eine spontane Reise … Der nächste Dreh für die neue Staffel der *Alsterhaus*-Serie stand in zwei Wochen an, und das Studio war erst in einer Woche frei, weswegen meine Tätigkeit im Augenblick nur im Feinschliff der Szenenbildung stand. Alles, was wir an spezifischen Requisiten brauchten, war bestellt. Jetzt ging es um Details, die der Szene Leben einhauchen sollten. Dafür war der Fundus des Studios ideal. Es gab eine eigene Webseite, auf der man sich anmelden konnte, um die Bestandsliste zu sehen und vorhandene Requisiten zu reservieren. Also alles Dinge, die man am Laptop machen konnte, zu Hause, unterwegs oder eben in Lübeck. Es würde kaum einen besseren Zeitpunkt für einen Urlaub geben.

Ich seufzte.

Leo löste sich von mir und schaute mich aufmunternd an. »Denke drüber nach«, schlug sie vor.

Ich schüttelte den Kopf. Es gab nichts zum Nachdenken. Ich sollte es tun. Es war das einzig Vernünftige. Ich wollte mich nicht länger zurückziehen, mich nicht länger von meiner Traurigkeit bestimmen lassen. Ich wollte wieder Farben um mich haben, nicht nur Grau in Grau. Mut erfasste mich. Wenn ich jemals wieder lernen wollte, nach vorne zu blicken, dann war dies die Chance dazu. »Ich werde hinfahren«, sagte ich mit wachsender Entschlossenheit.

Leo hob erstaunt eine Braue. »Du fährst hin?«

Ich nickte. Es war die richtige Entscheidung, die richtige Zeit und der richtige Ort.

Leo hatte mir unzählige Geschichten von der Straße erzählt, in der sie aufgewachsen war, sodass ich fast das Gefühl hatte, sie bereits zu kennen, obwohl ich noch nie dort gewesen war.

Und zugegebenermaßen hatte sie damit meine Neugierde geweckt.

Nun selbst dorthin zu fahren, gefiel mir besser und besser. Auch der Besuch in Timmendorf ... ich wusste, ich musste es tun, wenn ich nicht länger hinter diesem grauen Schleier leben wollte.

»Ich bin stolz auf dich, Mia. Ich glaube, das ist die richtige Entscheidung«, freute sich Leo. Ich sah ihr an, wie ihr ein Stein vom Herzen fiel.

»Unterbringung und Logis sind für dich selbstredend kostenlos. Da sind Mama und ich uns einig. Freunde von mir sind Freunde von ihr. Und die müssen nichts bei uns bezahlen, sie sind immer willkommen.«

Ich spürte, wie ich in Aufbruchsstimmung geriet. In mir wuchs ein Wunsch nach Veränderung. Nach Abschluss und Neubeginn.

»Danke, Leo. Dafür und für alles andere.«

»Nicht doch, Süße. Du bist mir wichtig, das weißt du hoffentlich.«

Ich nickte.

»Und keine Sorge, niemand dort weiß, was geschehen ist. Du kannst dort ganz entspannt sein, musst keine Fragen beantworten und kannst die Zeit nutzen, um dich zu ordnen. In deinem Tempo. Tu das, was dir guttut.«

Das klang gut.

»Du bist wirklich eine tolle Freundin, weißt du das?«

»Ja, das ist mir bewusst.« Sie zwinkerte. Wir umarmten uns.

3. Kapitel

Am nächsten Morgen stand ich früh auf, packte meine Tasche und frühstückte. Leo schickte ich eine Nachricht, dass ich losfahren würde, und sie schrieb zurück, dass sie mich ankündigte. Meine Arbeit konnte ich mitnehmen, das war kein Problem. Ein Laptop und ein Zeichenblock genügten. Ich würde einen Verkaufsraum des alten Alsterhauses entwerfen, der dann im Studio nachgebaut werden würde. Dazu wollte ich mich an dem historischen Alsterhaus orientieren und hatte bereits genug Recherchematerial gesammelt und heruntergeladen.

Nachdem ich meinen Teller abgespült und in den Schrank zurückgestellt hatte, wurde mir erst klar, was ich vorhatte. Ich wollte tatsächlich nach Lübeck fahren. Und ich hatte sogar Lust darauf. Ich knüpfte Hoffnungen an diesen Aufenthalt, auch wenn mir gleichzeitig klar war, dass es schwer werden würde. Denn ich wollte Leos Vorschlag folgen, das tun, was mir gefiel, aber auch Dinge abschließen, die ich nie hatte abschließen können.

Nach dem Frühstück klingelte ich bei meiner Nachbarin, für die ich schon öfter den Urlaubsdienst gemacht hatte.

»Natürlich sehe ich nach Ihrer Post«, versprach sie freundlich. Anschließend schickte ich Mama eine SMS.

> Ich fahre in Urlaub, für eine Woche! Bin nicht zu erreichen. Hab dich lieb.

Kurz darauf setzte ich mich hinters Steuer und fuhr gen Norden, die Reisetasche im Kofferraum und einen Proviantbeutel auf dem Beifahrersitz. Ich folgte der Schnellstraße und bewunderte die flachen Wiesen und Felder, die Windräder im Hintergrund, die sich behäbig drehten. Der Frühling lag in der Luft, das verriet der süßliche Duft blühender Felder, der durch das halb geöffnete Seitenfenster drang, und der hellblaue Himmel, der aussah, als wäre er gemalt.

Für einen Sekundenbruchteil stutzte ich, denn ich hatte es gesehen. Das helle Blau, das kein Grau gewesen war. Ein Anflug von Euphorie riss mich mit. Wenn das nicht ein erster Schritt in die richtige Richtung war.

Ich lachte leise, war nun umso mehr bereit, mich auf alles einzulassen, was ich mir vorgenommen hatte, und das fühlte sich richtig an. Ich schaltete das Radio an. *Pandora's Box* von OMD drang aus den Boxen. Ich liebte diesen leicht verstaubten Sound des 80er-und-90er-Jahre-Senders. Die Musik versetzte mich in Aufbruchsstimmung. Ich fing sogar an mitzusingen, was ich schon ewig nicht mehr gemacht hatte.

Nach einer Weile kamen die ersten Backsteinhäuser in Sicht. Durch das leicht geöffnete Fenster roch ich das Salz in der Luft. Mein Navi übernahm die Führung und lenkte mich nach Lübeck, vorbei am Holstentor, dem Wahrzeichen dieser wunderschönen Hansestadt, und schließlich immer weiter nach Norden, bis ich Travemünde erreichte.

Der Löwensteg war parallel zu den zwei bekannten Touristenstraßen Kurgartenstraße und Vorderreihe angelegt, die ihrerseits entlang der Trave verliefen. Leo hatte mir so viel über diese Straße erzählt, dass ich fast das Gefühl hatte, nach Hause zu kommen, als ich links und rechts von mir die steinernen Löwenköpfe an den Hauswänden erspähte, die den Eingang zum Löwensteg markierten. An der Mähne des einen Löwen war ein bisschen Stein abgebröckelt, was jedoch der majestätischen Ausstrahlung keinen Abbruch tat.

Es folgte eine entzückende Straße voller Boutiquen, Juweliergeschäften und teuren Restaurants, die zugleich edel als auch maritim wirkten. Dies, so wusste ich, war der Untere Löwensteg … Flaniermeile und Touristenmagnet.

Doch kaum hatte ich die Straße mit dem schlichten Namen Rose passiert, gelangte ich in den Oberen Löwensteg, der rustikaler und gemütlicher anmutete. Rechts von mir entdeckte ich eine traumhafte Konditorei, über deren Eingang der Name Fräulein Zucker prangte.

Auf der anderen Straßenseite befand sich ein kleiner Trödelladen, und direkt daneben das gemütliche Gasthaus *Zum Löwen*, das genauso aussah wie auf dem Bild, das Leo mir gezeigt hatte. Sofort kam in mir Urlaubsstimmung auf, sah es hier doch ganz anders aus als in meiner Straße in Hamburg mit ihren anonymen Wohnblocks.

Ich war angekommen.

Rasch lenkte ich mein Auto an den Straßenrand, um zu parken. Mit einer kurzen Handbewegung schaltete ich den Motor aus. Sofort verstummte dieser, und mein Kleinwagen hörte auf zu ruckeln und zu knattern. Mein Blick glitt die Straße hoch bis zu deren Ende, wo sich ein kleiner Park voll blühenden Grüns auftat. Wieder eine Farbe, die kein Grau war.

Ich stieg frohen Mutes aus, schnappte mir den Proviantbeutel vom Beifahrersitz sowie meine Tasche aus dem Kofferraum und musterte die Pension. Sie hatte Ähnlichkeit mit einem Fachwerkhaus, wies im Gegensatz zu allen anderen Häusern keine Backsteine auf, sondern war in helleren Tönen gehalten, die durch dunkle Muster von Holzbalken durchzogen wurden. Dadurch hob sich das Gebäude ein wenig von den anderen ab.

Direkt neben dem Eingang standen zwei kleine Löwenstatuen, die den Lübecker Löwen nachempfunden waren. Lübeck und die Löwen, da bestand eine historische Verbindung, dank Heinrich dem Löwen, der die Hansestadt übernommen und neu gegründet hatte. Auch das wusste ich von Leo, deren Name witzigerweise auch Löwe bedeutete.

Ich betrat das Haus und wurde empfangen vom Geruch nach altem Holz, spürte, wie die Dielen gemütlich unter meinen Schuhen knarzten und blickte mich um.

Die kleine Lobby sah entzückend aus, etwas aus der Zeit gefallen, doch man merkte ihr an, wie liebevoll das Haus geführt wurde.

Zu meiner Rechten war eine kleine Rezeption, die ebenso ganz aus Holz gemacht war. Mir fiel gleich auf, dass es hier ein bisschen anders aussah als in den Hotels und Pensionen, die ich früher in meiner Eigenschaft als Location Scout aufgesucht hatte. Dies hier war persönlicher, familiärer und deutlich altmodischer. Aber das gefiel mir. Es passte zu dem Häuschen und der Umgebung. Tief atmete ich ein. Unglaublich, dass ich es wirklich durchzog und hier war.

Ich war ein bisschen stolz auf mich. Ich hatte vieles vor. Wollte Neues sehen, nach vorne blicken und manches hinter mir lassen. Der Plan stand fest: Hier sollte alles anders werden. Und in mir breitete sich das gute Gefühl von Zuversicht aus, dass mir das auch gelingen würde. Wie wichtig es war, an das eigene Vorhaben zu glauben ... das hatte ich fast verlernt.

Auf dem Tisch stand ein kleiner Karton, in den sich eine Kuhfleckenkatze gezwängt hatte. Eindeutig war er viel zu klein für die propere Katze. Was sie jedoch nicht darin hinderte, es sich gemütlich zu machen. Von meinen neugierigen Blicken ließ sie sich nicht aus der Ruhe bringen, sie gähnte und blinzelte mir entgegen.

Hinter der Rezeption machte ich ein Regal an der Wand aus, auf dem viele Fotos und Andenken standen. Umrahmt wurde das Gestell von einer Lichterkette, die allerdings gerade ausgeschaltet war.

Nebenan war die Gaststätte mit demselben Namen, wie ich feststellte, als ich das Gemurmel von Gästen und leise Musik vernahm. Fast wäre mir das Schild über der Seitentür mit der Aufschrift *Zur Bar Zum Löwen* entgangen.

Ich betätigte die Tischklingel, die sofort schrillte. Nun erschreckte sich die Katze doch. Mit aufgeregt zuckenden Öhrchen schaute sie mich vorwurfsvoll an und leckte sich dann über das Mäulchen, als wollte sie sich beruhigen.

Die Tür zur Gaststätte ging im selben Augenblick einen Spalt auf, sodass das Gemurmel und die fröhlichen Klänge lauter zu mir vordrangen. Genauso wie der Duft von Fischgerichten und Bratkartoffeln.

»Bin gleich da!«, rief eine freundliche Frauenstimme aus dem Gastraum. Ich stellte meine Tasche zwischen die Beine und wartete, bis eine hochgewachsene Frau mit einer properen Figur aus dem Seitenraum kam, ein Telefon zwischen Ohr und Schulter geklemmt.

»Jetzt verstehe ich Sie besser. Wie war das noch mal? Ach so? Ja, meine Güte, dann wurde es eben gestern ein bisschen lauter. Die Leute haben einfach nur gute Laune gehabt und gefeiert! Haben Sie denn das Spiel nicht gesehen? Natürlich nicht, Sie schauen ja keinen Fußball. Aber die Gäste haben mitgefiebert, es herrschte gute Stimmung. Bei uns ist es nicht so steif wie bei Ihnen … Jetzt übertreiben Sie aber. Erzählen Sie mir nicht, dass das in Ihrem *Dreizack* noch nie passiert ist! … Eben, und habe ich mich beschwert, dass man das über die Rosenkreuzung bis zu uns rüber hören konnte?«

Aus dem Hörer drang eine aufgebrachte männliche Stimme, doch ich verstand nicht, was sie sagte. Die Frau rollte mit den Augen, zuckte hilflos die Schultern in meine Richtung und hob dann den Zeigefinger, um mir anzudeuten, dass sie gleich für mich da sein würde.

»Ich kann mir wirklich nicht denken, dass das Ihre Gäste gestört haben soll, wenn meine Gäste hier gute Laune haben. Wir sind auch nicht die einzige Gaststätte in der Umgebung. Aber uns haben Sie auf dem Kieker … Nun kommen Sie mir doch nicht so. Da sind wir uns ausnahmsweise einig, reden bringt nichts mit Ihnen. Ja, auf Wiederhören!«

Schien ja ein schwieriger Geselle zu sein, ging es mir durch den Kopf.

Die Frau drückte energisch auf einen Knopf, schaltete das Telefon ab und murmelte: »Bis zur nächsten Beschwerde, lieber Herr Nachbar.« Dann blinzelte sie mich neugierig an. Sofort spiegelte sich gute Laune in ihrem Gesicht, die Mundwinkel gingen nach oben, und ein freundliches Lächeln trat in ihre Augen.

Mir fiel gleich die Ähnlichkeit zu Leo auf. Zwar war Leo etwas kleiner und hatte eine modernere Frisur, aber die Züge glichen sich sehr.

»Mia Franke?«, fragte die Frau dann.

Leo hatte mich natürlich angekündigt.

»Die bin ich.«

»Ich bin Gundi Andresen, Leos Mama. Wie schön, dich kennenzulernen! Und wie schön, dass du hier bist!«

Ihre Freude klang ehrlich, was sie mir sofort sympathisch machte. Doch es kam noch besser. Plötzlich breitete sie die Arme aus und kam auf mich zu, als wollte sie mich wie eine gute alte Freundin an sich ziehen.

Meine Freunde sind auch Mamas Freunde, erinnerte ich mich an Leos Aussage, die offenbar wörtlich zu verstehen war.

Schon hatte mich Gundi erreicht. Ihre fröhliche Energie ging sogleich auf mich über. Allerdings drückte sie dann nur meine Schultern auf eine sehr sanfte Weise.

Ich fand es reizend, wie sehr sie sich über meine Anwesenheit freute, was nur mein Wohlfühlgefühl verstärkte. Offenbar war es wirklich eine gute Idee gewesen herzukommen.

»Leo hat ja gesagt, dass du kommst. Aber so früh hab ich nicht mit dir gerechnet. Tut mir leid, dass du das mitanhören musstest.« Sie hob das Telefon, das sie noch in der Hand hielt, stellte es aber sogleich auf die Ladestation auf der Theke. »Wir haben hier leider einen ziemlich ungeduldigen Nachbarn in der Gegend, der sich über jede Kleinigkeit aufregt.«

»Kein Problem«, sagte ich und winkte ab. Wer kannte solche Nachbarn nicht?

Gundi Andresens Blick fiel auf meine Tasche.

»Du hast Glück, das Zimmer ist schon fertig. Willst du es gleich sehen?«

»Das wäre großartig«, stimmte ich zu.

»Wunderbar. Dann komm mal mit.« Gundi ging voran, ich folgte ihr ins Treppenhaus. Die Holzstufen knarzten verdächtig. Aber das machte wohl den Charme des Hauses mit aus.

»Hier im gesamten oberen Stock befinden sich Gästezimmer und eine Etage tiefer auch«, erklärte sie. »Die Gaststätte, wo es auch Frühstück und Abendbrot gibt, findest du rechts neben der Rezeption. Sie ist aber auch von außen erreichbar. Man muss nur um das Haus rumgehen zur Seite.«

Ich nickte.

Wir kamen in einen Flur, in dem es gespenstisch still war. Die anderen Gäste waren wohl alle unterwegs. Kein Wunder bei der schönen Gegend und dem tollen Wetter. Obwohl es Frühling war, war es richtig warm. Geradezu sommerlich. Und das an der See. Perfekt für einen Urlaub.

»Hier ist schon dein Zimmer«, erklärte Gundi stolz und schloss es mit einem Schlüssel auf. Keine Chipkarte, fiel mir gleich auf. Aber Leo hatte ja gesagt, dass das *Zum Löwen* eine Pension der alten Schule war.

Nachdem sie die Tür aufgesperrt hatte, drückte sie mir beherzt den Schlüssel in die Hand. »Fühle dich bitte wie zu Hause. »

Ich wollte es ehrlich versuchen.

»Ich bin froh, dass du hier bist, Mia. Genieße deinen Urlaub. Wenn du Fragen hast, du findest mich in der Gaststätte.

Dort gibt's heute paniertes Fischfilet mit Kroketten oder Bratkartoffeln als Mittagsmenü. Falls du Hunger hast?«

»Danke … Frau Andresen. Aber ich bin noch gut versorgt.« Ich deutete auf meinen Proviantbeutel.

»Gundi, nenn mich Gundi.« Sie drückte meine Schulter noch einmal und verschwand dann mit einem Lächeln im Gesicht.

Ich musterte den Schlüssel, lächelte ebenso und drückte die Tür auf. Ich kam in ein wunderschönes altmodisches Zimmer, das nicht nur alt aussah, sondern auch ein Aroma vergangener Tage versprühte. Doch es war eine angenehme Note nach Buche und Kiefer.

Das Bett wirkte rustikal, der Vorhang stammte noch aus Großmutters Zeiten und der Fernseher mit Röhrenbildschirm vermutlich ebenso. Amüsiert schüttelte ich den Kopf. So eine Art Zimmer war mir noch nie zuvor untergekommen, als ich noch für Hotel-Tester Drehorte gescoutet hatte. Aber es war nicht nur ungewöhnlich, es hatte Charme. Außerdem war es ganz anders eingerichtet als meine zweckmäßige Bude. Was gut war, denn so war der Tapetenwechsel nur noch greifbarer.

Ich öffnete das Fenster, um frische Luft einzulassen. Der Blick nach draußen ging direkt auf einen Garten. Ein paar leere Stühle standen auf der Terrasse. Strahlend blau und fast wolkenfrei ragte der Himmel über mir auf. Eigentlich war es das perfekte Wetter, um die Gegend zu erkunden. Zudem war es noch früh am Tag. Allerdings bemerkte ich im selben Moment, wie mir die Müdigkeit in die Glieder fuhr.

Die Luft war so angenehm, ich ließ das Fenster offen und legte mich auf das gemütliche Bett, schloss für einen Moment die Augen, um noch etwas Kraft zu tanken. Es fühlte sich verdammt richtig an, hier zu sein.

4. Kapitel

Als ich die Augen wieder aufschlug, stellte ich überrascht fest, dass ich nicht nur einen Moment eingedöst war. Ich hatte einige Stunden geschlafen. Kein Wunder, die letzten Nächte zu Hause in Hamburg waren allesamt kurz gewesen. Mein Handy-Display verriet mir, dass es schon achtzehn Uhr war.

Erschöpft rieb ich mir die Augen, dann entdeckte ich, dass ich einige WhatsApp-Nachrichten empfangen hatte. Sie stammten von Mama und Leo.

> Urlaub? Großartig! Viel Spaß!

wünschte mir meine Mutter. Ich hatte gewusst, dass sie meinen spontanen Urlaub für eine gute Idee halten würde. Das sah man auch an den zehn Daumen-hoch-Emojis, die sie hinterhergeschickt hatte. Die zweite Nachricht war von Leo.

> Hey, Süße. Bist du schon angekommen? Wie gefällt's dir im Zum Löwen?

Lächelnd tippte ich eine Antwort.

> Es ist wunderschön hier. Und deine Mama ist der Knaller.

> Oh, ich hoffe, sie hat mich nicht blamiert?

meldete sie sich sofort zurück. Offenbar war sie auch gerade online.

> Überhaupt nicht! Ich meine es ernst, Gundi ist klasse.

> Ja, sie ist die Beste. Genieße den Urlaub, hörst du? Immer nach vorne schauen!

> Ich versuch's. Jetzt gehe ich runter und esse Abendbrot.

> Guten Appetit. Und falls doch was ist – du kannst mich immer anrufen! Ich bin für dich da.

Dahinter hatte sie ein Herzchen-Emoji gesetzt. Die gute Leo, sie war einfach die Beste.

Ich raffte mich auf, machte mich frisch und verließ mein Zimmer. In der Lobby angekommen, konnte ich die Kuhfleckenkatze beobachten, wie sie ihren Pappkarton verließ, sich auf der Theke streckte und gähnte.

»Na, Dotti, bist du mit deinem Nickerchen fertig?«

Ein Mann mit einem schlichten Haarkranz und einem buschigen Schnauzer stand an der Rezeption, nickte mir zu und streichelte zugleich die Katze, die ihr Köpfchen in seine große Hand drückte. Ich erwiderte seinen freundlichen Blick, als Gundi aus der Seitentür zur Gaststätte kam.

»Da bist du ja, Mia. Ich wollte gerade nachfragen, ob du Hunger hast. Komm doch rein«, bat sie mich.

Aber da entdeckte sie den Mann an der Theke und winkte ihn her.

»Schau, Bernd. Das ist Mia Franke, die Freundin von Leo«, machte sie uns bekannt.

Der Mann kam ein bisschen müde, aber dennoch mit einem breiten Lächeln im Gesicht näher, reichte mir die Hand und schüttelte sie kräftig.

»Bernd Andresen«, stellte er sich vor. Seine Augen hatten einen gutmütigen Ausdruck, ein paar Fältchen umrahmten sie auf sympathische Weise. Doch sein gerundeter Bauch, der über seiner Hose hing und in einem braunen Pullover steckte, fiel mir am meisten auf.

»Mia«, sagte ich.

»Sind Sie zufrieden mit dem Zimmer?«, wollte er dann wissen.

»O ja, es ist zauberhaft.«

Nun lächelte Bernd nur noch breiter, und Gundi tat es ihm gleich.

»Siehst du, Bernd. Ich hab's dir doch gesagt. Auch die jungen Leute wissen den Charme des *Zum Löwen* zu schätzen.«

Es war hier wirklich anders als in anderen Gasthäusern. Gemütlicher. Uriger.

»Jetzt komm erst mal, Mia. Du hast doch sicher großen Hunger.« Gundi schob mich beherzt durch die Seitentür in die Gaststätte. Sofort wurde ich von sanften Klängen empfangen, die aus dem Radio tönten. Hier war ebenfalls alles aus Holz. Die Einrichtung schien aus derselben Zeit zu stammen wie die Lobby: Tische und Stühle aus massiver Buche, eine kleine Bar und eine Durchreiche zur Küche. Die Gaststätte war gut gefüllt, alle Tische waren besetzt, und eine Kellnerin huschte hin und her, sie kam bei den zahlreichen Bestellungen kaum hinterher.

»Lori, komm doch bitte mal zu uns«, sagte Gundi.

Die junge Frau stellte zwei Bierkrüge auf einem Tisch ab und eilte auf uns zu.

»Das ist unser Ehrengast, Mia Franke.«

Jetzt war ich auch noch Ehrengast. Ich winkte verlegen ab. »Ich mache eine Woche Urlaub hier«, erklärte ich Lori, die ihre Schürze neu band.

»Hab schon gehört«, meinte sie freundlich. »Soll ich dir gleich was zu trinken an deinen Tisch bringen?«

»Ähm – gerne. Ein Alsterwasser, bitte.«

»Kommt sofort!« Schon düste Lori los, und Gundi führte mich zu dem einzigen freien Tisch am Fenster und schob mir den Stuhl zurecht.

»Hattest du mir den extra reserviert?«

»Aber natürlich. Du bist doch Ehrengast.« Sie zwinkerte. »Such dir ein leckeres Abendbrot aus«, sagte sie und reichte mir die Karte. »Für dich geht alles aufs Haus.«

»Wirklich? Das kann ich doch nicht annehmen.«

Es war doch schon großzügig genug, dass ich hier kostenlos wohnen durfte.

»Leos Freundinnen knöpfe ich nichts ab.«

Ich lächelte. »Das ist sehr lieb, Gundi.« Ich hatte das Gefühl, dass sie darauf bestehen würde, mich einzuladen, möge kommen, was wolle. Also verkürzte ich die Angelegenheit und nahm die liebe Geste an.

Dann studierte ich die Karte mit ihren maritimen Ostsee-Köstlichkeiten, von denen eine besser klang als die andere. Ich wählte gebackenen Ostseefisch mit Schnüsch, einem Sahne-Gemüse-Gericht. Es klang sehr lecker, und allein der ungewöhnliche Name machte mich neugierig. Lori brachte mir derweil mein Getränk.

Ich gab die Bestellung an sie weiter. »Das ist eine gute Wahl«, erklärte sie mir, gleich darauf eilte Gundi in die Küche, aus der ich brutzelnde Geräusche vernahm.

Es dauerte nicht allzu lang, da kehrte sie mit dem Gericht zurück. »Ich habe es selbst zubereitet, nur für dich«, sagte sie voller Stolz, und es sah hervorragend aus. Mir lief sogleich das Wasser im Munde zusammen.

»Vielen Dank.«

Sie stellte den dampfenden Teller vor mir ab, und ich probierte voller Vorfreude etwas von dem Hering.

Er schmeckte gut … aber auch etwas salzig. Und als ich das Schnüsch probierte, stellte ich ebenfalls fest, dass es auffällig salzig war. Nach weiteren Bissen musste ich leider sagen, es war sogar deutlich zu salzig. Ich bestellte noch etwas zu trinken, da das Alsterwasser schnell ausgetrunken war.

»Schmeckt's denn?«, wollte Gundi wissen.

Ich wollte Gundi nicht kränken, doch für meinen persönlichen Geschmack war es überwürzt.

Ich nickte vorsichtig. »Es ist gut …«, kam es über meine Lippen. Bevor ich ehrlich hinzufügen konnte, dass es jedoch mit etwas weniger Salz noch besser gewesen wäre, klatschte sie schon in die Hände.

»Danke fürs Lob, das bedeutet mir viel!«, freute sie sich, und ich brachte es nicht übers Herz, ihr zu sagen, dass es eben nicht ganz perfekt war. Doch vielleicht war das auch ein Ausrutscher gewesen. Oder es lag an meinen Geschmacksknospen.

Ich würde ja noch viel Gelegenheit haben, ihr Essen zu probieren. Letztlich aß ich trotzdem auf. Rein optisch war es in jedem Fall ein Gedicht.

Doch das ältere Paar am Nebentisch schien ähnlich wie ich nicht ganz zufrieden.

»Da hat die Köchin wohl das Salz ins Gemüse fallen lassen«, meinte der Mann ärgerlich.

»Ach … das ist vielleicht nur ein Zufall.«

»Wollen wir's hoffen. Zwei Wochen halte ich es nicht mit dieser Küche aus.«

»Wir können doch auch woanders essen gehen, in der Straße gibt es viele Restaurants. Das *Dreizack* zum Beispiel.«

»Das *Dreizack* hat vielleicht kein versalzenes Essen, aber

gesalzene Preise«, fügte der Mann hinzu und wischte sich den Mund mit einer Serviette ab.

Der Name *Dreizack* kam mir bekannt vor. Es brauchte einen Moment, ehe es bei mir klingelte. Gehörte es nicht diesem unleidlichen Nachbarn, dessen Telefonat mit Gundi ich vorhin unfreiwillig mitbekommen hatte?

»Wie du meinst, Liebling.«

Das Paar legte ein paar Scheine auf den Tisch und verschwand. Ich nahm noch einen Schluck von meinem Alsterwasser und blickte aus dem Fenster auf den Pensionsgarten, in dem nun auch ein paar Gäste saßen.

»Was hast du denn jetzt noch vor?«, hakte Gundi nach, als sie das nächste Mal an meinen Tisch kam. »Sicher wirst du doch noch nicht zu Bett gehen?«

»Ich dachte daran, einen Spaziergang zum Strand zu machen.« Ich wollte das Meer sehen. In Hamburg hatte ich einen tollen Blick auf die Alster, aber die offene See war schon etwas anderes.

»Das ist eine hervorragende Idee. Die Strandbar hat schon geöffnet.«

»Tatsächlich?« Es war doch erst Ende April. Aber zugegeben, die Temperaturen waren manchmal schon direkt sommerlich.

»Aber ja. Dort treffen sich die jungen Leute. Es gibt leckere Drinks und tolle Musik«, machte mir Gundi die Sache schmackhaft.

Ich nickte langsam. Wenn man ins normale Leben zurückfinden wollte, waren wohl normale Dinge genau das, was man tun sollte.

»Gute Idee. Das mache ich«, sagte ich und erhob mich. Aus einem Reflex heraus zückte ich meine Geldbörse.

»Lass stecken, Kind«, meinte Gundi herzlich. »Ich hab doch gesagt, dass wir dir nichts abknöpfen.«

Das war wirklich umsichtig und sehr nett. Obwohl mich

Gundi gar nicht richtig kannte, behandelte sie mich wie eine langjährige Freundin. Das sorgte dafür, dass auch ich ein vertrautes Gefühl ihr gegenüber empfand. Ich musste zugeben, so etwas war mir vorher noch nie passiert. Nicht so schnell zumindest. Doch es bezog sich nicht nur auf sie, sondern auch auf den Löwensteg selbst.

Hier wirkte alles so harmonisch und idyllisch, vom unleidlichen Nachbarn mal abgesehen.

»Na schön«, gab ich nach und steckte die Börse wieder weg, um mich sogleich auf den Weg zum Strand zu machen.

5. Kapitel

Ich lief durch den wunderbaren Oberen Löwensteg, genoss die Atmosphäre der kleinen Geschäfte und die gute Seeluft, die mir entgegenwehte. Am Ende der Straße gelangte ich zum Dr.-Zippel-Park, in dem die Blumen bereits wunderschön blühten. Von hier aus war es nur ein Katzensprung bis zum Travemünder Strand.

Wie Gundi es vorhergesagt hatte, war dort einiges los. An der Strandbar sammelten sich die Leute, *Uptown Funk* von Mark Ronson feat. Bruno Mars schallte aus den Boxen, doch im Moment war mir der Trubel ein bisschen viel, und anstatt mich zu den Feiernden zu gesellen, lief ich zum Wasser hinunter.

Die Ostsee schimmerte in einem dunklen Blau, nur in der Ferne schien das Wasser die Farbe der untergehenden Sonne anzunehmen. Ich genoss das Spiel der verschiedenen Töne, erfreute mich daran, dass ich sie registrierte und wertschätzen konnte. Aber dann dachte ich auch daran, dass ich hier allein stand. Und wie schön es wäre, wenn Gabriel und ich hier …

Nein, ich verbot mir, den Gedanken zu Ende zu bringen. Denn aus diesem Grund war ich nicht hierhergekommen. Ich hatte diese Gedankenspiele in den letzten drei Jahren andauernd durchlebt. Was wäre wenn … damit sollte nun Schluss sein.

Ich lief noch ein kleines Stückchen an der See entlang. Hier war es ein bisschen frischer, daher war ich froh, meine Jacke mitgenommen zu haben. Ich zog sie fester um mich und nahm mir vor, den Augenblick der Ruhe zu genießen.

Ich schloss die Augen, lauschte dem Rauschen der Wellen

und dem fernen Kreischen der Möwen. Einfach mal entspannen, einfach mal alles loslassen. Wie schwer mir das inzwischen fiel! Ich war ein bisschen aus der Übung. Doch es tat gut, sich fallen zu lassen.

Eine ganze Weile stand ich einfach nur so da, spürte den Wind auf meinen Wangen und in meinen Haaren, das Dröhnen der Bässe in der Ferne, das Gemurmel der Menschen.

Jetzt war ich also hier, machte wirklich Urlaub.

»Hey, schöne Frau, so ganz allein?«, vernahm ich plötzlich eine männliche Stimme hinter mir.

Ich drehte mich überrascht um und sah einen Kerl, der eine Bierflasche in der Hand hielt und einen riesigen Schluck daraus nahm. Er wirkte ein wenig beschwipst. Und alles, nur nicht wie eine angenehme Gesellschaft. Mit einer Hand fingerte er an seiner locker sitzenden Hose herum.

»Das muss auch mal sein, oder?«, meinte ich.

Er grinste verstohlen, wischte sich mit dem Handrücken über den Mund. »Joa, aber noch schöner ist doch Gesellschaft, oder? Ich bin Max«, stellte er sich vor und kam ein paar Schritte auf mich zu.

Seine Aussprache war nicht ganz klar, woraus ich endgültig schloss, dass das nicht sein erstes Bier an diesem Abend war. Allerdings fiel mir auch auf, dass pure Überzeugung von sich in seinen Augen aufblitzte.

»Tut mir leid, Max«, sagte ich freundlich, aber bestimmt, denn solchen Leuten musste man möglichst früh Grenzen aufzeigen. »Aber ich möchte lieber allein sein.« Ich drehte mich von ihm weg und schaute wieder aufs Wasser. Ich merkte jedoch, dass Max nicht weiterging, spürte seinen Blick in meinem Rücken, was mir unangenehm war. Er war hartnäckig, wie es schien. Tief atmete ich ein, überlegte, woanders hinzugehen. Dann spürte ich seinen Atem im Nacken. Der Kerl hatte wirklich Nerven. Jetzt legte er auch noch den Arm um mich. Wütend drehte ich mich um, befreite mich so aus dem Griff und wich ein Stück zurück, spürte die Spritzer der Wellen durch den Stoff meiner Hose an den Kniekehlen.

»Komm schon, ich bin nett«, erklärte er mir, kam erneut näher und blies mir seine Fahne ins Gesicht.

Die Situation wurde immer unangenehmer. Ich hielt Ausschau nach Leuten, die vielleicht in der Nähe waren und mir helfen könnten. Doch ich hatte mich zu weit von der Bar entfernt. Nur eine Gruppe junger Frauen fiel mir auf, die die Promenade entlangging, aber sie war zu weit weg.

»Bitte lass mich in Ruhe«, wurde ich lauter, allerdings verschluckte das Rauschen der Wellen meine Worte. Mich würde niemand so schnell hören, wenn Max entschied, noch eine Grenze zu überschreiten. Doch ich wollte mich nicht weiter von ihm bedrängen lassen und wich zur Seite aus. Solche Kerle traf man auch in Berlin zuhauf. Ich wusste, mit ihnen umzugehen. Allerdings waren in der Hauptstadt auch immer Leute um einen, die notfalls eingreifen könnten.

»Ich will das nicht!«, betonte ich und lief ein Stück Richtung Strandbar zurück.

»Jetzt stell dich doch nicht so an, ich will dir doch nur Gesellschaft leisten.« Schon wieder folgte er mir.

»Sie sind aufdringlich.« Ich hatte mal gehört, dass es besser war, solche Leute zu siezen, um wieder mehr Distanz aufzubauen.

Immer schneller trugen mich meine Füße über den Sandstrand. Besser, ich kam rasch unter Leute.

Leider blieb Max an mir dran.

»Warte doch!«, rief er mir nach und legte noch einen Schritt zu.

O Mann, er schien zu betrunken, um zu verstehen, dass ich keinen Kontakt wollte.

»Lassen Sie mich bitte in Ruhe«, sagte ich noch mal energisch, als mir die Gruppe aus vier Frauen, die mir vorhin aufgefallen war, plötzlich zuwinkte. Sie waren runter zum Wasser gekommen.

»Anna! Hier sind wir!«, riefen sie.

Meinten die mich?

Ich kannte sie nicht, ich hieß auch nicht Anna, aber ich erkannte die Chance, die sich gerade bot, den Kerl loszuwerden.

Dankbar hob ich den Arm und eilte auf die Gruppe zu.

Es wirkte: Max glaubte, dass dies meine Freundinnen wären, und gab auf. Er kippte einen weiteren Schluck seines Bieres runter, warf mir noch einen verächtlichen Blick zu und folgte endlich dem Strand zur Bar.

Ich atmete auf.

»Danke, ihr habt mir sehr geholfen.«

»Schon okay, manche Kerle kapieren leider nicht, wann sie zu weit gehen«, sagte die größte der vier Frauen. Sie hatte einen langen Zopf, der ihr über die Schulter hing, und ein herzförmiges Gesicht, das viel Wärme ausstrahlte. Ich mochte sie sofort.

»Ich bin Stella«, stellte sie sich vor. »Und du bist vermutlich nicht Anna? Entschuldige bitte. Ich hab den Namen nur verwendet, um zu suggerieren, dass wir uns kennen.«

Ich war wirklich unendlich dankbar für das beherzte Einschreiten.

»Ich bin Mia«, sagte ich.

»Aber nicht Mia Franke, oder?«, hakte die Kleinste der Frauen nach. Sie hatte ein ähnliches Gesicht wie Stella, nur flossen ihre Haare in dicken dunklen Strähnen an ihr herab, wodurch sie etwas blasser aussah. Zudem war ihre Miene recht ernst.

»Doch, kennen wir uns?«, wunderte ich mich. Bekannt kam sie mir nämlich nicht vor.

Plötzlich lachten die vier.

»Das ist ja ein Ding, dass wir dich hier treffen. Wir sind aus dem Löwensteg, die Freundinnen von Leo Andresen.«

Ich hob eine Braue. Das war in der Tat ein Zufall.

»Leo hat uns von dir erzählt, du hast ihr so geholfen, als sie wegen der Geburt im Krankenhaus war«, erklärte Stella, sodass sich das Puzzle langsam zusammenfügte.

»Wir sind dir alle dankbar, dass du auf sie aufgepasst hast.«

Ich winkte ab. Nicht nur empfand ich es als selbstverständlich, dass ich Leo direkt ins Krankenhaus gefahren hatte, nachdem ihre Fruchtblase geplatzt war, ich hatte dort auch die Stellung gehalten, bis Riccardo von seinem Job-Interview zurückgekommen war. Und auch danach war ich noch geblieben, um mit ihm gemeinsam Leos Hand zu halten. Nie zuvor in meinem Leben waren meine Finger so energisch gequetscht worden.

»Ist ja 'n Ding«, sagte ich und fand es auch irgendwie cool, dass mich mit diesen jungen Frauen etwas verband, nämlich unsere Liebe und Freundschaft zu Leo. Sofort war die Stimmung zwischen uns noch herzlicher. Ich hatte fast das Gefühl, alte Freundinnen wiederzutreffen.

»Das ist übrigens meine Schwester Emilie«, fuhr Stella fort und deutete auf die junge Frau mit den schwarzen Haaren.

»Emili-e, nicht Emily«, fügte diese erklärend hinzu.

»Und das sind Ems Lebensgefährtin Mandy und unsere liebe Nova.«

Mandy und Nova hoben die Hände.

»Freut mich, ehrlich«, meinte ich. Natürlich hatte mir Leo auch einiges über ihre Freundinnen erzählt, ich kannte zahlreiche ihrer Abenteuer. Zum Beispiel, wie sie den Trödelladen in der Straße vor dem Aus bewahrt hatten oder die Konditorei ihre Neueröffnung gefeiert hatte. Auch wusste ich, dass es die Freundinnen nach ihrem Abi in alle Himmelsrichtungen geführt hatte, alle – bis auf Em. Doch nach und nach waren die jungen Frauen in ihren Löwensteg zurückgekehrt, in dem auch ich mich unendlich wohlfühlte, obwohl ich doch erst einen Tag hier war. Ich musterte die freundlichen Gesichter, lachte mit Leos Freundinnen, bis mir jedoch noch etwas einfiel, das bei genauerer Betrachtung ziemlich naheliegend war.

»Hat Leo euch etwa gebeten, ein Auge auf mich zu haben?« Das hätte Leo jedenfalls ähnlichgesehen.

Plötzlich drucksten alle herum, schauten in den Himmel oder betreten zu Boden.

O Mann, sie hatte es wirklich getan!

»Na ja, ehrlich gesagt schon«, gab Mandy zu und legte den Arm um Em, die sich an sie schmiegte. »Aber sie hatte nur die besten Absichten.«

»Schon klar, Leo hat immer die besten Absichten.«

Ob sie ihnen auch meine Geschichte erzählt hatte, sorgte ich mich. Nein, sie hatte gesagt, dass niemand etwas davon wisse. Dass ich Zeit für mich haben würde. Keine anstrengenden Fragen und noch anstrengendere Antworten. Lediglich etwas Gesellschaft hatte sie für mich organisiert. Und Gesellschaft war doch immer gut.

Ich lachte leise, schüttelte den Kopf, dieses verrückte Huhn. Wahrscheinlich hatte sie verhindern wollen, dass ich die ganze Zeit in meinem Zimmer hockte.

»Nimm ihr das nicht übel. In ihr steckt eine echte Löwen-Mama. Die kleine Alina ist bei ihr in den besten Händen. Sie war immer unsere Anführerin und lässt keine ihrer Freundinnen im Stich«, ließ mich Nova wissen.

Das klang sehr nach Leo. Genau so kannte ich sie. Sie griff einem unter die Arme, egal was war.

»Aber dass wir uns hier treffen, war nicht geplant«, fügte Nova hinzu, während sich ein strahlendes Lächeln auf ihren Lippen bildete. »Wir waren nur hier, um den Abend zu genießen.«

»Und habt mich gerettet. Der Kerl war sicher harmlos, aber ziemlich unangenehm. Danke nochmals.«

»Na kommt, wir sollten Mia zu einem Drink einladen. Als Einstand. Oder nicht?«, schlug Mandy vor. »Sie gehört ja nun auch zur Gang.«

»Das ist eine tolle Idee!«, sagte Nova.

»Oh, das ist sehr lieb, vielen Dank, aber ich bin müde, ich sollte lieber in die Pension zurückkehren. Vielleicht beim nächsten Mal.«

Der Tag war anstrengend gewesen, und ich hatte mich von vornherein ein bisschen erschöpft gefühlt, was sicher an der harten Woche lag, die ich hinter mir hatte.

Mein Blick glitt zu der überfüllten Strandbar. Auf Anstehen für einen Drink hatte ich jetzt jedenfalls keine große Lust. Doch da fiel mir eine hochgewachsene Gestalt mit rabenschwarzen Haaren auf, deren Anblick dafür sorgte, dass ich innerlich erstarrte. Von einer Sekunde zur nächsten. Weder Arme noch Beine ließen sich regen. Ich schüttelte den Kopf. Das konnte … nicht sein. Mein Herz schlug so hoch, dass es mir die Kehle zuschnürte.

Ich sah den Mann nur von hinten und nur für einen kurzen Moment. Doch die Art, wie er sich bewegte, weckte Erinnerungen an Gabriel. Nicht nur ein bisschen, sondern … praktisch wie sein Zwilling. Ja gut, von hinten. Aber auch von hinten konnte man sich ähnlich sehen oder eben nicht. In der nächsten Sekunde sprang mein Kopfkino an. Ich sah ihn vor mir, als wäre er wirklich hier. Ich sah die Art, wie er sich bewegte. Genau wie der Mann hier, der dieselbe Statur hatte. Natürlich konnte er es nicht sein. Und doch hoffte ich, er wäre es. Bei Gott, nichts wünschte ich mir mehr. Trotz aller Vernunft keimte Hoffnung in mir auf. Verschollen war nicht tot …

Ich wollte zu ihm. Ich wollte ihn von vorne sehen. Nein, ich musste es! Aber ich war wie zu einer Salzsäule erstarrt. Alles fühlte sich verlangsamt an, dann hörte ich diesen Pfeifton in meinen Ohren, der alles andere überlagerte. »Mia?«, vernahm ich dumpf die Stimme von Stella. Sie sagte noch etwas anderes, aber ich verstand sie nicht. Und dann konnte ich mich endlich aus der Starre befreien.

Wie ferngesteuert ging ich ein paar Schritte auf die Bar und somit auf ihn zu, ehe er von der Menschenmenge verschluckt wurde und schließlich verschwunden war. Einfach so, als hätte er nie existiert. Komm zurück, wollte ich rufen, aber meine Stimme wollte nicht wie ich. Vielleicht war das auch ganz gut. Hektisch sah ich mich um.

Wo war er nur hin?

Eine Hand legte sich auf meine Schulter, ich fuhr herum, sah in das herzförmige Gesicht, das von dem blonden Zopf eingerahmt wurde.

»Alles okay?«, hakte Stella nach.

Rasch wischte ich mir über die Augen. Versuchte, das Brennen zu verscheuchen. Dieser Mann … »Gabriel«, flüsterte ich tonlos seinen Namen. Über die Schulter blickend, sah ich noch mal zur Bar, in der Hoffnung, dass er wieder auftauchen würde. Aber das tat er nicht.

Das war nur jemand gewesen, der ihm ähnlich sah, versuchte ich mich zu erden. Vielleicht hatte ich mir die Ähnlichkeit auch nur eingebildet, weil ich hier in der Nähe von Gabriels Heimatort Timmendorfer Strand war und mich eben unbewusst vieles an ihn erinnerte. Dennoch hatte es mich gerade wie ein Blitz getroffen.

Stella sah mich immer noch an, als wäre sie in großer Sorge. Die anderen hatten sich ebenso um mich aufgestellt. Auch in ihren Blicken lag Besorgnis. Ich versuchte zu lächeln. Einfach alles wie immer wegzulächeln, mit diesem monotonen unechten Lächeln, das wie eine Maske war.

»Alles okay«, sagte ich so fest wie möglich, obwohl ich gerade eine geisterhafte Erscheinung gehabt hatte.

»Na schön, wenn du meinst.« Stella strich mir über die Schulter, als ahnte sie doch, dass mich etwas aus der Bahn geworfen hatte. Nur bedrängen wollte sie mich nicht, wofür ich dankbar war.

»Ich sollte jetzt wirklich gehen«, entschied ich. Sicher würden Leos Freundinnen sonst merken, dass etwas nicht mit mir stimmte. Und das wollte ich nicht. Ich wollte niemandem zur Last fallen. Schlimm genug, dass sie bereits jetzt in Sorge um mich gewesen waren.

»Hat mich gefreut, euch kennenzulernen.« Ich verabschiedete mich rasch von ihnen.

»Alles klar. Wir haben uns auch gefreut, wir sollten uns mal treffen und was zusammen unternehmen«, schlug Stella vor und öffnete so eine Tür für ein Wiedersehen.

Ich lächelte. Das war wirklich ein nettes Angebot. Und ganz in Leos Sinne.

»Gerne.« Doch für konkrete Pläne war ich gerade zu durcheinander.

»Das machen wir!«, sagte Mandy.

»Wir sind ja nun quasi Nachbarinnen, schau einfach jederzeit bei einer von uns vorbei«, schlug Nova vor.

»Das mache ich«, versprach ich, hob die Hand und ging in Richtung Promenade, um dann in die Straße zum Dr.-Zippel-Park einzubiegen. Ich ging so schnell, als wäre ich auf der Flucht, weil dieses Erlebnis mich durcheinandergebracht hatte. Es war nur eine Verwechslung, mehr nicht. Ich versuchte, so viel Normalität wie möglich in dieser Situation zu erkennen. Es gelang, irgendwie.

6. Kapitel

Morgens fernzusehen, war eine Marotte von mir. So sollte auch dieser Morgen beginnen. Das hatte ich schon entschieden, noch während ich mir den Schlaf aus den Augen rieb.

Manchmal lief eine Wiederholung von einer der Sendungen, für die ich früher Locations gescoutet hatte, allen voran *Hotel-Tester*. Wenn ich davon eine Folge sah, erinnerte ich mich daran, wie chaotisch und anstrengend es hinter den Kulissen zugegangen war. Gerade der Star der Sendung hatte die Dreharbeiten zu einem unvergesslichen Erlebnis gemacht – im negativen Sinne. Nichts war ihm gut genug gewesen, keine Location hatte seinen Anforderungen genügt, weswegen ich oft drei bis fünf Mal neue Drehorte hatte suchen müssen. Mein Rekord lag bei sieben Versuchen, ehe Holtmeyer zufrieden gewesen war. Zum Glück war ich von der Produktion weggekommen. Und an diesem Morgen wollte ich mir Holtmeyer auch nicht antun. Meine Hand tastete nach der Fernbedienung auf dem Nachtschränkchen.

Ich richtete die diese auf das Gerät, wollte ein Morgen-Magazin gucken, um ein bisschen in die Gänge zu kommen. Aber der TV reagierte nicht auf die Signale. Vielleicht war die Batterie leer. Ich kletterte aus dem Bett, schaltete den Fernseher manuell ein. Kurz leuchtete der alte Röhrenbildschirm auf, ehe er ein klagendes Seufzen von sich gab und das Bild komplett ausging.

Ach herrje. Hoffentlich hatte ich den Apparat nicht kaputtgemacht. Ich fummelte an ein paar Knöpfen herum, musste aber einsehen, dass er den Geist aufgegeben hatte. Das musste ich wohl Leos Mama beichten. Aber zuvor wollte ich mich frisch machen.

Nach einer ordentlichen Dusche ging ich runter zum Frühstück. Gundi begrüßte mich voller Tatendrang. Ich ahnte, sie war sicher schon seit fünf Uhr morgens auf den Beinen, so frisch wie sie wirkte.

»Wie hast du geschlafen, Mia?«, wollte sie sogleich wissen.

»Ziemlich gut.«

Das genügte, um Gundi ein vergnügtes Lächeln ins Gesicht zu zaubern. »Wie schön, Mia.«

»Aber der Fernseher geht nicht«, sagte ich. »Ich hoffe, ich habe ihn nicht kaputtgemacht.«

»O nein, nein. Das sehe ich mir gleich mal an«, schlug Gundi vor und ging voran.

Ich folgte ihr.

»Das Gerät ist alt«, erklärte sie, obwohl es offensichtlich war. Gemeinsam liefen wir die Treppe hoch, über den gespenstisch stillen Flur und verschwanden in meinem Gästezimmer. Dort angekommen, drückte sie ein paar Knöpfe. Im Grunde dieselben, die ich auch ausprobiert hatte. Als das Gerät nicht reagierte, schlug sie kräftig mit der flachen Hand auf die obere Fläche des Rahmens, und plötzlich erschien ein Bild. Dazu gab es sogar Ton. »Na bitte«, sagte sie und rieb sich zufrieden die Hände aneinander. »Man muss nur wissen, wie. Wenn er wieder Probleme macht, sag mir Bescheid«, bot sie an.

»Danke.« Ich war ein bisschen irritiert, dass sich das Problem auf diese Weise hatte lösen lassen, fand es aber nett, dass Gundi mir geholfen hatte. Außerdem hatte sie diese besondere Energie, man konnte nicht anders, als sie zu mögen.

»Jetzt aber Frühstück, sonst fällst du mir noch vom Fleisch.«

Ich lachte. Das hätte eine Aussage von Mama sein können.

Als wir wieder runtergingen, erklärte sie strahlend: »Ich habe ein kleines Büfett hergerichtet. Du wirst es lieben.«

»Ich freue mich darauf. Eine Sache wäre da noch …«

»Ja, was denn?«

»Ich will heute Nachmittag ein bisschen arbeiten und habe meinen Laptop mitgenommen. Kannst du mir vielleicht das WLAN-Passwort geben? Damit ich im Internet recherchieren kann.«

»Du willst arbeiten? Im Urlaub?« Gundi schaute mich ungläubig an.

Ich zuckte hilflos mit den Schultern. Der Urlaub war ja nun doch recht spontan gewesen. Viel war auch gar nicht mehr für die kommende Woche und das anstehende Set-Building zu tun. Ein paar Dinge hatte ich im Vorfeld anfertigen lassen oder bestellt, diese waren bereits geliefert worden. Jetzt ging es nur um kleine Details, die man im Fundus des Studios problemlos finden würde. Nur musste ich eben wissen, was wir brauchten, um eine überzeugende historische Atmosphäre für einen Verkaufsraum des Alsterhauses zu schaffen. Und dafür musste ich recherchieren.

»Nur ein wenig«, sagte ich also.

Gundi nickte langsam. »Also dieses WLAN haben wir nicht …«, erklärte sie dann.

»Nicht?«, staunte ich. War das nicht inzwischen Usus?

»Wir sind nur eine kleine Pension. Und diesen neumodischen Schnickschnack, den haben wir hier nicht. Müssen wir auch nicht, weil wir ja ein traditionelles Haus sind, das schon viele Jahre existiert.«

Man kann doch trotzdem mit der Zeit gehen, wollte ich schon sagen, doch ich hatte das Gefühl, es würde Gundi kränken. Also biss ich mir auf die Unterlippe

»Verstehe«, murmelte ich stattdessen. Dann musste ich wohl mit dem Handy recherchieren, aber optimal war das nicht.

»Jetzt lass es dir erst mal schmecken«, meinte Gundi, als wir die Gaststätte betraten. Diese sah wie leer gefegt aus. Kein Vergleich zu gestern Abend, wo das Haus fast voll gewesen war. Kein Gast saß hier. Alle Tische waren leer. Und das, obwohl es doch so gut duftete. Ich ging rüber zum Büfett, das am Fenster aufgebaut war. Verschiedene metallene Behälter mit ganz unterschiedlichem Inhalt, alles frisch zubereitet.

Als ich gleich darauf einen Teller mit Speck, Rührei und etwas Weißbrot vor mir stehen hatte und beherzt von den Köstlichkeiten probierte, bemerkte ich erneut diesen versalzenen Geschmack. Er heftete sich an meine Zunge, ließ sich kaum durch einen Schluck Wasser wegspülen. Das war genauso wie gestern. Wohl doch kein Versehen.

Wieder wusste ich nicht, ob ich es Gundi gegenüber ansprechen sollte. Vielleicht lag es ja auch an mir. Vielleicht war ich zu kritisch? Ich bemühte mich aufzuessen, was nicht ganz gelang. Der Salzgeschmack war zu penetrant.

Als ich nach dem Essen in die Lobby kam, stand Gundi hinter der Theke und streichelte die Katze des Hauses, die wieder in ihrer Box schlummerte.

»Hat es dir geschmeckt?«, fragte sie strahlend.

Ich nickte etwas zögerlich. »Vielleicht eine Prise weniger Salz?«, schlug ich vor.

Gundi lachte. »Ein Rührei muss schon gesalzen sein, findest du nicht?«

»Schon, aber …«

»Ich hab gehört, du hast gestern Stella, Em, Mandy und Nova kennengelernt.« Sie nickte zum Telefon auf dem Regal hinter der Theke.

Oh, das sprach sich ja schnell hier herum.

»Ja, richtig. So nette Leute.«

»O ja, das sind sie. Aber nun Hand aufs Herz, Mia. Du wirst doch nicht wirklich jetzt arbeiten? Vielleicht hat ja eines der Mädels Zeit? Möchtest du dir nicht viel lieber die Gegend ansehen?«

Das war in der Tat das, was ich vorhatte. Wenn auch nicht unbedingt in Gesellschaft. Ich wollte Kraft tanken, aber auch die schöne Umgebung genießen, bevor ich arbeitete. Und wenn dann noch etwas Zeit übrig war, könnte ich vielleicht … ich verwarf den Gedanken schnell. Zwar sah mein Aufenthalt noch etwas anderes vor – in Timmendorfer Strand. Nur wollte ich daran jetzt nicht denken. Heute nicht. Morgen womöglich auch noch nicht. Vielleicht war es falsch, es vor sich herzuschieben. Aber noch war ich nicht bereit. Eine Gänsehaut überzog meine Arme. Rasch rieb ich über meinen Pulli, um sie zu verscheuchen.

Gundi runzelte ihre Stirn.

»Was sollte man sich denn hier ansehen?«

»Oh, Travemünde hat viel zu bieten. Entlang der Vorderreihe gibt es ein paar schöne alte Bauten. Komm mal her, ich zeige sie dir auf unserem Plan.«

Schon holte sie eine alte Karte hervor, breitete sie auf der Theke aus und zeigte mir, wo die interessantesten Plätze waren. Insbesondere die Einkaufspassage als auch das alte Vogteihaus interessierten mich. Ein bisschen Historie schadete nie, lieferte vielleicht auch die eine oder andere Inspiration für das Alsterhaus.

»Danke, Gundi. Ich denke, ich werde mir das mal anschauen.«

»Das ist eine gute Idee, Mia. Ich wünsche dir viel Spaß.«

Kaum hatte ich die Pension verlassen, winkte mir Nova, die ich gestern Abend hatte kennenlernen dürfen, von der Konditorei gegenüber zu, wo sie ein paar Gäste bediente, die dort an altmodischen Tischchen mit schnörkeligen Beinen Platz genommen hatten. Das *Fräulein Zucker* wirkte wie ein Süßigkeiten-Paradies aus der Mitte des letzten Jahrhunderts. Ich musste zugeben, dass mir diese Bonbonfarben normalerweise nicht zugesagt hätten, aber bei dem Geschäft vor meinen Augen passte einfach alles zusammen. Eine zuckersüße Perfektion.

»Guten Morgen, Mia!«

»Guten Morgen!« Grüßend hob ich die Hand und ging ein paar Schritte auf Nova zu, die mir ihrerseits in ihrer stylischen Vintage-Uniform aus Streifen und Schürzchen entgegenkam.

»Ist das nicht ein herrlicher Tag?«, fragte sie und strahlte mich an.

»Ja. Es scheint warm zu werden.« Was mir gefiel. Der Frühling durfte sich gerne beeilen und Platz für den Sommer machen.

Nova schnipste mit dem Finger, als wäre ihr genau in dem Moment eine Idee gekommen.

»Weißt du was, ich hole dir ein Törtchen.«

»Ein Törtchen?«

»Als Willkommensgeschenk. Das darfst du nicht ablehnen. Unsere Ostseeträume sind der Knaller.« Sie wandte sich eilig um und schritt auf die Eingangstür zu.

Da kam ein attraktiver Mann in einer Konditoruniform aus der Konditorei. Als er Nova erspähte, zog er sie ohne Vorwarnung in seine Arme und küsste sie sanft. Was für ein schönes Paar, ging es mir durch den Kopf.

»Wir brauchen noch Nachschub an Ostseeträumen«, hörte ich ihn sagen.

»Die machen wir gleich. Aber einen brauche ich noch für eine besondere Freundin. Warte kurz.«

Sie verschwand im Lädchen, kam dann mit einem süßen kleinen Törtchen in einer hauchdünnen Papierumhüllung in der Hand zurück und bedeutete dem jungen Mann, ihr zu mir zu folgen.

»Komm, Nathan. Ich will dir Mia vorstellen.«

Nathans Blick glitt zu mir. Schon streckte er mir die Hand hin, obwohl uns noch ein paar Schritte trennten.

»Freut mich, dich kennenzulernen. Hab schon von dir gehört.«

Hier sprach sich wohl wirklich alles schnell herum.

»Freut mich auch.«

»Was hast du denn heute vor?«, wollte nun auch Nova wissen und überreichte mir strahlend das Törtchen, das eher wie eine Praline aussah und die Form eines sahnigen kleinen Schiffchens aufwies.

»Gundi hat mir ein paar Sehenswürdigkeiten empfohlen.«

»Oh, das klingt toll.«

»Ich muss wieder in die Backstube«, verkündete Nathan, zumal sich gerade ein paar weitere Gäste an einen der Tische setzten. Hier herrschte reger Betrieb. »Man sieht sich«, sagte er freundlich zu mir.

Erneut berührten sich ihre Lippen.

Der Mann verschwand im Innern des *Fräulein Zucker*, und Nova deutete auf ihren Ostseetraum.

»Probiere den mal.«

»Ich bin noch voll, aber das war wirklich nicht nötig.«

»Ein Willkommenstörtchen ist immer nötig, du gehörst doch jetzt auch zum Löwensteg.«

»Für die nächsten sechs Tage.«

»Das zählt«, versicherte mir Nova mit einem strahlenden Lächeln, das fast bis zu ihren Ohren reichte. Ich wünschte, ich hätte auch nur ein Drittel ihrer guten Laune. Allerdings stieg meine bereits. Denn hier im Löwensteg fühlte man sich sofort willkommen. Wo gab es das heute noch? Eine Gemeinschaft aus Nachbarinnen und Nachbarn, die selbst für eine fast Fremde wie mich die Arme ausbreiteten.

»Danke«, sagte ich gerührt.

»Mein Lädchen steht dir immer offen. Egal, ob du einen Kuchen genießen willst oder jemanden zum Reden brauchst.«

»Zum Reden?«, wunderte ich mich.

Nova druckste plötzlich herum. »Na ja, ich will dir natürlich nicht zu nahetreten, nur gestern Abend … da hatten wir das Gefühl, dass irgendetwas vorgefallen ist, was wir nicht mitbekommen haben.«

Ich erinnerte mich an den Moment, in dem ich diesen Mann an der Strandbar gesehen hatte. Daran, wie ich innerlich zur Salzsäule erstarrt war, weil er mich so sehr an Gabriel erinnert hatte. Davon konnte Nova nichts wissen. Und das sollte sie auch nicht. Ich wollte niemanden mit meinen Problemen belasten. Letztlich hatte dieser Mann einfach nur den Abend genießen und vielleicht einen Drink bestellen wollen. Dennoch fragte ich mich unweigerlich, wer er gewesen war.

Nicht, weil ich immer noch hoffte, er wäre wirklich Gabriel. Aber die Ähnlichkeit war frappierend, hatte mich aus der Bahn geworfen. Das hatte zu vielen Fragen geführt, auf die ich eine Antwort haben wollte.

»Mia?«, unterbrach Nova meine Gedanken. »Wirklich alles okay?«, hakte sie nach und sah mich mindestens genauso forschend an wie schon gestern Abend.

Es sollte mich nicht überraschen, dass Nova und den anderen das aufgefallen war. Sie waren immerhin Leos beste Freundinnen, und Leo entging nichts. Man konnte ihr nichts vormachen. So etwas färbte auf beste Freundinnen ab. So wie man irgendwann auch die gleichen Dinge mochte oder sich ähnlich verhielt. Ich aber wollte gar nicht mehr daran denken, sondern mich aufs Hier und Jetzt konzentrieren. Schon gar nicht wollte ich darüber reden.

»Alles bestens«, versicherte ich, so glaubwürdig wie ich nur konnte. »Ich bin wohl wirklich urlaubsreif, dauernd verheddere ich mich in Gedankenschleifen …«

»Das kenne ich. Das passiert, wenn man überarbeitet ist.«

Ja, oder wenn man geisterhafte Erscheinungen sah. Ich trat etwas ungeduldig von einem Fuß auf den anderen.

»Da will ich dich nicht länger aufhalten. Du hast dir deine Erholung redlich verdient. Bis zum nächsten Mal«, sagte Nova zwinkernd, wandte sich um und wischte einen Tisch ab, ehe sie in der Konditorei verschwand.

»Ja, bis bald.«

Ich drehte mich um, atmete auf und blickte erst zur Straße Rose, die mich direkt zur Vorderreihe und zum Vogteihaus bringen würde und dann den Löwensteg hinunter, der, wenn man ihm folgte, zum Strand führte.

Dort hatte ich ihn gesehen. Vielleicht ... war er heute wieder da? Vielleicht gehörte ihm ja sogar die Strandbar? War es albern, dass ich herausfinden wollte, wer er war? Warum er wie Gabriel aussah? Zumindest glaubte ich das. Schließlich hatte ich ihn nur von hinten gesehen, und einmal leicht schräg von der Seite. Von vorne konnte er ganz anders aussehen. Doch irgendwie glaubte ich das nicht. Oder redete es mir ein.

Die Chance, dass er wirklich da sein würde, war klein. Dennoch entschied ich mich spontan, der Sache nachzugehen, machte mich auf den Weg runter zum Wasser, nahm dabei dieselbe Route, die ich auch gestern Abend genommen hatte und setzte mich kurz darauf in den Sand. Mein Blick glitt zur Strandbar, die um diese Zeit sogar schon geöffnet hatte, aber leer war, von zwei Kunden abgesehen. Er war nicht hier. Es wäre auch zu viel des Zufalls gewesen, wenn der mysteriöse Mann heute noch mal hier aufgetaucht wäre.

Ich schaute auf das Wasser, das im Licht der Frühlingssonne glitzerte.

Es war heute erneut angenehm warm. Sogar direkt am Meer. Ich knabberte an dem Törtchen, das Nova mir gegeben hatte. Als ich merkte, wie gut es schmeckte, aß ich es auf, auch wenn ich eigentlich satt war. Aber es zerging so süß auf der Zunge, dass ich nicht anders konnte.

Seufzend verfolgte ich die anrollenden Wellen und konnte mich nicht an der Schönheit der Ostsee sattsehen. Das Glitzern und Leuchten der Oberfläche, es hatte etwas Beruhigendes an sich. Eine ganze Weile genoss ich den Anblick und die Stille um mich herum, die nur vom Rauschen des Wassers unterbrochen wurde. Ich merkte, dass Leo recht gehabt hatte: Genau das war es, was ich brauchte. Abgeschiedenheit. Und der Gedanke, noch sechs solche Tage vor mir zu haben, gefiel mir.

Aber ich wollte nicht nur rumsitzen. Ich wollte auch etwas sehen. Auf dem Handy schaute ich mir ein paar Ausflugstipps an, schnell landeten verschiedene Sehenswürdigkeiten auf meiner Must-see-Liste. Ich entschied, dass ich lange genug im Sand gesessen hatte, erhob mich und klopfte mir den Sand von der Kleidung, als mein Blick zur Promenade schweifte.

Und da traf es mich unvermittelt. Erneut dieser Blitzschlag, der einen fast von den Füßen riss. Denn kaum zwanzig Meter entfernt sah ich ihn. Diesen Mann, dessen Anblick mich erstarren ließ. Mein Herz zum Aussetzen brachte. Wie konnte das sein? Die Gedanken überschlugen sich erneut. Das alles konnte kein Zufall sein, diese Erkenntnis pumpte das Adrenalin durch meine Venen. Ich eilte hinter ihm her, völlig gleich, dass meine Beine sich plötzlich schwer wie Blei anfühlten.

Wieder sah ich ihn nur von hinten.

Dieselbe Statur.

Dieselben schwarzen Haare.

Er trug einen Anzug, das war das Einzige, was ihn von Gabriel unterschied. Obwohl Gabriel in einer Anwaltskanzlei gearbeitet hatte, hatte er es vorgezogen, eher leger gekleidet zu sein. Nur vor Gericht war er im Anzug erschienen. Doch hätte er ein solches Jackett getragen wie der Mann vor mir, der gerade auf seinen Wagen zuhielt, er hätte zweifelsohne genau so darin ausgesehen. Und diese kraftvolle Art, sich zu bewegen, war exakt dieselbe. Ich bildete mir das nicht ein.

Nur noch wenige Meter trennten uns voneinander. Die

Frage war, ob er schneller hinter seinem Lenkrad saß oder ich ihn zuvor erreichte.

Und wenn ich diesen Wettlauf gewann? Was dann?

Darüber hatte ich mir keine Gedanken gemacht.

Ich wusste gar nicht, was ich sagen sollte oder von ihm wollte, außer sein Gesicht zu sehen, um Klarheit zu haben. Eine Klarheit, die eigentlich schon jetzt sicher war. Denn ich würde nicht Gabriels Gesicht sehen. Das war unmöglich. Egal, wie sehr ich es hoffte.

Erste Seitenstiche plagten mich.

»Warten Sie!«, rief ich, aber mir blieb bereits die Luft weg, und mein Ruf war eher ein unverständliches Krakeelen.

Mein Herz klopfte schneller, während ich durch den Sand hechtete, um zu dem gepflasterten Weg zu gelangen. Er hingegen hatte die Tür des Wagens schon aufgerissen.

»Bitte steigen Sie nicht ein!«

Just in dem Moment bimmelte mein Handy, was mich so erschreckte, dass ich fast stolperte. Ich ruderte mit den Armen, konnte das Gleichgewicht halten und holte das schrill bimmelnde Mobiltelefon hervor.

Leos Name zeigte sich auf dem Display.

Mein Kopf ruckte hoch, hin zu dem Wagen. Der Mann war eingestiegen. Fuhr davon!

Verdammt!

Das Handy bimmelte immer noch.

»Hallo?«, ging ich atemlos ran.

Aber Leo legte im selben Moment auf.

So ein Mist, murmelte ich. Die Verfolgungsjagd war vorbei, der Wagen auf und davon.

Erschöpft sank ich in den Sand zurück, atmete tief ein und aus. Zweifelsohne, es war derselbe Mann wie gestern Abend gewesen. Da war ich mir sicher. Diese Ähnlichkeit …

Ich fuhr mir übers Gesicht, versuchte zu Atem zu kommen

und Leo zurückzurufen, aber nun war sie es, die nicht ranging. Vielleicht war Alina dazwischengekommen?

Ich steckte das Handy weg und überlegte, was ich nun tun sollte.

7. Kapitel

Mein Weg führte mich über die Kurgartenstraße, ehe ich schließlich die Vorderreihe erreichte, auf der um diese Jahreszeit keine Autos fuhren. Kurzum hatte ich mich entschlossen, meinen Ursprungsplan weiterzuverfolgen und mich hier ein wenig zu erden. Auch wenn mir die Begegnung noch in den Knochen steckte. Mein Blick schweifte umher. Touristen liefen auf und ab oder an der Trave entlang. Alles ganz normal, außer mein immer noch wild klopfendes Herz. Die Frage, ob ich nicht zufällig hier war und er auch nicht, drängte sich immer wieder auf. Aber mir war auch klar, ich durfte nicht zu viel in alles reininterpretieren.

Viele Souvenir-Lädchen, Bars, Restaurants und Imbisse reihten sich aneinander. Ich schlenderte an ihnen vorbei. Versuchte im Hier und Jetzt zu bleiben, keine Gedankenschleifen zuzulassen, denn sonst verlor der Urlaub seinen Sinn.

Da klingelte abermals mein Handy. Wieder war es Leo, ich ging gleich ran.

»Hallihallo, hier ist Leo!«

»Hi, Leo.« Hatten wir uns also doch noch erwischt.

»Ich wollte hören, wie die erste Nacht war?«

»Ziemlich gut, ich habe gestern auch Bekanntschaft mit deinem Löwensteg-Quartett gemacht.«

»Wirklich? Na das ist ja ein Ding.«

Ich musste schmunzeln, wusste ich doch, dass Leo dafür gesorgt hatte, dass ihre Freundinnen ein Auge auf mich hatten. Und sicher hatten diese sie längst von der Begegnung unterrichtet.

»Was hast du denn heute vor? Erzähl doch mal.« Noch jemand, der sich brennend für meine Sightseeing-Pläne interessierte.

»Ich will mir das alte Vogteihaus ansehen.«

»Das ist eine tolle Idee! Ich glaube, im unteren Geschoss ist sogar ein Café.«

Ich lief mit dem Handy in Richtung des Gebäudes.

»Kann schon sein.«

»Alles okay?«, hakte Leo nach. Sie hatte einfach Antennen für meine niedergedrückte Laune. Ich überlegte, ob ich ihr von dem mysteriösen Fremden erzählen sollte, doch sicher würde sie denken, dass ich mir die Ähnlichkeit nur einbildete. Oder dass ich übertrieb. Oder Rückschritte statt Fortschritte machte.

»Ist es wegen deines Vorhabens?«

»Welches …«

»Der Abschied …«

Ich atmete tief ein. Tatsächlich hatte ich diesen Plan vorübergehend gänzlich verdrängt. Es war eben das, worauf ich mich am wenigsten freute. Was mir sogar Angst machte. Weswegen ich es immer wieder aufschob.

»Daran hat sich nichts geändert.« Durchziehen wollte ich es dennoch.

»Ich bin wirklich stolz auf dich, dass du das alles tun willst.« Im Hintergrund hörte ich Alina weinen. »Sorry, die Kleine hat schon wieder Hunger. Ich melde mich später, ja?«

»Alles klar. Bis dann.«

Wir legten auf, und ich setzte meinen Weg fort, entschlossen, das Beste aus dem Tag zu machen.

Ich war begeistert von dem malerischen Seebad, das mich schnell wieder auf andere Gedanken brachte und in eine positivere Stimmung versetzte. Ich spürte die frische Brise in meinem Gesicht und hörte das Kreischen der Möwen, nahm auf einer Bank Platz und genoss den Blick auf die Trave, wo riesige Fähren und kleine Segelboote vorbeizogen. Fasziniert ließ ich meinen Blick schweifen und staunte über den Kontrast zwischen dem alten und dem neuen Travemünde.

Auf der einen Seite sah ich historische Gebäude aus dem 16. und 17. Jahrhundert, die von der Vergangenheit des Ortes als Fischer- und Lotsensiedlung zeugten. Auf der anderen Seite moderne Hotels und Appartements.

Ich holte mir einen Sanddorn-Smoothie von einem Imbissstand, schlürfte aus dem Strohhalm das säuerliche Getränk. Was für ein Hochgenuss. Ich setzte meinen Weg fort, lief die Vorderreihe hoch.

Schließlich blieb mein Blick an der Alten Vogtei hängen, einem prächtigen Backsteinhaus mit stufenförmigem Dach. Schon hatte ich mein Smartphone zur Hand. Google Maps verriet mir, es war eines der ältesten Häuser des Seebads und der Sitz des Vogts gewesen, der hier die Verwaltung und Gerichtsbarkeit ausgeübt hatte. Heute war es ein Restaurant und Café, aber die Preise waren mir zu hoch für so kleine Portionen, um mir hier ein Mittagessen zu gönnen. Ich las stattdessen ein paar weitere Informationen über das Gebäude, staunte über die besondere Architektur und machte mich schließlich wieder auf den Weg zurück zum Löwensteg.

Gemächlich schlenderte ich die Straße Rose hoch, überlegte, wo ich mein Mittagessen einnehmen sollte. Mein Blick glitt dabei nach links zum Restaurant *Dreizack*, vor dem es sich ein paar Leute gemütlich gemacht hatten. Es roch nach Fisch und Meer. Doch es machte auch einen teuren Eindruck, weswegen ich ziemlich schnell von dem Plan wieder abkam. Noch dazu hatte ich ja mitbekommen, dass der Besitzer ein ziemlicher Nörgler war. Nachdenklich schaute ich mich nach einem anderen Restaurant in der Nähe um. Denn auf Gundis stark gesalzene Küche hatte ich auch nicht so recht Lust. Dabei bemerkte ich eine Bewegung aus dem Augenwinkel, die mich herumfahren ließ.

Gerade noch rechtzeitig konnte ich sehen, wie der Mann

im Anzug, den ich nun schon zwei Mal gesehen hatte, ausgerechnet im *Zum Löwen* verschwand.

Verdutzt rieb ich mir die Augen. Mein Herz schlug mir erneut bis zum Hals. Warum war er hier? Ausgerechnet hier! Rasch wollte ich nachsehen und eilte über die Kreuzung zur Pension. Ich konnte nicht anders, ich musste es endlich wissen.

8. Kapitel

Als ich die Tür zum Empfangsraum öffnete, vernahm ich zwei Stimmen. Eine davon gehörte Gundi.

»Ich lege Ihre Flyer für Ihr Restaurant gerne aus, als Nachbarn helfen wir uns selbstverständlich«, sagte sie.

Nachbarn? Sprach sie mit dem Mann im Anzug? Er war einer ihrer Nachbarn? Das wurde ja immer merkwürdiger.

»Wenn Sie mir wirklich helfen wollten, dann würden Sie dafür sorgen, dass Ihre Gäste nicht so laut feiern«, erwiderte eine männliche Stimme, die mir von einer Sekunde zur nächsten eine Gänsehaut über den Rücken jagte.

Sie klang wie Gabriels. Dasselbe Timbre, dieselbe Art zu sprechen. Das konnte nicht sein … das war unmöglich. Wie ferngesteuert stieß ich die Tür ganz auf und trat in den Raum, schaute zur Rezeption, hinter der Gundi stand. Vor ihr hatte sich eine hochgewachsene Gestalt im Anzug positioniert, die schwarzen Haare waren zurückgekämmt. Es war der Mann, den ich gestern und heute am Strand gesehen hatte.

Mein Herz klopfte schneller. Jeder Schritt fühlte sich wie auf Watte an, als träumte ich gerade nur. Die Luft erschien stickig, alles um mich herum unwirklich.

Nun konnte ich ihn etwas länger im Profil sehen. Und das, was ich die ganze Zeit geahnt hatte, wurde wahr: Er sah aus wie Gabriel. Er hatte denselben markanten Kiefer, die gleiche stolze Haltung. Und seine Stimme … mein Herz schlug schneller, als würde es nicht verstehen, dass der Mann vor mir nicht Gabriel sein konnte. Als wollte es alles, was geschehen war, einfach verdrängen und mit aller Kraft glauben, dass es eben doch mein Verlobter war.

Ganz ruhig, es gibt eine Erklärung für das alles, redete ich mir in Gedanken zu und versuchte, etwas runterzukommen.

Normalerweise hätte man an der Stelle gedacht, es gäbe einen Zwilling oder älteren Bruder, aber Gabriel hatte nie einen erwähnt. Und das hätte er, wenn es einen gegeben hätte. Das machte alles nur noch rätselhafter.

Wer also war dieser Mann?

»Ich bitte Sie, das ist doch wirklich nicht oft vorgekommen. Und was ist nun mit den Flyern? Sollen wir die hier auslegen oder nicht? Deswegen sind Sie doch gekommen.«

»Nun gut, dann nehmen Sie eben ein paar Flyer«, sagte der Mann großzügig und legte einige Broschüren auf die Theke. Als würde er Gundi damit einen Gefallen tun, nicht umgekehrt.

»Haben Sie die denn auch schon in der Konditorei ausgelegt?«

»Natürlich, überall in der Gegend, sogar an der Strandbar.«

Deswegen hatte ich ihn vorhin dort gesehen?

»Also dann, ich danke Ihnen, Frau Andresen. Ich muss jetzt weiter.«

Plötzlich drehte er sich zu mir um, und zwar so schwungvoll, dass wir unwillkürlich zusammenstießen.

Mir blieb nun endgültig das Herz stehen, während ich ihn erschrocken musterte. Die Gesichtsform, die Statur, die Art, wie sich seine Braue hochschwang … Er war älter und in seinen Augen lag nichts Vertrautes, nichts Sanftes. Dennoch war er Gabriel wie aus dem Gesicht geschnitten. Und das genügte meinem Herzen. Es wollte ihm entgegenspringen, so irrational es auch war.

»Was … fällt Ihnen ein?«, fuhr er mich jedoch an, und ich zuckte unwillkürlich zusammen. Erst jetzt bemerkte ich den orangenen Fleck auf dem weißen Stoff. Der Inhalt meines Smoothies war auf sein vornehmes Hemd geschwappt. Voll und rund breitete er sich dort aus, als wollte er jegliches Weiß durch ein kräftiges Orange ersetzen.

»Ich ... o nein.«

»Hier ist ein Tuch«, rief Gundi und eilte hinter der Rezeption hervor. Sie versuchte, ihm zu helfen, den Fleck wegzuwischen, doch sie schien ihn nur noch mehr zu verreiben.

»Schon gut«, knurrte der Mann und fixierte mich verärgert.

Verwirrt wich ich zurück. Ich konnte kaum verarbeiten, was ich sah. All die Erinnerungen stürzten auf mich ein. Da war er wieder, dieser Verlustschmerz, der sich wie ein Dolch in meine Brust bohrte. Zugleich die Erkenntnis, dass der Traum wie eine Seifenblase zerplatzt war. Die Hoffnung, dass es doch hätte Gabriel sein können. Wie albern, auch nur daran zu denken.

Schlimmer, ich hatte diesen Mann auch noch wütend gemacht. Alles kam zusammen.

Ich murmelte etwas Unverständliches und trat die Flucht an. Ich wusste nicht, was ich sonst hätte tun sollen.

»Mia, Liebes ... was ist mit dir?«, fragte auch schon Gundi.

Aber da hatte ich längst die Beine in die Hand genommen und eilte auf mein Zimmer.

9. Kapitel

Wieso war ich weggelaufen? Vor diesem Mann, der meinem Verlobten wie aus dem Gesicht geschnitten war. Wieso hatte ich nicht einfach erklärt, wer ich war? Gefragt, wer er war? Ich war überfordert gewesen. Seine ungehobelte Art hatte ihr Übriges getan. Nun kam ich mir albern vor. Auch deshalb, weil ein Teil von mir ernstlich gehofft hatte, dass Gabriel zurück sein könnte. Verschollen war nicht tot ... Ich fuhr mir mit einem Taschentuch über die brennenden Augen. Vielleicht verstand ich jetzt zum ersten Mal, was alle gemeint hatten? Leo, meine anderen Freundinnen und Freunde, meine Familie, die sich alle immerzu um mich gesorgt hatten, weil sie erkannt hatten, dass ich nicht loslassen konnte. Und was den Fremden anging, ich hatte mich nicht mal entschuldigt.

Aber ich hatte auch völlig neben mir gestanden. Diese Ähnlichkeit. Wenigstens einer Sache war ich mir sicher: Es konnte kein Zufall sein.

Gabriel hatte jedoch in den drei Jahren, die wir uns gekannt hatten, nie einen Bruder erwähnt. Auch keinen Cousin.

Vielleicht war er also einfach nur jemand, der ihm sehr ähnlich sah? Hieß es nicht, dass jeder Mensch auf der Welt wenigstens einen Doppelgänger hatte? Aber wieso traf ich ihn ausgerechnet hier? So nah an Gabriels Heimatort Timmendorfer Strand?

Plötzlich klopfte es an der Tür. Ich schreckte unwillkürlich zusammen.

»Mia? Bist du da?«, vernahm ich Gundis besorgte Stimme.

»Ja, bin ich«, erwiderte ich und versuchte mich zu fassen.

Gundi hatte gewiss ihre eigenen Sorgen. Ich wollte nicht, dass sie sich nun auch noch um mich sorgte.

»Darf ich hereinkommen?«

»Natürlich.«

Ich schluckte die Tränen runter, versteckte das Taschentuch unter dem Kopfkissen und straffte die Schultern.

Gundi lugte vorsichtig ins Zimmer.

»Liebes, was ist denn los? Hat dir Herr Jansen solch einen Schrecken eingejagt? Er ist ein bisschen schwierig, das weiß jeder, der ihn kennt. Er trägt die Nase bis über den Wolken mit seinem Sternerestaurant. Aber das ist doch kein Grund wegzulaufen.«

»Herr Jansen?«

»Unser unleidlicher Nachbar«, erklärte sie. Ich erinnerte mich daran, dass sie ihn schon erwähnt hatte. Doch das war nicht das, was mich erstaunte. Derselbe Nachname. Das gab es doch nicht! War er doch mit Gabriel verwandt?

Ich richtete mich auf, wischte mir noch mal über die Augen und bemerkte erst jetzt, dass meine Wangen noch immer von Tränen feucht waren.

»Herr Jansen vom *Dreizack* schräg gegenüber«, bestätigte Gundi und blickte mich mitfühlend an. Bedächtig kam sie näher, setzte sich auf die Bettkante. »Was ist denn los?«

Ich seufzte. Was brachte es, es zu leugnen? Meine Tränen sprachen ihre eigene Sprache.

»Ach … es ist kompliziert«, deutete ich an.

»Hat Herr Jansen etwas Gemeines zu dir gesagt? Das tut er nämlich gerne mal.«

Herr Jansen … der unleidliche Nachbar …

»Nein … ich … bin ihm eben zum ersten Mal … mit ihm zusammengestoßen.« Auch wenn es sich für mein Herz komplett anders anfühlte.

Gundi griff nach meiner Hand. Mütterlich sah sie mich an.

»Was ist es dann? Ich sehe doch, dass du traurig bist.« Sie

klang genau wie Leo. Sie hatte auch diesen Röntgenblick. »Der alten Gundi kannst du es erzählen. Natürlich nur, wenn du willst. Sie hat immer ein offenes Ohr für jeden.«

Ich nickte langsam. Vielleicht sollte ich das tun. Irgendwie hatte ich das Gefühl, ihr eine Erklärung zu schulden. Ich wusste zudem, ich konnte ihr vertrauen, und schluckte den Kloß in meinem Hals herunter, erzählte ihr von meiner Verlobung, von meiner Liebe zu Gabriel und wie diese durch das Schicksal zerstört worden war. Ich erzählte ihr auch von dieser unglaublichen Ähnlichkeit zwischen ihm und diesem Herrn Jansen. Gundi hörte mir aufmerksam zu, ich sah ihr an, dass sie meine Geschichte berührte. Immer wieder nickte sie, drückte meine Hand oder schluckte selbst sichtlich.

»Das tut mir sehr leid, Kind. Ich wusste nicht, dass du einen solch furchtbaren Schicksalsschlag hinter dir hast«, meinte sie traurig. »Wenn ich mir nur vorstelle, was du durchgemacht hast ...«

»Ich dachte, es würde mir inzwischen besser gehen. Aber manchmal trifft es mich immer noch wie ein Schlag, und diese Ähnlichkeit ... die hat alles, was ich hier vorgehabt hatte, aus der Bahn geworfen.«

»Das ist doch verständlich«, sagte Gundi mitfühlend. »Vielleicht ist unser Herr Jansen ja tatsächlich mit deinem Gabriel verwandt.«

Gut möglich.

»Hat er denn mal einen Gabriel erwähnt? Oder gab es früher mal ein Gabriel in der Gegend?«

Gundi schüttelte bedauernd den Kopf. »So eng bin ich mit Herrn Jansen nicht, daher kann ich dir das nicht sagen.«

Herr Jansen musste mich in jedem Fall für einen unhöflichen Tölpel halten. Ich hatte sein Hemd schmutzig gemacht und war wortlose weggerannt. Ich sollte mich entschuldigen. Vielleicht konnte ich dann auch mehr herausfinden.

»Ich werde mit Herrn Jansen reden«, entschied ich. Ich

wollte ihm erklären, weshalb ich mich so merkwürdig verhalten hatte. Ihm anbieten, die Reinigung seines Hemds zu bezahlen. Und ich wollte herausfinden, in welcher Beziehung er zu Gabriel stand. Falls es tatsächlich eine gab. Aber da war ich mir inzwischen sicher. »Ich sollte zu ihm gehen.«

»Das musst du nicht, ich kann ihm auch erklären, dass es nur ein Versehen war und dir leidtut, wenn du dich jetzt lieber ausruhen magst.«

Ich schüttelte den Kopf. Hier herumzuliegen brachte mich auch nicht weiter.

»Ich will es tun.«

»Na schön, er wohnt auf der anderen Seite der Rosenkreuzung. Das Restaurant Dreizack gehört ihm, wie du schon mitbekommen hast«, erklärte mir Gundi, »ist es die vornehmste Adresse im ganzen Löwensteg.«

Da brauchte ich wohl mein Frühlingskleid und eine schöne Jacke.

Ich erhob mich, ging zu meinem Schrank und suchte nach den Sachen. Dabei fiel mir meine schöne beige-karierte Langjacke in die Hände. Sie roch so frisch, weil ich sie selten trug. Sie war eines von Gabriels letzten Geschenken an mich gewesen, und sie schien sich für das zu eignen, was ich vorhatte, war sie doch luftig und elegant, genau richtig für das Wetter. Und das *Dreizack*.

»Mia?«

Ich wandte mich zu Gundi um.

»Soll ich dich vielleicht begleiten?«

»Das ist wirklich lieb. Aber es geht schon«, versicherte ich. Ganz so zerbrechlich war ich nun auch nicht.

»Es ist nur … Herr Jansen ist schon in Ordnung, aber er kann auch ziemlich …«

»… arrogant sein?«, hakte ich nach, denn so war er mir tatsächlich erschienen. Das war etwas, das er gar nicht mit

Gabriel gemeinsam hatte. So ähnlich sie sich auch sehen mochten, vom Typ her schienen sie sehr verschieden.

Gundi nickte. »Ja, genau, er kann ziemlich arrogant wirken.«

»Davon lasse ich mich nicht abschrecken.« Zumindest nicht noch mal. »Ich will mich ihm ja nur kurz erklären.« Außerdem würde ich ihn von jetzt an vielleicht öfter sehen, wenn er so nah an der Pension sein Restaurant hatte. Ich wusste nicht, ob mir das wirklich gefiel, ständig einen Gabriel-Doppelgänger vor Augen zu haben. Aber ich musste das für mich klären.

»Na schön, ich wünsche dir viel Erfolg. Und wenn du mich danach doch noch brauchst, habe ich ein offenes Ohr für dich.« Gundi erhob sich und wandte sich zur Tür. Ich nickte ihr dankbar zu, bevor sie ging.

10. Kapitel

Kurz darauf wanderte mein Blick über die Rosenkreuzung und blieb am *Dreizack* hängen. Das Restaurant wirkte maritim und edel. Die Leute, die draußen saßen und dort speisten, trugen teure Kleidung und wirkten vornehm. Das passende Publikum für ein Sternerestaurant.

Als ich eintrat, wehte mir der Duft von frischem Fisch und mediterranen Saucen entgegen.

Drei Kellner eilten umher, stellten hier eine Platte mit Meeresfrüchten ab oder schenkten dort einen edlen Tropfen aus. Es gab keinen einzigen freien Tisch.

Die Wände waren weiß gehalten, zahlreiche bunte Bilder schmückten sie, zeigten mediterrane Szenen und Schauplätze.

Und dann sah ich ihn, in seinem feinen Anzug präsentierte er sichtlich wohlhabenden Gästen eine teure Weinflasche. Überrascht musterte ich ihn, denn sein Anblick löste etwas in mir aus, das mich überraschte.

Wieder war da dieses merkwürdige Gefühl von Vertrautheit und dem glatten Gegenteil davon. Er wirkte wie ein Gabriel aus einem Spiegeluniversum, er sah genauso aus und schien doch ganz anders. Aber das war nicht alles. Da war noch dieser merkwürdige Gedanke, dass, wenn ich recht hatte und er mit Gabriel verwandt war, dann etwas von Gabriel noch existierte. Der Gedanke erfüllte mich mit Euphorie und noch mehr Hoffnung.

Ohne dass ich mich bewegt oder auf mich aufmerksam gemacht hätte, hob Herr Jansen plötzlich den Blick und sah in meine Richtung.

Unsere Blicke trafen sich.

Mein ungestümes Herz fing sofort wieder zu rasen an. Denn es täuschte sich. Es glaubte, in Gabriels Augen zu sehen.

Herr Jansen hob eine Braue, wie er es heute schon einmal getan hatte, und musterte mich von oben bis unten. Vielleicht war ich nicht vornehm genug gekleidet, trotz des Kleides und der schönen Jacke. Schließlich kam er auf mich zu.

»Kann ich Ihnen helfen? Benötigen Sie einen Tisch? Wir sind leider gerade voll.«

Ich starrte ihn an, hörte seine Stimme und war für einen Moment erneut versucht, ihn für Gabriel zu halten. Nur für einen Augenblick wollte ich, dass es wahr war. Für einen Bruchteil einer Sekunde sollte alles wieder normal sein.

Da ich mich so seltsam verhielt, schien er sich an unsere vorherige Begegnung zu erinnern.

»Sie?«, wunderte er sich und strich sich über das frische Hemd, als hätte ich es erneut bekleckert.

»Kann ich … Sie kurz sprechen?«, hakte ich etwas durcheinander nach.

»Worum geht es denn? Und werden Sie wieder vor mir weglaufen, nachdem Sie mich mit einem Smoothie überschüttet haben?« Er wirkte weniger verärgert als noch vorhin, was mich aufatmen ließ.

Rasch schüttelte ich den Kopf.

»Ich habe jetzt eigentlich keine Zeit«, versuchte er abzuwiegeln. »Kommen Sie ein anderes Mal wieder.«

»Es geht um Gabriel«, sagte ich frei heraus.

Dieser Name schien einen Moment lang zwischen uns in der Luft zu schweben. Und zugleich alles zu verändern.

Als sich Herrn Jansens Augen weiteten, wusste ich, dass er Gabriel kannte.

Langsam schluckte er, ich konnte es genau sehen. Sein Blick wandelte sich. Es war eine Mischung aus Erstaunen und Traurigkeit. Und für einen winzigen Moment schien seine kühle Ausstrahlung zu schwinden.

»Wer sind Sie?«, fragte er und fixierte mich.

»Ich bin … ich war Gabriels Verlobte. Mia Franke …«

Herr Jansen atmete tief ein, schloss für einen Moment die Augen, als dachte er nach, dann winkte er einen Kellner zu sich, drückte diesem die teure Weinflasche in die Hand.

»Ich mache eine Viertelstunde Pause«, erklärte er und winkte mich dann mit sich hinter die Kulissen des Edelrestaurants.

Gleich darauf bot er mir einen Platz in seinem Büro an. Es war ein verhältnismäßig kleiner Raum, der gar nicht so recht zu dem Mann im edlen Anzug passen wollte, wirkte das Zimmer doch schlicht und fast spartanisch, nur das Nötigste fand sich darin.

Ich setzte mich auf einen Stuhl, während er vor mir Platz nahm. Er musterte mich erneut eindringlich, dabei bewegten sich seine Augen hin und her. Ich ertappte mich bei dem Wunsch, hinter seine Stirn blicken zu können, fragte mich, was er gerade dachte. Was ihn bewegte, denn das etwas verändert war, war nicht zu übersehen. Als ich Gabriels Namen ausgesprochen hatte, hatte es ihn berührt.

Seine Augen leuchteten Himmelblau. So wie auch Gabriels Augen geleuchtet hatten, wenn er mich auf diese bestimmte Weise angesehen hatte, die in meiner Brust für wildes Herzklopfen gesorgt hatte.

Schlimmer, sie sahen genauso aus.

Ich hatte das Gefühl, in die Vergangenheit zu blicken. Konnte mich nicht losreißen von diesem Leuchten seiner Pupillen und fühlte mich zugleich seltsam beruhigt. Als wäre mein Herz endlich überzeugt, dass alles wieder in Ordnung war.

Aber das war es nicht.

Und der Mann vor mir war nicht Gabriel. Er war viel kühler. Sein Blick, so ähnlich er auch wirkte, war nicht so herzlich wie Gabriels Blick es gewesen war. Herr Jansen, der unleidliche Nachbar, er mochte Gabriels Züge haben, aber davon abgesehen erschienen die beiden Männer wie Feuer und Wasser.

Er faltete die Hände vor sich auf dem Tisch, wirkte in seinem Anzug wie ein Geschäftsmann und ich wie jemand, der zum Bewerbungsgespräch erschienen war.

»Frau Franke, wie Sie sich sicher schon gedacht haben, bin ich Gabriels Bruder.«

Ich machte große Augen, war ehrlich erstaunt.

»Bruder«, murmelte ich. Er hatte ihn nie erwähnt, aber ja, es war naheliegend. Wie ich es mir gedacht hatte. Es konnte keine andere Erklärung geben bei dieser enormen Ähnlichkeit. Man hätte fast an Zwillingsbrüder denken können, doch ich sah, dass der Mann vor mir älter war. Auch älter, als Gabriel es jetzt wäre.

Unwillkürlich fragte ich mich, was der Grund war, warum Gabriel nie über ihn geredet hatte. Ja, als hätte er gar nicht existiert.

Mein Blick glitt zu einem Regal auf der rechten Seite, in dem ich neben Aktenordnern ein paar Fotorahmen ausmachte. Auf einem der Bilder konnte ich zwei Jungs sehen, die in die Kamera lächelten. Der eine, daran gab es keinen Zweifel, war Gabriel. Ich erkannte sein schelmisches Lächeln wieder. Der Größere der beiden hatte den Arm um ihn gelegt. Er war zu dem Mann geworden, der nun vor mir saß.

»Ich heiße Gideon Jansen«, stellte er sich vor.

Ich nickte langsam, konnte den Blick kaum von dem Foto lassen. Es fühlte sich an, als bräuchte ich nur die Hand nach diesem auszustrecken, um Gabriel noch einmal nah zu sein.

»Mir gehört dieses Restaurant. Und Sie sind Filmwissenschaftlerin und Location Scout, nicht wahr? Doch Ihr Traum ist es, eines Tages Szenenbildnerin zu werden. Auch wenn ich zugeben muss, dass ich nicht genau weiß, was eine Szenenbildnerin macht.«

Ich hob eine Braue. Der wusste ja verdammt viel über

mich. »Gabriel hat Ihnen offenbar einiges über mich erzählt.«
Umgekehrt war das nicht so gewesen. Warum?

»Das hat er. Mehr als Sie vielleicht denken.« Sein Blick
wurde sanfter. Er musterte mich genau, das entging mir nicht.
Meine Hände verschränkten sich nervös ineinander, blieben
in meinem Schoß liegen. Was wusste er noch über mich? Was
hatte Gabriel ihm noch gesagt?

»Ich bin nun Szenenbildnerin«, klärte ich ihn auf. »Ich bin
beim Film und Fernsehen für die Ausgestaltung der Settings
zuständig. Wenn Sie im Hintergrund einer Szene ein Zimmer
oder einen schönen Garten sehen, dann hat ein Szenenbildner
oder eine Szenenbildnerin diese gestaltet.«

Warum erzählte ich das überhaupt? Das war doch neben-
sächlich.

»Ich verstehe, Frau Franke. Ich freue mich, dass Sie Ihren
Traum wahrmachen konnten.« Es klang ehrlich.

Ich hätte auf die Erfüllung meines Traums verzichtet,
wenn ich stattdessen hätte Gabriel behalten dürfen.

Immer noch musterte er mich.

»Aber eines frage ich mich dennoch.«

»Das wäre?«

»Warum sind Sie hier? Nach drei Jahren?«

Ich hörte nicht den Vorwurf, dass ich immer noch nicht
losgelassen habe, sondern eher die Verwunderung, warum ich
erst jetzt hier aufgeschlagen war.

»Ich bin … nicht wegen Ihnen hier. Ich wusste nicht einmal, dass es Sie gibt. Gabriel hat Sie nie erwähnt.«

Vorsichtig linste ich zu ihm, um zu sehen, wie er darauf
reagierte. Denn immerhin kannte er ja meine halbe Lebensge-
schichte, während ich nicht mal geahnt hatte, dass er existierte.

Ich sah, wie sich seine Augen einen kurzen Moment weiteten. Als wäre er erschüttert oder überrascht. Doch schnell
setzte er wieder das Pokerface auf.

»Ich bin ... nach Travemünde gekommen, um ...« Die Stimme brach mir weg. Ich rieb mir die Stirn. Warum war es nur so verdammt schwer, es einfach zu sagen? »... um einen Abschluss zu finden.«

Vielleicht konnte dieser unleidliche Nachbar es nicht verstehen. Das war mir egal. Um ihn ging es jedenfalls nicht, falls er das aus irgendeinem Grund glaubte.

»Und nun bin ich nur zu Ihnen gekommen, weil ich ... aufklären wollte, warum ich vorhin vor Ihnen weggelaufen bin. Ich dachte ... Gabriel stünde vor mir. Das hat ... mich erschreckt ... denn ich wusste nichts von einem Bruder. Sie müssen das für ziemlich albern halten.«

Ich hob den Blick. Etwas im Ausdruck von Gideon Jansens Augen hatte sich verändert. Wieder schluckte er auf diese Weise, die verriet, dass ihn etwas erstaunte.

»Nein, ich halte das nicht für albern. Im Gegenteil. Sie konnten nichts von mir wissen, wenn Gabriel mich nicht erwähnt hat. Es tut ... mir sehr leid, wenn ich ... eine Wunde wieder aufgerissen habe. Mein Anblick muss Sie sehr erschreckt haben. Schon früher hat man uns gesagt, dass wir uns sehr ähnlich sehen. Was sollten Sie also denken?«

Nun sah er mich direkt an, und ich erkannte ehrliches Bedauern in seinem Blick. Mehr noch, ich sah ehrliches Mitgefühl. Es überraschte mich, kam er mir doch plötzlich wie verwandelt vor.

Nervös spielte ich an einem der riesigen Knöpfe meiner Jacke. Denn plötzlich erkannte ich, dass er und ich etwas gemeinsam hatten. Dass wir beide einen großen Verlust erlitten hatten, der nicht nur mich noch heute quälte. Dass Gabriel ihn mir gegenüber nicht erwähnt hatte, schien auch bei ihm etwas aufgerissen zu haben.

»Dass Sie nichts von mir wussten, überrascht mich nicht. Wir haben nur sehr wenig miteinander gesprochen. Aber eines kann ich Ihnen sagen. Er hat ... Sie sehr geliebt«, offenbarte er nun, und ein warmes Gefühl schlich sich in meine Brust.

»Das hat er Ihnen gesagt?«

Gideon nickte.

»Gabriel und ich – wir haben uns nicht sehr gut verstanden. Ein alter Streit ... Wir waren dabei, uns wieder anzunähern. Immer mal wieder haben wir miteinander telefoniert. Nur kurze Gespräche. Doch als ich ... zuletzt mit ihm geredet habe, hat er nur von Ihnen gesprochen und die Verlobungsfeier geplant.«

Ich spürte, wie meine Augen unwillkürlich zu brennen anfingen. Gabriel hatte darauf bestanden, die Feier allein zu organisieren. Sie hatte eine Überraschung werden und nach seiner Rückkehr aus Bergen stattfinden sollen. Daher hatte ich nicht gewusst, was er sich überlegt hatte. Und ich hatte auch geglaubt, es niemals zu erfahren, denn auch seine Mutter war nicht eingeweiht gewesen. Doch offenbar hatte er sich Gideon anvertraut, weil sich die Brüder, wie Gideon gerade erzählte, wieder angenähert hatten.

»Erzählen Sie mir davon. Bitte«, rutschte es mir mit klopfendem Herzen raus.

Gideon Jansen nickte sanft.

»Er hat eine Band engagiert ... und unzählige Blumen bestellt.« Girlanden, Ballons, ein Restaurant hatte er auch ausgesucht. Er hat mir gesagt, dass er mich Ihnen vorstellen möchte, auf der Feier. Das hat mich sehr gefreut. Ich habe mit einer gewissen Zuversicht auf diese Veranstaltung geschaut.«

Ich straffte die Schultern. Das zu hören, zauberte mir eine Gänsehaut auf die Arme. Auf diese Weise etwas Neues über Gabriel zu erfahren, war überwältigend. Es ließ mich auch daran denken, welche Träume wir noch gehabt hatten. Für die Zeit nach der Verlobung und der Hochzeit. Wir hatten uns ein Häuschen mit Garten gewünscht, etwas spießig, aber auch heimelig. Kinder. Ich massierte meine Schläfen. All die Dinge, die wir hatten tun wollen …

»Es tut mir … sehr leid, dass die Feier nicht mehr hat stattfinden können«, erklärte er leise. »Es war wohl das Ende von mehr als nur einem Traum.«

Wieder wanderte mein Blick zu dem Bild, auf dem sich die beiden Brüder offenbar noch recht gut vertragen hatten.

Nun musterte ich den Hintergrund, sah eine steile Küste. Die Jungs wirkten so abenteuerlustig und genossen ihren Sommer sichtlich. Hinter ihnen sah ich einen alten knorrigen Baum, der über das Ufer hing. Seine verbogenen Äste berührten fast die See, erinnerten an die Arme eines Kraken. Etwas Geheimnisvolles umgab das Gebilde.

»Das ist der alte Lochsteinbaum an der Brodtener Steilküste«, erklärte mir Gideon, der meinem Blick wohl gefolgt war.

Ein Lächeln trat auf seine Lippen, und er schien in Gedanken zu versinken.

»Wir waren dort auf Schatzsuche«, erklärte er mir.

Ich musste unwillkürlich grinsen. Schatzsuche also? Nun, was sollte zwei Jungs im Alter von geschätzten acht bis zehn Jahren auch anderes an einem heißen Sommertag einfallen?

Diese kleine Info gab mir das Gefühl, doch noch etwas über Gabriel zu erfahren, das ich bisher nicht gewusst hatte. Es war nur eine Kleinigkeit, doch sie erschien mir gerade sehr kostbar.

»Sie hatten bestimmt viel Spaß.«

»Den hatten wir.« Er seufzte, schien noch eine Weile in der Erinnerung abzutauchen, ohne sie mit mir zu teilen, dann warf er einen Blick auf die Uhr. Die Viertelstunde war rum. Und das Gemurmel vor der Tür erinnerte nicht nur ihn daran, dass wir gerade in einem Drei-Sterne-Restaurant saßen, das rappelvoll war.

»Wie dem auch sei, Sie haben mir ja nun erklärt, warum

Sie vorhin vor mir weggelaufen sind. Ich danke Ihnen für die Aufklärung.«

Schon war der Geschäftsmann zurück, förmlich und distanziert, während mir durch den Kopf ging, dass dieser Mann fast mein Schwager geworden wäre. Ob wir in einer anderen Zeit miteinander ausgekommen wären? Ich war nicht sicher.

»Die Kosten für die Reinigung des Hemdes werde ich natürlich übernehmen!«, fiel es mir ein.

Gideon winkte ab. »Lassen Sie mal, das bekomme ich schon hin. Leider muss ich wieder zurück an die Arbeit. Aber ich freue mich, dass ich Sie habe kennenlernen dürfen, nach allem, was Gabriel über Sie erzählt hat.«

Meine Wangen röteten sich unwillkürlich.

»Oh … ja, natürlich …« Das Restaurant leitete sich nicht von selbst. Ich erhob mich, er tat es auch, ging voraus, um mir die Tür zu öffnen.

»Vorsicht, Stufe«, warnte er mich, denn es befand sich tatsächlich eine Schwelle als Übergang zwischen dem Büro und dem Flur. Doch schon verlor ich das Gleichgewicht und stolperte Gideon in die Arme, der mich aus einem Reflex heraus auffing. Für einen winzigen Moment nahm ich seinen Duft wahr. Er war so vertraut, aber auch ein bisschen anders. Instinktiv sog ich ihn auf. Dann blinzelte ich verlegen zu ihm hoch.

»Entschuldigung«, murmelte ich durcheinander.

Ich merkte, dass er mich immer noch festhielt. Ein wenig zu lange. Das schien auch ihm aufzufallen, weswegen er mich losließ.

»Alles in Ordnung?«

Ich nickte. »Sie müssen mich für den größten Tollpatsch unter der Sonne halten.«

»Vielleicht«, meinte er grinsend. Es war ein schiefes Grinsen. Bei dem sich nur ein Mundwinkel hochzog. Ein Grinsen, wie es Gabriel oft gezeigt hatte. Ein kalter Schauer erfasste mich, als mir das bewusst wurde. »Immerhin haben Sie diesmal keinen Sanddornsaft auf mir verteilt.«

»Das ist wahr.«

Ich machte einen Schritt zurück, fuhr mir durcheinander über die Stirn. Danach atmete ich einige Male tief durch, um mich zu fangen, und straffte die Schultern. Dieses Grinsen. Es war so derart Gabriel-typisch, dass ich es selbst jetzt noch vor mir sah. »Alles in Ordnung?«, hakte er nach. Ich wagte es nicht, ihn jetzt noch mal anzusehen.

»Natürlich. Nochmals vielen Dank.«

»Gerne geschehen.«

Ich ging aus dem Büro.

»Ach, Frau Franke?«

Abrupt hielt ich inne, drehte mich dann noch mal zu ihm um und sah ihn nun doch wieder an. Das Gabriel-Grinsen war weg.

»Wünschen Sie … dass ich Sie begleite? Nach Timmendorfer Strand, damit Sie Ihren Abschluss finden können?«

Überrascht sah ich ihn an. Wieso schlug er das denn jetzt vor? Weil ich so durcheinander wirkte? Aber gut wäre es schon, jemanden bei mir zu haben. Denn dann konnte ich nicht kneifen.

»Sie würden mich hinbringen?«

Er nickte. »Ja, ich kenne mich dort schließlich aus. Und wenn Sie eine Begleitung wünschen, kann ich mir freinehmen. Als Restaurantchef ist mir das jederzeit möglich.«

»Morgen Vormittag? Ginge das?«

Wenn sich schon diese Gelegenheit bot, sollte ich sie möglichst rasch beim Schopf packen.

»Sehr gerne, ich werde für Sie da sein. Sie können sich meiner Unterstützung gewiss sein.«

Ein Lächeln huschte über meine Lippen. Gideon Jansen drückte sich stets sehr vornehm aus. Vielleicht war ihm das in

Fleisch und Blut übergegangen, weil er jeden Tag mit wohlhabenden Gästen zu tun hatte? In jedem Fall war das noch etwas, in dem er sich von seinem Bruder unterschied. Gabriel war immer locker drauf gewesen. Nicht so förmlich.

Gideon führte mich galant in den Gastraum zurück. Dort war es immer noch rappelvoll.

»Danke nochmals und bis morgen«, verabschiedete ich mich und ging mit einem schwirrenden Kopf. Je weiter ich mich vom *Dreizack* entfernte und auf das *Zum Löwen* zuhielt, desto mehr Fragen ploppten erneut in meinem Kopf auf. Und es wurden mit jedem Schritt mehr. Wieso hatte ich nichts von Gideon gewusst? Warum hatte Gabriel ihn nie erwähnt? War das Absicht gewesen? Wenn ja, warum? Was war der Grund für ihre Entzweiung, die Gideon bereits angedeutet hatte? Was war vorgefallen? Was hatte die Brüder, die sich als Kinder so gut verstanden hatten, später im Leben auseinandergebracht?

Ich fuhr mir durchs Haar, massierte meine Schläfen und betrat das Gasthaus mit nur noch mehr Fragen im Kopf.

11. Kapitel

»Mia, Liebes, ich hoffe, Herr Jansen war nicht allzu harsch zu dir«, rief Gundi und kam hinter der Rezeption hervorgelaufen. Sie schien zu merken, dass ich durcheinander war und legte sanft die Hände auf meine Schultern. »Was hat er gesagt? Wenn er ungehobelt war, lernt er mich kennen!«

»Nein, nein … es ist alles gut … er ist tatsächlich … Gabriels Bruder«, murmelte ich.

Gundi zog die Brauen hoch, schien zu verstehen.

»Wirklich?«

Ich nickte langsam, konnte es ja selbst kaum glauben, obwohl man es bei ihrer Ähnlichkeit wirklich hätte ahnen sollen.

»Er war sehr nett«, musste ich außerdem zugeben.

Gundi hielt verdutzt inne. »Das war er? Unser Herr Jansen?«

»Ja, er hat mir sogar seine Hilfe angeboten.«

»Wie ungewöhnlich. Ich meine … wie reizend. Und wie geht es dir? Alles in Ordnung?« Sie strich vorsichtig über meinen Oberarm. »Das muss ja … ein ziemlicher Schock für dich gewesen sein.«

»Ja, das war es auch. Aber ich bin in Ordnung.« Das Gespräch hatte mir überraschend gutgetan. Es hatte auch viele Fragen aufgeworfen. Aber ich fühlte mich besser. Auch ein bisschen müde, weswegen ich mich hinlegen wollte. Es kam irgendwie alles zusammen. »Ich mache ein Nickerchen«, erklärte ich Gundi. Wie wenig Schlaf ich in all der Zeit gefunden hatte, merkte ich erst jetzt, da ich langsam zur Ruhe kam.

»Natürlich. Wenn etwas ist, du weißt ja, wo du mich findest.«

»Danke.«

Ich zog mich für ein paar Stunden auf mein Zimmer zurück, merkte wieder einmal, wie gespenstisch still der Flur war, in dem sich meine Bleibe befand. Ich schloss meine Tür auf, zog die Jacke aus und stellte fest, dass ich einen Knopf verloren hatte. Darüber ärgerte ich mich. Es war ein recht großer, auffälliger Knopf, den man nicht leicht würde ersetzen können. Ich hängte die Jacke auf und legte mich hin.

Mich beschäftigte das Gespräch mit Gideon. Was für eine seltsame Begegnung das gewesen war. Allein welch Zufall es war, dass ich Gabriels Bruder ausgerechnet hier begegnet war. Nein, so groß war der Zufall eigentlich gar nicht. Immerhin war auch Gideon in Timmendorfer Strand aufgewachsen. Dass er hier, in Lübeck-Travemünde, sesshaft geworden war, war doch recht naheliegend.

Aber dass ich ihm begegnet war, das war merkwürdig. Lübeck war groß. Er hätte überall ein Restaurant eröffnen können. Stattdessen befand es sich hier im Löwensteg, wo eben auch die Pension von Leos Eltern war. Quer über die Straße musste man nur gehen.

Eigentlich war ich hergekommen, um einen Abschluss zu finden. Doch es schien, als würde das Schicksal mir nun die Möglichkeit geben, eine neue Verbindung zu Gabriel aufzubauen. Durch seinen Bruder.

Ja, in gewisser Weise lebte er in Gideon weiter. Und das nicht nur wegen der äußerlichen Ähnlichkeit. Dieses Gabriel-Grinsen, mit dem ich nicht gerechnet hatte, hatte mich durcheinandergebracht. Es hatte mich aber auch daran erinnert, dass die beiden zusammen aufgewachsen waren. Dass sie gemeinsame Erinnerungen und Erlebnisse hatten, Gideon Dinge über Gabriel wusste, die ich noch nicht wusste. Dass sie eine Verbindung zueinander hatten, die seit ihrer Kindheit bestand. Womöglich war Gideon trotz des Streits, der sie entzweit hatte, die Person, die Gabriel am besten gekannt hatte.

Dadurch war es ein bisschen so, als könnte auch ich Gabriel noch einmal näherkommen.

War das fair? War das richtig?

Ich wusste es nicht.

Doch vielleicht brauchte es in diesem Moment keine klare Antwort darauf?

Gegen achtzehn Uhr klopfte es.

»Mia, Liebes? Geht es dir besser?«, drang Gundis Stimme durch die Tür. Ich hatte tatsächlich noch ein bisschen geschlafen. Es war, als wollte ich all den verpassten Schlaf der letzten Jahre mit einem Mal nachholen. All die Nächte, in denen ich wach gelegen hatte.

»Wie schön. Es ist Besuch für dich da«, rief sie mir zu.

Ich horchte überrascht auf. Besuch? Von Gideon? Wieso kam ich ausgerechnet auf ihn? Und wieso machte mich dieser Gedanke ganz nervös?

»Es sind Nova, Stella und Em. Sie warten unten auf dich. Sie meinten, sie wollten dich heute Abend entführen.«

»Oh … ich … bin gleich unten.«

Klang ja aufregend. Eine Entführung. War ich trotzdem ein bisschen enttäuscht, dass es nicht Gideon war?

Ich machte mich frisch und eilte dann aus meinem Zimmer, die Treppe runter in den Empfangsbereich der Pension, wo die drei etwas verloren herumstanden.

»Guten Abend«, sagte ich überrascht. »Ihr wollt mich entführen?«

Sie schauten mich mitleidig an. Nova strich sogar über meine Schulter. Em stöpselte ihre Kopfhörer aus den Ohren und hob grüßend die Hand, verzog traurig den Mund. Da wusste ich, Gundi hatte es ihnen erzählt. Sicher nicht absichtlich. Leo hatte mir gesagt, sie verplapperte sich gerne. Das war mir unangenehm. Ich wollte nicht der Trauerkloß der Gruppe sein, nicht bemitleidet werden.

»Ganz richtig. Und zwar in die Krabbenstube 2.0«, erklärte Stella. »Dort gibt es die besten Fischburger der ganzen Stadt! Wir wollen einfach nur Spaß und dich dabei haben.«

Ich nickte langsam. Das wäre mir lieb.

»Das klingt in der Tat lecker.« Zumal ich noch nichts zu Abend gegessen hatte. Mein Magen knurrte auch schon ein bisschen. Ein Fischburger käme da genau recht.

»Außerdem wollten wir deinen Einstand feiern«, fügte Nova hinzu.

»Och, das ist doch nicht nötig.«

»Und ob, so gehört sich das bei uns.«

»Wo ist Mandy?«, wunderte ich mich. Das Quartett war doch so nicht vollzählig.

»Sie kommt nach, sie muss noch im Architekturbüro ihres Vaters arbeiten«, erklärte Em und ließ ihre Kopfhörer in der Hosentasche verschwinden.

Da ging die Tür auf, und die hochgewachsene Gestalt von Gideon Jansen trat ein. Er fixierte uns. Ich merkte, wie sich die anderen ein wenig anspannten. Das verstärkte sich, als er auch noch auf uns zuhielt.

»Will Herr Jansen was von uns?«, hörte ich Em Stella zuflüstern, die nur die Schultern zuckte. Wahrscheinlich hatte Gundi ihnen nicht alles erzählt, sonst hätten sie vielleicht geahnt, dass er etwas von mir wollte. Mich sah er jetzt jedenfalls intensiv an.

»Ärger machen, nehme ich an?«, sagte Nova.

Fast hatte ich vergessen, dass Gideon als der unleidliche Nachbar galt. Unleidlich fand ich ihn ganz und gar nicht mehr. Direkt vor mir blieb er stehen. Ich musste den Kopf ein wenig in den Nacken legen, um ihm ins Gesicht sehen zu können.

»Frau Franke, wie gut, dass ich Sie antreffe«, verkündete er und hielt mir meinen Knopf vor die Nase. »Den haben Sie vorhin in meinem Büro verloren.«

Irritiert nahm ich ihm das gute Stück ab, ganz leicht berührten sich dabei unsere Finger. Wie nett, dass er es mir direkt herbrachte. Immerhin gehörte der Knopf zu einer Jacke, die mir viel bedeutete. Was Gideon Jansen allerdings nicht wissen konnte. Trotzdem hatte er sich diese Mühe gemacht.

»Danke. Woher wussten Sie denn, dass es mein Knopf ist?«

Er deutete auf die Jacke, die ich auch jetzt trug. »Ungewöhnliche Garderobe fällt mir immer auf, insbesondere wenn sie nicht allzu gut ins *Dreizack* passt.«

Ich schaute an mir runter, hatte ich doch genau dieselbe Jacke wieder übergestreift. Ich rollte den Knopf zwischen den Fingern. Einen Moment lang sahen wir uns an. Und wieder war es für mich, als würde ich in Gabriels Augen sehen. Das ließ mich kurz alles vergessen. Diese Augen. Einfach nur diese Augen.

Gideon nickte mir zu.

»Einen schönen Abend noch, die Damen. Und bis morgen, Frau Franke«, wünschte er uns sodann, ehe er stolz herausschritt.

»Bis morgen?« Sofort richteten sich alle Augenpaare auf mich.

»Hast du etwa Ärger mit dem?«, fragte Stella. Sie dachte in eine ganz andere Richtung. Offenbar ging sie davon aus, dass es immer nur Ärger gab, wenn es etwas mit Gideon zu tun hatte.

»Nein, nein …«

»Typisch Gideon«, murmelte Em. »Eine kleine Spitze muss er immer zum Besten geben. Deine Jacke sieht super aus.«

Ich steckte den Knopf in meine Jackentasche, damit er nicht abermals verlorenging.

»Danke«, sagte ich. »Ich merke, Gideon hat hier keinen sehr guten Ruf unter den Nachbarn. Aber ihr tut ihm wirklich unrecht. Er will mir nur bei einer Sache helfen.«

Alle drei machten große Augen, schauten mich an, als hätten sie sich verhört.

»Gideon ... dir helfen?«, fasste Stella zusammen.

Ich nickte.

»Das klingt so unerwartet nett«, sagte Nova.

Ich zuckte mit den Schultern. Er war ja auch nett. Zu mir zumindest.

»Steckt also doch was Gutes in jedem«, meinte Em beeindruckt. »Aber wir helfen dir doch auch, Mia. Du musst nur sagen, worum es geht.«

»Oh, nicht nötig ...« Ich winkte ab.

»Ich sag dir nur, wenn du dich mit Gideon Jansen einlässt, sei immer auf der Hut«, warnte mich Em. »Er macht gerne Ärger.«

»Ich denke, ich komme schon mit ihm klar ...«

Der Ruf, der ihm vorauszueilen schien, war jedenfalls nicht das, was mich in seiner Gegenwart durcheinanderbrachte.

»Wieso warst du denn in seinem Büro?«, hakte Stella nach. Offenbar wussten sie tatsächlich nicht alles. Aber das war nicht von Bedeutung ... Nicht für den Moment zumindest. Ich wollte den Abend genießen. Nicht meine Geschichte erzählen, die ich gefühlt schon tausend Mal erzählt und mich jedes Mal danach in einem Loch wiedergefunden hatte.

Dieser Abend sollte ganz anders werden. Ich hatte seit Langem wirklich das Gefühl, es mir einfach nur gutgehen lassen zu können. Ja, zu können. Denn das konnte man wirklich verlernen.

»Ich ... hatte nur was zu klären. Es ist wirklich alles gut. Also ... wo wolltet ihr mich hinbringen?«

12. Kapitel

Kurz darauf saßen wir an einem Tisch vor dem Fischbistro *Krabbenstube 2.0* und genossen Bier und Fischburger. Es war urgemütlich. Wir hatten direkt an der kleinen Gasse Platz genommen.

Der Geruch von gegrilltem Fisch lag in der Luft, vermischte sich mit dem salzigen Duft der nahen See, der von einem leichten Wind herangetragen wurde. Ab und zu konnte man auch eine Möwe sehen, die über die Dächer der Häuser hinwegflog, angelockt vom köstlichen Aroma der leckeren Speisen aus Bistro und benachbartem Fischsupermarkt.

Die ersten Straßenlaternen waren gerade erst angegangen, tauchten das Ambiente in ein stimmungsvolles Licht. Durch die Straße schallte Dua Lipas Song *New Rules*. Ich war froh, wieder etwas rauszukommen. Genoss den Abend in vollen Zügen und lauschte den lustigen Anekdoten, die Em, Stella und Nova zu erzählen hatten.

»Schmeckt's euch?«, fragte Trudy, die Schwester der Wirtin des Hauses, die mich sehr freundlich begrüßt und sich sogleich namentlich vorgestellt hatte. Sie stolperte mehr als dass sie ging durch die Stuhlreihen auf uns zu und trug offensichtlich viel zu große Hackenschuhe, mit denen sie nicht nur ständig umknickte, sondern auch an den Hacken immer wieder ungewollt herausschlüpfte.

»Ausgezeichnet«, schwärmte Em über ihren Veggieburger.

»Warum heißt das Bistro eigentlich *Krabbenstube 2.0?*«, hakte ich nach.

»Das ist leicht erklärt«, sagte Trudy. »In Warnemünde gibt es die Original Krabbenstube im Sanddornweg, dort habe ich früher gearbeitet, bevor ich meinen Janni kennengelernt habe. Dies hier ist sozusagen ein Ableger! Aber er steht dem Original in nichts nach.«

Das konnte ich mir auch nicht vorstellen, so gut wie diese Fischburger waren. Mit Abstand die besten, die ich je gegessen hatte. Die Panade herrlich knusprig, der Fisch angenehm zart.

»Ich verstehe«, sagte ich, und Nova fügte erklärend hinzu: »Ihr Janni ist ein bekannter Autor, der gerade auf Lesetour ist.«

»Oh, wirklich?«

Trudy nickte stolz. »Er schreibt Ostseekrimis. Jan Thies heißt er. Vielleicht schon mal gehört?«

Aber ja, der stand auf den Bestsellerlisten. Ich hatte sogar einen Roman von ihm gelesen und war begeistert gewesen. Trudy war mit einem Promi zusammen? Das warf Fragen auf.

»Und wieso arbeitest du dann hier, anstatt Janni auf seiner Lesetour zu begleiten?«, hakte ich neugierig nach. Das wäre doch sicher aufregender.

»Nun. ich war ja auch bei der Tour, oder vielmehr gesagt in den ersten zwei Städten. Nun bin ich auf Besuch bei der Familie. Und da der liebe Mann meiner Schwester sich den Fuß verstaucht hat, hab ich gesagt: Yvonna, Schätzchen, wofür hast du denn die gute alte Trudy? Die springt für deinen Tobias ein, das Kellnern verlernt man doch nicht!«

Das war ja wirklich eine tolle Schwester!

»Darf's denn noch was sein?«, fragte Trudy und blickte in die Runde.

Da traten zwei Männer und Mandy an unseren Tisch. Den einen erkannte ich wieder, es war Novas Freund Nathan, den ich schon heute Morgen hatte kennenlernen dürfen. Er wirkte lässig, die Hände in die Hosentaschen vergraben. Ganz anders als in seiner gestreiften Konditoruniform. Nova sprang auch sogleich auf und umarmte ihn, küsste ihn leidenschaftlich.

Dasselbe machte Em mit ihrer Freundin, der sie zusätzlich noch wild durch die Haare wuschelte, was Mandy ein glockenhelles Lachen entlockte.

»Es kommen noch mehr Gäste«, erklärte Stella Trudy, die nicht minder überrascht war als ich, war ich doch von einem Mädelsabend ausgegangen. Doch ganz plötzlich wurde es voll.

Rasch zogen Trudy und ich noch ein paar Stühle ran.

Stella umarmte den dunkelhaarigen Mann, den ich noch nicht kannte, und hauchte ihm einen Kuss auf die Lippen. »Das ist Sam, mein Freund und bester Astronom der Welt«, sagte sie dann.

Sam reichte mir die Hand. »Freut mich.«

»Ich bin Mia«, stellte ich mich ebenso vor. »Astronom, ja? Das klingt ja aufregend.«

»Ich halte Vorträge«, meinte er lachend. »Mir macht es Spaß, aber als aufregend würde ich es trotzdem nicht bezeichnen. Leo sagt, du arbeitest beim Film?« Er hatte also schon von mir gehört. »Das nenne ich aufregend.«

»Eher beim Fernsehen. *Das Alsterhaus*. Staffel Zwei.«

»Echt?«, mischte sich Nathan ein. »Die Serie kenne ich. Ist ziemlich cool.«

»Er guckt sie nur mir zuliebe«, meinte Nova lachend.

Ich bemerkte mit einer gewissen Freude, dass sich die mitfühlenden Blicke meiner neu gewonnenen Freundinnen im selben Moment wandelten. Ich sah Anerkennung und Begeisterung in ihnen. Das passierte mir oft, wenn ich von meinem Job sprach. Für viele Menschen waren Film und Fernsehen Traumwelten. Ganz zu Recht, wie ich fand, auch wenn es hinter den Kulissen oft viel langweiliger zuging, als man meinte.

Dann nahmen wir alle Platz, und Trudy hatte schon den Notizblock in der Hand. »Hat jeder einen Stuhl gefunden?«, fragte sie in die muntere Runde.

»Aber ja«, sagte Stella und legte ihre Hand auf die von Sam.

»Wunderbar. Was darf es denn sein?«

Alle bestellten noch etwas, und es dauerte gar nicht lange, da brachte Trudy noch mehr Fischburger und Bier an unseren Tisch.

»Erzähl doch mal, wie ist das beim Fernsehen«, wollten alle wissen. Eine typische Frage, sobald Leute erfuhren, dass ich für TV-Produktionen arbeitete. Ich konnte es verstehen. Es klang nach einem Traumjob, war aber auch harte Arbeit.

Ich gab ein paar Anekdoten zum Besten, erzählte von meinen Plänen und dem bevorstehenden Dreh der Staffel zwei. Historische Projekte benötigten natürlich besonders viel Know-how.

Es wurde ein ganz wunderbarer Abend mit noch wunderbareren Menschen. Ich fühlte mich in ihrer Mitte aufgenommen, als gehörte ich praktisch schon seit Jahren zur Clique. Niemand kam auf meine Hintergrundgeschichte zu sprechen, wofür ich sehr dankbar war. So konnte ich mich zur Abwechslung mal ganz normal fühlen.

Ich merkte, wie gut mir dieser Abend tat. Keine trüben Gedanken, keine Sorgen, einfach nur nette Gespräche, lustige Geschichten und eine unterhaltsame Truppe um mich, die ich mehr und mehr ins Herz schloss. Wir tauschten auch Handynummern aus, um nach meinem Urlaub weiter in Kontakt bleiben zu können.

Als ich mich verabschiedete, weil es schon spät geworden war, wurde ich von allen herzlich umarmt.

»Wir bleiben noch ein bisschen«, entschieden sie. Ich hingegen machte mich auf den Weg zurück zur Pension, schlenderte durch den leuchtenden Löwensteg, der von Lampions und Lichterketten erhellt war, lauschte der Musik, die aus den Bars drang, und fühlte mich zum ersten Mal seit Langem wirklich wohl in meiner Haut. Ich dachte darüber nach, dass ich diese Menschen gerne öfter treffen, dass ich wieder mehr rauskommen wollte. Unter Leute. Ich hatte sie alle ins Herz geschlossen, Sam und Stella, Em und Mandy, Nathan und Nova. Und für eine winzige Sekunde ploppte sogar der bisher unvorstellbare Gedanke auf, dass ich auch jemanden mitbringen könnte zu diesen Treffen, so wie die anderen ihre Partner und Partnerinnen mitgebracht hatten.

Ich musste lächeln. Denn dies war eine Vorstellung, wie ich sie mir bis vor Kurzem niemals erlaubt hätte. Jemand Neues kennenzulernen. Wieder Teil einer Gemeinschaft zu sein. Ich hatte so viele Freundschaften einschlafen lassen, weil ich mich verkrochen hatte. Ich wertete es daher als gutes Zeichen, dass ich überhaupt auf so einen Gedanken kam, der doch nur natürlich und normal sein sollte.

Als ich schließlich die Pension erreichte, glitt mein Blick zum Restaurant *Dreizack*, das schräg gegenüber auf der anderen Seite der Rosenkreuzung lag. Dort wurden gerade die letzten Tische leer.

Ich sah Gideon, der die Gäste verabschiedete, und blieb stehen, schaute ihm zu. Genau in dem Moment hob er den Kopf, sah in meine Richtung und nickte mir zu. Er erinnerte mich daran, dass hier im Löwensteg eine Art unterschwelliger Nachbarschaftskrieg herrschte, in den ich mich auf keinen Fall einmischen wollte. Außerdem rief mir sein Anblick ins Gedächtnis zurück, dass ich noch etwas hier tun musste. Etwas, das ich viel zu lange vor mir hergeschoben hatte, weil es mir Angst gemacht hatte. Vielleicht hatte er nicht den besten Ruf in der Straße, aber ich war froh, dass er mir helfen wollte.

13. Kapitel

Nach einer ordentlichen Dusche zog ich mich an und verließ mein Pensionszimmer. Ich fühlte mich ausgeruht und voller Tatendrang, hatte eine wunderbare Nacht hinter mir und schritt nun durch den leeren Flur, der seit Tagen unbelebt wirkte. Irritiert stutzte ich. Denn bisher war mir das vor allem zu Zeiten aufgefallen, wo die Leute schon unterwegs gewesen waren, um den Urlaub zu genießen. Doch selbst zu so früher Stunde war es hier gespenstisch still. Ich hielt vor einer Tür inne, horchte, ob ich nicht doch ein Geräusch vernahm, das darauf schließen ließ, dass es noch andere Gäste gab. Denn ganz sicher war ich mir da nicht.

»Guten Morgen!«, erklang plötzlich eine Stimme hinter mir.

Ich zuckte zusammen, drehte mich erschrocken um, war also doch noch jemand hier. Ich erkannte das ältere Paar, dem ich schon in der Gaststätte begegnet war. Die Frau trug eine sommerliche Jacke, hatte eine Sonnenbrille in die grauen Haare gesteckt und ein zusammengerolltes Handtuch unter den Arm geklemmt. Der Mann hatte eine Zeitung dabei. Er wirkte wie eine ältere Version von Gundis besserer Hälfte, nur etwas schmächtiger und mit einem grauen Haarkranz ausgestattet.

»Wenn Sie hier auf weitere Gäste hoffen, muss ich Sie enttäuschen«, sagte er rüstig. »Wir sind die einzigen.«

Ich runzelte die Stirn. Mein Lauschversuch schien ihn genau auf die richtige Spur gebracht zu haben.

»Das *Zum Löwen* hat seine besten Tage hinter sich. Wir kommen seit Jahren her und haben den Verfall mit eigenen Augen gesehen.«

»Verfall?« Das klang ja gar nicht gut.

»Jetzt übertreib doch nicht so, Spatzi«, sagte die Frau und schob sich ihre Sonnenbrille im Haar zurecht. »Es ist einfach Nebensaison«, erklärte sie mir. »Im Sommer ist hier viel mehr los, das können Sie glauben. Früher sind wir auch immer zur Hochsaison hergekommen, aber das ist uns inzwischen zu hektisch geworden. Am Strand bekommt man kein Plätzchen mehr, und überall sind lange Schlangen.« Ein Lächeln umspielte ihre Lippen.

Ich wollte es hoffen. Leo hatte mir ein ganz anderes Bild vermittelt. Allerdings musste auch ich zugeben, dass es mir auch aufgefallen war, wie leer es im Gästebereich war.

Der Mann schüttelte den Kopf, seiner Frau wollte er wohl nicht zustimmen.

»Wie dem auch sei. Schönen Tag noch«, wünschte er mir. Dann gingen die beiden an mir vorbei nach unten. Ich folgte gleich darauf.

Als ich die Treppe runter in den Gastraum nahm, knarzte eine der Stufe wieder so stark, dass ich fürchtete, ich würde gleich einbrechen, aber das geschah zum Glück nicht.

Nicht nur, dass es wenig Gäste gab, der Zustand der Pension war auch nicht der Beste. Ich trat durch die Seitentür in die Gaststätte und nahm an einem der Tische vor dem Fenster Platz, das einen Blick auf den Garten erlaubte. Wieder war nur das ältere Pärchen hier, das mir eben schon begegnet war, um das kleine Frühstücksbüfett zu genießen. Aber wirklich glücklich sahen die beiden nicht aus.

»So sieht man sich wieder«, grüßte ich sie. Sie nickten mir zu, sagten aber nichts weiter. Ich konnte nur sehen, wie der Mann den Mund übellaunig verzog, nachdem er etwas vom Rührei probiert hatte.

Als hätte Gundi gemerkt, dass ich aufgestanden war, stürzte sie aus der Küche. Sie musste Ohren wie Antennen haben.

»Mia, mein Liebes. Wie geht es dir?«, fragte sie in ihrer mütterlichen Art.

»Ganz gut«, versicherte ich ihr. Ich war ein bisschen aufgeregt, wenn ich daran dachte, was ich heute vorhatte. Timmendorfer Strand war für mich zu einem Ort geworden, an den ich nie mehr zurückkehren wollte. Und nun würden Gideon und ich ihn gemeinsam aufsuchen.

»Schön, es war sicher ein toller Abend«, freute sich Gundi und deutete zum Büfett. »Nimm dir, was du willst.«

»Danke.«

Sie wollte sich schon abwenden, sah mich dann aber plötzlich ernst an, knetete nervös ihre Hände, die richtig rot wurden. Als sie einen Finger kurz locker ließ, konnte man sehen, wie sich darunter die Haut hell abzeichnete, um gleich darauf genauso rot wie die restliche Hand zu werden.

»Es könnte übrigens sein … dass ich versehentlich das eine oder andere Wörtchen gegenüber Stella, Em und Nova verloren habe … wegen … dem, was du erlebt hast.« Schuldbewusst senkte sie den Blick. »Weißt du, die alte Gundi hat manchmal einen Kopp wie ein Sieb und denkt gar nicht richtig nach, was sie so vor sich hinplappert, und schwupps, ist was rausgerutscht.«

Ich nickte langsam. »Ich hab es gemerkt.«

»Ach, es tut mir ehrlich leid, das war unverzeihlich von mir.«

»Zuerst war ich schon verärgert. Aber ich hab mich arrangiert.« Immerhin war es keine Absicht gewesen, und letztlich hatte es auch keine unangenehmen Folgen gehabt. Früher oder später hätten es meine neuen Freundinnen und Freunde wahrscheinlich so oder so erfahren.

»Wirklich? Es ist okay?«

Ich nickte. Jemandem wie Gundi konnte man ohnehin nicht lange böse sein.

»Ach, danke, Mia. Ich habe mir noch gestern Abend solche Vorwürfe gemacht, weil mir nachts im Bett einfiel, dass ich mich mal wieder verquasselt habe.« Sie legte die Hand auf ihre Brust und atmete geräuschvoll aus. »Jetzt geht's mir besser.«

Ich nickte ihr zu, probierte dann Müsli und ein paar Zimt-Schnecken, die gut schmeckten, ehe Gundi zu mir zurückkehrte. »Herr Jansen ist eben gekommen. Wegen eurer Verabredung.«

Plötzlich war ich noch aufgeregter. Das Herz klopfte mir viel zu schnell in der Brust, als wollte es herausspringen. Denn jetzt wurde es ernst.

Geräuschvoll schob ich meinen Stuhl zurück und atmete tief ein. Kneifen kam nicht infrage, so viel stand fest.

»Danke, bis später, Gundi«, sagte ich und trat entschlossen aus der Gaststätte in den Empfangsbereich, wo Gideon stand und sich umsah, als wäre er zum ersten Mal hier.

»Guten Morgen«, grüßte ich ihn.

Er drehte sich zu mir um. Diesmal trug er keinen Anzug, sondern eine legere Jacke, darunter ein einfaches Hemd. Mir fiel auf, er hatte ziemlich breite Schultern, was gut aussah. Aufgeregt spielte ich mit den Fingern.

»Guten Morgen«, sagte er sanft und kam auf mich zu. »Bist ... bist du bereit?«

Es fiel mir erst einen Wimpernschlag später auf, dass er mich duzte. Das gefiel mir. Er war ja quasi mein Fast-Schwager und uns verband einiges. Warum also nicht zum Du übergehen?

Ich nickte. Ich musste es wohl sein. Auch wenn mir die Knie nun ein bisschen weich wurden. Der Gedanke, nach Timmendorfer Strand zu Gabriels letzter Ruhestätte zu fahren, sorgte für einen Druck im Bauch. Doch ich wusste, ich musste mich der Realität stellen. Und ich musste es nicht allein tun, dafür war ich sehr dankbar.

»Dann komm«, sagte er freundlich und hielt mir die Tür

nach draußen auf. Die Frühlingssonne strahlte mir entgegen. Ich liebte es, die frische Brise im Gesicht zu haben und die Möwen in der Ferne kreischen zu hören.

Der Löwensteg war längst zum Leben erwacht. Ein paar Gäste saßen vor der Konditorei, genossen Kuchen und Kaffee. Das Häuschen mit den bunten Farben leuchtete förmlich, genauso wie die farbenfrohen Torten mit ihren appetitlichen Sahnedekorationen, die im Schaufenster auslagen. Andere Leute schlenderten durch die Straße, ein paar suchten den Trödelladen auf, der rechts neben der Pension zu finden war. Ich linste durch eines der Schaufenster, erkannte ein paar Regale, in denen sich interessante Gegenstände wiederfanden. Die meisten waren zu klein, um sie zu identifizieren, aber ein Grammofon konnte ich erkennen und auch eine alte Trompete.

Gideon ging voraus auf einen teuren Wagen zu und hielt mir die Beifahrertür auf. Ich atmete tief ein, wusste, dass es jetzt sein musste, und stieg ein. Umsichtig schnallte ich mich an, während er hinter dem Lenkrad Platz nahm und es mir gleichtat.

Prüfend sah er mich an. Ich nickte ihm erneut zu, dann startete er den Motor. Langsam fuhren wir durch den Löwensteg. Durch das Beifahrerfenster musterte ich die zahlreichen kleinen Geschäfte in ihren Backsteinhäusern, bis wir am Zippel-Park links abbogen und Richtung Niendorf und Timmendorfer Strand fuhren.

Als wir schließlich Travemünde hinter uns gelassen hatten, verkrampfte sich mein Körper. Ich merkte, wie sich jeder Muskel anspannte. Meine Kehle wurde trocken und eng. Nervös fuhr ich mir durchs Haar, wieder und wieder, hoffte, dass er nicht merkte, wie es mir ging. Ich wollte keine Aufmerksamkeit auf mich ziehen. Nicht schon wieder bedauert und getröstet werden. Ich wollte endlich alles auf die Reihe kriegen. Aber mein Herz fing an zu rasen, als wollte es aus meiner Brust fliehen, nur um das alles nicht miterleben zu müssen.

Was, wenn ich doch noch nicht bereit war?

Unruhig rutschte ich auf dem Sitz hin und her, plötzlich hielt Gideon den Wagen an, fuhr an die Seite. Doch wir waren noch längst nicht am Zielort, daher schaute ich ihn verwundert an. Natürlich hatte er es doch gemerkt. Seine dunkle Braue schwang sich nach oben, dabei musterte er mich von oben bis unten, was mich irritierte. Ein Blick in den Seitenspiegel zeigte mir jedoch auf, wie blass ich aussah. Wie ein Vampir.

»Wir müssen das nicht tun«, erklärte er sanft und sah mich aus seinen himmelblauen Augen an.

Sein schiefes Grinsen ließ mich sofort an Gabriel denken. Wie konnte das nur sein, dass er in dem einen Moment Gideon war und im nächsten wie der Geist meines Verlobten wirkte? Das war doch ... verrückt.

»Alles gut«, versicherte ich halbherzig.

»In diesem Moment zählt nur dein Wohlbefinden. Ich richte mich nach deinen Bedürfnissen.«

Wie lieb das war. Ganz und gar nicht so, wie ihn die anderen kannten.

Ich schüttelte trotzdem den Kopf. Es musste sein. Ich konnte nicht ewig vor der Wahrheit fliehen. Das war mir bewusst. Meine Angst war normal, ich ließ sie zu, war aber entschlossen, es durchzuziehen. Was blieb mir denn auch? Drei Jahre waren drei Jahre. Es konnte nicht ewig so weitergehen.

Sanft legte er seine Hand auf meine Schulter. »Wenn es dir nicht gut geht, fahren wir zurück«, bot er an. »Morgen ist auch noch ein Tag.«

Ich schüttelte abermals den Kopf.

»Ich bin bereit«, sagte ich mehr zu mir selbst als zu ihm.

Er nickte, fuhr weiter, und ich war dankbar dafür.

»Wenn ich es mir recht überlege, gibt es einen noch besseren Ort für den Abschied«, erklärte er, während er konzentriert auf die Straße schaute, die uns unweit vom Wasser entlang führte.

»Wie meinst du das?«

»Der alte Lochsteinbaum von dem Foto in meinem Regal, erinnerst du dich?«

Ich nickte. Der umgekippte Baum, der fast senkrecht an der Brodtener Steilküste wuchs und mit seinen Zweigen das Meer beinahe berührte. Wir mussten gerade sogar in der Nähe sein.

»Als ihr den Schatz gesucht habt, den es nicht gab?«

»Mitnichten. Es gab ihn, und es gibt ihn. Na ja, wir haben zwar keinen gefunden, aber selbst einen vergraben.«

Das war solch eine Überraschung, dass ich nun grinsen musste. »Tatsächlich?«

Er zuckte mit den Schultern und lächelte verlegen. »Ich wollte jedenfalls mal wieder zum Lochsteinbaum, nachdem wir gestern darüber geredet haben. Es hat Erinnerungen geweckt, an Zeiten, in denen er und ich uns nahgestanden haben. Wir sind schon ganz in der Nähe.«

»Wieso heißt der Baum denn überhaupt Lochsteinbaum? Ist das ein offizieller Name?«

Gideon lachte. »Nein, so haben nur Gabriel und ich ihn genannt. Ich erkläre dir gleich wieso. Wir sind fast da.«

Er fuhr noch ein Stück, parkte dann den Wagen am Straßenrand und schaltete den Motor aus. Mit einem Klack öffnete ich meine Beifahrertür, spürte schon den warmen Frühlingswind, der mich mit einem sanften Streicheln über die Wangen willkommen hieß. Ein Blick über die steile Küste zeigte schnell, wie viele mysteriöse Bäume es hier gab. Manche waren krumm und schief mit verzweigten Verästelungen oder Kronen, die an die Klauen von Fabelwesen erinnerten.

»Hier entlang«, sagte Gideon und ging einen kleinen Pfad voraus, der direkt ans Wasser führte.

Ich linste ihm nach und war froh, dass ich bequeme Schuhe angezogen hatte. Das sah verdammt steil aus. Vorsichtig folgte ich ihm, strauchelte hier und da, doch irgendwie gelang es mir, ans Ufer zu kommen, ohne mir die Beine zu brechen. Dort hielt er mir die Hand für die letzten Meter hin, damit ich nicht doch noch stürzte.

Ich nahm sie an, merkte, wie kräftig sie war, und ließ mir helfen. Unten angekommen, ließ ich sie wieder los. Doch so seltsam es klang, ich vermisste ein wenig den Halt, den sie mir gegeben hatte.

Just in dem Moment geriet der alte Lochsteinbaum in unser Blickfeld wie ein Zeichen des Schicksals. Ich erkannte ihn wieder, er sah genauso aus wie auf dem Foto in Gideons Regal. Kein anderer Baum war so weit vorgeneigt wie dieser. »Hier findest du wirklich etwas von ihm. Hier war er gerne.«

»Wollen wir … hingehen?«, schlug ich vor und nickte rüber zu dem Baum, über dessen Namen ich mich nach wie vor wunderte.

»Sehr gerne.«

Je näher wir dem Lochsteinbaum kamen, desto unebener wurde der Grund. Eine Wurzel hier, ein Stein dort. Der Strand, der weiter östlich von hier noch aus weichem Sand bestanden hatte, wurde immer steiniger. Ich stolperte mehr, als dass ich ging.

Gideon reichte mir erneut die Hand, ein aufmunterndes Lächeln im Gesicht, und half mir. Dankbar blinzelte ich zu ihm hoch, nahm sie an und ließ mich mitziehen. Ein wunderbarer natürlicher Spielplatz war diese Umgebung. Ich konnte mir gut vorstellen, wie die Jungs hier ihre Abenteuer erlebt hatten.

Als wir schließlich vor dem Baum standen, hielt ich den Atem an. Aus der Nähe wirkte er noch mysteriöser. Die Rinde war teilweise abgeblättert, ein paar Äste abgebrochen. Kein

Wunder, war er doch den Witterungen ungeschützt ausgesetzt.

Die Möwen glitten über unseren Köpfen hinweg, schienen schwerelos durch die Luft zu schweben.

»Das ist wirklich ein wundersamer Baum«, sprach ich das Offensichtliche aus. Vor meinem geistigen Auge sah ich die beiden Brüder hier herumtoben, auf dem Stamm des Lochsteinbaums balancieren. Sie lachten, hatten Spaß. Die Vorstellung löste ein Gefühl von Frieden in mir aus.

Erst da merkte ich, dass Gideon meine Hand noch immer festhielt. Sein Blick war in die Ferne gerichtet, vielleicht erinnerte er sich an seine Kindheit. Unwillkürlich zuckte meine Hand, weil die Tatsache, dass er sie festhielt, auf unerklärliche Weise Herzstolpern in mir auslöste. Es schien ihm im selben Augenblick aufzufallen, dass er mich noch immer festhielt. Sacht ließ er mich nun los.

Mein Blick schweifte über den Strand aus Kieselsteinen, der den Baum und dessen steinerne Gefährten umgab, bis er an etwas hängen blieb, das mich im Sonnenlicht blendete.

Gideon kniff die Augen zusammen. Es schien, als hätte auch er dieses Etwas bemerkt.

Rasch ging er auf den Gegenstand zu, hockte sich hin und wischte mit der Hand den Sand zur Seite. Die feinen Körner flogen wie Staub zur Seite. Einen Moment lang hielt er inne, um es sich anzusehen. Den Rücken mir zugewandt, konnte ich es erst erkennen, als er sich zu mir umdrehte. Es handelte sich um eine alte Schachtel für Gebäck, sie war aus Metall und reich verziert, wirkte altmodisch.

»Ist das …?«

»Unsere Zeitkapsel«, bestätigte er. Seine Stimme klang mit einem Mal heiser, und sein Blick war starr. Seine Augen wirkten gläsern. Doch er fasste sich schnell.

»Durch die Witterung muss sich der Sand verteilt und

nach und nach abgetragen haben, sodass sie fast freigelegt wurde«, fügte er hinzu.

»Zum Glück hat niemand die Schachtel entdeckt und mitgenommen.«

»Das wäre auch unwahrscheinlich, hier kommt kaum jemand her. Diese Ecke war Gabriels und mein Geheimversteck.«

Er trat einen Schritt auf mich zu, dass ich die Verzierungen auf der blechernen Schatulle besser erkennen konnte.

Ich hielt den Atem an, als wäre das Etwas in seinen Händen wirklich ein Schatz. Für mich war es jedenfalls so. Ich war so aufgeregt, dass ich von einem Fuß auf den anderen trat. Etwas von ihm. Etwas, das ich noch nicht kannte. Wie merkwürdig es war, dass er sich dadurch wieder ein Stück weit lebendig anfühlte.

Vorsichtig wischte Gideon den Sand von der Box und nickte dann zu einer Stein am Strand herüber. »Setzen wir uns?«, schlug er vor.

Ich nickte.

Wir liefen durch das Gras. Der Wind blies jetzt noch stärker, als wollte er uns forttreiben. Doch wir ließen uns nicht davon beeindrucken und setzten uns nebeneinander auf den Felsen.

Inzwischen hatte er die Dose sauber gewischt, sie schien jetzt sogar ein wenig zu glänzen. Eine dieser Keksdosen, die eckig waren und mit märchenhaften Figuren verziert. Man kannte sie aus der eigenen Kindheit. Darin hatten verschiedene Sorten von Gebäck gelegen, Spritzgebäck, kleine Ochsenaugen mit Marmelade oder Schokorollen. Tief atmete er ein.

»Ich hatte nicht erwartet, sie heute tatsächlich zu finden«, erklärte er. Wie rau seine Stimme plötzlich klang. Fast heiser. Angestrengt. Seine Finger griffen nach dem Deckel, dann zögerte er aber, während ich bereits den Atem anhielt. Ich merkte, er war nicht weniger angespannt als ich. Wie hätte es auch anders sein sollen? Ihm fiel es doch genauso schwer wie mir, hier zu sein. Ich fing seinen Blick auf, nickte ihm zu. Zusammen konnten wir diesen Moment bewältigen, vielleicht sogar Trost in ihm finden. Ich jedenfalls war froh, nicht allein zu sein.

Dann entschied er sich hineinzusehen, klappte den Deckel hoch, und wir blickten gleichzeitig in die Box. Das Erste, was wir sahen, war ein rotes Tuch. Es schützte den eigentlichen Schatz, war sorgsam über diesen gebreitet. Sandkörner hatten sich dort in einer winzigen Mulde gesammelt. Er zog das Tuch sorgsam heraus, schüttelte es aus, sodass sich der Sand verteilte, und legte es neben sich, sodass wir einen Blick auf das Innere der Kiste erhielten. Darin fand sich tatsächlich ein Schatz aus Erinnerungen.

Fotos, Briefe, Spielzeugautos, Murmeln, Karten, Sticker und vieles mehr. Die meisten Dinge waren vom Sand verstaubt, der durch die Ritzen eingedrungen war. Das rote Tuch hatte nicht viel genutzt.

Doch das minderte die Freude nicht. Es war wie eine Schatztruhe aus einer vergangenen Welt. Genau das, was ein Kind in solch eine Zeitkapsel packen würde, weil es ihm bedeutsam und wichtig erschien.

Gideon nahm eines der Fotos heraus und betrachtete es. Es zeigte Gabriel und ihn als kleine Jungen am Strand von Timmendorfer Strand. Sie hatten eine wunderschöne Sandburg gebaut. Die Welt war da noch in Ordnung gewesen. Sorgenfrei, voller Abenteuer.

»Das war einer der schönsten Sommer«, erklärte er und reichte mir das Foto, bereitwillig die Erinnerung teilend. Ich sah es mir mit klopfendem Herzen an. Spürte, dass dies genau die Situation war, die ich gebraucht hatte. Hier konnte ich Gabriel ein letztes Mal nahe sein. Aber auf eine Weise, die leicht war. Ohne Druck, ohne die Sorgen des Erwachsenseins.

Ich erkannte Gabriel sofort an seinen blauen Augen und

seinem dunklen Haar. Er sah so glücklich aus. So, wie ich ihn in Erinnerung hatte. Und behalten wollte. Und da war es wieder, sein schräges Lächeln, sein Markenzeichen. Schon als Kind hatte er es auf den Lippen getragen.

Das Herz wurde mir schwer, weil ich dieses Lächeln niemals wiedersehen würde. Nicht bei ihm zumindest.

»Ich vermisse ihn so sehr«, flüsterte ich.

Gideon sah mich an, seine Augen wirkten gerötet. Er nickte, schien mir sagen zu wollen, dass er mich verstand. Dass es ihm genauso erging. Es überraschte mich, dass dieser Mann mit seiner unnahbaren Ausstrahlung plötzlich so nahbar schien. Er drückte sanft meine Schulter, als wollte er mir Halt geben. Und das tat er auch. Ohne ihn hätte ich nicht die Stärke gehabt, hier zu sitzen, mir diese Schätze anzusehen. Ich war dankbar, dass er bei mir war. Fühlte mich allein durch seine Nähe gestärkt.

»Ich auch«, sagte er. »Wenn doch nur ... alles anders gekommen wäre«, raunte er, doch ich war nicht sicher, wie er das meinte. Es klang so bedauernd. Und ... schuldgeladen.

Fragend schaute ich zu ihm hoch, aber er wich meinem Blick aus. Vielleicht steckte nicht mehr dahinter, dennoch hatte ich das Gefühl, dass da etwas war, das er mir sagen wollte, aber nicht konnte. Doch das war okay. Jeder ging anders mit so einer Situation um. Er hatte mir Raum gegeben, dasselbe wollte ich für ihn tun.

Wir schwiegen eine Weile. Ich hörte nur Gideons Atem, der sich mit dem Rauschen der Wellen vermengte, während er sich die anderen Schätze ansah.

»Diesen Sticker habe ich reingesteckt«, erinnerte er sich. »Mein Lieblingsfußballer damals.«

Ich lächelte.

Die Wolken zogen gemächlich über den Himmel, wie sie es immer schon getan hatten. Alles wirkte so normal und alltäglich, wenn ich mich hier umsah. Das Gras wog sich im

Wind, ein Segelschiff trotzte den Wellen in der Ferne. Ich meinte, ein Pärchen an Bord sehen zu können. Das hätten Gabriel und ich sein können, schoss es mir durch den Kopf. In einer anderen Version unserer Geschichte, die nicht mehr wahr werden würde.

Schließlich zog er einen merkwürdigen Stein aus der Kiste, in dessen Mitte sich ein kreisrundes Loch befand, durch das man gucken konnte. Er hielt ihn mir vor die Nase, genau so, dass ich tatsächlich das Meer durch das Loch erspähen konnte.

»Du wolltest doch wissen, warum der Baum Lochsteinbaum heißt.«

Lochstein, natürlich!

»Wir haben sehr viele solcher Steine in der Nähe des Baumes gefunden. Es heißt, die Löcher seien auf natürliche Weise entstanden«, erklärte er und strich mit dem Daumen über den glatten Stein. »Man nennt sie auch Hühnergott.«

»Das ist ein seltsamer Name.«

»Man dachte früher, dass diese Steine das Geflügel vor bösen Geistern schützen und zugleich mehr Eier gelegt werden würden.«

»Ganz schön praktischer Stein.«

Er nickte, behielt ihn in der Hand. Fest umschlossen seine Finger ihn, als versuchte er, etwas festzuhalten, das längst entglitten war.

»Was machen wir jetzt mit der Zeitkapsel?«, fragte ich.

Gideon sah mich nachdenklich an. »Ich denke, wir sollten sie wieder vergraben. Sie gehört hierher. Und so wird immer etwas von Gabriel hier sein.«

Das war ein schöner Gedanke. Ich nickte zustimmend.

Wir standen auf und gingen zum Lochsteinbaum zurück. Gideon zog seine Jacke aus. Lächelnd bat er mich, sie zu halten, während er sich die Ärmel hochkrempelte. Dann hockte er sich hin, legte die Schatulle neben sich und fing an, mit beiden Händen ein Loch in den weichen Sand zu graben, direkt unter dem umgekippten Stamm. Ich war erstaunt, denn bisher hatte er nicht den Eindruck bei mir hinterlassen, als würde er sich gerne die Hände schmutzig machen. Aber das war wohl ein Irrtum gewesen. Genauso wie der Umstand, dass er kein bisschen arrogant war. Er hatte nur eine etwas distanzierte Art am Anfang gehabt. Was immer zwischen ihm und den anderen vorgefallen war, es hatte zu Missverständnissen geführt. Aber Gideon war kein schlechter Mensch. Ich schaute ihm zu, wie er entschlossen das Loch aushob. Er hörte erst auf zu graben, als das Loch tief genug war. Dann nahm er die Kiste, um sie wieder hineinzulegen und mit Sand und Steinen zu bedecken. Ich half ihm dabei, reichte ihm Kiesel und sogar einen weiteren Lochstein, den ich zufällig fand.

Als wir damit fertig waren, traten wir einen Schritt zurück und betrachteten das Werk.

Es war ein seltsam beruhigendes Gefühl zu wissen, dass diese Kapsel hier war und es vielleicht auch lange Zeit bleiben würde.

Tief atmete ich ein. Nun war er gekommen. Dieser Moment, weswegen ich die Reise nach Lübeck unternommen hatte. Drei Jahre hatte ich gebraucht, um überhaupt hierher zu finden. Gerade eben noch hatte ich mich stark gefühlt, nun wurden mir die Knie wieder weich. Wahrscheinlich war es unmöglich, in so einer Situation stark zu bleiben. Egal, was man sich vornahm.

Meine Lider schlossen sich wie von selbst, ich spürte die Luft in meinen Lungen, spürte meinen Herzschlag, sah ihn vor meinem geistigen Auge. Den Moment, in dem er auf der Kennedybrücke auf ein Knie vor mir runterging und um meine Hand anhielt. Ich spürte noch einmal, wie es sich angefühlt hatte, diese Überwältigung, dieses Glück und mein Ja, das mir so schnell über die Lippen gekommen war, weil es keinen

Grund zum Zögern gegeben hatte. Nicht mal eine Millisekunde.

Es war der schönste Moment meines Lebens gewesen, perfekt durch und durch. Ich erinnerte mich, wie wir uns umarmt und die Leute um uns herum geklatscht hatten, als hätten sie alle gespürt, dass wir füreinander bestimmt waren. Jedenfalls hatten wir das gedacht.

Eine Gänsehaut bildete sich an meinen Armen, denn sein Bild verschwand, wurde kleiner und kleiner, erinnerte an den Bildschirm von Gundis altem Fernseher, der gerade den Geist aufgab. Ich spürte Kälte und Dunkelheit um mich herum und in mir drin. Aber zugleich stemmte sich etwas in mir gegen dieses Gefühl, das eine Mischung aus Verlassenheit, Einsamkeit und Traurigkeit war. Als wollte mein Herz, dass es und ich, wir beide, das alles endlich hinter uns lassen konnten. Und dann merkte ich noch etwas anderes. Etwas, das mir wieder Halt gab. Mich ins Hier und Jetzt zurückzuholen vermochte.

Ich spürte Gideons Präsenz hinter mir, als wollte er mir den Rücken stärken. Eine Schutzmauer, ein Wall aus Kraft und Zuversicht, nur für mich. Er musste nichts sagen, nichts weiter tun, seine Nähe genügte, mir die Kraft zu geben, einen letzten Gedanken zu denken.

Leb wohl, mein Liebster.

Ich ließ ihn ziehen. War dankbar, dass ich ihn hatte kennenlernen dürfen, war dankbar für die Zeit, die wir verbracht hatten. Aber nun konnte ich loslassen. Konnte nach vorne sehen.

Es war mit einem Mal so klar, was ich zu tun hatte. Ich spürte, wie meine Schultern leicht wurden, sich hoben. All die Zeit hatten sie mich niedergedrückt, sich kaum aufrichten können. Aber jetzt konnte ich durchatmen, spüren, wie die Luft ungehindert in meine Lungen drang. Es hatte den richtigen Moment gebraucht. Und den richtigen Menschen an meiner Seite.

»Danke, dass du mich hergebracht hast«, sagte ich zu Gideon und wandte mich um. Dies war tatsächlich genau der richtige Ort.

Er sah mich freundlich an, nickte mir zu, als hätte er genau gewusst, was ich gebraucht hatte. Eine letzte Träne rann über meine Wange. Ich fühlte mich überwältigt. Von allem. Dem Augenblick, dem Gefühl von Freiheit, das sich in mir ausbreitete. Die Zuversicht, dass es doch ein Weiter auch für mich gab. Woran ich zuvor nicht mal zu hoffen gewagt hatte. Aus einem Impuls heraus umarmte ich Gideon. Weil er so viel für mich getan hatte, für mich da gewesen war. Er schloss die Arme um mich, sanft und doch voller Stärke, als wollte er mir ein Fels in der Brandung sein. Und genau das war er. Ich drückte mein Gesicht an seine warme Brust, fühlte mich geborgen und beschützt.

»Danke, dass du für mich da bist«, flüsterte ich.

Seine Hand strich über meinen Rücken, beruhigend und zärtlich. Ich wusste, er hatte mich gehört.

»Danke, dass du auch bei mir warst«, antwortete er.

Die Zeit schien stillzustehen, als ich zu ihm hochsah. Er lächelte. Aber nicht wie Gabriel, sondern wie Gideon. Ich konnte nun ihn sehen, wie er wirklich aussah.

Dann ließ er mich los.

Ich bemerkte den Lochstein, den Gideon vom Boden aufhob. Es war derselbe, der zuvor in der Schatulle gelegen hatte.

»Hast du vergessen, ihn wieder reinzutun?«

Er schüttelte den Kopf. »Ich behalte ihn. Er kommt in mein Regal.«

Ich fand den Gedanken schön. So hatte er immer etwas von Gabriel bei sich.

14. Kapitel

Schweigsam gingen wir nebeneinander her. Jeder Schritt, mit dem wir uns vom Lochsteinbaum entfernten, war ein Schritt nach vorne.

Vielleicht ging es Gideon ähnlich. Sein Gesicht wirkte weniger streng, die Augen waren weiter geöffnet. Seine Züge hatten trotz des markanten Kiefers etwas Sanftes an sich.

Mein Magen knurrte leise. Ich versuchte es vergeblich zu unterdrücken. Schon hatte er es gehört.

»Darf ich dich noch zum Essen einladen?«, fragte er mich. »In Niendorf gibt's die *Fischermanns Kajüte*. Das ist ein kleines Fischbistro.«

»Das klingt nett«, musste ich zugeben, war aber auch erstaunt. Es klang nicht nach einem Etablissement, das er sonst aufsuchen würde.

Vielleicht ahnte er an meinem Blick, was mir durch den Kopf ging.

»Es ist dort sehr lecker«, betonte er. »Und ich weiß gute Hausmannskost durchaus zu schätzen.«

Gideon hatte mehrere Facetten. Natürlich, die meisten Menschen hatten das. Warum also überraschte er mich immer wieder? Ich bemerkte, dass ich ein paar kleine Vorurteile hegte, weil er sich stets so vornehm gab. Vielleicht auch, weil er ab und an eine gewisse Überheblichkeit ausstrahlte. Aber ich wollte mich davon nicht mehr täuschen lassen. Trotzdem wir uns erst so kurz kannten. Aber manchmal merkte man es einfach, wenn jemand es gut mit einem meinte. Längst sah ich in ihm nicht mehr den unleidlichen Nachbarn.

»Na schön, dann auf zur *Fischermanns Kajüte*.«

Ein sympathisches Lächeln huschte über sein Gesicht.

»Wir müssen dann dort entlang«, korrigierte er meinen Weg, half mir den unebenen Pfad so gut hoch, dass ich keinmal stolperte, und führte mich zu seinem Wagen zurück, mit dem wir nach Niendorf fuhren.

Dort angekommen, folgten wir der kleinen gepflasterten Straße zu einem winzigen Restaurant, vor dem zwei Tische mit Sonnenschirmen standen. An einen davon setzten wir uns.

Eine freundliche Frau kam heraus, um uns die Speisekarten, die sehr übersichtlich waren, zu reichen. Wir entschieden uns für zweimal Schollenfilet mit Kartoffelsalat. Dazu trank ich ein Ginger Ale und Gideon einen Weißwein.

Der Ausblick war das eigentliche Highlight. Von hier aus konnte ich den Strand sehen. Dort waren inzwischen viele Menschen eingetroffen, die das gute Wetter genießen wollten, denn wie durch Zauberhand war die sommerliche Brise zurückgekehrt. Die Luft schmeckte nach Meersalz. Nach Badespaß und Ausgelassenheit. Die Farben um mich herum strahlten heller und intensiver denn je. Das satte Blau des Himmels, das mit dem der See konkurrierte, der weiße Sandstrand, die bunten Sonnenschirme. »Das habe ich lange nicht gemacht«, sagte er und schloss die Augen, ließ sich den Wind ins Gesicht wehen.

»Was denn? Ein Schollenfilet in der *Fischermanns Kajüte* essen?«, hakte ich nach.

»Auch das. Ich meine, einfach mal etwas anderes tun, als immer nur im Restaurant zu stehen. Ich hatte lange keinen Urlaub.«

An wen erinnerte mich das nur? Da hatten sich wohl zwei Workaholics getroffen.

»Ihre Filets«, unterbrach die Wirtin meinen Gedankengang.

Sie stellte zwei Teller mit goldbraunen Kartoffelscheiben,

Zwiebeln und Speck sowie knusprig gebratenen Schollenfilets auf den Tisch. Es sah köstlich aus. Und es roch noch besser.

»Danke«, sagte ich und probierte. Es schmeckte hervorragend. Auch Gideon nahm einen Bissen von dem Fisch, der so zart wie Butter war. Ihm schien es ebenso zu schmecken, obwohl er natürlich ganz andere Gerichte gewohnt war. Doch gerade deswegen war sein genussvolles Gesicht ein besonderes Lob an die Küche hier.

»Es ist sicher nicht leicht, ein solch beliebtes Restaurant wie das *Dreizack* zu führen«, überlegte ich.

»Das stimmt. In den letzten Jahren hatte ich für nichts anderes Zeit. Kein Privatleben. Immer nur Gäste begrüßen, Weine empfehlen und an besonderen Tagen selbst am Herd stehen. Es ist ein richtiges Unternehmen mit vielen Angestellten im Service und der Küche und erfordert neben meinem Kochtalent auch entsprechende Manager-Skills.«

Er seufzte. Vernahm ich ein gewisses Bedauern in seiner Stimme? Hatte er sich, wie ich auch, in einen Berg aus Arbeit gestürzt, um sich dahinter zu verbarrikadieren? Wäre angesichts der Umstände nur eine natürliche Reaktion. Aber vielleicht war dies auch sein Neubeginn.

Wir aßen auf, schwiegen ein wenig und genossen den sanften Wind und das Rauschen der Wellen, das man selbst hier hören konnte. Ich war froh, auf Leo gehört zu haben und hergekommen zu sein. Die Alternative wäre kaum erträglich gewesen. Es wäre einfach weitergegangen wie bisher. Aber hier blühte ich förmlich auf. Ich spürte es in meinen Gliedern, spürte die Tatkraft, die mich packte.

Die freundliche Wirtin räumte die Teller ab, fragte, ob wir einen Nachtisch haben wollten.

»Ich bin satt«, sagte ich und verneinte. Auch Gideon hatte wohl keine Lust auf etwas Süßes. Er verlangte die Rechnung und noch einen Espresso.

Als es ums Bezahlen ging, bestand er darauf, mich einzuladen.

»Das ist sehr nett, aber wirklich nicht nötig.«

»Es war von Anfang an als Einladung gedacht«, erinnerte er mich. »Und es ist mir eine Freude«, betonte er. Sein Blick glitt dabei in meinen, und ich verspürte ein fernes Kribbeln in den Wangen, die sich schnell wärmten. Überrascht fuhr ich mit den Fingerspitzen über meine Haut. Sie schien zu glühen. Irritiert nahm ich noch einen Schluck, um mich etwas abzukühlen.

So was war mir ja schon ewig nicht passiert.

»Na gut, danke.«

Er reichte der Wirtin ein paar Scheine, inklusive eines großzügigen Trinkgelds. Dann erhob er sich und schob seinen Stuhl zurück.

»Ich muss zum *Dreizack*, meine Pause ist langsam vorbei. Wollen wir zum Löwensteg zurückkehren?«, schlug Gideon vor.

»Danke, aber ich möchte noch ein bisschen hierbleiben.« Diese Tatkraft, die ich spürte, weiter auskosten. Gerade fühlte ich mich so gelöst, dass ich den Augenblick noch etwas länger genießen wollte. Mit dem Bus würde ich später leicht zurückkommen.

»Alles klar. Wenn etwas ist, weißt du ja, wo du mich finden kannst. Am besten gebe ich dir auch meine Nummer. Hast du dein Handy dabei?«

»Oh … ja sicher.« Ich reichte es ihm. Schon gab er etwas ein.

»Schick mir eine WhatsApp-Nachricht, damit ich dich adden kann. Kannst mich dann immer erreichen.«

Ich lächelte ihn an. »Du bist wirklich unglaublich nett, Gideon.«

Er hob überrascht eine Braue. »Bin ich das?«

Ich nickte. Als unleidlicher Nachbar hörte er das vielleicht nicht oft, aber es war die Wahrheit. Dass er für mich da sein wollte, rührte mich. Und manchmal war es ja auch so, dass gerade die grummeligen Einzelgänger das größte Herz hatten.

»Du hast mir heute sehr geholfen, vielen Dank. Für alles.« Ohne ihn hätte ich das vielleicht nicht durchgezogen, wäre wieder davongelaufen.

»Das beruht auf Gegenseitigkeit«, sagte er zu meiner Überraschung. »Ich habe mich auch lange davor gedrückt, hierherzukommen. Aber durch dich hatte ich einen Grund.«

Also hatten wir uns gegenseitig den Rücken gestärkt. Wie merkwürdig es manchmal im Leben war. Vor Kurzem noch hatte ich nicht mal gewusst, dass es ihn gab. Und jetzt zeigte sich, dass wir einander gebraucht hatten, um etwas zu tun, vor dem wir uns beide gefürchtet hatten.

Leo hätte das wohl für Schicksal gehalten, denn sie glaubte felsenfest an solche Dinge. Ich tat es nicht. Aber in diesem Fall war ich geneigt, zumindest Zweifel zu hegen.

Er hob die Hand, wandte sich um und ich sah ihm nach, bis er in seinen Wagen gestiegen und davongefahren war.

15. Kapitel

Ich saß noch ein Weilchen an dem Tisch des Bistros, ehe ich mich auf dem Weg runter zum Strand machen wollte.

»Junge Frau, Sie haben was vergessen!«, rief jedoch die Wirtin und trug mir den Lochstein hinterher, den Gideon eigentlich hatte mitnehmen wollen. »Der Hühnergott lag auf dem leeren Stuhl«, erklärte die Frau atemlos und drückte ihn mir in die Hand. Hühnergott – an den Namen musste ich mich erst gewöhnen. Gideon hatte ihn wohl vergessen.

»Oh … vielen Dank.« Ich nahm ihr den Stein ab.

»Macht ja nichts, dafür bin ich ja da. Passen Sie gut auf Ihren Glücksbringer auf«, sagte die Wirtin und wandte sich um.

Ich blickte ihr nach, schaute dann den Hühnergott an und fragte mich, ob er womöglich wirklich Glück brachte? Ich zückte mein Handy, um sogleich mein Versprechen wahr zu machen und Gideon eine WhatsApp zu schicken. Dazu ein Foto vom Hühnergott, ausgerichtet aufs Meer, damit die im Sonnenlicht leuchtenden Wellen durch das Loch gut zur Geltung kamen.

> Ich glaube, du hast was vergessen. Ich bring's dir heute Abend vorbei, einverstanden?

Dahinter noch ein Smiley. Sicher würde er sich darüber freuen. Jetzt wollte ich erst mal einen Ausflug ans Wasser machen und den Tag genießen. Keine zehn Minuten später erhielt ich schon Gideons Antwort.

> Super, ich hab den Stein schon vermisst. Bring ihn mir einfach vorbei, wenn du wieder da bist.

Auch ein Smiley, aber ein zwinkernder.

Die Ostsee war magisch, das stand für mich ein paar Stunden später fest. Wer hierherkam und sich nicht in sie verliebte, machte etwas falsch. Ich jedenfalls hatte einen so tollen Tag am Niendorfer Strand hinter mir, dass ich am liebsten gar nicht mehr weggewollt hatte. Der einzige Grund, warum ich mich schließlich doch zur Bushaltestelle begab, war, dass es im Löwensteg nur noch schöner war.

Keine zehn Minuten musste ich warten, ehe ich schon in den Doppeldecker steigen konnte, der mich nach Travemünde zurückbrachte.

An der Strandpromenade stieg ich aus und lief den restlichen Weg zurück zum Dr.-Zippel-Park. Ich konnte mich nicht erinnern, wann ich zuletzt diese Leichtigkeit verspürt hatte und diese Hoffnung darauf, dass sich alles zum Guten wenden würde.

Als ich schließlich in den Löwensteg einbog, fühlte es sich erneut an, wie nach Hause zu kommen. Nur noch intensiver. Denn auch das war passiert. Nicht nur die Farben schienen zu leuchten, sondern alles. Inklusive mir selbst. Es war erstaunlich, wie schnell ich mich an die Umgebung gewöhnt hatte und mich wohlfühlte.

Die wärmenden Sonnenstrahlen im Gesicht, das gute Wetter. Ich fühlte mich leicht. Als würde ich schweben. Schöne kleine Backsteinhäuser um mich herum mit bunten Blumenkästen vor den Fenstern, urigen Läden, neugierigen Touristen, die hier einkauften. Und wundervolle Gerüche. Nach Frühling. Und geräuchertem oder gebratenem Fisch.

Ich lief an der *Krabbenstube 2.0* vorbei, von der aus mir

Trudy zuwinkte. Ich winkte lächelnd zurück. In meiner Straße in Hamburg kannte ich nur die Leute in meinem Haus, keineswegs die in meiner Straße. Aber hier kannte jeder jeden, was mir wirklich gut gefiel. Dadurch entstand ein Gemeinschaftsgefühl, das ich sehr genoss. Besser, ich fühlte mich als Teil dieser Gemeinschaft.

Schließlich näherte ich mich der Pension, wollte eigentlich direkt zum *Dreizack* weiter, als gerade ein junges Paar herausgeschossen kam. Zwei Reisetaschen hingen dem Mann über den Schultern. Sie baumelten an ihm herab, hemmten seine Schritte, obwohl er es sehr eilig zu haben schien. Fast stolperte er den kleinen Weg zur Straße herunter. Die Frau konnte kaum mit ihm mithalten. Knarrend zog sie einen Trolley hinter sich her.

»So hatte ich mir das nicht vorgestellt«, erklärte er gereizt und hechtete an mir vorbei. Beinahe hätte mich eine seiner Taschen erschlagen.

»Kein WLAN, wie kann das heutzutage noch sein? Davon stand auch nichts in den Prospekten.«

»Wir sind doch im Urlaub, wozu willst du da arbeiten?«, sagte die Frau, die endlich zu ihm aufgeschlossen hatte und schwer atmete.

»Weil ich nun mal immer im Dienst bin, deswegen habe ich auch den Laptop eingepackt. Was für ein Saftladen ...«

Autsch, schoss es mir durch den Kopf. Dass es im *Zum Löwen* kein WLAN gab, was eigentlich Standard war, war mir auch schon negativ aufgefallen. Aber Gundis liebevolle Art und die Tatsache, dass die Pension mit Herz geführt wurde, hatten das wieder wettgemacht. Doch es schien, als wäre das nicht für jeden ausreichend. Ich wartete einen Moment, bis das Paar in seinen Wagen gestiegen und davongebraust war. Dann betrat ich besorgt die Pension.

»Hallo, Mia, wie war dein Ausflug?«, fragte mich Gundi, die hinter der Rezeption stand. Sie lächelte, nein, sie strahlte mich sogar an. Was nun wirklich nicht die Reaktion war, mit der ich gerechnet hatte. Aber ich erkannte, dass es diesmal ein ziemlich gezwungenes Lächeln war. Eines, das darauf schließen ließ, dass sie eigentlich etwas ganz anderes fühlte und nur wegen mir diese Strahlemann-Maske aufgesetzt hatte.

»Alles in Ordnung?«, fragte ich besorgt.

»Aber sicher, was sollte denn sein?«

Vielleicht die Tatsache, dass gerade potenzielle Gäste wütend abgerauscht waren, ohne auch nur ein einziges gutes Wort über den Herbergsbetrieb zu verlieren? Vielleicht, weil die Pension kaum Gäste hatte und jeder Gast zählte? Gundi versuchte immer noch, diesen Umstand wegzulächeln, was nur mäßig gelang.

Ich beschloss, sie direkt anzusprechen. Denn ehrlich, solche Leute waren es, die schlechte Bewertungen abgaben, die potenzielle Kundschaft abschreckten. So etwas durfte gar nicht erst einreißen.

»Ich habe eben zwei junge Leute aus dem Haus stürmen sehen, die sich drüber aufgeregt haben, dass es ihnen hier nicht gefällt.«

»Ach die … na ja, ist ja vielleicht auch gut, wenn wir solche Leute nicht aufnehmen, oder?«

»Aber das hätten auch zufriedene Gäste werden können.« Solche, die stattdessen eine gute Bewertung im Internet hinterlassen hätten.

»Wir haben genug Zimmer vermietet«, beharrte Gundi, was mich nur noch mehr irritierte. Denn das war ganz offensichtlich nicht der Fall. Das ältere Paar und ich waren die einzigen Pensionsgäste. Ich hatte weitere Kundschaft nur in der angrenzenden Gaststätte bemerkt, Menschen, die nicht hier Urlaub machten, sondern entweder Touristen waren, die woanders abgestiegen waren, oder eben Stammgäste, die immer herkamen.

Dotti gähnte aus ihrer Kiste und leckte sich übers Mäulchen. Die Aufregung um sie herum verstand sie nicht. Sie wollte lieber weiter dösen. Genussvoll reckte sie sich, woraufhin Gundi ihr Köpfchen streichelte, was Dotti sichtlich genoss.

»Mach dir keine Gedanken«, versicherte mir Gundi. »Das *Zum Löwen* wird schon nicht untergehen, nur weil zwei Gäste unzufrieden sind. So etwas kommt immer mal wieder vor.«

Da mochte was dran sein. Trotzdem wollte ich nicht lockerlassen, bekam ich doch mehr und mehr ein ungutes Gefühl.

»Aber die Zimmer sind leer ...«

»Weil Nebensaison ist. Das geht uns jedes Jahr so. Im Sommer wird es besser. Für den Frühling läuft es doch ganz gut.«

Etwas Ähnliches hatte auch die ältere Dame gesagt, die mit ihrem Mann schon öfter hier abgestiegen war. Womöglich war also was dran. Warum hätte Gundi auch etwas behaupten sollen, das nicht den Tatsachen entsprach?

»Also, wie war dein Ausflug mit Herrn Jansen?«, lenkte Gundi auf ein anderes Thema. »Hast du alles erledigt, was du erledigen wolltest?«

Ich nickte. »Er hat mir sehr geholfen, meine Dämonen zu bekämpfen.«

Ich erzählte ihr, wo wir gewesen waren. Wie anders ich mich nun fühlte.

Gundi hörte mir zu, nickte beeindruckt und wirkte zugleich wie eine gute Freundin als auch eine mütterliche Vertraute. »Ich bin stolz auf dich, Mia. Das hast du gut gemacht. Und Herr Jansen auch. Obwohl das ziemlich ungewohnt ist, das zu sagen. Aber sag, was hast du denn da Schönes?«, hakte sie neugierig nach und deutete auf den Lochstein in meinen Händen.

»Ich glaube, der bedeutet ihm etwas. Nur leider hat er ihn beim Essen vergessen. Ich denke, ich bringe ihm den Stein kurz nach Ladenschluss vorbei, vorher will ich nicht stören«, überlegte ich. Jetzt begann allmählich die Stoßzeit im *Dreizack*, und ich wollte auch noch was für die Arbeit tun. Immerhin begann nächste Woche das Szenenbuilding.

»Das klingt nach einem guten Plan«, stimmte Gundi mir zu.

Ich zog mich auf mein Zimmer zurück, duschte und fing an, mein Set ein bisschen auf dem Papier einzurichten. Um die Möbel und das Inventar musste ich mich nicht mehr kümmern. Zudem hatte ich eine Liste mit Sachen aus dem Fundus auf meinem Handy abgerufen, fein säuberlich aufgelistet. Mit dem Mobiltelefon recherchierte ich außerdem alte Bilder vergangener Tage von Kaufhäusern Anfang des 20. Jahrhunderts und deren Dekorationen und Accessoires, um diese mit der Liste abzugleichen, als mein Handy vibrierte. Leo hatte mir eine WhatsApp geschrieben.

> Wie läuft's bei dir?

Ich war immer noch so stolz auf mich, dass ich Leo eine Sprachnachricht aufnahm, in der ich ihr meinen Tag schilderte. Ein wenig erwartete ich, dass Leo ebenso stolz auf mich wäre, doch es kam nur eine erstaunte Frage zurück.

> Du warst mit Gideon unterwegs?

> Ja. War ich

tippte ich.

> Unserem Gideon? Dem aus dem Dreizack?

Gleich darauf klingelte mein Handy.

»Ich muss da jetzt nachhaken«, erklärte Leo. »Ich hab mich nicht verlesen. Du redest von Gideon Jansen, dem Stinkstiefel unserer Straße? Groß, attraktiv, aber arrogant ohne Ende?«

»Das klingt aber ziemlich fies. Er kann echt nett sein.«

Ich erinnerte mich an den Moment, in dem er seine Arme um mich geschlossen hatte, um mich zu trösten. Es war intensiv gewesen. So intensiv, dass ich es jetzt noch zu spüren glaubte. Die Wärme, die sein Körper ausgestrahlt hatte. Seine Fürsorge um mein Wohlergehen. Er war so einfühlsam gewesen.

So anders, als alle sagten.

»Ehrlich, er hat das bewirkt, was du schon die ganze Zeit gesagt hast. Dass ich nach vorne blicken muss. Und zum ersten Mal habe ich das Gefühl, dass ich das wirklich kann.«

»Ich bin ehrlich beeindruckt. Von dir und von ihm! Aber wieso ausgerechnet Gideon Jansen? Was hast du denn mit ihm zu schaffen?«

»Er ist Gabriels Bruder«, offenbarte ich. Es war ja auch zu unglaublich. Ein echtes Wunder sogar, wenn man bedachte, an wie viele Orte es mich stattdessen hätte verschlagen können. Aber nein, Leo hatte mir ihre Pension vorgeschlagen. Und hier war auch sein Restaurant.

»Sein ... Bruder?« Nun trat ein überraschtes Schweigen ein. Ich hörte Leo angestrengt atmen, dann sogar leise lachen. »Jetzt verstehe ich alles«, sagte sie schließlich. »Ihr habt dasselbe durchgemacht und seid euch gegenseitig zu so etwas wie Stützen geworden.«

Das konnte man so sehen. Ja, genau.

Er war eine starke Schulter für mich. Jemand, der mich auf

meinem Weg zur Heilung ein gutes Stück vorangebracht hatte. Und ich, ja, vielleicht hatte ich dasselbe für ihn bewirkt.

»Das muss ich trotzdem erst mal verdauen. Deinen Gabriel habe ich ja nie kennengelernt. Doch im Leben nicht hätte ich erwartet, dass er wie unser Gideon ausgesehen hat. Nein, niemals.«

»Sie sind sich auch nur äußerlich ähnlich.«

Je länger ich Gideon kannte, desto mehr fielen mir die Unterschiede zwischen den Brüdern auf. Eine Verwechslung wäre inzwischen völlig ausgeschlossen. Zudem lösten sie auch ganz unterschiedliche Gefühle aus, ihre Wirkung war fast konträr. Gideon hatte dieses »Einsame Wolf«-Flair an sich. Gabriel war gesellig und extrovertiert gewesen. Wie Feuer und Wasser, kam mir der Vergleich in den Sinn.

Im Hintergrund hörte ich Alina weinen.

»Dein Typ wird verlangt«, sagte ich amüsiert.

»Die Kleine hat wirklich einen gesegneten Appetit«, sagte Leo und klang erfreut. »Ich kann ihr förmlich beim Wachsen zusehen.«

»Das ist schön«, freute ich mich für sie.

»Ich muss Schluss machen, sorry. Aber eins will ich noch loswerden: Ich finde das super von euch beiden. Und du bist stark, Mia. Denk immer dran. Das weiß ich, weil ich dich so gut kenne.«

»Danke, Leo, das bedeutet mir viel.«

Mehr noch. Zum ersten Mal glaubte ich es auch.

Ich legte auf und setzte meine Arbeit am Set-Building fort. Selbst die ging mir noch leichter als sonst von der Hand.

16. Kapitel

Der Set-Plan hatte Dank der kleinen Details, die ich hinzugefügt hatte, seinen letzten Schliff bekommen. Ich war mehr als zufrieden mit meiner Arbeit.

Ein Blick auf die Uhr verriet, es war achtzehn Uhr. Ich nahm mein Abendbrot unten in der Gaststätte ein und beobachtete mit Erleichterung, dass sie gut gefüllt war. Zumindest der Betrieb im Lokal lief gut, auch wenn die meisten Gäste nur etwas tranken.

Gundi huschte hin und her, servierte Bier oder andere Getränke, während Lori sie dabei mit aller Kraft unterstützte.

Nachdem ich satt war, machte ich noch einen kleinen Verdauungsspaziergang, schließlich holte ich den Lochstein aus meinem Zimmer und beschloss, ihn nun zu seinem Besitzer zu bringen.

Ich verließ das *Zum Löwen* und genoss die angenehme Abendluft. Ein paar Sterne funkelten am Himmel.

Was für eine schöne Stimmung, ging es mir durch den Kopf, als ich den Löwensteg zu beiden Seiten entlangblickte. Vor einiger Zeit noch hätte ich mich dagegen gewehrt. Die Augen verschlossen. Aber jetzt richtete ich sie bewusst auf die Umgebung.

Die Lichter leuchteten in den Häusern der Fenster oder in den Restaurants und Bars.

Mein Herz klopfte schneller in Vorfreude, ihn gleich wiederzusehen. Ihm das wertvolle Präsent zu geben.

Entschlossen betrat ich das Restaurant und wurde auch sogleich von ihm entdeckt. In seinem Anzug sah er wie immer sehr elegant aus. Wie seine Gäste auch. Die letzten erhoben sich gerade von ihren Tischen, ehe sie sich ihre Mäntel von der Garderobe holten und das Etablissement verließen. Ein junger Kellner räumte die Gläser ab. Als ich wieder zu Gideon sah, lächelte er mir entgegen. Ein schönes, warmes Lächeln, das mir eine ähnliche Reaktion entlockte. Ich freute mich sehr, ihn wiederzusehen. Auf eine seltsame Weise waren wir Seelenverwandte. Wir kämpften gegen dieselben Dämonen, nur waren unsere Vorgehensweisen unterschiedlich. Oder auch nicht? Schließlich waren wir heute zusammen an dem alten Lochsteinbaum gewesen.

»Mia, da bist du ja, ich habe dich schon erwartet«, sagte er freundlich. »Möchtest du etwas essen? Du bist eingeladen«, bot er mir sogleich an.

»Ich dachte, die Küche macht gerade zu?«

»Für dich bleibt sie länger offen.«

Ich schob mir verlegen eine Strähne hinters Ohr.

»Danke, aber ich habe schon bei Gundi gegessen. Ich wollte dir nur deinen Stein vorbeibringen. Wie besprochen.« Ich hielt ihm den Hühnergott hin.

Gideons Lächeln wurde breiter. »Danke, das ist sehr nett von dir. Auch das Foto war klasse.«

»Die Wirtin, die ihn mir hinterhergetragen hat, glaubt sogar, dass er ein Glücksbringer ist.«

»Muss er wohl sein, schließlich habe ich ihn jetzt wieder.« Gideon zwinkerte. Vorsichtig nahm er den Lochstein entgegen.

»Jetzt musst du mir aber sagen, was es mit dem Stein auf sich hat. Ich habe nämlich das unbestimmte Gefühl, dass er nicht nur ein toller Fund und ein geheimnisvoller Ansporn für verbesserte Legetätigkeiten im Hühnerstall ist.« Ich war zu neugierig, was wirklich dahintersteckte. Warum er Gideon noch viel bedeutsamer als die anderen Schätze in seiner Zeitkapsel erschien.

»Oh ... das ist eine lustige Geschichte. Oder auch nicht.«

»Mh?«

»Ich bin damals auf den Stein getreten, als wir am Steilufer gespielt haben. Er hatte eine spitze Kante, mit der hab mir die Fußsohle aufgerissen.«

»O nein!« Das klang ja furchtbar.

»War ziemlich schmerzhaft. Aber Gabriel hat mich gestützt und nach Hause gebracht. Anschließend ging es zwar ins Krankenhaus, aber ich war wirklich stolz auf ihn. Er war damals erst sieben und hat trotzdem super reagiert.«

Das hörte sich wirklich nach ihm an.

»Den Stein haben wir als Andenken aufgehoben, aber unser Vater hat die scharfe Kante abgeschliffen und gesagt, jetzt ist es ein richtiger Glücksbringer.«

Noch jemand, der an den Stein und sein Glückspotenzial glaubte.

»Aber dann habt ihr beschlossen, ihn in die Zeitkapsel zu legen.«

»Genau, aber vielleicht war das ein Fehler. Denn nach und nach hat uns das Glück verlassen.«

Er musterte nachdenklich den Stein. »Jetzt ist er zumindest wieder hier. Vielleicht kann er nun wieder seine Wunder bewirken?«

Die ersten Decken wurden von den Tischen abgenommen, zusammengelegt und herausgetragen, Stühle wurden hochgestellt. Die Leute vom Putzpersonal waren längst eingetroffen, kehrten den Boden aus.

»Ich werde dann mal wieder«, meinte ich und deutete mit dem Daumen hinter mich. Schließlich wollte ich hier nicht im Weg herumstehen.

»Warte … Mia … Was hast du denn morgen vor?«, wollte er wissen und streckte die Hand nach mir aus, die er jedoch auf halber Strecke wieder sinken ließ.

Überrascht sah ich ihn an, ich hätte nicht gedacht, dass ihn das interessiert. Eigentlich hatte ich keine konkreten Pläne. Wahrscheinlich würde ich eine kleine Sightseeing-Tour machen oder mich an den Strand setzen. Auf beides hatte ich richtig Lust.

»Warum fragst du?«

»Nun, ich bin zufällig morgen in der Altstadt, im Café Niederegger, um eine Kooperation für die Weihnachtsfeiertage zu besprechen.«

»Das ist ja noch ein Weilchen hin.«

»Man kann nie früh genug planen. Wenn du magst, könnten wir uns dort treffen und ich führe dich nach dem Geschäftstermin durch das Marzipanmuseum im Stock darüber.«

Das klang nach einer einmaligen Gelegenheit. Sicher kannte sich Gideon auch gut mit Lübecker Marzipan aus, war es doch gewiss Bestandteil vieler seiner Desserts.

»Nur, wenn du Lust hast«, lenkte er schon ein. Aber ich hatte mich bereits in die Idee verliebt. Wenn man schon in Lübeck war, musste man das Café Niederegger einfach besuchen.

Zudem war es ein guter Grund, noch etwas mehr Zeit mit ihm zu verbringen. Denn ich fühlte mich in seiner Gegenwart wirklich wohl und war bereit, neue Dinge auszuprobieren. Dazu hatte mich die letzten Jahre niemand bekommen.

»Gerne.«

Es würde mir wirklich Spaß machen, und es wäre ein Grund, sich auf den nächsten Tag zu freuen.

»Ich bin um vierzehn Uhr dort. Wie wäre es, wenn wir uns eine halbe Stunde später vor dem Café treffen?«

»Das klingt gut.«

»Gut«, erwiderte er und strahlte mich an.

Ich konnte kaum anders als zurückzustrahlen, freute ich mich doch wirklich sehr auf das Wiedersehen.

»Bis morgen«, sagte ich schmunzelnd und verließ das Restaurant.

17. Kapitel

Was für ein wunderbarer Morgen! Ich öffnete das Fenster und blickte auf die Straße unter mir, die herrlich belebt war. Ich hatte tief und fest geschlafen, fühlte mich gestärkt. Vor dem Fräulein Zucker saßen bereits ein paar Gäste, die Kuchen und Kaffee genossen. Und auch in den anderen Geschäften war viel los. Leute schlenderten mit Einkaufstaschen durch den Löwensteg. Viele hatten schon Sonnenbrillen im Haar, einige trugen nur T-Shirts.

Ich reckte und streckte mich voll Tatendrang, begab mich ins Bad und anschließend in frischen Klamotten nach unten zum Frühstück.

Die Gaststätte war wie leer gefegt. Um diese Uhrzeit normal. Aber ich vermisste das ältere Pärchen, das ich sonst jeden Morgen gesehen hatte. Waren die vielleicht schon abgereist? Das wäre zu schade. Denn dann wäre ich der einzige Gast in der Pension.

»Guten Morgen, Mia!«, grüßte mich Gundi, wie stets in bester Laune.

»Morgen, Gundi!«

»Willst du was vom Büfett? Oder soll ich dir ein Gundi-Spezial-Frühstück machen?«

»Oh ... danke, nicht nötig, ich nehme mir was vom Büfett.« Ein Büfett für eine Person ...

»Na klar«, sagte Gundi fröhlich und verschwand in der Küche.

Ich nahm meinen Teller zu dem kleinen Tisch an der Seite mit, auf dem verschiedene Köstlichkeiten aufgereiht waren. Köstlichkeiten, die überaus appetitlich aussahen. Doch kaum war ich an meinen Platz zurückgekehrt und hatte davon gekostet, merkte ich wieder, dass alles überwürzt war.

Ich mochte den Gedanken nicht, aber wenn ich ehrlich war, hielt sich der Genuss von Gundis Küche in Grenzen. Und das war ja nicht das Einzige. Die Pension war nicht nur unmodern, sie war regelrecht veraltet. Und leer. Vor allem leer.

»Möchtest du Kaffee?«, fragte Gundi, die wieder an meinem Tisch stand und eine Kanne hochhielt.

»Gerne …«

Ich reichte ihr die Tasse, die sie schnell füllte.

»Geht doch nichts über einen guten Kaffee am Morgen, nicht wahr?«, sagte sie herzlich und gab mir die Tasse zurück.

Ich musste wieder an das junge Paar von gestern denken, das sich hier hatte einmieten wollen, sich dann aber anders entschieden hatte.

»Sag mal, Gundi, wieso habt ihr eigentlich noch diese alten Fernseher und kein WLAN?«, hakte ich nach.

Gundi, die sich gerade hatte umdrehen wollen, wandte sich schwungvoll mir zu. »Oh … nun ja, wir sind einfach ein traditionelleres Gasthaus«, erklärte sie. »Der alten Schule, wie man so schön sagt.«

»Aber vielleicht könntet ihr mehr Gäste anlocken, wenn ihr auch ein paar modernere Optionen anbieten würdet?«, schlug ich vor. Es war immer ein bisschen schwierig, Verbesserungsvorschläge zu machen, insbesondere, wenn es sich um eine Pension wie diese handelte, in die zweifelsohne viel Herz und Liebe floss. Schon beim *Hotel-Tester* hatte ich es gar nicht gemocht, wenn Simon Holtmeyer die Betreiber von Herbergsbetrieben in seiner unnachahmlich sarkastischen Art kritisiert hatte, sodass sich die Eigentümer stets vorgeführt gefühlt hatten. Kritik war eben eine schwere Sache, es kam auf die Wortwahl an, aber auch darauf, wie sehr sie eigentlich weiterhelfen würde.

Gundi setzte sich neben mich. Ihre Miene war nun sehr ernst. Trotzdem strahlte sie mit jeder Faser ihres Körpers Gutmütigkeit aus.

»Ich finde es sehr lieb von dir, dass du dir solche Gedanken um uns machst. Aber das ist wirklich nicht nötig. Die Pension läuft gut. Wir brauchen diesen neumodischen Schnickschnack nicht. Damit kommen Bernd und ich gar nicht zurecht. Die Fernseher funktionieren außerdem noch.«

Wenn man auf sie draufschlug – vielleicht.

»Wir sind nicht mehr die Jüngsten, weißt du, Mia. Wie sage ich immer: Schuster, bleib bei deinen Leisten. Unsere Leisten sind diese altmodische Pension. Wir sind einfach zu alt, um Neues zu lernen.«

»Ach, Gundi. Es ist nicht so kompliziert, wie du denkst. Außerdem ist man nie zu alt, um was Neues zu lernen«, versuchte ich sie zu motivieren. Aber Gundi schüttelte schon den Kopf.

»Genieße deinen Urlaub und mache dir keine Gedanken um das *Zum Löwen*, das existiert nämlich schon länger, als es dich gibt, und wird auch noch sehr lange erhalten bleiben.« Sie zwinkerte mir zu, nahm einen großen Schluck aus der Tasse und erhob sich dann wieder.

Als ich kurz darauf das Haus verließ, in der Absicht, mir die Altstadt von Lübeck anzusehen, bevor ich mich mit Gideon treffen wollte, lief mir Stella über den Weg. Winkend kam sie den Weg vom Trödelladen auf die Straße runtergelaufen.

»Zu dir wollte ich!«, erklärte sie lachend.

»Ach ja?«

»Ja, sag, wie lange bist du denn noch hier?«

»Ein paar Tage, ich fahre am Sonntag wieder nach Hause.«

»Das trifft sich gut, denn ich wollte dich zu unserem Mädelsabend am Samstag einladen. Traditionell findet der in der Dachloggia statt.« Sie deutete zu der Wohnetage des kleinen

Trödelladens. Direkt unter dem Dach befand sich die erwähnte Loggia mit Blick auf die Pension. Ich konnte sie nur schräg von unten sehen, konnte aber erkennen, dass sie recht groß wirkte, fast wie ein Balkon.

»Du gehörst ja nun dazu, daher gibt es keine Ausreden«, fügte Stella lachend hinzu. »Außerdem ist es dein letzter Urlaubstag bei uns, da wollen wir alle auf dich anstoßen.«

»Oh, wow. Das klingt toll, sehr gerne«, freute ich mich. »Soll ich was mitbringen? Wein oder Knabberzeug?«

»Wir kümmern uns drum, bring einfach nur gute Laune mit.«

Das sollte ich wohl hinbekommen. Ich nickte.

»Schön, dass es dir besser geht.«

Überrascht sah ich sie an, erinnerte mich, dass sie zumindest einen Teil meiner Geschichte zu kennen schien und eine Veränderung bemerkt hatte. Ich nickte erneut. Es ging mir viel besser.

»Und was hast du jetzt vor?«

»Ich schaue mir die Altstadt an.« Für diese war Lübeck berühmt. Ich freute mich schon sehr darauf. Auch auf das Café Niederegger.

»Oh, da wirst du viele tolle Sehenswürdigkeiten finden. Ganz viel Spaß!«

»Danke.«

»Ach ja, wenn du eine gute Pizzeria suchst.« Sie gab etwas auf ihrem Handy ein und schickte mir darauf einen Link zu Google Maps mit einer Markierung. »Da hatten Sam und ich unser erstes Date«, erklärte Stella zwinkernd. Mir entging jedoch nicht das Leuchten in ihren Augen, als sie von dieser ersten Verabredung sprach. »Der beste Pizzaladen der Stadt!«

Ich lächelte. »Alles klar, vielleicht schau ich mal vorbei.«

»Mach das!«

Ich verabschiedete mich, ging dann zur Bushaltestelle und fuhr in die Altstadt.

18. Kapitel

Am Holstentorplatz stieg ich aus dem Bus und konnte direkt das Holstentor sehen, das prachtvoll im roten und schwarzen Backsteinmuster vor mir aufragte. Es war das Wahrzeichen von Lübeck, wirkte wie eine kleine Burg mit seinen beiden Türmen. Ein majestätischer Bau, dessen goldene Aufschrift auf dem Mittelgebäude *CONCORDIA DOMI FORIS PAX* lautete, was übersetzt bedeutete: Eintracht innen, Frieden außen.

Ich beschloss, um die Grünanlage herumzugehen und von dort der Treppe zu dem geraden Sandweg zu folgen, der mich durch das Tor hindurchführen würde.

Bei den Stufen entdeckte ich die zwei bekannten Lübecker Löwen, zwei Statuen, die sich gegenüberstanden und zwei liegende Raubkatzen zeigten. Die eine schlief, während die andere ihr Gegenüber aufmerksam beobachtete. Sie erinnerten an die kleineren Löwenstatuen vor Gundis Pension.

Ein paar Touristen fotografierten sich mit den messingfarbenen Löwen, während ich meinen Plan in die Tat umsetzte und dem Weg zum Tor folgte. Es waren viele Menschen hier, die mit ihren Fotoapparaten und Handys Bilder des prachtvollen Bauwerks machten.

Ich holte auch mein Smartphone hervor, um mehr über das Wahrzeichen zu erfahren. Google verriet mir, dass es sich um das historische Stadttor zur westlichen Grenze handelte, das einst Teil der Stadtbefestigung gewesen und als mittleres Holstentor bekannt war. Es war einige Male restauriert worden, und in den Räumen des Wahrzeichens befand sich das stadtgeschichtliche Museum, das ich mir aber ein anderes Mal ansehen wollte.

Heute begnügte ich mich damit, durch das Tor hindurchzugehen und ein wenig historischen Charme einzuatmen. Die Vorstellung, wie früher Kutschen, Reiter oder einfache Leute hier durchgekommen waren, war ziemlich beeindruckend. Man hatte fast das Gefühl, das Klappern der Hufe widerhallen zu hören.

Über die Holstenbrücke gelangte ich in die Altstadt, die ein ganz besonderes Flair versprühte: Die Häuser sahen sehr alt aus, die Straßen waren voll, überall entdeckte ich interessierte Menschen. Im Hintergrund ragten die zwei schlanken Türme der Marienkirche auf, die mit Grünspan überbezogen waren, der ihnen eine türkisene Farbe verlieh. Andächtig hielt ich inne, um ihren Anblick einen Moment lang zu genießen.

Entspannt lief ich schließlich weiter, folgte den verwinkelten Straßen, bestaunte kleine Lädchen, machte hier und da ein Foto mit dem Handy und merkte, wie gut mir dieser Urlaub tat. Ich fühlte mich wie in eine andere Zeit versetzt.

Die Altstadt war von Wasser umgeben und hatte ihre mittelalterliche Struktur weitgehend bewahrt. Überall sah ich historische Gebäude, enge Gassen und malerische Plätze. Ich spürte die Geschichte und das Flair der Stadt. Ein Labyrinth aus engen Gassen, verwinkelten Höfen und prächtigen Fassaden. Ich sah Geschäfte, Cafés, Restaurants und Museen. Ich roch das Aroma von frischem Brot, Kaffee und Marzipan. Ja, vor allem Marzipan, für das Lübeck mindestens so bekannt war wie für sein famoses Holstentor.

Schließlich näherte ich mich der Marienkirche, der größten Kirche Lübecks. Sie war ein Meisterwerk der Backsteingotik und hatte eine beeindruckende Höhe von über hundert Metern. Wenn man direkt vor ihr stand, musste man den Kopf weit in den Nacken legen, um noch ihren höchsten Punkt sehen zu können, hinter dem sich ein azurblauer Himmel mit winzigen Schäfchenwolken auftat, die gemächlich umherzogen.

Ich trat in die Kirche ein und war überwältigt von ihrer Größe und Schönheit. Das Hauptschiff erstrahlte in einem warmen Licht, das durch die bunten Fenster fiel.

Andächtig betrachtete ich die vielen Kunstwerke und war besonders beeindruckt von den zwei Glocken, die bei einem Luftangriff im Zweiten Weltkrieg vom Turm gestürzt waren und nun zerschellt auf dem Boden lagen. Sie galten als Mahnmal für den Frieden. Ich machte ein Foto von ihnen.

Dabei verriet ein Blick auf mein Handy, dass ich mich ranhalten musste, wenn ich meinen Zeitplan einhalten wollte. Einen Moment hielt ich noch inne, um die Atmosphäre ganz in mich aufzunehmen, jedes noch so kleine Detail zu entdecken, ehe ich die Kirche wieder verließ und weiter zum Markt ging, dem Herzstück der Altstadt. Dort ragte das Rathaus prachtvoll empor, das aus verschiedenen Bauteilen verschiedener Epochen bestand. Vor allem die spätgotische Schauwand mit ihren runden Löchern und der Renaissance-Laube fiel mir auf. Es sah aus wie ein steinernes Märchen. Auch das fotografierte ich. Später würde ich die Bilder Leo zeigen, auch als Beweis, dass ich diesen Urlaub wirklich in vollen Zügen genossen hatte.

Ich schlenderte über den Markt, beobachtete die Menschen, die einkauften oder einfach nur plauderten, und bemerkte doch, dass ich immer wieder auf die Uhr sah, als könnte ich es nicht erwarten, endlich bei Gideon aufzuschlagen. Aber noch war unser Treffen eine Stunde hin. Was machte ich da?

Mein Magen knurrte, als wollte er mir bei der Entscheidungsfindung helfen. Ich brauchte dringend einen Snack für unterwegs, denn für einen Restaurantbesuch war es dann doch zu knapp. Ich erinnerte mich an Stellas Rat, die Pizzeria aufzusuchen, in der sie ihr erstes Date mit Sam gehabt hatte. Mithilfe ihres Links von Google Maps fand ich schnell heraus, dass der Laden auch Pizza to go anbot, also perfekt für mich.

Ich machte mich gleich auf den Weg und fand mich wenig später in dem kleinen Lokal wieder, das nach Pasta und Pizzagewürzen roch.

Nach einem Blick in die ausführliche Karte bestellte ich ein Stück Veggiepizza mit Cola für unterwegs. Als ich kurz darauf in das Stück Pizza biss, während ich über die Straße zum Café Niederegger hechtete, konnte ich nur seufzen: Es schmeckte fantastisch. Mehr als das, es schien, als erblühten meine Geschmacksknospen zu neuem Leben. Feine Nuancen schmeckte ich heraus, die mir vor Kurzem nicht aufgefallen wären.

19. Kapitel

Es ging mir gut. Wann ich zum letzten Mal diesen Gedanken gehabt hatte, wusste ich nicht mehr. Doch es war wahr. Gideon stand schon vor dem wohl bekanntesten Café Lübecks und hob den Arm, als er mich erkannte.

»Hallo, Mia«, grüßte er mich mit einem strahlenden Lächeln, das mir das Herz aufgehen ließ. Es war für mich inzwischen zu einem Gideon-Lächeln geworden. Ganz klar. Je öfter ich ihn sah, desto mehr feine Unterschiede konnte ich zwischen den Brüdern sehen. In Gideons Fall waren es die Lachfältchen, die sich an seinem rechten Mundwinkel bildeten. Sie ließen ihn erst strahlen. Daneben war ein Wangengrübchen zu erkennen, das eigentlich so gar nicht in sein markantes Gesicht passen wollte, es aber doch irgendwie tat.

»Ich hoffe, du wartest noch nicht lange auf mich.« Es hatte so viele interessante Sehenswürdigkeiten gegeben, dennoch hatte ich mich am meisten auf unser Wiedersehen gefreut. Ich war gespannt auf unsere kleine Tour durchs Marzipan-Museum.

»Nein, das Gespräch ist gerade erst beendet.«

»Das freut mich, ich hoffe, du bist zufrieden mit dem Ergebnis?«

»Allerdings, im Winter wird es eine Kooperation zwischen dem *Dreizack* und dem Café Niederegger geben. Darauf freue ich mich sehr.«

Das klang in der Tat nach einem schönen Erfolg. Ob es dann Weihnachtsmarzipan zum Dessert im *Dreizack* geben würde?

»Und du? Hast du dir die Altstadt angesehen?«

»Ja, sie ist zauberhaft.« All diese verwinkelten Gassen mit ihren altmodischen Straßenlaternen und schrägen Bürgersteigen.

»Man sagt, dass die Lübecker ihre Häuser auch aus Marzipan bauen könnten, wenn sie wollten. Ich glaube, man würde den Unterschied optisch kaum bemerken, weil die Häuser schon jetzt märchenhaft aussehen.«

Da war ohne Zweifel etwas dran.

»Ich sehe, du kennst dich mit Marzipan gut aus. Dann bist du genau der richtige Guide für mich.«

Bildete ich es mir nur ein, oder überzog tatsächlich ein sanfter roter Schatten seine Wangen?

»Möglich. Ich finde es jedenfalls schön, dass wir uns auch mal unter weniger bedrückenden Umständen sehen. Wenn du bereit bist, kann ich dich ohne Umschweife in die Welt des Marzipans entführen.« Er machte eine einladende Handbewegung, die beinahe höfisch und somit wie aus einer anderen Zeit wirkte. Ein Zwinkern lag in seinem Blick, doch die Geste passte perfekt zur Umgebung. Hier in der Altstadt fühlte man sich schnell wie eine holde Maid aus der Gründungszeit der Hansestadt.

»Entführen? Das werde ich in letzter Zeit öfter.«

Wenn das nicht nach einem Abenteuer klang. Mit einem Lächeln bot er mir seinen Arm an, und ich hakte mich spontan unter. Bereit, einen tollen Nachmittag zu verbringen. Ohne düstere Gedanken.

»Ist dem so?«

»Erst Leos Freundinnen, nun du. Aber keine Sorge, ich gewöhne mich daran, ein Entführungsopfer für euch zu sein.«

Er lachte. Es klang tief und samten.

Gemeinsam betraten wir das Haus und wurden sofort von einem verführerischen Duft nach Marzipan empfangen. Das Café war groß und elegant eingerichtet, mit einer beeindruckenden Kuchenauslage, in der die köstlichsten Torten präsentiert wurden, alle gebacken oder dekoriert mit dem berühmten Lübecker Marzipan. Unzählige Leute, die meisten sicher Touristen, hatten es sich hier gemütlich gemacht, um Kaffee zu trinken und Kuchen zu genießen, vor allem natürlich Marzipantorten in verschiedenen Variationen. Bei dem Anblick der herrlichen Backwerke lief mir unweigerlich das Wasser im Munde zusammen. Aber meine Pizza hatte mich satt gemacht. Zudem blieben wir nicht hier, sondern gingen die Treppe hinauf zum zweiten Stock, wo sich das Museum befand. Der Eintritt war frei, und wir kamen direkt in einen offenen Raum, der nicht sehr groß, aber sehr informativ und unterhaltsam gestaltet war. Es gab verschiedene Stationen, die etwas über die Geschichte, die Herstellung und die Bedeutung des Marzipans erzählten.

Außer uns war jedoch niemand hier. Was sicher an der Uhrzeit lag, jetzt nahmen die meisten ihr Mittag ein.

»Marzipan stammt ursprünglich aus Persien und gelangte über die Seidenstraße nach Europa«, erklärte mir Gideon. Es war nicht schwer, die Leidenschaft zu erkennen, mit der er über dieses Thema sprach. »Es wurde zunächst als Medizin verwendet, bevor es als Delikatesse entdeckt wurde.«

»Medizin? Das ist ja unglaublich.« Ein bisschen wie bei Coca-Cola.

Gideon nickte.

»Also ich denke, diese Art von Medizin hätten die Leute gerne genommen«, überlegte ich, als eine junge Frau in einer schicken Uniform mit Hütchen auf dem Kopf auf uns zutrat. Vor sich her trug sie ein Tablett, auf dem feinste Marzipanstückchen lagen, die einen geradezu verführerisch anlachten.

»Probieren Sie doch von unserem köstlichen Marzipan«, bot die Angestellte an.

Gideon und ich tauschten Blicke aus. Das konnte man sich kaum entgehen lassen. Zumal diese hübschen Marzipanstückchen mit wunderschönen Mustern verziert waren, die ein bisschen an Tartanmuster erinnerten. Ich war zu neugierig, wie die weltberühmte Köstlichkeit aus Lübeck tatsächlich schmeckte. In meinem Leben hatte ich sicher schon viel Marzipan gegessen, aber nie aus Lübeck, oder zumindest nicht bewusst.

Beherzt griff ich nach einem Stück, Gideon tat es mir gleich, doch schon stießen unsere Fingerspitzen aneinander, hatten wir es doch genau auf denselben Leckerbissen abgesehen gehabt. Sofort schreckten wir zurück, sahen uns überrascht an.

»Nach dir«, sagte er lächelnd.

Das ließ ich mir nicht zweimal sagen, ich griff mir den süßen Bissen und probierte davon. Schon als es von meiner Zungenspitze berührt wurde, schmeckte ich den intensiven Geschmack von Zucker und Mandel.

»Fantastisch!«, murmelte ich und ließ mir den süßen Geschmack auf der Zunge zergehen.

»Sicher kennen Sie die Legenden über Marzipan. Angeblich sollen Pärchen, die gemeinsam Marzipan essen, eine besonders glückliche Beziehung führen«, klärte uns die Frau mit dem strahlendsten Zahnpastalächeln auf, das ich seit Langem gesehen hatte. Das werden Sie schon bald selbst bemerken, schien ihr Blick zu sagen, da sie uns offenbar für ein Paar hielt.

Erneut sahen wir uns an. Beide verblüfft, beide erstaunt. Wir? Ein Paar? Unsere Blicke glitten ineinander, verhakten sich, als könnten wir uns nicht mehr lösen. Es war seltsam, nicht unangenehm, aber verwirrend.

»Schauen wir uns weiter um«, lenkte ich von der Situation ab.

Ich entdeckte eine Mandel-Säule und eine Zucker-Säule, die mir etwas über die beiden Hauptzutaten des Marzipans erklärten. Ich erfuhr, dass Niederegger nur beste Mittelmeermandeln verwendete und der Zuckergehalt niedrig war im Vergleich zu anderen Marzipansorten.

»Man sagt, je höher der Mandelanteil, desto besser das Marzipan«, erklärte Gideon. Dabei lief er um mich herum, bis er hinter mir stehen blieb, so dicht, dass ich ihn nicht sehen konnte, aber ich spürte seine Präsenz im Rücken. Und ich konnte sein Aftershave riechen. Es hatte eine Note von Moschus, die sinnlich und herb war. »Woher hast du denn das Wissen über Marzipan? Oder hast du früher Führungen durchs Museum geleitet?«

»Nein, obwohl mir das sicher Spaß gemacht hätte. Ich habe meine Ausbildung auch im Bereich Dessert gemacht. Daher habe ich zu Beginn meiner Karriere viel mit Marzipan gearbeitet. Es ist eine faszinierende Zutat, süß und gut formbar, man kann viel aus Marzipan kreieren.«

»Ein Künstler.«

Er lachte leise. »Vielleicht seh ich mich so, ja.«

Das konnte ich gut verstehen, in meiner Brust schlummerte schließlich auch eine Künstlerseele, die sich für Design begeisterte, wäre ich doch sonst nicht Szenenbildnerin geworden. Noch eine Gemeinsamkeit, die ich zwischen uns entdeckte. Kreative Energie. Der Wunsch zu gestalten. Ich war froh, dass wir jetzt dieses Thema gefunden hatten. Denn dafür brannte ich.

»Es ist erfüllend, etwas Neues und Kreatives zu schaffen, das andere in Erstaunen versetzt.«

»Wow«, entwich es mir.

»Was ist?«

»Das ist ... ziemlich genau das, was ich bei meiner Arbeit auch empfinde. Ich hätte nicht gedacht, mal jemanden zu treffen, der mir da ähnlich ist.«

Ein Lächeln breitete sich auf seinen Lippen aus. »Wir haben wohl mehr gemeinsam, als wir zunächst dachten.«

Sah ganz so aus. Er, mein Fast-Schwager ...

Gideon führte mich zu den zwölf lebensgroßen Figuren aus Marzipan, die berühmte Persönlichkeiten darstellten, die Fans des Niederegger Marzipans waren.

Zum guten Schluss schauten wir uns einen Film an, der uns zeigte, wie das Niederegger Marzipan produziert wurde. Die Maschinen auf der kleinen Leinwand, mahlten und rösteten Mandeln, vermischten sie anschließend mit Zucker. Ich sah Arbeiterinnen und Arbeiter, die das Marzipan kneteten, zu wunderschönen Dekorationen formten und verpackten.

»Und solche Kunstwerke gibt es dann über Weihnachten im *Dreizack*?«, hakte ich nach.

»Ein paar schon, in weihnachtlichen Motiven. Aber das ist ja noch ein Weilchen hin.«

»Dennoch habe ich nun irgendwie Appetit auf diese Köstlichkeit bekommen.« Trotz der Pizza, aber es ging nicht anders. Ich wollte zu gerne etwas mehr vom Lübecker Marzipan probieren, und zwar hier, an der Quelle.

»Vielleicht darf ich dich noch auf ein Stück Marzipantorte einladen?«

»Das wäre wundervoll. Aber nur, wenn diesmal ich dich einlade. Das ist nur fair.«

»Na gut, einverstanden.«

Wir gingen wieder hinunter ins Café und suchten uns einen freien Platz. Ich bestellte mir einen Cappuccino und eine Nusstorte mit Marzipanfüllung, Gideon nahm einen schwarzen Kaffee und etwas Marzipankonfekt, das auf einem winzigen silbernen Tablett angerichtet worden war.

Voller Freude widmete ich mich sodann meinem Tortenstück. Es war ein Genuss für alle Sinne. Die Torte war saftig und aromatisch, das Marzipan herrlich zart und süß. Ich fühlte mich wie im Himmel, genoss die Torte und den Tag.

»Dass du keine Torte isst, ist übrigens eine kleine Sünde«, erklärte ich.

»Ach ja? Das Konfekt erscheint mir doch recht passabel.«

»Aber diese Torte schmeckt so gut, dass du wenigstens ein Stück probieren solltest.«

»Wenn du mir ein Probierstück abgibst, sage ich nicht Nein. Ich habe nur leider keine Kuchengabel.«

Ich schaute mich um, ob man irgendwo eine herbekommen konnte, entschied mich dann aber spontan, ihm einen Bissen auf meiner Gabel hinzuhalten. Ich bereute es in der nächsten Sekunde, es war zu direkt, zu intim, aber jetzt konnte ich nicht zurück. Die Kuchengabel schwebte bereits vor seinem Gesicht, und in meinen Wangen kribbelte es plötzlich ohne Ende.

Gideon sah mich überrascht an. Ich war nicht minder überrascht von meiner Spontanität und fragte mich unwillkürlich, ob das vielleicht unpassend war. Es war nur ein kleiner Spaß, eine nette Geste. Nichts dabei! Der Typ war mein Fast-Schwager!

Er lachte leise und nahm den Bissen vorsichtig in den Mund. »Mmh!«, machte er keinen Wimpernschlag später. »Die ist ja wirklich fantastisch.«

Doch ein Stück Sahne blieb ihm am Mundwinkel hängen. Ich musste lachen, erst leise, dann lauter. Irritiert sah er mich ab, bis er verstand, was passiert war. Dann fing auch er an zu lachen. Gelöst und ohne Druck, während er zugleich mit der Serviette versuchte, den Sahnetropfen zu entfernen.

Die Unbefangenheit, die plötzlich zwischen uns entstanden war, war wie ein Stein, der mir vom Herzen rollte. Ich hatte wirklich Spaß. Ein Teil von mir wünschte, dass der Nachmittag nie endete. Aber das tat er natürlich.

Nachdem ich aufgegessen und bezahlt hatte, beschloss ich, mir noch ein Souvenir mitzunehmen. Ich ging zum Laden, der sich neben dem Café befand. Dort gab es eine riesige Auswahl an Marzipanprodukten in allen Formen, Farben und Geschmacksrichtungen. Ich entschied mich für eine Schachtel mit klassischen Marzipanherzen, die mit Schokolade überzogen waren. Außerdem wollte ich eine zweite meiner netten Nachbarin mitbringen, als Dankeschön, dass sie für mich den Postdienst schob.

»Darf ich dich zum Löwensteg mitnehmen?«, fragte Gideon, der nicht von meiner Seite gewichen war.

Ich nickte.

»Das wäre wunderbar.«

20. Kapitel

Gideon parkte seinen Wagen vor der Pension.

»Das war wirklich ein besonderer Tag voller schöner Sehenswürdigkeiten und dem besten Kuchen, den ich je gegessen habe«, bedankte ich mich. Es war lange her, seit ich mich so lebendig gefühlt hatte. Doch die Ostsee, der Löwensteg und auch er taten mir einfach gut.

»Das freut mich sehr. Wobei ich zu danken habe für die nette Einladung zum Marzipan. Wenn ich dir helfen kann, die Gegend weiter zu erkunden, lass es mich wissen. Als Chef meines eigenen Restaurants, dem zwei Köche unterstehen, kann ich mir jederzeit einen Nachmittag freinehmen.«

»Bist du dir sicher? Ich wette, dein Restaurant braucht dich.«

»Ich habe so lange keinen Urlaub gemacht, ich bin überzeugt, es kommt ein paar Tage gut ohne mich zurecht.«

Vielleicht tat ihm unsere Zweisamkeit genauso gut wie mir? Es wäre jedenfalls schön, wenn ich ihn morgen wiedersehen könnte.

»Ich wollte mir gerne den Priwall ansehen«, erklärte ich. Die Halbinsel machte mich neugierig. Es sollte dort ein wunderschönes Naturschutzgebiet geben. Und nun, da meine Welt nach und nach immer bunter wurde, ich immer mehr Farben um mich herum erblickte, wäre es doch nur folgerichtig ins Grüne zu gehen, um dort all die prachtvollen Töne zu genießen.

»Oh, ausgerechnet den Priwall ...«

Ich zog verwundert eine Braue hoch, denn das klang alles, nur nicht begeistert. Aber Gideon winkte schon ab. »Ich würde dir gerne die Halbinsel zeigen. Ich kenne sie nämlich sehr gut. Wir bräuchten aber Fahrräder, wenn wir sie ganz sehen wollen. Ich hab noch ein altes Bike im Keller.«

»Einmal um die Insel radeln?«

»So in etwa. Du kannst doch Fahrradfahren?«, forderte er mich heraus.

»Und ob. Ich hab nur keines hier. Ich werde mal Bernd fragen, ob er da was für mich hat. Und wenn, siehst du nur den Staub hinter mir.« Ich zwinkerte.

Er grinste. »Herausforderung angenommen.«

Dann hielt er mir die Hand hin. Sie war groß und kräftig, mit langen schlanken Fingern. Ich schlug beherzt ein.

Eigentlich konnte ich mir den adretten Anzugträger Gideon nicht auf einem Fahrrad vorstellen. Daher war ich umso gespannter, wie er sich mit einem Drahtesel schlagen würde.

»Dann also bis morgen? Wir müssten zeitig aufbrechen.«

»Klar, bis morgen.«

Mein Herz hüpfte. Ich freute mich sehr auf den Ausflug, die Natur und auch darauf, ihn im Radrennen zu schlagen.

Ich stieg aus, hob gut gelaunt die Hand, als ich eine Bewegung aus dem Augenwinkel bemerkte.

»Das ist ein Saftladen!«, schallte es plötzlich aus Richtung des *Zum Löwen*. Ich schaute zur Pension. Das ältere Paar, von dem ich gedacht hatte, dass es vielleicht schon abgereist wäre, schleppte gerade seine Koffer aus dem Haus und hechtete voller Empörung zu einem Wagen auf der Straße.

Genau dieselben Worte ...

»Sieht nach Ärger aus«, stellte Gideon durch das offene Beifahrerfenster ernst fest.

»Mit jedem Frühjahr ist es hier unerträglicher geworden, aber nicht mit mir! Der Bogen ist überspannt«, schimpfte der Mann. »Wir haben gute Miene zum bösen Spiel gemacht. Wieder und wieder. Wegen all der guten Jahre. Aber nun geht nicht einmal mehr der Fernseher.«

»Wenn Sie unzufrieden sind, können wir doch drüber reden!«, sagte Gundi, die dem Paar nacheilte und fast auf den Stufen stolperte. Mit rudernden Armen hielt sie das Gleichgewicht.

»Vergessen Sie es. Wir finden eine andere Unterbringung.«

Schon waren der ältere Herr und seine Frau eingestiegen.

»So warten Sie doch … ach … jetzt lassen Sie bitte mit sich reden, Sie waren ja sonst immer zufrieden«, bat Gundi, wurde aber nicht erhört.

»Früher haben wenigstens noch die TV-Geräte funktioniert und das Essen hat geschmeckt«, ächzte der Mann, bevor er die Tür seines Autos endgültig zuschlug.

Dann brauste er davon.

Es kam einem Déjà-vu gleich, denn erst gestern hatte ich genau dasselbe mit dem jüngeren Pärchen erlebt.

Ich konnte sehen, wie sich Gundis Schultern senkten, völlig aufgelöst kehrte sie in die Pension zurück. Sie hatte mich in aller Aufregung gar nicht wahrgenommen.

»Ich … sollte mit ihr sprechen«, sagte ich zu Gideon.

»Soll ich mitkommen?«

Ich hätte fast Ja gesagt, aber dann fiel mir die schlechte nachbarschaftliche Stimmung ein, die zwischen dem Oberen und dem Unteren Löwensteg herrschte. Das konnte also nach hinten losgehen.

»Ich bekomme das allein hin, ist besser so.«

Er nickte mir nur zu.

So schnell es mir möglich war, eilte ich Gundi nach. Als ich den Vorraum der Pension betrat, war sie nirgends zu sehen. Auch von Bernd fehlte jede Spur. Nur Dotti lag in ihrer Kiste und beobachtete mich aufmerksam.

Ich schaute in der Gaststätte nach, dort war aber nur Lori zu finden, die etwas motivationslos zwei Touristen bediente. Ich kehrte in den Empfangsbereich zurück, rief laut nach Gundi, bekam aber keine Antwort. Da hörte ich plötzlich ein paar Schritte direkt über mir, wo sich der obere Gästebereich befand.

Ich ging nach oben, ortete die Stimmen, die ich nun vernahm, in einem der Zimmer und wollte schon anklopfen, als ich unfreiwillig einen Teil des Gesprächs mitanhörte, der mich sofort innehalten ließ.

»Es ist alles aus!«

»Gundi, Schatz, nimm es dir nicht so zu Herzen.«

»Wie soll ich das denn nicht tun, Bernd? Sieh dich doch um, die Gäste bleiben aus. Dieses Paar waren unsere einzigen Gäste, von Mia abgesehen. Vielleicht hat Herr Raddatz eben recht gehabt. Vielleicht ist die Zeit der kleinen altmodischen Pensionen vorbei? Ach, es ist alles so traurig.«

»Du beruhigst dich erst mal, wir schaffen das schon. Wir sind die letzten Jahre trotz der schwindenden Gästezahlen gut über die Runden gekommen.«

»Aber so schlimm wie dieses Jahr war es noch nie, seit dieses neue Hotel am Strand aufgemacht hat und so günstige Zimmer anbietet. Wie sollen wir da mithalten, frage ich dich?«

Ich atmete erschrocken ein. Wie ich es geahnt hatte. Von wegen Nebensaison. Keine Pension konnte sich halten, wenn keine Gäste kamen. Und dass das *Zum Löwen* praktisch leer stand, hatte ich am eigenen Leib erfahren.

Leo hatte das alles jedoch mit keinem Wort erwähnt. Im Gegenteil. Sie ging davon aus, dass das Haus voll war. Wusste sie womöglich gar nichts von den Problemen hier?

»Wir beziehen jetzt zusammen das Bett neu und richten das Zimmer her, was meinst du? Vielleicht möchte ja schon morgen jemand das Zimmer haben? Es ist immer gut, auf alles vorbereitet zu sein.«

»Na schön, Bernd. Ich hole frisches Bettzeug.«

Plötzlich ging die Tür auf, und Gundi stolperte mir fast in die Arme. Peinlich berührt wich ich ihrem Blick aus. Wie das

nun aussah, als hätte ich sie belauscht ... was ich genau genommen ja auch hatte, wenn auch unabsichtlich.

»Mia ... was machst du denn hier? Hast du dich an der
Tür geirrt.«

Über Gundis verweinten Augen hob sich eine Braue. Mein
Kopf glühte sogleich wie eine Tomate. Dann schien sie wohl
zu verstehen, dass ich Zeugin ihres Gesprächs geworden war.

»Tut mir leid, ich wollte nicht lauschen. Ich hatte nur gesehen, dass dieses ältere Paar nun auch die Pension verlassen
hat und wollte nachsehen, ob alles okay mit dir ist.«

Gundi atmete tief ein, wischte sich mit dem Handrücken
über die Augen und sah mich wieder an.

»Ich wollte wirklich nichts mitanhören.«

»Ach, Mia. Das weiß ich doch. Dann liegen die Karten
jetzt wohl auf dem Tisch. Es steht tatsächlich nicht gut um
das *Zum Löwen*.«

»O nein.«

Es nun aus ihrem Mund bestätigt zu bekommen, machte
die Sache nicht einfacher.

»Aber ich bitte dich, sag Leo nichts.«

»Sie weiß also nichts von alldem hier?« Wie ich es mir gedacht hatte. Leo hatte so von der Pension geschwärmt, als
stünde die noch in ihren besten Zeiten.

Gundi schüttelte bedauernd den Kopf. »Bernd und ich
wollten sie nicht belasten. Sie soll sich um sich selbst und unser Enkelkind kümmern und sorgenfrei sein. Sie muss sich
doch auch erst mal auf ihre neue Rolle einstellen. Und davor
wollten wir nichts sagen, damit sie sich während der Schwan-
gerschaft nicht zu viele Sorgen macht.«

Gundi schnäuzte sich und schaute mich dann flehend an.
Ich nickte langsam, war aber nicht sehr glücklich darüber. Leo
würde es doch sowieso früher oder später erfahren. Spätestens
dann, wenn die Pension dicht machte.

Der Gedanke, dass das womöglich tatsächlich bevorstand,

gefiel mir gar nicht. Auch wenn die Zimmer leer standen, ich hatte das *Zum Löwen* irgendwie ins Herz geschlossen. Es war einer dieser Familienbetriebe, die mit Herz und Seele geführt wurden. So etwas gab es doch heute kaum noch. Ich wollte nicht, dass die Pension schließen musste. Mit keiner Faser meines Körpers. Wenn ich doch nur irgendetwas tun könnte ...

Bernd kam nun auch heraus, hatte er doch wohl unsere Stimmen gehört. Überrascht sah er mich an.

»Schon gut, Liebling, Mia weiß jetzt auch Bescheid.«

»Es war keine Absicht«, versicherte ich noch mal.

Bernd nickte mir zu und legte besänftigend eine Hand auf Gundis Schulter.

»Vielleicht ist das *Zum Löwen* einfach nicht mehr das, was es mal war«, überlegte er nun auch.

Ich spürte, wie sich mehr und mehr Hoffnungslosigkeit breitmachte.

»Vielleicht sollten wir die Herberge schließen und nur noch die Gaststätte betreiben. Die ist im Moment das Einzige, was uns über Wasser hält.«

»Aber wir können doch unsere Pension nicht einfach aufgeben, das hast du doch eben selbst gesagt. Das *Zum Löwen* ist unser Lebenswerk, weißt du nicht mehr?« Gundis Blick glitt in die Ferne. Bernd schien ihr dorthin zu folgen, als tauchten sie gerade zusammen ab in eine gemeinsame Erinnerung.

»Wie könnte ich das vergessen.«

»Damals, als wir uns auf einer unseren vielen Reisen zum ersten Mal begegnet sind. Es war eine Wandertour im Bayerischen Wald, und wir hatten uns ein Lagerfeuer geteilt, weil es ein so kalter Abend war.«

»Du hattest gezittert wie Espenlaub, da musste ich dich ans Feuer bitten. Die beste Entscheidung meines Lebens.« Er lächelte, sah sie liebevoll an.

»Wir hatten uns sofort verstanden, Liebe auf den ersten Blick. Spontan beschlossen wir, die Tour zusammen zu beenden«, erklärte Gundi mit einem Lächeln auf den Lippen.

Unwillkürlich sah ich Gundi und Bernd als junge Leute vor mir, die ihre Rucksäcke über die Schulter trugen und die Welt entdeckten, sich für die Natur begeisterten.

»Wir sind danach noch viele Male zusammen in die Welt hinausgezogen, haben verschiedene Orte besucht und in unzähligen Pensionen übernachtet, viele Menschen kennen und schätzen gelernt. Wir haben eine Vorliebe für Reisen an die See entwickelt, besonders die Ostsee hat es uns angetan. Und irgendwann hat uns das Schicksal nach Travemünde geführt, wo dieses Haus zum Verkauf stand. Wir haben uns sofort verliebt.«

Gundi strahlte Bernd an, als gäbe es kein Morgen mehr.

»Es sah genauso aus, wie es jetzt noch aussieht. Die Besitzer hatten es heimelig und rustikal gestaltet. Es hat den Pensionen geähnelt, in denen wir zuvor übernachtet hatten. Doch es hatte auch etwas ganz Eigenes an sich.«

»So war es, Gundi. Ich erinnere mich, wie wir in den Empfangsraum kamen, mir sofort der Geruch von Holz in die Nase stieg und alles so romantisch und gediegen aussah. Man wusste sofort, dass man in der Nähe der See war. Das verrieten der alte Anker an der Wand und die vielen Postkarten der Ostsee hinter der Rezeption. Ich habe mich sofort zu Hause gefühlt.«

»Wir wollten hier einen Ort schaffen, an dem auch andere Reisende zur Ruhe kommen und sich für den nächsten Tag stärken konnten.«

Bernd legte den Arm um Gundi. »Wir waren so jung, Gundi. Konnten uns niemals vorstellen, alt zu werden. Jetzt aber sind wir Großeltern. Es ist keine Schande, wenn wir zur Ruhe kommen. Die Gaststätte erfüllt uns immer noch.«

Gundis Blick wanderte durch den Flur. Ihre Schultern glitten nach unten. Dann schüttelte sie den Kopf. »Ich kann das *Zum Löwen* nicht aufgeben. Das ... das geht nicht. Es ist doch so viel mehr als nur eine Pension.«

Entschlossen ging sie zur Treppe. Bernd folgte ihr. »Gundi, so warte doch. Was hast du denn jetzt vor?«

»Du kennst mich, ich werfe nie die Flinte ins Korn. Vielleicht hat Mia recht. Vielleicht brauchen wir dieses ... WLAN, und neue Fernseher! Vielleicht müssen wir endlich mit der Zeit gehen und etwas dazulernen, warum auch nicht!«

Die Treppe knarzte, während sie nach unten stieg. »Ich schaue mir unsere Finanzbücher an, unser Erspartes ist doch genau für solch einen Zweck gedacht. Oder nicht?«

Bernd schüttelte verblüfft den Kopf. »Genau dafür haben wir es gedacht. Wieso hatte ich das vergessen?«

Wir folgten ihr nach unten.

»Ich helfe dir!«, entschied er spontan.

Ich merkte, wie neue Hoffnung aufkeimte. Nicht nur bei den Andresens, sondern auch bei mir.

Nachdem die Andresens voller Tatkraft in ihr Büro verschwunden waren, zog ich mich auf mein Zimmer zurück und starrte die Decke an. Ich fühlte mich nicht wohl bei dem Gedanken, Leo nichts von dem sagen zu dürfen, was ich gerade erfahren hatte. Doch ich fand es gut, dass Gundi nicht aufgeben wollte. Dass sie darüber nachdachte, die Pension zu modernisieren.

Allerdings hatte ich das Gefühl, dass das vielleicht nicht ausreichte. Ich wollte ihr gewiss nicht zu nahe treten, aber die Küche war auch noch ein Problem. Darüber hinaus wirkte zumindest mein Zimmer reichlich eingestaubt.

Gut, das konnte einen gewissen Charme haben. Doch es knarzte und ächzte überall. Seit sie die Pension damals als junge Leute übernommen hatten, hatten sie sie offenbar genau so belassen, keine Änderungen vorgenommen.

Um ganz ehrlich zu sein, wenn man das *Zum Löwen* wirklich retten wollte, musste man es von Grund auf renovieren. Und das wollten Gundi und Bernd sicher nicht. Jedenfalls konnte ich mir nicht vorstellen, dass sie zu solch einer immensen Neuerung bereit waren.

Doch manchmal, das wusste ich auch aus Erfahrung als Szenenbildnerin, konnten auch kleine Details einen großen Effekt haben.

Ich musterte mein Zimmer genauer, versuchte das Besondere in ihm zu erkennen, um das vielleicht als Grundlage für etwas Neues zu nehmen. Allerdings wirkte es doch recht beliebig. Nein, es brauchte einen Clou. Etwas, mit dem sich das *Zum Löwen* von anderen Pensionen in der Gegend abheben konnte. Denn ehrlich, gerade hier in der Touristenregion Travemünde gab es eine Pension neben der nächsten. Allein im Oberen Löwensteg hatte ich noch zwei weitere entdeckt. Und ganz sicher gab es im Unteren Löwensteg ebenfalls welche. Heutzutage aber brauchte man ein Gesicht. Etwas, für das man stand.

Komm schon, Mia, du bist doch sonst so kreativ, denk nach!

Just in dem Moment bimmelte mein Handy. Ich erschrak so sehr, dass ich einen leisen Schrei ausstieß. Rasch fischte ich es aus meiner Hosentasche und warf einen Blick aufs Display. Leos Name prangte dort.

Ausgerechnet Leo ...

Ich wollte jetzt nicht mit ihr reden. Weder darüber, dass ich bei Gideon besser vorsichtig sein sollte, noch über die aktuellen Entwicklungen in der Pension. Ich fühlte mich wie eine miese Verräterin. Und doch ging ich ran.

»Hey, meine Liebe, wie geht's dir?«

»Mir geht's gut.« Das war nicht gelogen. »Ich genieße den Urlaub sehr.« Zumindest war das bis gerade eben noch der Fall gewesen. Nun plagte mich das schlechte Gewissen.

»Wirklich? Du klingst eher, als würde dir der Schuh drücken.«

Klar, Leo hatte mich durchschaut. Was hatte ich auch anderes erwartet? Sie kannte mich zu gut.

»Nein, nein, es ist alles okay«, versuchte ich sie abzuwiegeln. »Ich genieße den Urlaub immer noch, wie von dir verordnet. Heute war ich in der Altstadt, morgen geht es auf den Priwall. Und den Ausflug werde ich ganz bestimmt in vollen Zügen genießen, versprochen.«

»Das ist doch ein Wort, mehr will ich nicht!«

»Na dann ... noch einen schönen Abend.« Ich legte viel zu schnell auf. Sicher hatte sie nun doch Verdacht geschöpft. Aber immerhin rief sie nicht noch einmal an. Ich hatte ein echtes Dilemma, wollte ich doch weder Gundi noch Leo enttäuschen.

21. Kapitel

An Gundis Miene am nächsten Morgen erahnte ich bereits, dass ihre Finanzbücher keine guten Nachrichten für sie bereitgehalten hatten.

»Alles in Ordnung?«, hakte ich vorsichtig nach und betrat die Gaststätte. Immerhin war diese heute ganz gut gefüllt. Aber nicht mit Pensionsgästen, sondern Touristen, die hier ein kleines Frühstück zu sich nehmen wollten.

»Wir haben alles durchgerechnet, wieder und wieder. Es sollte ausreichen«, verkündete sie mir und schenkte zugleich Kaffee ein.

»Aber ... das sind doch gute Nachrichten, oder nicht?«

Warum dann das Gesicht wie Drei-Tage-Regenwetter?

»Schon ... aber wenn wir das machen, und das haben wir fest vor, dann haben wir danach keinen Notgroschen mehr.«

Ich nickte verstehend. Ein Puffer war natürlich besser. Nun handelte es sich um eine ziemlich große Investition für die beiden.

»Aber darum brauchst du dich nicht zu sorgen, Mia. Du machst schön Urlaub bei uns«, sagte Gundi dann wie verwandelt und lächelte mich wieder an, als wäre gerade erst die Sonne aufgegangen.

»Ähm ... ja ... ich ... mache mir ehrlich gesagt schon Sorgen ...« Wenn ich doch nur irgendwie helfen könnte.

»Das musst du nicht. Sag nur Leonie nichts, wir wollen nicht, dass sie sich Gedanken macht.«

Ich seufzte. Wieso konnten Mutter und Tochter nicht einfach drüber reden?

»Es ist uns ganz wichtig«, beharrte Gundi und sah mich flehend an.

»Ich hab's doch schon längst versprochen.«

Sie drückte dankbar meine Schulter.

»Aber um Himmel willen, das kannst du nicht für immer vor ihr verbergen.«

»Ich weiß.« Sie wollte sich schon umwenden, doch ich hielt sie auf.

»Noch was anderes«, fiel es mir ein. »Habt ihr eventuell Fahrräder für die Gäste?« Manch eine Herberge bot das ja an.

»Zufällig ja, im Keller. Die stehen für unsere Gäste immer zur Verfügung.«

Das traf sich gut. Und es war auch ein toller Service.

»Willst du einen Ausflug machen?«

»Ja, auf den Priwall.«

»Wie schön. Ich sehe gleich nachher mal nach, ob die Fahrräder noch okay sind. Genieße so lange dein Frühstück!«

Das tat ich dann auch. Das Rührei a la Gundi war in gewohnter Manier überwürzt, aber das Müsli schmeckte. Kurz darauf schleppten wir zusammen einen recht brauchbaren Drahtesel aus dem Keller nach oben, den ich nur noch von seinem Staubmantel befreien musste. Schon sah er fast aus wie neu.

»Ich wünsche dir einen tollen Ausflug, hier ist noch ein Helm«, sagte Gundi und setzte ihn mir auf.

Schick ging anders, aber Sicherheit ging vor. Ich zog den Gurt unter meinem Kinn zusammen und zeigte Gundi den Daumen, die sich darauf lachend ins Innere der Pension zurückzog. Kaum einen Wimpernschlag später entdeckte ich Gideon mit seinem Fahrrad. Er stand vor der Seitentür seines Hauses und hatte sich ebenso vorbildlich einen Helm aufgesetzt.

Ich winkte ihm zu. Geschickt schwang er sich auf seinen

Drahtesel und radelte zu mir rüber. Er sah gut aus in seinem Shirt und der legeren Hose.

»Zufrieden mit meinen Fahrkünsten?«

Ich nickte fröhlich. Aber es würde sich noch zeigen, wer den längeren Atem hatte. Zu Hause in Hamburg fuhr ich nämlich so oft Rad wie möglich, um mich ein bisschen fit zu halten.

»Auf zum Priwall«, sagte ich vergnügt.

Wir nahmen die Personenfähre von Travemünde und kamen nach einigen Minuten auf dem Priwall an. Seite an Seite schoben wir die Räder von der Fähre und am Hafen entlang, folgten einem Weg, der uns zum Waldgebiet geleiten sollte. Ich spürte sofort die frische Meeresbrise und die Ruhe, die von der Küste zur grünen Landschaft herüberwehte. Wir stiegen auf unsere Fahrräder und fuhren los.

»Ich bin früher oft hier gewesen«, erinnerte er sich. »Die ganze Gegend bin ich mit dem Rad abgefahren.«

Also hatte er mir doch etwas voraus, kannte er immerhin die Strecke. Sei es drum. Ich nahm es dennoch mit ihm auf. Es tat gut, mal wieder etwas Sport zu machen, kräftig in die Pedale zu treten und sich zu fordern. Die grüne Umgebung war eine wunderbare Belohnung für die Anstrengung. Wir fuhren unter dichten Blätterdächern hindurch, die sich wie ein Torbogen über unseren Pfad beugten. Nur wenige Sonnenstrahlen passierten die Wipfel, sodass wir die meiste Zeit im angenehmen Schatten fuhren.

Unser Ziel war das Naturschutzgebiet Südlicher Priwall, das im unteren Bereich der Halbinsel lag. Es war ein Paradies für viele Tierarten, wie ich gelesen hatte. Wir folgten einem Radweg, der durch den Wald führte. Ich hörte das Zwitschern der Vögel, das Rascheln der Blätter und das Knacken der Äste. Der angenehme Duft von Moos und Harz stieg mir in die Nase.

Plötzlich radelte Gideon an mir vorbei, als wollte er ein Wettrennen starten.

Ich schüttelte amüsiert den Kopf. So ein Angeber.

»Also, was ist Mia, hast du die Herausforderung schon vergessen?«

Iwo! Aber hier ein Wettradeln zu veranstalten, wäre eine Sünde. Nicht nur, dass das die heimische Tierwelt erschreckte, man würde auch viel von der schönen Umgebung verpassen.

»Lass uns langsam fahren.«

»Hab ich es mir doch gedacht, da kneift jemand.«

»Quatschkopf.« Ich lachte. »Ich will nur den Moment genießen. Ehrlich, ich würde dich sowieso im Rennen schlagen, daher will ich dir die Illusion lassen, dass du eine Chance hast.«

»Das ist aber sehr großzügig von dir.« Er zwinkerte. »Aber schön, du bist der Boss. Wir machen, was du sagst.«

»Ich bin der Boss?«, wunderte ich mich.

»Klar, wir tun, was du magst.«

»Jetzt will ich eigentlich nur weiterradeln.«

»Dann machen wir das.«

Schweigend fuhren wir nebeneinander her, aber manchmal, das entging mir nicht, warf er mir Blicke zu, die mir ein kleines Lächeln ins Gesicht zauberten. Denn er wollte sehen, wie es mir hier gefiel. Ich war einfach nur glücklich, fand, es war ein wunderschöner Tag. Als wir an der Feuchtwiese ankamen, stellten wir unsere Fahrräder ab und betraten das Gebiet durch ein schmuckloses Tor. Eine große Fläche mit wehenden Gräsern, bunten Blumen und kleinen Teichen erstreckte sich vor uns. Man konnte fast die Jahreszeit vergessen, schien der Sommer doch bereits ins Land gezogen.

»Es sieht atemberaubend aus«, entwich es mir.

Gideon nickte mir zu. Sein Blick ging in die Ferne. Fast andächtig wirkte er.

Wir setzten uns auf eine Bank und genossen die Natur. Ich fühlte mich entspannt und zufrieden.

»Danke, dass du diesen Ausflug mit mir machst.«

»Dafür musst du dich doch nicht bedanken.« Er runzelte erstaunt die Stirn.

»Doch, das muss ich. Du nimmst dir immer Zeit für mich, obwohl du eigentlich in deinem gut laufenden Restaurant stehen und alles koordinieren müsstest.«

Schließlich wusste ich, wie viel Energie, Zeit und Arbeit er in dieses Restaurant steckte. Nun stattdessen mit mir, einer quasi Fremden, den Tag zu verbringen, war keine Selbstverständlichkeit.

Er lächelte.

»Ich habe Angestellte, die das für mich tun. Es ist auch mal ganz schön, ein wenig rauszukommen. Wie ich ja schon sagte, habe ich die letzten Jahre nur für die Karriere gelebt.«

Ich meinte abermals, Bedauern in seiner Stimme zu hören. Dabei konnte ich ihn gut verstehen. Ich hatte mich auch nur auf meinen Beruf konzentriert. Alles andere vernachlässigt. Hätten meine Freunde sich nicht von sich aus gemeldet, vielleicht wäre der Kontakt ganz abgebrochen. Ich musste ehrlich zu mir sein. Und in einem Moment wie diesem, in dem alles um einen herum so wunderschön blühte, kamen einem Fragen in den Sinn wie: Was hätte ich während der Zeit noch tun können? Wie hätte mein Leben erfüllter sein können? Habe ich Chancen verpasst, die ich vielleicht noch nicht mal gesehen habe?

Ich musterte sein Profil. Wenn ich es ansah, sah ich nicht länger Gabriel. Ich sah ihn. Ich sah die vielen kleinen Unterschiede, die fein, aber erkennbar waren.

Gideons Kiefer war ein wenig markanter. Das gefiel mir. Ich mochte auch den Schatten eines Dreitagebarts, der sein Gesicht zierte. Seine Augen bewegten sich in meine Richtung, sie wirkten von der Seite sogar noch heller. Lachfältchen bildeten sich um diese.

»So einige, nehme ich an«, sagte er plötzlich.

Hatte er meine Gedanken gelesen? Oder wieso passte seine Reaktion so perfekt.

Jetzt wandte er mir den Kopf ganz zu. Mir wurde klar, ich hatte den Gedanken nicht nur gedacht, sondern auch laut ausgesprochen.

»Ich habe mich in letzter Zeit öfter gefragt, was hätte sein können, wenn Dinge anders verlaufen wären.«

Genau meine Gedanken …

»Zum Beispiel?«

Er zuckte mit den Schultern.

»Wie bist du Gabriel begegnet?«

Die Frage kam wie aus dem Nichts. Sie schien nicht mal zu meiner Frage zu passen. Wie seltsam, ich wollte jetzt gar nicht über ihn reden. Aber da Gideon mich gefragt hatte, wäre es wohl unhöflich gewesen, nicht zu antworten.

»Wir sind uns auf der Kennedybrücke in die Arme gelaufen. Einfach so. Ich war … wieder mal ein wenig tollpatschig, du kennst mich ja.«

Ein Lächeln umspielte seine Lippen, und er nickte. »Ein wenig.« Dann glitt sein Blick in die Ferne. »An dem Tag war ich auch in Hamburg.«

»Tatsächlich?«

»Ich habe eine Messe für feine Küche besucht und war sogar mit Gabriel verabredet. Allerdings hat sich der Vortrag verzögert, den ich dort gehalten habe, und so konnte ich nicht rechtzeitig auf der Kennedybrücke sein. Wir hatten uns dort … treffen und aussprechen wollen.«

»Oh«, machte ich. Wegen dieses Streits, nahm ich an, von dem er schon einmal erzählt hatte. Der, der die Brüder entzweit hatte.

»Ihr wolltet euch dort treffen?«

Er nickte. »Nach all den Jahren, war dies unser erster Versuch, uns auszusprechen.«

Das hieß, dass, wäre er pünktlich dort gewesen, ich vielleicht ihm und nicht Gabriel in die Arme gelaufen wäre. Oder sogar beiden? Wie auch immer das dann ausgegangen wäre, sicher nicht so, wie es nun tatsächlich geschehen war.

Wieder lag da ein Bedauern in seinem Blick. Womöglich, weil ihm gerade dieselben Gedanken durch den Kopf gegangen waren. Eines dieser Gedankenexperimente, in denen man sich überlegte, wie das eigene Leben anders hätte verlaufen können. Wären Gabriel und ich je zusammengekommen? Hätte es den Unfall dann überhaupt gegeben? Oder hätte er einen ganz anderen Karriereweg eingeschlagen. Immerhin hatte ich ihn ermuntert, sich bei der Kanzlei zu bewerben, die ihn schließlich nach Norwegen geschickt hatte. Mir wäre einiges erspart geblieben. Und ihm erst. Er wäre womöglich noch unter uns, würde ein ganz anderes Leben führen. Was wohl mit mir wäre? Wäre ich mit Gideon zusammengekommen, weil ich ihm zuerst begegnet wäre?

Ich hielt den Atem an. Diese Idee war mehr als spekulativ. Denn wenn dem so wäre, hätte ich Gabriel auch nie geliebt. Ihm nie in die Augen gesehen. Hätte ich stattdessen womöglich Gideon in die Augen geblickt? Ihn geküsst? Ich schüttelte den Kopf. Das war zu wirr.

Nein, selbst wenn ich es gekonnt hätte, hätte ich mir keinen anderen Ausgang an diesem Tag auf der Brücke gewünscht.

»Ihr wolltet euch aussprechen?«

Er nickte. »Ich hatte ja schon angedeutet, dass wir uns nicht mehr so gut verstanden hatten wie früher. Aber es ist wohl mein Schicksal, der Zeit hinterher zu sein. Ich komme immer zu spät.« Nun lachte er bitter.

Ich war nicht ganz sicher, wie er das meinte, doch ich schloss daraus, dass es nicht zu dieser Aussprache gekommen war. Wie hätte es das auch? Schließlich waren Gabriel und ich an diesem Abend noch in ein langes Gespräch vertieft gewesen. Und danach hatten sich die beiden Brüder vielleicht wieder aus den Augen verloren.

»Ich bin immer zu spät«, murmelte er erneut. Er klang belastet, schuldbeladen. Ich wollte ihm das ausreden. Sicher war es nur eine übertriebene Wahrnehmung. Manchmal verrannte man sich in solche Gedanken.

Aber dann erregte etwas seine Aufmerksamkeit.

»Sieh mal«, sagte er plötzlich und deutete auf die freie Fläche vor uns, die durch seichte Gewässer durchsetzt wurde, die sich wie ein Muster vor uns erstreckten.

Ein kleiner Vogel fiel mir auf, der eine witzige Frisur hatte, die wie ein langer Zopf aussah.

»Das ist ein Kiebitz«, erklärte mir Gideon.

Auf der Suche nach Nahrung hüpfte er hin und her, dann jedoch schien er uns zu bemerken und die Flucht gen Himmel anzutreten. Zumindest dachte ich das im ersten Augenblick, bis mir plötzlich der riesige Schwarm über unseren Köpfen auffiel. Es mussten Hunderte dieser Vögel sein, die in beeindruckenden Formationen ihre Kreise zogen. So schwerelos glitten sie dahin, fast, als wären sie zu einem Wesen verschmolzen.

»Wow«, raunte ich fasziniert. So etwas hatte ich noch nie gesehen. Nicht in dieser Größenordnung.

Die Kiebitze schienen uns eine richtige Schau bieten zu wollen, mehr und mehr kamen hinzu, schlossen sich dem Flugmanöver an, um den Himmel zu verschönern. Für den Bruchteil einer Sekunde glaubte ich, sie würden den Horizont vollständig bedecken.

»Wundervoll«, sagte Gideon. Er klang jetzt wieder viel positiver.

»Siehst du, du kommst doch nicht immer zu spät. Du

warst genau im richtigen Moment hier, um das mitansehen zu können.«

Ich drückte unwillkürlich seine Hand. Es war nur als freundschaftliche Geste gemeint. Aber plötzlich durchfuhr mich ein kleiner elektrischer Schlag. Und als er mich ansah, mit diesen himmelblauen Augen, wusste ich, dass er es ebenfalls gespürt hatte.

Mein Herz schlug schneller, ich konnte nichts dagegen tun, wunderte mich, was mit mir los war. Seine Hand fühlte sich gut an, das war nicht zu leugnen. Vielleicht ließ ich sie deshalb so schnell wieder los. Denn es fühlte sich falsch an. Falsch, plötzlich etwas für ihn zu empfinden. Ich schüttelte den Kopf, nein, so weit ließ ich es gar nicht erst kommen. Er war Gabriels Bruder, den ich geliebt hatte. Gideon wäre mein Schwager geworden. Das war also ein absolutes No-Go.

»Sorry ...«, murmelte ich. Und war nicht ganz sicher, ob ich ihn, mich oder Gabriel damit meinte.

Danach sagten wir nichts, Gideon schien ebenso beschlossen zu haben, den Moment zu ignorieren. Das war sicher das Beste. Obwohl es nicht mehr war wie davor. Mein Herz schlug nämlich immer noch schneller, und das blieb so, egal wie sehr ich mich bemühte, meinen Blick wieder auf den Schwarm zu richten.

Nach einer Weile gingen wir zurück zu unseren Fahrrädern und fuhren weiter. Ich versuchte, mich zu erden. Mich auf die Fahrt zu konzentrieren, die noch vor uns lag. Er wollte mir noch einige historische Sehenswürdigkeiten zeigen, bevor wir nach Travemünde zurückkehrten.

Alles wäre besser, als über diesen Moment zu reden oder auch nur nachzudenken. Historische Sehenswürdigkeiten kamen da genau recht. Womit konnte man sich besser ablenken als mit trockenen Fakten über vergangene Dinge?

So fuhren wir einmal um die Halbinsel zum Priwall-Hafen zurück, wo ich ein beeindruckendes Schiff entdeckte, auf das ich zielstrebig zuhielt. Neugierig musterte ich die riesigen Segel, die sich im Wind leicht blähten.

»Ich meinte eigentlich den Leuchtturm«, hörte ich Gideon hinter mir, der aber schnell zu mir aufschloss. Fast zeitgleich stiegen wir ab, schoben die Drahtesel zu Ständern. Wieder schlossen wir sie ab und gingen die letzten Meter zu Fuß. Eine Schar Schaulustiger hatte sich vor dem Viermaster versammelt.

»Ich würde mir das gerne ansehen«, beharrte ich.

»Wenn's sein muss ...« Er klang wenig begeistert, was mich wunderte.

Wir blieben vor dem Schiff stehen, das ziemlich alt wirkte, aber auch überaus imposant.

»Das ist die *Passat* aus dem Jahr 1911, die früher Getreide transportiert hat«, erklärte Gideon mir, aber mir fiel sofort auf, dass er plötzlich etwas fahrig wirkte, als er mir den Rest der Geschichte des bekannten Schiffes erzählte. Dabei nannte er mir gleich zwei Mal die Jahreszahl, ohne es zu merken.

»Wie du siehst, finden heutzutage verschiedene Veranstaltungen hier statt.«

Heute schien es eine Tanzveranstaltung zu sein. Die Leute, die an Bord gingen, waren schick gekleidet. Sicher wollten so einige das Tanzbein schwingen.

»Ist doch toll.«

»Ja ... super.«

Mir fiel auf, dass seine Stimme nun richtig monoton klang. Irgendetwas stimmte nicht mit ihm. Ich erinnerte mich daran, dass er ursprünglich auch nicht begeistert gewesen war, den Priwall zu besuchen. Hatte dies mit der Passat zu tun?

»Was ist los mit dir?«, fragte ich besorgt.

»Nichts, wie kommst du darauf?«

»Du hast eben zwei Mal dasselbe gesagt und ein bisschen neben der Spur gewirkt.«

»Es ist schon gut.«

»Nein, ist es nicht. Du hast mir die ganze Zeit geholfen. Wenn dich etwas bedrückt, bin ich für dich da.« Ich meinte es ernst. Gideon war längst nicht mehr der arrogante Schnösel und meckernde Nachbar. Er war ein guter Freund. Jemand, um den ich mich sorgte. Der mir wichtig geworden war.

Er sah mich an, ich bemerkte ein fernes Glitzern in seinen Augen.

Mit Daumen und Zeigefinger kniff er seine Nasenwurzel zusammen. »Ich musste nur … an ihn denken.«

»An Gabriel?«, staunte ich, denn hier gab es nichts weit und breit, das mich an ihn hätte denken lassen.

Er nickte rüber zur Passat. »Hier hat das Unglück seinen Lauf genommen. Hier liegt die Wurzel.«

Wurzel? Was denn für eine Wurzel?

»Wovon redest du, Gideon?«

Ein tiefes Seufzen drang aus seiner Kehle. Ich ahnte, dass es erneut um den Streit ging. Hier hatte er wohl begonnen. Nur warum?

Wir setzten uns auf eine Kaimauer nahe des Viermasters.

»Du kannst mir vertrauen, ich höre dir zu.«

Schon neulich hatte ich das Gefühl, dass es noch ein Geheimnis gab, das die Brüder verband. Oder vielmehr das Gegenteil davon.

»Ich habe dir gesagt, dass … ich immer zu spät komme.«
Ich nickte vorsichtig.

»Hier war das auch der Fall. Ich habe damals meine Ausbildung zum Koch in einem Restaurant auf dem Priwall absolviert und wir … haben für das Catering auf der Passat gesorgt. Es war eine Tanzveranstaltung, ähnlich wie dieser hier, nur später am Abend. Auf dieser waren auch Gabriel und Bianka.«

»Wer ist …«

»Die Frau, für die unsere Herzen schlugen.« Er atmete tief

ein. »Ich weiß, das klingt wie aus einem kitschigen Roman. Zwei Brüder, die das Herz derselben Frau erobern wollten.«

Gabriel hatte Bianka nie erwähnt. Allerdings hatte er auch nie Gideon erwähnt.

Da Gideon von seiner Ausbildungszeit sprach, musste es wohl einige Zeit her sein, was auch erklärte, warum Bianka später keine Bedeutung mehr für Gabriel gehabt hatte. Es waren alte Zöpfe, die aber bis in die Gegenwart reichten. Die Wurzel, wie er es selbst genannt hatte.

»Ihr habt euch darüber zerstritten?«, vermutete ich.

Er nickte.

Das war also der Grund für die Entzweiung. Ein Streit – aus Leidenschaft, falschem Stolz oder beidem. Zwei junge Halbstarke, bei denen die Hormone sicher noch überhandgenommen hatten. Offenbar hatten sie sich so sehr darin verstrickt, dass sie selbst als Erwachsene kaum zueinander hatten finden können.

»Aus heutiger Sicht ist es albern. Und ich wünschte, ich hätte damals anders reagiert. Ich habe sie von Bord geworfen, fast meine Ausbildungsstelle verloren.«

»Wirklich? Du hast die beiden von Bord geworfen? Etwa ... ins Wasser?«

Er lachte, schüttelte den Kopf. »Nein, aber ich hab sie sozusagen vor die Tür gesetzt.«

Ich konnte es kaum glauben, dass er das gebracht hatte.

»Hat auch für ziemlich viel Aufsehen gesorgt, die anderen Gäste fanden das nicht lustig.«

»Aber dein Chef hat ein Auge zugedrückt.«

»Der schon. Gabriel nahm es mir allerdings sehr übel. Zwischen uns war danach eine seltsame Rivalität entbrannt. Ich hatte den Gedanken nicht ertragen zu verlieren. Womöglich hatte ich mein Herz nicht einmal wirklich an Bianka verloren. Vielmehr ist es um ihn und mich gegangen.« Er lachte bitter. »Aber er hatte ihr Herz zuerst erobert. Und das hatte mich so sehr verärgert, dass ich überreagiert hatte. Je länger ich darüber nachdenke, desto unbedeutender scheint mir das alles. Aber was folgte, das war nicht unbedeutend. Unser Streit zog sich über Jahre hinweg. Selbst als er längst nicht mehr mit ihr zusammen war, habe ich es ihm nachgetragen, und er mir.« Jetzt sah er mich wieder an. »Ich wünschte ich hätte anders gehandelt. Ich wünschte, wir wären nicht im Streit auseinandergegangen. Wir haben Jahre nicht gesprochen, so viel Zeit vergeudet, uns erst nach und nach wieder angenähert.«

»Wie in Hamburg.« Als es doch nicht zur Aussprache kam, weil ich irgendwie dazwischengeraten war.

Er nickte. »Es fühlt sich scheiße an, wenn einem die Kontrolle entgleitet. Es war wie ein Schneeball, der zur Lawine wurde.«

Eine kühle Brise wehte zu uns rüber. Er schlang die Arme um den Bauch.

»Nachdem es in Hamburg nicht mit der Aussprache geklappt hat, hat es zwei weitere Jahre gebraucht, ehe wir uns erneut angenähert haben, unter anderem wegen eurer Verlobungsfeier, sie brachte uns wieder ins Gespräch.«

»Warum mussten denn nochmals zwei Jahre vergehen?«

Er zuckte mit den Schultern. »Stolz, Eitelkeit, wie immer man es nennen mag. Nachdem er das Treffen auf der Kennedybrücke abgesagt hatte, fühlte ich mich gekränkt.«

Er hatte es wegen mir abgesagt, schoss es mir durch den Kopf.

»Wir hatten nicht mehr die Chance, es wirklich aufzuarbeiten.«

Ich atmete tief ein. Wollte er mir sagen, dass sie bis zum Schluss zerstritten gewesen waren? Dass es nicht mehr zu einer Versöhnung gekommen war, bevor … Ich wollte den Gedanken nicht zu Ende denken. Es wäre zu schrecklich.

Sein Blick wanderte hinaus zur Passat.

Er ließ den Kopf sinken. Ich verstand nun, warum er manchmal schuldbeladen klang. Er gab sich die Schuld daran, dass es nicht mehr zur Versöhnung gekommen war.

»Wäre ich nur nicht solch ein Dickkopf gewesen. Ich habe es ihm nicht leicht gemacht, weißt du. Er mir auch nicht, doch von uns beiden war er der Versöhnlichere. Hätte ich nur anders reagiert.«

Ich konnte wirklich gut verstehen, was in ihm vorging. Zu oft hatte ich auch gedacht, hätte ich ihm doch nur noch öfter gesagt, wie sehr ich ihn geliebt hatte. Ihm noch viel mehr Umarmungen geschenkt. Aber das hier war natürlich eine andere Hausnummer. Ich merkte, wie er versuchte, stark zu sein, sich keine Blöße zu geben, wie es ihn aber doch zerriss.

Vorsichtig legte ich meine Hand auf seine Schulter. Es musste schrecklich für ihn gewesen sein, dass sich das Schicksal für einen anderen Weg entschieden hatte. Nun verstand ich es endlich, was er damit meinte, wenn er sagte, dass er zu spät gekommen war.

»Es war meine Schuld«, raunte er.

Erschrocken zog ich die Hand zurück, nur um sie gleich darauf wieder auf seiner Schulter zu platzieren.

»Nein, sag das nicht.« Ich konnte verstehen, dass er sich Vorwürfe machte, weil er der Versöhnung nicht früher zugestimmt, sich vielleicht auch etwas geziert hatte. Aber wie hätte er wissen sollen, was das Schicksal für Gabriel und ihn bereithalten würde? Ihre Bereitschaft, miteinander zu reden, war ganz natürlich gewachsen. Sie hätte vielleicht nicht beschleunigt werden können. So aber waren beide letztlich bereit gewesen, wieder miteinander zu sprechen. Das war es, was wirklich zählte.

Ich sah ihm an, wie er in dunklen Gedanken versank. Seine Brauen zogen sich zusammen. Seine Miene wurde starr.

Ich kannte solche Momente, in denen einem alle gut zureden konnten, so viel sie wollten, und man doch nicht auf sie hörte. Sich in seinen eigenen Schuldgefühlen verstrickte. Ich wollte ihn da rausholen. So etwas vergiftete die Seele. Außerdem hatte er es nicht verdient. Er sollte sich nicht innerlich selbst zerfleischen. Ich wusste einfach, auch Gabriel hätte das nicht gewollt. Wie ironisch, denn das waren genau die Worte, die mir Leo und die anderen immer gesagt hatten. Gabriel hätte nicht gewollt, dass du dich verkriechst. Es schien, als verstünde ich ihre Bedeutung zum ersten Mal wirklich.

Vorsichtig legte ich nun den Arm um ihn, er sah mich an. Unsere Blicke hielten einander fest, was mich erneut ziemlich durcheinanderbrachte. Waren wir hier, um uns gegenseitig zu heilen?, schoss es mir durch den Kopf. Wir beide hatten eine Menge Ballast mit uns herumgetragen. Er hatte mir geholfen, mein Päckchen abzuwerfen. Ich wollte dasselbe für ihn tun.

»Ihr habt es nicht geschafft, euch auszusprechen, aber der Wille war da. Das wusstet ihr beide. Ihr hattet euch sogar schon angenähert. Und das ist mehr wert, als du jetzt vielleicht glaubst.«

»Das ist es nicht …«

»Was ist es dann?«

Sein Blick wurde so intensiv, dass ich ihm kurz auswich. Wie gestern im Museum.

Er schüttelte den Kopf. »Nicht jetzt. Nicht hier.« Ich verstand, dass er nicht weiter darüber reden wollte. Manche Dinge wollten vielleicht an die Oberfläche, doch war es nicht der rechte Moment dafür. Was immer es war, es belastete ihn sehr.

»Ich höre dir zu, wann immer du mich brauchst«, erklärte ich, um ihm zu zeigen, dass er sich an mich wenden konnte. Immer. Egal wann und wo.

»Danke, Mia. Du hast mir doch bereits zugehört. Es ist spät. Vielleicht sollten wir gehen«, schlug er vor und erhob sich. Jeder hatte sein eigenes Tempo, gingen mir Leos Worte durch den Kopf. Da war etwas dran.

Als wir in den Löwensteg radelten, schien sich Gideon gefasst zu haben. Er wirkte wieder kontrolliert wie eh und je. Und doch hatte ich ihn heute mit anderen Augen sehen dürfen, weil er mir eine Seite gezeigt hatte, die wohl immer schon da, aber verborgen gewesen war.

Ich ahnte, dass mehr hinter allem steckte. Und es fiel mir schwer zu akzeptieren, dass ich nichts ausrichten konnte. Es fiel mir noch viel schwerer, mein wild klopfendes Herz zu ignorieren. Aber vielleicht war es angesichts der Umstände auch normal. Immerhin erwachte alles in mir zu neuem Leben seit ich hier war. Ich hatte wieder Spaß, und natürlich spürte ich auch jedes Gefühl wieder viel intensiver als früher. Er hatte einen beträchtlichen Anteil daran.

»Das war ein schöner Ausflug«, sagte er. »Trotz allem, meine ich.«

»Fand ich auch. Zu schade, dass ... ich bald wieder heimfahre.«

Irgendwie fesselte mich diese Gegend. Ich wollte am liebsten noch eine Woche Urlaub dranhängen, aber das ging wegen der Arbeit nicht. Ich würde alles hier vermissen. Auch ihn. Aber ich musste in mein altes Leben zurück. Ich musste auch dort lernen, klarzukommen. Doch ich war zuversichtlich, dass mir das gelang.

»Richtig, du kehrst bald nach Hamburg zurück.«

Ich nickte bedauernd. Und etwas in mir wehrte sich gegen die Gedanken an den Alltag.

»Dann sollten wir unbedingt noch einmal zusammen essen. Ich habe doch nicht umsonst ein Sternerestaurant«, scherzte er. Aber dann schaute er mich ernst an. »Was hältst du davon, Mia, wenn ich für dich koche?«

Das wäre genau das Richtige, es würde diese Woche in Travemünde perfekt machen.

»Ich würde mich geehrt fühlen.« Wann hatte man schon die Chance, dass ein Sternekoch für einen persönlich kochte?

Aber das war nicht der einzige Grund, warum mein Puls sich nochmals beschleunigte.

Er lächelte leicht. »Dann morgen Abend um acht?«

»Abgemacht.«

Ich wollte mein Rad den Sandweg zur Pension hochschieben, aber entschied mich anders, fuhr den Seitenständer aus und eilte noch mal auf Gideon zu, der gerade seinen Drahtesel gewendet hatte.

»Warte noch!«, rief ich.

Erstaunt sah er über seine Schulter zu mir. Ich konnte nicht anders, ich streckte die Arme aus und rannte auf ihn zu, um ihn darin einzuschließen. Sanft legte ich sie um ihn, spürte seinen Atem seitlich an meinem Hals. Viel zu lange hielt ich ihn fest, aber das war mir egal.

Das Erstaunen in seinem Blick war nur noch größer, nachdem ich ihn zögerlich wieder losließ. Denn eigentlich, das wurde mir langsam klar, wollte ich ihn gar nicht loslassen.

»Ich … ich finde, du solltest dich nicht so quälen mit der Schuld.« Das hatte ich auch durch, es war zermürbend. Auch wenn ich es natürlich deswegen umso besser verstand. »Du schadest dir nur selbst. Und wer dir schadet, auf den bin ich böse.«

Er grinste schief. »Ich verstehe. Mit dir will ich mich lieber nicht anlegen.«

Ich lachte. »Das ist auch besser so.«

22. Kapitel

Ein Schwarm Kiebitze bedeckte den Himmel. In traumhaften Formationen zogen sie über mich hinweg. Ich lag im Gras, atmete die gute Luft ein und beobachtete ihr Spiel.

»Sie sind wunderschön, nicht wahr?«

Ich wandte den Kopf zur Seite, hin zu der tiefen Stimme, die das gesagt hatte, und erblickte Gideon neben mir. Er lächelte. Mein Blick fixierte seine Lippen, die schön geschwungen waren. So schön, dass ich nicht aufhören konnte, sie anzusehen.

Er hob den Kopf, schaute mich an, und ich spürte ein Kribbeln in meinem Innern. Es war intensiv, so intensiv wie schon lange nicht mehr. Alles hatte mich kalt gelassen, bis ich hergekommen war, bis ich ihn getroffen hatte. Da hörte ich einen seltsamen Laut, der mich aufschrecken ließ. Er klang schrill, berstend.

Irritiert öffnete ich die Augen, wurde mir langsam gewahr, dass ich nur geträumt hatte. Doch dieser Laut ... war der auch Teil meines Traums gewesen? Oder vielmehr der Grund, warum ich aufgewacht war? Angestrengt lauschte ich. Aber das Geräusch schien verklungen. Oder eben doch nur Teil des Traums. Draußen klopfte der Regen an die Fensterscheiben. Es war noch immer dunkel. Vorsichtig fuhr ich mit der Kuppe meines Zeigefingers über meine Lippen. Wir waren uns nicht nähergekommen. Und doch fühlte es sich an, als wäre genau das geschehen.

Es hatte sich nicht falsch, nicht verwerflich angefühlt. Im Traum nicht und jetzt ... jetzt war ich unsicher.

Ich dachte an die letzten Tage zurück.

Ich hatte Gideons Nähe sehr genossen. Unsere kurze Berührung, die Blicke … mehr, als ich irgendetwas in den letzten drei Jahren genossen hatte. Das konnte ich nicht leugnen. Männliche Aufmerksamkeit war mir gleich gewesen. Doch bei ihm war es anders. Etwas in mir hatte sich verändert, doch ich war nicht sicher, ob das gut oder schlecht war. Die witzige Führung durch das Marzipan-Museum, der Ausflug auf den Priwall. Unsere Umarmung gestern. Vor allem die.

Ich fühlte mich einerseits glücklich, fast euphorisch, wenn ich an ihn dachte, und dann suchte mich das schlechte Gewissen heim, weil ich das Gefühl bekam, ich würde Gabriel in den Rücken fallen, ihn betrügen, nur weil ich einen Moment lang glücklich war. Auch noch in Gegenwart seines Bruders.

Das war ein Punkt, der mir schwer im Magen lag. Wäre es irgendein anderer Mann, es wäre vielleicht etwas anderes. Aber so wusste ich einfach nicht, ob es in Ordnung war zu fühlen, was ich so plötzlich fühlte.

Ich seufzte, rollte mich hin und her. Und wenn ich es nur fühlte, weil er Gabriel so verdammt ähnlich sah? Ich schluckte. Das wäre niemandem gegenüber fair, wenn ich in ihm jemanden suchte, der er nicht war.

Aber tat ich das überhaupt? Die beiden waren für mich gar nicht mehr so ähnlich.

Ich schloss die Augen, dachte an Gabriel, sah sein Bild vor mir. Sah ich Gabriel oder Gideon? War es die Hoffnung, etwas zurückzugewinnen, das verloren gewesen war?

Regen prasselte unerlässlich gegen die Fensterscheibe.

Plötzlich erklang ein Miauen im Flur. Es klang recht dramatisch und genau wie das Geräusch, das mich aus dem Schlaf geschreckt hatte, weswegen ich sofort aufsprang, um nach dem Rechten zu sehen. Rasch schlüpfte ich in meine Schuhe und zog die Tür auf, um in den Flur zu lugen.

Ein kleiner Schatten huschte zu mir hin, sah mich dann

aus großen Augen an und miaute kläglich. Sie stand direkt vor meiner Tür, als hätte sie nach mir gesucht.

»Kannst du nicht schlafen, Dotti?« Ich beugte mich runter, um der Katze über das Köpfchen zu streicheln, was ihr ein Schnurren entlockte.

Einen Moment genoss sie die kleine Massage, dann wandte sie sich jedoch um und stellte sich vor eine der Zimmertüren am Ende des Gangs, um mit dem Pfötchen daran zu kratzen.

Ich folgte der Katze, um sie zu beruhigen. Sie wirkte sehr aufgeregt. Das konnte an dem Grollen und Donnern draußen liegen, das mit Beginn der Nacht eingesetzt hatte. Ich hasste Gewitter. Schon als Kind hatte ich sie nicht leiden können und mich lieber unter der Decke versteckt. Aber nach dem Unglück in Bergen war es nur noch schlimmer geworden. Zumindest im Augenblick war das Unwetter jedoch noch ein Stück entfernt. Wenn es auf Abstand blieb, machte es mir keine Angst.

»Willst du da rein?«, wunderte ich mich, als ich Dotti eingeholt hatte.

Die Mieze drehte sich zu mir um und miaute.

Ich legte das Ohr an die Tür, lauschte, ob dort womöglich neue Gäste eingezogen waren, konnte aber nichts hören.

»Da ist niemand, Dotti.«

Dotti kratzte nun nur noch stärker an der Tür. Es sah aus, als würde es keine ruhige Nacht werden, wenn ich sie nicht davon abhielt. Am besten ich brachte sie wieder runter. Vorsichtig hob ich das Tier hoch, doch es strampelte wild und entwischte mir schon in der nächsten Sekunde, drehte eine Runde um mich und warf mir dabei einen vorwurfsvollen Blick zu, ehe sie vor der Tür Halt machte und wieder mit der Pfote dagegen stieß. Was auch immer sie auf der anderen Seite der Tür zu finden hoffte, allzu schnell würde sie wohl nicht aufgeben.

»Es ist bestimmt abgeschlossen, ich beweise es dir«, sagte ich und legte die Hand auf die Klinke, um sie vorsichtig runterzudrücken. Zu meinem Erstaunen gab die Tür nach und schob sich ein Stück weit auf.

Gundi musste nach dem letzten Reinigen vergessen haben, sie zu verriegeln. Der kurze Moment genügte. Schon schlüpfte Dotti durch den Spalt.

»Nicht doch!«, fiel es mir ein. Am Ende machte sie noch etwas kaputt. Besorgt folgte ich der Katze hinein, in der Absicht, sie schnell wieder hinauszubefördern. Doch kaum hatte ich einen Atemzug getan, musste ich kräftig husten, weil mir so viel Staub entgegenschlug.

Winzige Partikel tanzten durch die Luft, glitzerten Golden im Licht der Straßenlaterne, die mir außerdem ein paar Umrisse erleuchtete.

Ein Schrank, ein Bett, ein paar Spinnenweben hier und da.

Es sah aus, als wäre lange niemand mehr hier gewesen. Dotti kroch zu allem Überfluss unters Bett. »Wirklich, Dotti?« Auch das noch. Da bekam ich sie doch nicht wieder hervor. Ich schaltete die Nachttischlampe an, sodass der Raum ein wenig erhellt wurde, und staunte über die Einrichtung, die ich nun besser erkennen konnte. Nicht, dass diese moderner als in meinem eigenen Zimmer gewesen wäre. Auch hier fand sich dieselbe Art von Röhrenfernseher. Das Bett hatte sicher schon bessere Tage gesehen. Doch die Einrichtung war trotzdem ein wenig anders. Direkt über dem TV-Gerät hing ein altes Steuerrad. Die Vorhänge erinnerten an Segel, und auch die Kordel erschien wie ein Tau. Die Wand war blau gestrichen, auf der Längsseite gegenüber dem Fenster erkannte ich ein aufgemaltes Wandtattoo, das wie eine rauschende Welle aussah. Ich hatte unwillkürlich das Gefühl, mich in einer Kapitänskajüte zu befinden. So ein tolles Zimmer, ging es mir durch den Kopf. Und dann stand es leer ...

Warum?

Weil es sich von den anderen Pensionszimmern unterschied? Weil es älter und staubiger war? Was immer der Grund sein mochte, es faszinierte mich. Mit meinem Szenenbildnerinnen-Auge erkannte ich sofort das besondere Flair der Räumlichkeit, richtete es im Geiste neu ein, doch behielt den Charme der Kapitänskajüte bei. Ich stellte mir vor, wie die Wände eine frischere Farbe bekämen. Wie über dem Bett eine altmodische Seekarte hängen würde. Vielleicht konnte man auf das kleine Regal einen Globus stellen. Eben alles, was in die Kajüte eines Kapitäns gehörte. Würde ich nicht gerne hier übernachten? Würden das nicht die meisten?

Gepackt von der plötzlichen Kreativität untersuchte ich das kleine Bad, das an das Zimmer anschloss. Die Fliesen darin wiesen blaue und grüne Kreise auf, was an eine Unterwasserwelt erinnerte. Das gefiel mir. Hatten Gundi und Bernd das Zimmer bewusst so anders eingerichtet oder hatten sie es so übernommen?

In jedem Fall war es für mich wie ein versunkener Schatz, den ich gerade geborgen hatte. Wieso versteckten sie es, anstatt genau damit zu werben? Mit einer fantastischen Kapitänskajüte. Was bot sich an der Ostsee auch besser an?

Ich musste unbedingt morgen mit Gundi und Bernd darüber sprechen. Hier verschenkten sie unglaubliches Potenzial. Vielleicht konnte man daraus etwas machen? Etwas, dass die Leute zurücklockte?

Ich kehrte in das Gästezimmer zurück, betrachtete noch die altmodisch gerahmten Bilder an der Wand, die nautische Szenen zeigten. Hier kamen richtig Stimmung und Atmosphäre auf. Vielleicht wussten die Andresens auch gar nicht, was sie hier für eine fantastische Möglichkeit hatten? Ich musste es ihnen sagen. Ich liebte diesen Raum einfach, war sofort verzaubert. Und ich war sicher, dass ein Themenzimmer wie dieses der Pension ein Alleinstellungsmerkmal geben konnte.

Dotti kam unter dem Bett hervorgekrochen und blinzelte mich zufrieden an, als hätte sie von Anfang an vorgehabt, mir diesen besonderen Raum zu zeigen, aus dem man gewiss noch viel mehr machen konnte.

»Plan aufgegangen?«, fragte ich die Mieze, die sich nun gemütlich auf den Weg nach draußen begab. Konnte das wirklich sein? Dass Dotti mich absichtlich hergelockt hatte? In jedem Fall hatte sie meine kreative Ader geweckt.

Ich folgte ihr, schloss die Tür hinter mir und begab mich in mein Zimmer zurück. Schon hatte ich Stift und Zeichenblock in der Hand, um mit dem Szenenbuilding zu beginnen, denn mir schwebte etwas ganz Bestimmtes vor.

23. Kapitel

Am nächsten Morgen bat ich Gundi und Bernd, sich mit mir in die Gaststätte an ihren Privattisch zu setzen. Ich hatte meinen Zeichenblock unter den Arm geklemmt, um dem Ehepaar die nächtlich entstandene Skizze für die Kapitänskajüte vorzustellen. Diese hatte ich noch etwas mehr herausgeputzt, zusätzliche Dekorationen eingebaut und auch ein paar Möbel umgestellt, um den bestmöglichen Effekt zu erzielen. Ich war gespannt, was sie von der Idee halten würden. Zumindest ich sah großes Potenzial. Etwas, das das *Zum Löwen* nicht nur in die Gegenwart befördern würde, sondern ihm auch ein Alleinstellungsmerkmal verleihen konnte. Und genau das brauchte die alte Herberge.

»Mia, Liebes, was ist denn los?«, wunderte sich Gundi, der sicher nicht entgangen war, wie aufgeregt ich war.

»Ich habe mir etwas für die Pension überlegt, wie wir sie vielleicht retten können.«

Gundi schaute mich überrascht, aber auch erfreut an, ihr Mann blieb skeptisch.

»Mit der Modernisierung, aber das hatten wir doch schon«, sagte Bernd ein bisschen müde. Vielleicht hatte auch er nicht gut geschlafen. Heute Nacht hatte es ziemlich stark geregnet, und meine App hatte weitere Unwetter angekündigt. Oder aber die Sorgen hatten ihn wachgehalten.

»Ja, das auch, aber nicht nur. Letzte Nacht hat mich Dotti auf dieses traumhafte Zimmer am Ende des Flurs aufmerksam gemacht. Sie wollte da unbedingt rein, und die Tür war noch offen ...«

»Du hast dich im hinteren Zimmer umgesehen?«, fragte Gundi erstaunt.

»Ich ... ja, tut mir leid. Es war keine Absicht. Sie ist reingerannt, ich wollte sie wieder rausholen, bevor sie etwas kaputt macht.«

»Das Zimmer ist das älteste des Hauses«, klärte mich Bernd auf. »Darin gibt es nichts zu entdecken und auch nichts Besonderes.«

Das sah ich ganz anders. »Ihr versteht nicht, es ist das perfekte Themenzimmer. Stellt euch das bitte vor, die Kapitänskajüte im *Zum Löwen*, das beste Zimmer des Hauses. Ostsee-Flair pur, Seefahrt-Atmosphäre. Das ist attraktiv, das wollen die Leute! Damit kann man Werbung machen.«

»Der Vorbesitzer hat es als sein persönliches Zimmer genutzt. Er soll tatsächlich ein Kapitän gewesen sein und es nach seinen Vorlieben eingerichtet haben.«

»Also ein Zimmer mit Geschichte. Das sollten wir uns zunutze machen. Wir drucken es auf die Flyer. Authentisches Kapitänszimmer.«

»Ich höre immer wir?«, unterbrach mich Bernd.

»Ich helfe euch natürlich!« Das war ja wohl Ehrensache. Sofern sie mich ließen. Ich war plötzlich unsicher, denn scheinbar konnte ich sie nicht so recht aus der Reserve locken, nicht mit meinem Enthusiasmus anstecken.

»Warum?«, sagten die Andresens wie aus einem Munde.

Weil ich diese Straße, diese Pension ins Herz geschlossen hatte. Und die Andresens auch. Noch dazu handelte es sich um die Eltern einer guten Freundin. Ich hatte das Know-how, ich wusste, ich konnte etwas ausrichten. Einen Unterschied machen.

»Weil ich an das *Zum Löwen* glaube«, sagte ich. Und das war die Wahrheit. »Wenn wir es richtig rausputzen, wird das der Clou. Ich habe hier eine Skizze angefertigt, das ist natürlich nur ein Vorschlag ...« Ich zog meinen Block hervor und legte ihn auf den Tisch.

»Wir haben nicht das Geld für eine umfangreiche Renovierung«, sagte Gundi und nahm mir die Skizze ab. In der nächsten Sekunde hielt sie inne. »Holla! Hast du das gezeichnet?«

Ich nickte.

»Sieh dir das an, Bernd, das sieht ... wunderschön aus. Traumhaft! Es ist das alte Zimmer, und doch ist es das nicht. Sieh nur, was sie alles geändert hat. Das Bett steht jetzt auf der anderen Seite, aber die Vorhänge hat sie dran gelassen.«

Bernd nahm Gundi das Bild ab. Seine Augen weiteten sich im selben Augenblick. »Aber so schaut es doch gar nicht aus.«

»Es ist eine Skizze, wie es aussehen könnte ... wenn wir etwas Arbeit reinstecken.«

»Wir wussten ja nicht, dass du eine solch talentierte Künstlerin bist«, sagte Gundi beeindruckt. Es war eigentlich nur eine Bleistiftzeichnung ...

»Ich bin Szenenbildnerin beim Fernsehen.« Daher hatte ich auch ein Gespür entwickelt, wie man ein Set – oder ein Zimmer – perfekt in Szene setzen konnte.

»Ja, richtig, das hat Leo erwähnt«, erinnerte sich Gundi, ihr Mann legte die Skizze auf den Tisch.

»Schön und gut«, sagte er, »aber wo sollen wir all diese Dekorationen herbekommen? Diesen uralten Globus. Das kostet doch alles. Wir wollen schon neue Fernseher anschaffen. Das geht noch mehr ins Geld.«

»Bestimmt hat der Trödelladen einen«, unterbrach ihn Gundi. »Ich finde die Idee jedenfalls toll, das hast du wirklich gut gemacht, Mia.« Ihre Wangen röteten sich vor Freude, und sie strahlte übers ganze Gesicht.

»Selbst wenn wir ein Zimmer selbst streichen und neu gestalten oder was auch immer, das macht unsere anderen Zimmer nicht attraktiver.«

»Ach, jetzt sei nicht so pessimistisch.«

»Bernd hat nicht ganz unrecht«, musste ich ihm leider zustimmen. Das Haus hatte zehn Zimmer, von denen neun bestenfalls altmodisch zu nennen waren. Aber ich wäre nicht Mia Franke, wenn ich nicht schon einen Plan parat hätte. »Darf ich … mir eure anderen Zimmer mal ansehen?«

»Falls du hoffst, ein weiteres Kapitänszimmer zu finden, muss ich dich enttäuschen. Die anderen Räume sind gestaltet wie deines auch.« Bernd verschränkte die Arme vor der Brust.

»Nein, es geht nur um einen generellen Eindruck.«

Immerhin musste ich wissen, womit ich arbeiten sollte.

Gundi zog ihren Schlüsselbund hervor und erhob sich. »Die Zimmer sind gleich ausgestattet, aber sie haben unterschiedliche Grundrisse. Schauen wir sie uns an, ich bin für jede Idee dankbar, die uns helfen kann.«

Das war doch ein Wort.

Wir erhoben uns, auch Bernd kam mit. Es ging erst in den Flur im Erdgeschoss, der sich rechts neben dem Eingang zur Gaststätte auftat. Hier befanden sich fünf Zimmer, im oberen Stock ebenso viele.

Wir liefen alle Zimmer ab. Wie Gundi bereits erklärt hatte, unterschieden sich die anderen Räume nicht von meinem, von kleinen Abweichungen beim Interieur abgesehen. Das größte Zimmer, das sich direkt neben der Kapitänskajüte befand, hatte ein besonders schönes Doppelbett mit Seidenvorhängen. Zudem hatte jedes Zimmer ein eigenes Bad mit Dusche.

Zwei Zimmer, die für Familien mit Kindern gedacht waren, fielen durch ihre bunt zusammengewürfelten Möbel auf. »Im Laufe der Zeit ging durch die allzu aufgeweckten kleinen Gäste das eine oder andere kaputt«, erklärte mir Gundi.

Und während ich jedes Zimmer auf mich wirken ließ, setzte erneut der kreative Prozess bei mir ein. Ein Pensionszimmer für Kinder – das musste doch mehr zu bieten haben. Etwas, das die jungen Gäste bei Laune hielt. Vor meinem geistigen Auge tauchte eine Piratenfahne auf, die über den Kinderbetten hing. Und Fischernetze mit angemalten Dekomuscheln an den Wänden, die in bunten Farben erstrahlten. Kleine Details, die liebenswert und authentisch waren, die Charakter verliehen. Hier eine Leuchtturmuhr, dort eine Hängematte am Fenster.

»Was denkst du, Mia, was können wir aus den Zimmern machen?«, fragte mich Gundi und knetete die Hände.

Aber ich befand mich noch mitten im Entstehungsprozess meiner Ideen. Die Szenenbildnerin in mir dekorierte um, richtete neu ein, suchte nach dem, was jedes einzelne Zimmer ausmachte. Eines hatte einen paradiesischen Ausblick auf den Garten hinter dem Haus. Gerade jetzt, wo alles so schön blühte, wirkte es wie auf einer Postkarte. »Eine Dünen-Oase«, murmelte ich.

»Eine was?«, hakte Gundi nach. Doch schon waren wir im nächsten Zimmer. Es war klein, geradezu winzig. Aber auch das war etwas Individuelles. Ein Möwen-Ausguck. Ich blickte aus dem Fenster und sah auf den Löwensteg herunter, in dem die Leute geschäftig umherschlenderten. Ungewollt fiel mir auch das Treiben auf der anderen Seite der Rosenkreuzung auf.

Gideon beriet ein älteres Paar an einem der Tische, die dort draußen standen. Mein Herz stolperte sofort.

Ich erinnerte mich an den Traum. Daran, dass ich ihn hatte küssen wollen. Wie sich das angefühlt hatte, diesen Wunsch zu verspüren. Vielleicht würde ich heute Abend, wenn wir uns zum Essen trafen, herausfinden, ob etwas an dem Traum dran war? Was er bedeutete? Wusste ich das nicht eigentlich längst?

»Mia, alles in Ordnung?«

»Ja ... natürlich, ich ...« Ich versuchte mich zu fassen und wieder zu konzentrieren. Gundis erwartungsvolle Miene und die Hoffnung in ihren Augen halfen mir dabei.

»Mit wenigen Veränderungen kann man jedem Zimmer eine individuelle Note geben«, erklärte ich und wischte den Gedanken an den Traum fort. Was nicht einfach war.

»Das beste Zimmer könnte ich mir gut mit Lübeck-Motiven und kleinen Löwenstatuen vorstellen, als Name käme die Löwen Suite infrage«, erklärte ich meine Idee und zeichnete zugleich eine Skizze auf meinen Block, damit sich die beiden besser vorstellen konnten, was mir vorschwebte.

»Neue Vorhänge, andere Bilder, vielleicht etwas mehr Farbe. In der Ecke neben dem Fenster könnte man eine Replik von einem der Lübecker Löwen platzieren. Und noch einen oder zwei in dem kleinen Regal«, fuhr ich fort.

»Noch mehr Themenzimmer?«, hakte Bernd nach.

»Ja, das ist das Konzept. Diese Pension bietet Themenzimmer, die alle mit der Ostsee, der Schifffahrt oder dem Meer zu tun haben. Das Zimmer, das aktuell die Nummer fünf hat, ist ein bisschen kleiner, aber auch schon sehr passend eingerichtet. Ich würde die Wände noch mal überstreichen, vielleicht ein paar Wand-Tattoos anbringen, um das Flair der See zu verstärken. An der Wand über dem Fernseher würde sich ein großes Netz mit Muscheln gut machen. Passenderweise würde ich das Zimmer die Muschel-Kammer nennen.«

»Jedes Zimmer bekommt ein eigenes Thema und einen eigenen Namen?«, fasste Gundi noch einmal zusammen.

Ich nickte.

»Es sind nur ein paar Veränderungen, Farbakzente, Decken oder Vorhänge, vielleicht hier und da eine neue Wandfarbe, sodass das Gesamtkonzept zum jeweiligen Zimmer passt ... eine Art Einheit bildet.«

»Also ... das ist schon sehr anders als das, was wir bisher haben«, sagte Bernd.

»Ich bin sicher, du weißt, wovon du redest, weil du ja Sze-

nenbildnerin bist. Aber das wäre schon ein großer Schritt, das
wollen Bernd und ich erst mal besprechen.«

Ich nickte. »Natürlich.« Das war ja selbstverständlich.

24. Kapitel

Draußen prasselte der Regen seit Stunden auf die Welt nieder. Es war ein richtiges Unwetter, was mir nicht ganz geheuer war so nah an der See, denn hier waren sie immer besonders heftig.

Ich betrachtete mein Spiegelbild. Die Haare glitten mir voll und dunkel über die Schultern, das Frühlingskleid schmiegte sich sanft an meinen Körper. Ich war eigentlich zufrieden mit mir, stellte ich fest. Wenn mich jemand gefragt hätte, was ich an mir ändern würde, wäre meine Antwort gewesen: nicht viel. Vielleicht hätte ich ein bisschen größer sein können, aber wozu gab es High Heels?

Ich nickte mir zu, spürte, dass mein Herz ein bisschen klopfte. Ich war gern mit Gideon zusammen. Dies zumindest entsprach ganz klar der Wahrheit, war keine Einbildung oder Übertreibung, keine Gefühlsverwirrung oder sonst irgendetwas. Einfach nur ein klares Wohlgefühl in seiner Gesellschaft. Und doch war etwas in den letzten Tagen anders zwischen uns geworden.

Ich schlüpfte noch in meine High Heels und machte mich dann auf den Weg, passte einen Moment ab, als der Schauer kurz nachließ. Als ich in den Flur trat, empfing mich gespenstische Stille. Kein Gast außer mir wohnte derzeit hier. Das war schon ziemlich bedrückend.

Als ich in die Lobby runterkam, kamen Gundi und Bernd auf mich zu, als hätten sie nur auf mich gewartet.

»Guten Abend, Mia«, sagten sie wie aus einem Munde.

»Abend«, erwiderte ich und schaute das ältere Pärchen neugierig an.

»Wir haben es uns überlegt«, erklärte Gundi. »Das mit deiner Idee, die Zimmer betreffend.«

»Oh«, machte ich und rechnete mit einer Absage. Es war vielleicht doch zu … speziell mit einer eigenen Piratenhöhle im Haus.

»Wir denken, dass wir das machen sollten«, überraschte mich Bernd und nickte bekräftigend. »Wir haben nichts zu verlieren, nur zu gewinnen. Die Idee ist reizend und gibt uns ein Alleinstellungsmerkmal, jedenfalls ist mir keine Pension in der Gegend bekannt, die eine Kapitäns-Kajüte als Übernachtungsmöglichkeit anbietet.« Er lachte unwillkürlich.

»Das ist wunderbar!« Ich freute mich sehr. Denn ich war überzeugt, es war genau die richtige Entscheidung. So konnten wir die Pension retten!

»Ich helfe euch gerne bei der Entwicklung des Konzepts für jedes einzelne Zimmer, und ich achte darauf, dass wir das meiste selbst erledigen können.« Das Budget war sehr klein, aber es wäre nicht das erste Mal, dass ich mit wenig Mitteln viel würde erreichen können. Denn auch beim Fernsehen wurde gerne gespart.

»Das werden wir dir aber ordentlich vergüten«, sagte Gundi.

»Das ist nicht nötig, ich mache es gerne.«

Nicht nur, weil ich das Ehepaar Andresen mochte und Leo eine so gute Freundin war! Nicht nur, weil ich mich hier so wohlfühlte. Ich tat es auch, weil ich einfach nur dankbar war, wie sehr man mir hier geholfen hatte. Wäre ich nicht hergekommen, ich säße jetzt in meinen vier Wänden und würde nur grübeln, die Welt verachten, mich selbst bemitleiden.

»Dann bekommst du zumindest lebenslang freien Urlaub bei uns!«, beharrte die Herrin des Hauses.

»Einverstanden.« Das konnte ich mir natürlich nicht entgehen lassen.

»Ach, das ist alles so aufregend. Da wird das Zum Löwen auf seine alten Tage noch mal ein ganz neues Haus!«

»Das ist unser Ziel. So seid ihr im Sommer sicher wieder voll gebucht.« Zumindest wollte ich das schaffen. Denn das wäre perfekt.

»Bis zur Hauptsaison, schaffen wir das denn?«, zweifelte Gundi.

»Das sollten wir! Unser Ziel ist die Neueröffnung des *Zum Löwen* im Sommer. Wäre doch ärgerlich, wenn wir ausgerechnet die lukrativste Zeit des Jahres nicht mitnehmen könnten. Ein paar Wochen haben wir noch Zeit. Ich werde das bei allen Planungen berücksichtigen.«

»Ach Mia, was würden wir ohne dich tun? Dich hat wirklich der Himmel geschickt.«

»Nein, Leo«, sagte ich zwinkernd. Doch im Prinzip war das ja fast dasselbe.

Aber nun musste ich wirklich los, sonst glaubte Gideon noch, dass ich ihn versetzte.

»Wir besprechen morgen alles weitere, wie klingt das?«

»Nach einem guten Plan. Aber wo willst du denn bei dem Wetter hin?«

»Ich bin noch verabredet.«

Gundi runzelte verblüfft die Stirn und warf einen Blick zum Fenster. Gerade hatte der Regen aber etwas nachgelassen.

»Mit Herrn Jansen?«, traf sie ins Schwarze.

Ich nickte.

Gundis Gesichtsausdruck verriet abermals Erstaunen, ich wusste ja, wie angespannt das nachbarschaftliche Verhältnis war. Dennoch drückte sie meine Schulter.

»Dann wünsche ich dir einen schönen Abend, liebe Mia.«

Ich winkte und eilte raus, direkt über die Straße quer rüber zum *Dreizack*. Gerade als ich das Restaurant betrat, ging der Regen wieder richtig los. Fast, als hätte er für mich vorübergehend gewartet, bis ich im Trockenen war.

Ich sog den Duft von Meeresfrüchten auf, genoss das Aroma der See und straffte die Schultern.

Ein Kellner kam mir entgegen. »Frau Franke?«, fragte er, und ich nickte ihm zu. Offenbar erwartete er mich.

»Folgen Sie mir bitte, es wurde ein Tisch für Sie reserviert.«

Er führte mich galant an den anderen Tischen vorbei, die voll besetzt waren, in einen separaten Raum. Er war klein, aber gemütlich. Kerzen brannten auf einem Tisch in der Mitte, eine Flasche Wein stand dort und das Licht war gedimmt.

»Nehmen Sie schon einmal Platz, Herr Jansen ist gleich bei Ihnen«, verkündete der Kellner freundlich.

»Danke.«

Ich setzte mich, blickte mich um und musterte die Bilder der See an den Wänden, auf denen sie ziemlich stürmisch aussah, passend zum Wetter. So ähnlich sah es auch in mir drin aus. Ich wusste nicht mehr, wann ich zuletzt so aufgeregt gewesen war bei einem Date.

Nein, das war kein Date, korrigierte ich mich. Wie kam ich auch nur darauf?

Sturm kam draußen auf, peitschte den Regen gegen die Wände des Restaurants. Auf dem Dach tobte sich ein Trommler aus. Ich hörte es rhythmisch klopfen. Im immer selben Takt.

Ich musste zugeben, ich war noch nie ein großer Freund von Unwettern gewesen. Schon als Kind hatte ich mich unter meiner Decke verkrochen, wenn es im Sommer nachts draußen geblitzt und gedonnert hatte. Aber richtig schlimm war es erst geworden, als das Unwetter in Norwegen getobt und dadurch das Unglück geschehen war. Fast jeder meiner Albträume hatte danach ein Unwetter beinhaltet.

Ich richtete meinen Blick auf eine beruhigend flackernde Flamme vor meinen Augen und atmete tief ein. Hier war ich sicher, hier, in Gideons Restaurant, konnte nichts passieren, zudem gab es wohl gleich ein tolles Essen. Was wollte ich mehr?

Die Tür ging auf, und Gideon trat ein, als wäre er die fleischgewordene Antwort auf eben diese Frage. Entgegen seiner sonstigen Angewohnheit trug er keinen Anzug, aber auch keine Kochkluft. Vermutlich hatte er sich umgezogen, nachdem er in der Küche gestanden hatte. Die Kleidung war leger. Sie stand ihm gut. Sehr gut sogar. Es kribbelte unwillkürlich in meinen Wangen. Was für ein Glück hast du nur, Mia, dass solch ein attraktiver Mann dir heute Abend Gesellschaft leistet.

Ich lächelte ihn an.

»Abend«, sagte ich.

Und wieder überschlug sich mein Herz wie ein junges Fohlen, das zum ersten Mal über die Weide galoppierte.

»Guten Abend, Mia. Wie schön, dass du gekommen bist«, erwiderte er und kam auf den Tisch zu. Ich erhob mich, und dann stand er ganz dicht vor mir. Fast kam es mir vor, als wollte er mich umarmen. Oder wie in meinem Traum ... küssen.

Mein Puls ging sofort hoch, mein Herz flatterte, von den Schmetterlingen, die plötzlich durch meinen Bauch tobten, wollte ich gar nicht anfangen. Ich konnte es wohl nicht leugnen, er hatte etwas in mir verändert. Ich fühlte mich viel leichter und beschwingter. Ich sehnte mich nach ... ihm. Ich wagte nicht, mich zu fragen, wie es ihm erging. Ob er ... es auch so empfand? Ob das richtig war?

Wir sahen uns einen Moment lang an, dann lächelte er wieder und zog den Stuhl für mich zurück. Ganz galant. Wie er eben war. Aber mit der nötigen Distanz, wie es sich für einen Gentleman gehörte.

»Natürlich, solch eine Einladung kann ich mir doch nicht entgehen lassen, wenn der Meister persönlich kocht.«

Und ich war unheimlich neugierig auf seine Kunst.

Er ging zum anderen Ende des kleinen Tischs, legte die Hände auf die Stuhllehne und lächelte. Wie verlegen er dabei wirkte. Nein, er war nicht Gabriels Double, schon lange nicht mehr.

»Na ja, ich hoffe, dass mir mein Ruf nicht nur vorauseilt, sondern dass dich mein Gericht auch überzeugen kann.«

War er etwa nervös? Wegen meines Urteils? Ich war auch nervös. Schon wieder. Aus ganz anderen Gründen.

»Ich bin mir sicher, dass es mir schmecken wird«, versicherte ich. »Ich kenne nicht viele Leute, die wirklich gut kochen können. Von meiner Mama abgesehen.«

»Dann ist die Messlatte ja nicht so hoch«, sagte er zwinkernd und nahm Platz. »Was keine Beleidigung deiner Mama sein soll. Nur die schlichte Erkenntnis, dass du nicht viele Vergleichsmöglichkeiten hast. Darf ich dir eingießen?«

»Bitte.«

Ich hielt ihm mein Glas hin. Obwohl alles sehr vornehm war, war es doch nicht steif, was mir gefiel. Der Weißwein floss in das bauchige Glas.

»Wie geht es dir denn?«, hakte ich nach.

Er goss nun auch sich selbst ein.

»Gut, wieso?«

»Wegen …« Wegen gestern, da war er so niedergedrückt gewesen, dass ich mir selbst jetzt noch Sorgen machte. Doch es schien, als hätte er seine positive Stimmung zurückgewonnen.

Fragend sah er mich an, dann schien er zu verstehen, worum es mir ging.

»Alles gut«, sagte er nur und setzte sich. Doch ich war selbst ein »Alles gut«-Sager. Ich sagte das immer, auch wenn es nicht stimmte.

Vorsichtig nippte ich an meinem Glas. Nicht, dass ich mich wirklich ausgekannt hätte, aber der Wein schmeckte gut.

Draußen blitzte es, und ich zuckte zusammen, fast schwappte der Inhalt meines Glases über den Rand.

»Alles in Ordnung?«, fragte er besorgt.

Ich nickte. »Ich mag nur keine Gewitter.« Ausgerechnet an diesem Abend dieses tosende Unwetter …

»Wer tut das schon?«

Die Tür ging auf, und der Kellner fuhr das Essen auf einem Büfettwagen herein. Es roch vom ersten Augenblick an traumhaft.

Eine große Platte mit verschiedenen Fischgerichten landete in der Mitte des Tisches. Dazu ein Topf mit dampfendem Gemüse und ein Saucengefäß mit Remoulade. Auf dem Teller selbst lagen bereits Salzkartoffeln und weiteres Gemüse sowie ein paar Deko-Elemente zum Essen.

»Guten Appetit«, wünschte der Kellner und zog sich wieder diskret zurück.

Ich musterte die Köstlichkeiten, die knusprig gebratenen Filetstücke, deren Duft mir verführerisch in die Nase stieg. Die kunstvolle Anordnung von kleinen Gemüsestücken.

»Das sieht fantastisch aus!«, musste ich anerkennen.

»Das höre ich gern. Auf einen wunderbaren Abend, der ja leider auch ein Abschied ist.«

Daran wollte ich jetzt nicht denken. Mein Leben in Hamburg hatte mich früh genug zurück.

Gideon hob sein Glas. Ich tat es ihm gleich und wir stießen an.

Schließlich taten wir uns auf, und als ich den ersten Bissen nahm, glaubte ich mich im Himmel. Es schmeckte köstlich. Wie von einer anderen Welt. Der Seelachs war so zart, er zerging auf der Zunge. Er war nicht zu trocken, gut gewürzt, man schmeckte einfach, dass der Meister etwas von seinem Fach verstand. Mehr noch, ich schmeckte Leidenschaft. Obwohl Gideon immer so kontrolliert wirkte, als hätte er alles im

Griff, verriet dieses Gericht doch, dass er auch eine brodelnde Seite hatte.

Während ich das Essen in vollen Zügen genoss und zu Gideon blinzelte, bemerkte ich, dass er mich mit einer gewissen Genugtuung beobachtete.

»Es ist köstlich«, musste ich zugeben.

»Das freut mich wirklich sehr.«

Und mit jedem weiteren Bissen wurde der Hochgenuss nur noch größer. Ich konnte nicht anders, als Gideon mit neuen Augen zu sehen. Er hatte eine Facette hinzugewonnen, die eines Küchen-Künstlers. Aber wirklich überrascht war ich nicht, ich hatte es mir schon gedacht, dass er was drauf hat. Ein Sterne-Restaurant kam nicht von ungefähr.

»Wenn du willst, zeige ich dir nach dem Essen mein Reich hinter den Kulissen«, schlug er plötzlich vor.

»Wirklich? Darf ich denn da rein?« Das wäre eine einmalige Gelegenheit.

»Sicher, wir setzen dir ein schönes Haarnetz auf, dann geht das schon.« Er zwinkerte.

Tatsächlich war ich neugierig, wie der Ablauf in seiner Küche war. Den Ort, an dem solche Gedichte zubereitet wurden, wollte ich nur zu gerne sehen.

Wieder blitzte es, und ein Knall folgte. Das Unwetter war jetzt schon ganz nah. Der Donner hallte durch die Straße, schien die Gebäude zu erschüttern.

Ich schaute erschrocken zum Fenster, wo der Regen in Rinnsalen über die Scheiben floss und wässerige Schlieren zurückließ.

»Keine Sorge, wir sind hier sicher«, versprach er.

Ich nickte. Das wusste ich ja. Eigentlich.

Langsam drehte ich mich zu ihm um. Er griff nach meiner Hand, und ich spürte wieder kleine elektrische Blitze, die über meine Haut jagten. Wie es schon einmal geschehen war.

»Wir haben nicht mal eine Sturmwarnung bekommen, so schlimm wird es nicht werden. Ich bin bei dir«, versprach er.

Ich spürte wieder das Kribbeln in den Wangen, nahm rasch noch einen Schluck, wofür ich seine Hand losließ.

»Probiere doch mal den Brokkoli«, empfahl er mir, vielleicht auch, um mich auf andere Gedanken zu bringen. Aber das war typisch für ihn, er war stets so besorgt um mich.

Ich tat mir sogleich etwas auf, und natürlich hatte er recht. Es schmeckte genauso köstlich wie alles andere auf dem Tisch.

»Ich kann gut verstehen, dass das Haus immer dann besonders voll ist, wenn du kochst.«

»Oder es liegt heute am Unwetter.«

Ich lachte.

So viel Bescheidenheit, das war wirklich charmant.

»Wie sieht es denn mit dir aus?«, hakte er plötzlich nach.

»Was meinst du?«

»Nun ... es geht doch schon übermorgen zurück nach Hause, wenn ... ich mich nicht irre?«

Er klang besorgt oder ... vielmehr traurig. Das Komische aber war, ich hatte mein Zuhause in Hamburg weder vermisst, noch wollte ich unbedingt dorthin zurück, obwohl doch mein super Auftrag für das *Alsterhaus* dort auf mich wartete.

»Ja, ich darf wieder Filmsettings gestalten.«

»Das klingt sehr spannend.« Trotzdem stocherte er nun in seinen Erbsen, als wären sie nicht richtig durch. Was aber ganz und gar nicht der Fall war, wie mein Gaumen mir längst verraten hatte. Es waren nämlich die zartesten Erbsen, die ich je gegessen hatte. Sie hatten keine zähe Hülle, und innen waren sie saftig und knackig.

»Travemünde ist ja nicht allzu weit weg ... vielleicht können wir das Essen wiederholen?«, schlug er scheinbar unverfänglich vor. Mein Herz aber geriet außer Rand und Band. Er wollte mich wiedersehen?

Mir war längst klar, dass ich das auch wollte! Unbedingt

sogar. Aber er wollte auch mich nicht aus den Augen verlieren?

Die Schmetterlinge in meinem Bauch schlugen nun Purzelbäume.

»Das wäre wirklich schön. Ich werde sowieso öfter wieder herkommen.«

»Ach ja?«

»Ich will den Andresens helfen, ihre Pension neu zu gestalten.«

»Oh ... nicht schon wieder eine Renovierung.«

»Mh?«

»Na ja, der Trödelladen wurde renoviert, das alte Haus gegenüber der Konditorei war vor Kurzem noch eine furchtbare Baustelle. Das ist schlecht fürs Geschäft ...«

Ich legte den Kopf schief. Wieso war er denn auf einmal so mürrisch?

»Ich bin nicht nur Chef, sondern auch Geschäftsmann«, erklärte er. »Meine Gäste sind hier, um zu entspannen. Ich habe nichts dagegen, wenn andere Geschäftsinhaberinnen und -inhaber ihre Läden optimieren wollen, aber es ist auch so, dass mein Restaurant stets Einbußen verzeichnet, wenn in der Gegend um die Rosenkreuzung etwas anfällt.«

Das tat mir leid. Und eigentlich war es auch gut, mal seine Perspektive zu hören. Bisher hatten mir ja nur die anderen von den nachbarschaftlichen Schwierigkeiten erzählt. Ich hatte mich da komplett raushalten wollen, schließlich kannte ich die Hintergründe nicht.

Er seufzte. »Ich weiß, was die anderen denken: dieser arrogante Schnösel von gegenüber, der sich dauernd beschwert. Aber dies hier ist meine Existenz, ich habe sie mit Kraft und Fleiß aufgebaut. Ich bediene ein bestimmtes Publikum. Das muss man nicht mögen, aber es ist, wie es ist. Also ja, ich bin kein Fan von Renovierungen in der Gegend, wenn sie laut sind und mir die Gäste vertreiben.«

Ich nickte, ich konnte ihn verstehen. Natürlich war das blöd für ihn. Wer setzte sich schon gerne in ein Sternerestaurant, bezahlte einen ordentlichen Preis für ein hervorragendes Gericht, um dann von Baulärm belästigt zu werden?

»Keine Sorge, die Veränderungen werden nicht am Gemäuer selbst vorgenommen. Es handelt sich nur um neue Dekorationen und vielleicht hier und da eine Farbveränderung an der Wand. Vor allem aber wird es ein Umdekorieren sein mit neuen Decken, Vorhängen, Teppichläufern oder Bildern.« Alles in einem vertretbaren Rahmen, auch was die Kosten anging, denn ich wusste ja, dass die Andresens ihren letzten Groschen für die TV-Geräte auszugeben gedachten. Aber als Szenenbildnerin war ich es gewohnt, mit einem kleinen Budget Wunder zu vollbringen.

»Ich verstehe. Dann läuft es wohl wirklich nicht so gut bei den Andresens.«

Ich konzentrierte mich auf die Salzkartoffel, die ich gerade in Remoulade getunkt hatte.

»Das hat sich abgezeichnet«, fuhr er fort. »Es kommen immer weniger Gäste aus der Pension zu uns, folglich können nicht viele Zimmer vermietet sein.«

»Du klingst besorgt.«

»Das bin ich auch. Ich mag die Andresens. Auch wenn sie das vermutlich nicht glauben.«

»Mir scheint, dass da über die Zeit viele Missverständnisse entstanden sind. Sie denken, dass du sie nicht ausstehen kannst. Wie sonst auch niemanden aus dem Oberen Löwensteg.«

»Das tut mir leid, es ist wohl nicht ganz von der Hand zu weisen, dass wir verschiedene Ansichten haben und oft aneinandergeraten sind. Vielleicht habe ich mich auch aus verschiedenen Gründen gegen diese Nachbarschaft gewehrt.« Bedauern schwang in seiner Stimme mit. »Ein Trödelladen ist nun mal keine besonders attraktive Adresse, und er liegt genau gegenüber vom *Dreizack*. Allerdings muss ich zugeben, dass mir der Zusammenhalt im Oberen Löwensteg aufgefallen ist, ich ihn sogar ein wenig bewundere.«

»Tatsächlich?« Wenn das Gundi, Stella oder Leo hörten …

»Natürlich. Etwas Vergleichbares gibt es im Unteren Löwensteg nicht. Wer wünscht sich nicht solche Nachbarinnen und Nachbarn, die fest zu einem stehen, egal was kommt?«

»Aber sie sind doch auch deine Nachbarschaft«, erinnerte ich ihn. »Direkt über der Rosenkreuzung.«

Gideon nickte nachdenklich.

»Vielleicht hast du recht und ich sollte dieser besonderen Nachbarschaft eine Chance geben.«

Ich lächelte. Das klang nach einem guten Plan.

Ich hob mein Glas.

»Auf die Nachbarschaft!«

»Einverstanden.«

Ich fand es schön, wie er eingelenkt hatte. Es bestärkte mich darin, dass er ganz anders war, als alle dachten.

Wir stießen abermals an, dann genossen wir das weitere Mahl und das folgende Dessert, das dem Hauptgang in nichts nachstand.

»Das war ein hervorragendes Gericht, Gideon. Vielen Dank«, sagte ich, nachdem ich aufgegessen hatte und die Hände auf meinen Bauch legte.

»Sehr gerne. Bist du bereit für die Besichtigung der Küche?«

Ich nickte. Darauf freute ich mich schon sehr. Er bot mir seine Hand, und ich legte meine Hand in seine. Mein Herz spielte nun endgültig verrückt. Und als er mich so sanft anlächelte, dass mir dabei die Knie weich wurden, wurde ich mir zusehends sicherer, dass er womöglich dasselbe empfand wie ich, wenn wir zusammen waren …

25. Kapitel

Zwei Köche brutzelten Gerichte in Pfannen und Kochtöpfen, fünf Helfer gingen ihnen zur Hand. Es war eine große saubere Küche mit modernster Technik, in der viel Hektik herrschte. Gerade jetzt am Abend war das Haus voll. Und der Regen hatte nur noch mehr Leute ins *Dreizack* getrieben.

Fasziniert beobachtete ich die Abläufe, während ich Gideons Präsenz in meinem Rücken spürte. Sie fühlte sich wohlig warm und vertraut an.

»Hier entstehen also die Köstlichkeiten des Dreizacks.«

»In der Tat. Dort drüben ist die Dessert-Ecke. Man sollte nie ein gutes Dessert unterschätzen, es rundet die Gaumenfreude erst richtig ab.«

»Insbesondere, wenn es mit Lübecker Marzipan gemacht ist.«

»Ganz genau.«

Ich linste dorthin, wo gerade jemand ein Stück Marzipantorte auf einen Teller gab und musste zugleich an unseren Ausflug zum Marzipan-Museum denken.

Einer der Köche deutete auf mich, ich wunderte mich schon, dann aber merkte ich, dass er eigentlich auf meinen Schopf zeigte. Wir hatten etwas vergessen.

»Jetzt hast du mir gar kein Haarnetz aufgesetzt«, meinte ich schmunzelnd und blickte nach hinten, aber Gideon lächelte mich schelmisch an, ging dann zu einem der Schränke an der Seite und zog dort aus einer Schublade ein neues Haarnetz.

Schon packte er es aus und hielt es mit den Händen so, als wollte er es mir sogleich aufsetzen. Ich kicherte, doch prompt zog er es bestimmt, doch sehr sanft über meine Haare. »Steht dir«, sagte er grinsend. »Der letzte Schrei.«

Von wegen. Niemandem stand so ein Haarnetz wirklich, es war nur praktisch und hygienisch.

Just in dem Moment donnerte es so laut, dass ich vor Schreck in Gideons Arme sprang, was mir sofort peinlich war. Zumal ich ihm auch noch auf den Fuß getreten war.

Ich merkte, wie er darauf die Zähne zusammenbiss und die Luft tief einsog. Ich merkte aber auch dieses sinnliche Aftershave, von dem ich langsam, aber sicher nicht mehr genug bekam.

»Tut mir so leid!«

Oje, er musste mich wirklich für den größten Tollpatsch aller Zeiten halten. Wann immer ich mit ihm zu tun hatte, passierte mir so etwas Peinliches.

»Sorry«, raunte ich nochmals erschrocken. Der grelle Blitz und das Donnern hatten mich in einen Hasenfuß verwandelt.

Er lachte jedoch und schaute amüsiert auf mich runter.

»Das war mein großer Zeh«, erklärte er und strahlte wie ein Honigkuchenpferd, aber er hielt mich noch eine Sekunde länger fest.

Unsere Blicke verschmolzen miteinander. Ich bildete es mir nicht ein, er sah mich plötzlich ganz anders an als vorher. So wie im Museum, nur länger. Intensiver, viel intensiver. Jetzt passierte es – in Echtzeit. Genau wie in meinem Traum. Wenn ich noch einen Hauch eines Zweifels über meine Gefühle für ihn gehabt hätte, sie wären spätestens jetzt verflogen. Mein Blick fixierte seine wunderschönen geschwungenen Lippen. Nichts wollte ich lieber als sie an meinen zu spüren, von ihnen zu kosten. Ihm nah zu sein. Ich stellte mich schon auf die Zehenspitzen, um ihm entgegenzustreben, als er mich unvermittelt losließ …

Ich taumelte einen winzigen Schritt nach hinten. Das Klappern von Töpfen und Pfannen holte mich ins Hier und

Jetzt zurück. Für einen Moment hatte ich den Hochbetrieb in der Küche völlig vergessen. Wie eigentlich auch alles andere. Es hatte nur ihn und mich gegeben. Seinen wunderschönen Mund ... aber dann ... allmählich dämmerte mir, was gerade geschehen war. Was ich schon wieder verpatzt hatte.

Schlimmer. Er hatte mich zurückgewiesen. Zwar dezent und freundlich, aber doch sehr deutlich. Mein Gesicht lief rot an, das merkte ich genau.

»Ich bin wohl etwas konfus«, murmelte ich. »Das liegt am Wetter.« Auf irgendetwas musste ich es ja schieben. Ich versuchte noch einmal, seinen Blick zu erhaschen, noch einmal das Leuchten in seinen Augen zu sehen, aber er wich aus.

O Gott, wie peinlich war das denn? Was war nur in mich gefahren?

»Kein Problem. Lassen wir die Jungs weiterarbeiten.« Schon ging er raus.

»Gideon ...«

Durcheinander eilte ich ihm nach. Hatte ich mir das alles nur eingebildet? Gerade eben, da hatte ich es deutlich gespürt, diese intensive Anziehung zwischen uns. Ich hatte die Sehnsucht in seinen Augen gesehen. Dieselbe, die auch in meiner Brust schlug. Aber jetzt war er plötzlich distanziert.

Oder war nur der Wunsch Vater des Gedankens gewesen?

»Setzen wir uns doch wieder an den Tisch zurück und warten das Unwetter ab«, schlug er vor.

Ich fühlte mich nun regelrecht hinauskomplimentiert. Das Unwetter abwarten, damit ich dann gehen konnte?

Ich war innerlich total aufgewühlt. Er war wie ein Eisblock. Ganz anders als gerade eben noch.

»Ich ... wir ... was gerade geschehen ist ...«

»... hätte nicht passieren dürfen.«

Autsch.

Ich spürte einen fiesen Stich in der Brust.

»Aber ...«

Wieso sah er mich jetzt so merkwürdig an? Etwas war in seinem Blick. Bedauern? Mitleid? Ich schluckte.

»Mia ... du musst etwas missverstanden haben.«

Es überkam mich ein Gefühl, als würde mir jemand einen Kübel eiskaltes Wasser über den Kopf gießen.

»Ich ... es tut mir leid, wie soll ich es sagen? Aber ich empfinde nichts für dich ... jedenfalls nicht das, was du dir offenbar von mir wünschst.«

Ich schüttelte verwirrt den Kopf.

Die letzten Tage waren schön gewesen, ich hatte seine Gesellschaft so sehr genossen, sie hatte mich aus meinem Tief herausgeholt. Inzwischen dachte ich immerzu an ihn. Ich hatte diesem Essen entgegengefiebert, weil ich bei ihm hatte sein wollen. Und neulich seine Worte, dass er mich auch auf der Brücke hätte treffen können, aber immer zu spät kommen würde ... Das hatte mich so berührt.

»Ich habe mich um dich gekümmert, weil du die Verlobte meines Bruders warst«, erklärte er.

Wieder sah er mich nicht an.

Mit einem Mal verstand ich es. Alles machte plötzlich Sinn.

»Das war es? Eine Pflicht Gabriel gegenüber?«

Das konnte nicht sein. Nur eine Pflicht? Womöglich eine Lästige noch dazu? Und alles andere? Das hatte keine Bedeutung? Unsere Verbindung?

Das tat ziemlich weh. Seine Worte zerrissen mir das Herz, und als er auch noch entschuldigend nickte, wurde es nur noch schlimmer.

»Ich wollte dir nicht wehtun. Ich hab dich gern. Aber eben nicht so, wie du es dir erhoffst.«

»Nur eine Pflicht ...«

Wie ich dieses Wort von einer Sekunde zur nächsten hasste. Pflicht!

»Mia, seien wir ehrlich. Ich kann dir nicht geben, was du suchst. Ich bin ... nicht Gabriel.«

»Das weiß ich doch!«, wurde ich lauter und erschrak über mich selbst. »Ist es das, was du denkst? Ist das der Grund, warum du dich von mir abwendest? Weil du glaubst, ich würde dich nur wegen deiner Ähnlichkeit zu Gabriel mögen? Das ist es nicht, das kann ich dir versichern.«

Die Ähnlichkeit spielte nämlich gar keine Rolle. Er war eine komplett andere Person.

»Ich wende mich doch nicht ab. Ich sehe mich als guten Freund, mehr nicht.«

Der eine lästige Pflicht zu erfüllen hatte, schon klar.

Tränen standen mir in den Augen. Hatte ich seine Fürsorge mit echter Zuneigung verwechselt? Weil ich einsam gewesen war? Weil ich es vermisst hatte, jemanden um mich zu haben, der für mich da war?

»Es tut mir leid, aber es war nie meine Absicht, dich zu verwirren«, sagte er. »Ich muss es dir so ehrlich sagen, damit du dich nicht verrennst. Ich möchte nicht, dass du dir Hoffnungen machst, denn du und ich ... das kann niemals funktionieren.«

Er meinte es ernst. Es brach mir das Herz. Ich konnte es fühlen, wie es entzweibrach.

Langsam erhob ich mich.

»Wo willst du hin?«, fragte er.

»Zurück zur Pension.« Zum ersten Mal, seit ich hier war, war ich froh, dass mein Urlaub bald ein Ende hatte.

»Aber das Wetter.«

Was war mir das Wetter gerade egal. Ich konnte nicht länger hierbleiben und warten, bis sich die Wolken lichteten.

26. Kapitel

Ich wachte auf, als die Frühlingssonne mir entgegenblinzelte und mich daran erinnerte, dass heute mein letzter Urlaubstag in Travemünde war. Ich würde in meinen Alltag zurückkehren, was wohl das Beste für alle war. Immer noch fühlte ich mich gerädert. Der Abend gestern war anders verlaufen als erwartet. Ganz anders. Plötzlich war Gideon so kalt und distanziert gewesen. Ich hatte mich noch nicht davon erholt, wollte am liebsten schon heute heimkehren. Und als ich runter zum Frühstück ging, verspürte ich nicht den geringsten Appetit.

Lästige Pflicht. Es ging mir nicht aus dem Kopf.

Wie hatte ich ihn nur falsch verstehen können? Jetzt ergab es Sinn. Natürlich hatte er sich um mich kümmern wollen, er hatte eine Verantwortung mir gegenüber verspürt. Es war ihm weniger um mich gegangen, als vielmehr darum, etwas bei seinem Bruder wiedergutzumachen. Ich hatte das verwechselt. Wie naiv ich gewesen war. Ich hatte mich in etwas verrannt. Aber was ich gefühlt hatte, vielleicht noch fühlte, war echt gewesen. Er bedeutete mir etwas. Nicht, weil er Gabriel so ähnlich sah, sondern weil er eben er war.

»Guten Morgen, Mia! Ich habe noch gestern Abend auf dem Dachboden nachgesehen und viele tolle Dinge entdeckt, die wir vielleicht für die einzelnen Räume gebrauchen könnten«, erklärte mir Gundi freudestrahlend. Ihre Augen leuchteten abenteuerlustig und voller Tatendrang, was mich ein wenig aus meinem Schneckenhaus hervorlockte.

Ich versuchte, mich aufs Hier und Jetzt zu konzentrieren. Immerhin hatte ich eine Aufgabe. Ich hatte versprochen, den Andresens zu helfen, die Pension zu retten.

»Das klingt gut, das sollten wir uns nach dem Frühstück zusammen ansehen.«

»Oh, Mia, das ist sehr lieb von dir, aber an deinem letzten Tag sollst du doch nicht arbeiten«, erklärte sie. »Ich hab's dir nur erzählt, weil ich inzwischen mehr und mehr von deiner Idee überzeugt bin. Stell dir vor, ich habe mir sogar überlegt, ob wir nicht eine der Löwenstatuen, die vor dem Eingang stehen, stattdessen vor die Löwen-Suite stellen? Das wäre doch nur angemessen.«

Die Löwen-Suite. Das klang schon so normal, was ein Zeichen dafür war, dass die Idee wirklich angekommen war.

»Hört sich gut an. Und keine Sorge. Das macht mir nichts aus. Mein Job macht mir Spaß. Ich bin wirklich gespannt auf die Sachen, die ihr gefunden habt.«

»Ja wenn das so ist, zeigen wir sie dir gerne.«

Nach dem Frühstück begaben wir uns in Gundis und Bernds privaten Raum, in dem ein paar Kisten standen, in die sie die Sachen vom Dachboden gepackt hatten. Überraschenderweise hätte dieses Zimmer genauso gut eines der Gästezimmer sein können. Es wirkte vom Stil her recht ähnlich.

»Schau dir das an, dieser alte Vorhang im schönen Himmelblau, das wäre doch was, oder? Oder hier, die kleine Leuchtturmstatue macht sich wunderbar als Deko.« Stolz präsentierte sie mir alles. »Bernd hat sich auch bei einem unserer Media-Läden vor Ort erkundigt. Die geben uns einen großzügigen Rabatt für den Kauf von mehreren Fernsehern.«

»Oh … das ist toll!«

Es gefiel mir, dass Gundi und Bernd Nägel mit Köpfen machen wollten.

»Er fährt heute dorthin und schaut sich die Geräte an. Ich bin schon sehr aufgeregt«, gab Gundi zu.

Ich musterte unterdessen die wunderbaren Stoffe und Souvenirs, die den Räumen mehr Leben einhauchen würden. Farblich passten sie perfekt. Fast alles war in maritimen Tönen gehalten. Ein paar alte Wandteller, die heute nicht mehr modern waren, waren auch unter den Fundstücken. Die würden sich sicher gut in einem der Räume machen, wiesen sie doch Seefahrt-Motive auf. Und davon konnten wir kaum genug haben.

»Ich glaube, wir können damit etwas anfangen«, sagte ich.

»Das hoffe ich auch. Und das alles ist dein Verdienst. Ich hab's im Gefühl, wir werden das *Zum Löwen* retten.« Spontan umarmte Gundi mich, und ich brachte es nicht über mich, ihr zu sagen, dass ich nicht allzu schnell nach Travemünde zurückkehren wollte. Aber Gundi und Bernd im Stich lassen, das kam nicht infrage. Ich musste damit umgehen, dass Gideon gegenüber lebte. Vielleicht gelang es mir ja, ihm trotzdem nicht über den Weg zu laufen.

»Ich werde nächsten Samstag herkommen, und dann fangen wir zusammen an, die Räume umzugestalten«, stellte ich in Aussicht.

»Das ist großartig von dir. Wir werden bis dahin Farben besorgen und alles, was wir fürs Umdekorieren benötigen.«

»Super! Ihr könnt mich jederzeit anrufen, wenn ihr Fragen habt. Wir kriegen das schon hin. Wenn wir uns an den Zeitplan halten, steht einer nahen Neueröffnung nichts im Wege.«

Meinen letzten Tag verbrachte ich am Strand, wo ich auf meinem Notizblock noch einige Planungen für die Pensions-Zimmer vornahm, eine Auflistung mit Ideen für jeden einzelnen Raum anfertigte und mir ansonsten die wohltuende Sonne ins Gesicht scheinen ließ. So schaffte ich es irgendwie, den Tag rumzukriegen und nicht allzu oft an Gideon zu denken. Ich musste mir eingestehen, dass ich Zeichen hatte sehen wollen, die nicht da gewesen waren. Das tat weh. Mehr noch hatte seine Reaktion wehgetan.

Gegen Abend kehrte ich in die Pension zurück, wo Gundi

und Bernd mir von den Geräten berichteten, die sie ausgesucht hatten.

»HD haben die und sogar Internet-Anschluss. Ich habe auch einen WLAN-Router gekauft. Die schicken einen Fachmann vorbei, der alle Geräte liefert und anschließt.«

»Großartig!«

Ein Schritt in Richtung Moderne.

Ich hatte ein wirklich gutes Gefühl. Die Freude, mit der Gundi und Bernd dabei waren, spendete Hoffnung. Sie steckte mich an.

»Ich habe euch eine Auflistung erstellt für die Neueinrichtung der jeweiligen Zimmer. Das sind natürlich nur Vorschläge.«

»Deine Vorschläge sind bestimmt die besten«, versicherte mir Gundi.

Lächelnd reichte ich ihr die Notizen, die sie durchging und darauf den Daumen hob.

»Die meisten Dinge wird man irgendwo günstig bekommen. Zum Beispiel im Trödelladen.«

»Da bin ich mir ganz sicher.«

»Apropos Trödelladen. Ich gehe mal rüber zu den Krämer-Schwestern«, erklärte ich. Denn die hatten ja meinen kleinen Abschied vorbereitet. Ich fand es immer noch reizend, dass sie mich in ihrer Mitte aufgenommen hatten, als wäre ich eine langjährige Freundin.

»Viel Spaß. Ich gebe dir noch ein paar Snacks mit«, sagte Gundi spontan.

Schon eilte sie in die Küche, um darauf mit einem Beutel voller Erdnüsse und Chips zurückzukehren.

»Danke«, sagte ich und nahm sie mit rüber. Ich folgte dem Kiesweg zu dem kleinen Seiteneingang im Haus, darauf bedacht, das *Dreizack* zu ignorieren. Es dämmerte bereits, und ich hoffte, dass Gideon mich nicht bemerkte, falls er gerade draußen die Gäste bediente. Schon hatte ich mich hinter das Haus geflüchtet und klingelte. Kein Gideon zum Glück.

Kaum eine Sekunde später hörte ich Schritte, die sich rasch näherten. Schwungvoll wurde die Tür aufgerissen, dass mir ein leichter Wind entgegenschlug und ein strahlendes Lächeln begrüßte.

»Willkommen im Hause Krämer«, wurde ich von Stella empfangen, die die Tür weit aufriss und mich hineinführte. »Hast du Lust, vorher noch einen Rundgang durch den Trödelladen zu machen? Du warst ja bisher noch nicht bei uns.«

Stimmt, das hatte ich irgendwie vergessen. Die Woche war kurz gewesen.

»Gerne.«

»Na dann mal los!« Wir traten durch eine Seitentür, die direkt vom kleinen Flur in den Laden führte, der mit Regalen ausgestattet war, die ein richtiges Labyrinth bildeten. Sie reichten bis zur Decke hoch.

Ich staunte über die Kombination aus schöner moderner Einrichtung und liebenswertem Klimbim. Es war ein kleiner Traum für mich als Szenenbildnerin, und mein Herz schlug sogleich höher. Denn es war eines dieser Geschäfte, in denen man einfach alles finden konnte. Vom alten Instrument bis zur vergilbten Postkarte aus dem Jahr 1920.

»Den Laden haben wir nach den Plänen unserer Oma eingerichtet«, erklärte mir Stella stolz.

Da fiel mir in einem der Regale ein goldener Anker auf, der die Größe eines Tellers hatte. Das wäre eine wunderbare Dekoration für eines der Zimmer, dachte ich und sah ihn mir gleich mal näher an.

»Suchst du nach einem Erinnerungsstück für zu Hause? Das schenken wir dir«, erklärte Stella, die meinem Blick gefolgt war.

Neugierig nahm ich den Anker in die Hand, er wirkte sehr alt. Bestimmt war es ein Glücksbringer.

»Du ahnst ja nicht, was man in den Regalen hier alles findet. Wir bemühen uns zwar, unser Register aktuell zu halten, aber unsere Oma hat früher so viel aufgekauft, dass es schwer ist, den Überblick zu behalten.«

»Der Anker ist wirklich perfekt.«

»Dann soll er dir gehören.«

»Er ist nicht für mich«, erklärte ich. »Sondern für Gundi und Bernd.«

»Für Gundi und Bernd?«

Ich nickte.

»Eine Deko für …« Ich biss mir auf die Zunge, wusste ich doch nicht, ob ich davon erzählen durfte oder nicht. »Ist … nicht so wichtig«, lenkte ich rasch ab.

»Die beiden haben Schwierigkeiten, oder?«

Erstaunt fuhr ich zu Stella herum. Sie wusste davon? Ahnte es zumindest.

»Wir sind ja nicht blind«, fuhr sie fort und zuckte mit den Schultern. »Die Pension ist immerzu leer. Das war ja kaum zu übersehen, fast keine Gäste. Wir als Nachbarinnen bekommen das mit. Darüber haben Em und ich schon einige Male gesprochen.«

Ich nickte erneut. Das fiel wohl vielen in der Straße auf.

»Aber was du mit dem Anker vorhast, ist mir nicht klar«, grübelte Stella weiter.

Ich hatte das Gefühl, dass ich es ihr anvertrauen durfte, immerhin wusste sie im Grunde eh Bescheid.

»Die Andresens wollen ihre Zimmer auf Vordermann bringen. Und ich helfe ihnen. Wenn ihr den Anker für die neuen Dekos spenden möchtet, dann wäre das mehr als hilfreich.«

»Ich verstehe. Ein neues Konzept?«

»Genau. Ich hatte die Idee, den Zimmern Motti zu geben und …«

»Komm, wir setzen uns hoch zu den anderen auf die

Dachloggia und besprechen es gemeinsam. Wir können zusammen bestimmt was ausrichten!« Stella schien entschlossen, den Andresens unter die Arme zu greifen. Und je mehr helfende Hände, desto besser!

Auf der Dachloggia, die auf der gegenüberliegenden Seite zur Pension war, stand bereits ein Tisch mit Snacks und Getränken. Daran saßen Mandy, Emilie und Nova. Ich stellte meine Snacks dazu, wurde von allen Seiten herzlich umarmt wie eine gute alte Freundin.

»Die sind von Gundi«, erklärte ich mit Fingerzeig auf die Chips und setzte mich.

»Lecker! Super, dass du hier bist, Mia. Wir wollen dich ja gar nicht weggehen lassen«, erklärte Em. Ich war gerührt, denn ich wusste, sie meinte es so.

»Hört mal alle her«, verkündete Stella. »Wir haben hier etwas Ernstes zu besprechen. Gundi und Bernd brauchen unsere Hilfe.«

Sie war keine Frau der langen Vorrede, kam sofort auf den Punkt. Ich konnte es verstehen. Wenn etwas unter den Nägeln brannte, musste es schnell raus.

»Gästemangel, wie?«, wusste Em sofort, worum es ging.

Stella nickte. »So sieht es aus. Mia hat angeregt, die Pension umzugestalten.«

»Es sind vor allem dekorative Änderungen nach einem neuen Konzept. Sie erneuern auch die Technik«, erklärte ich. »Sie haben nur ihre Ersparnisse als Budget.«

»Und deswegen werden wir ihnen unter die Arme greifen. Wir haben doch Erfahrung mit Umbauten und Renovierungen«, erklärte Stella.

»Die haben wir in der Tat«, sagte Nova. »Du hast das *Fräulein Zucker* gesehen? Das hieß bis vor Kurzem anders und sah auch anders aus. Ich habe den nostalgischen Charme von früher zurück ins Lädchen gebracht. Daher weiß ich, worauf es ankommt. Auf mich könnt ihr zählen. Ich bin zu jeder Schandtat bereit.«

»Em und ich auch, nicht wahr, Schwesterherz?«

»Und wie wir das sind, Stella«, stimmte Em zu. »Immerhin haben wir den Trödelladen auf Vordermann gebracht. Das kriegen wir auch mit dem *Zum Löwen* hin.«

»Mit mir könnt ihr auch rechnen, ich arbeite nicht umsonst im Architekturbüro meines Vaters!«, sagte Mandy.

Ich war ehrlich gerührt, wie hilfsbereit die Leute in dieser Straße waren. Mit so guten Nachbarinnen konnte kaum etwas schiefgehen. Also besprach ich mit ihnen meinen Plan, dass jedes Zimmer seinen eigenen Namen und sein eigenes Thema bekommen sollte.

»Die Muschelkammer? Wie süß ist das denn?«, meinte Mandy.

»Und in die Muschelkammer kommen sicher viele Muscheln?«, vermutete Em.

»Genau. Muscheldekorationen, Muschel-Tattoos für die Wand, Muschel-Bettwäsche und so weiter.«

»Das klingt wirklich spaßig«, sagte Stella. »Kann mir gut vorstellen, dass das die Leute begeistert.«

»Merkwürdig nur, dass Leo nie etwas gesagt hat«, grübelte Nova. »Sie wäre doch die Erste gewesen, die eine Rettet-das-Zum-Löwen-Aktion gestartet hätte.«

»Das ist ein guter Punkt. Leo darf von alldem nichts wissen«, mahnte ich an.

»Warum nicht?«

»Gundi und Bernd wollen das nicht, sie möchten, dass sie sich ganz auf Alina und ihre kleine Familie konzentriert.«

Ich sah den anderen an, dass sie prompt im selben Dilemma steckten wie ich. Keine von uns fühlte sich wirklich wohl, Leo etwas zu verschweigen. Aber alle respektierten gleichzeitig Gundis Wunsch.

Stella nickte langsam. »Seht es mal so: Wenn wir alle mit

anpacken, dann werden wir schnell fertig und können sie stattdessen mit den Neuerungen überraschen.«

»Das finde ich gut«, stimmte Mandy zu. »Auf diese Weise ist allen gedient. Es ist nur ein ... Schweigen auf Zeit ...«

»Dann ist es abgemacht!«, entschied Stella. »Wir werden das Zum Löwen retten!«

Ich war die Einzige, die nicht gleich jubelte. Das fiel auf.

»Wieso machst du denn ein Gesicht wie Drei-Tage-Regenwetter?«, wunderte sich Nova.

Ich seufzte lange und gedehnt.

»O nein! Sag nicht, es hat was mit unserem Gideon zu tun!«, riet Stella ins Blaue und traf doch ins Schwarze.

»Was hat er gesagt?«, wollte Nova wissen. »Der Kerl ist immer so fies.«

Sie hatten wohl doch mehr mitbekommen, als ich gedacht hatte, die vielen Treffen sicherlich auch.

»Nein, nein«, lenkte ich ein. Ich hatte nämlich keine Lust, jetzt einen Seelenstriptease hinzulegen. »Es ist alles gut, hat gar nichts mit ihm zu tun. Ich bin nur müde, das ist alles. Und nächste Woche muss ich ranklotzen.«

Sie nahmen es mir ab, zum Glück. Und doch fragte ich mich allmählich, ob sie nicht recht mit ihren Warnungen vor Gideon gehabt hatten? Ob ich mich besser doch etwas mehr hätte zurückhalten sollen?

»Aber nun genug der ernsten Themen, jetzt wollen wir unsere liebe Mia gebührend verabschieden«, erklärte Mandy und zog eine Flasche Wein hervor.

»Ihr seid zu lieb.«

»Du bist eine von uns, auch wenn du in Hamburg wohnst.«

Es wurde noch ein schöner Abend, den ich mit einem lachenden und einem weinenden Auge, so gut es eben ging, genoss.

27. Kapitel

»Wir sehen uns kommenden Samstag und machen Nägel mit Köpfen«, versprach ich am nächsten Morgen Gundi und Bernd, die mich verabschiedeten, nachdem ich ein kleines Frühstück genossen hatte.

Gundi drückte mich an sich, als wäre ich ihre zweite, lange verschollene Tochter.

»Wir freuen uns auf unser Wiedersehen. Ganz lieben Dank für alles«, sagte sie.

»Ich muss mich auch bedanken, ihr alle habt mir sehr geholfen.«

Sie ahnten nicht, wie sehr.

»Nicht nur wir, auch Herr Jansen. Ihn wirst du ja bestimmt auch wiedersehen, ihr habt so eine besondere Beziehung«, meinte sie unschuldig, ich aber verzog unmerklich die Miene, was Gundi innehalten ließ.

»Sicher ...«, wiegelte ich ab.

Wie schwer es mir fiel zu gehen. Und wie froh ich zugleich darüber war. Ich vermisste den Löwensteg bereits, kaum, dass ich meine Tasche in den Kofferraum gelegt und mich selbst hinters Steuer gesetzt hatte. Aber ich freute mich auch, in mein neues altes Leben zurückzukehren. Wie das werden würde?

Ich atmete tief ein, verwundert darüber, wie schwer es mir fiel, mich zu verabschieden, obwohl ich doch wusste, dass ich wiederkommen würde. Ich trat aufs Gas und fuhr los, konnte aber meinen Blick nicht von der Straße lassen, bis sie immer kleiner im Rückspiegel wurde.

Das Herz wurde mir schwer. Ich hatte versucht, das *Drei-*

zack bewusst zu ignorieren, aber in letzter Sekunde hatte ich es doch noch erspäht. Und genau in dem Moment war Gideon herausgekommen, hatte mir nachgesehen. Ein fieser Druck hatte sich sogleich in meiner Brust ausgebreitet. Hatte er darauf gewartet, bis ich wegfuhr? War es nur Zufall gewesen? Ich wusste es nicht. Aber es brachte auch nichts, darüber nachzudenken.

Ich kam gut durch. Der Verkehr war angenehm flüssig.

Die Fahrt dauerte nicht länger als eine Stunde. Und als ich irgendwann meinen Wagen in meiner Straße parkte und meine Tasche aus dem Kofferraum holte, fühlte ich mich merkwürdig einsam.

Morgen schon würde mein Leben wieder in normalen Bahnen verlaufen. Das war doch gut, oder? Schließlich liebte ich meinen Job.

Der kleine Urlaub hatte mir jedenfalls gutgetan, und ich bereute es nicht, auf Leo gehört zu haben. Nein, ganz im Gegenteil. Mir wäre etwas Wunderbares entgangen, wenn ich nicht nach Travemünde gefahren wäre. Und auch, wenn das mit Gideon in die Hosen gegangen war, hatte ich erkannt, dass ich nun wieder bereit für neue Begegnungen war. Mein Herz wieder öffnen konnte. Das war doch was wert, oder nicht?

Mein Alltag hatte mich wieder. Es regnete, als ich am Tag nach meiner Rückkehr die U-Bahn zum Studio nahm. Morgens herrschte Berufsverkehr, und ich würde mit dem Auto länger brauchen. Noch während ich in dem Waggon saß, bimmelte mein Handy. Es war Mama.

Ich telefonierte nur ungern in einem proppenvollen U-Bahn-Wagen, rief sie aber zurück, nachdem ich wieder ausgestiegen war und zur Bushaltestelle schlenderte.

»Wie war denn dein Urlaub? Hast du dich gut erholt?«, wollte sie sofort wissen.

»Es war sehr schön.« Von einigen Verwicklungen und Missverständnissen abgesehen.

»Oh, wie mich das freut. Du musst mir alles ganz genau erzählen.«

Typisch Mama, sie war einfach sehr neugierig.

»Das mache ich, aber erst nach der Arbeit.«

»Natürlich! Du hast ja recht. Ruf mich an, wenn du Zeit hast, ja?«

»Alles klar.«

Ich legte auf und versuchte, mich ganz auf meinen Job als Szenenbildnerin für eine historische Serie zu konzentrieren. Es war mein erster Tag im Studio. Eine Staffel war bereits letztes Jahr ausgestrahlt worden, an der ich aber nicht mitgewirkt hatte.

Seit jeher war es mein Traum, die Vergangenheit in all ihren Facetten zu erforschen und sie mit meiner Arbeit wiederaufleben zu lassen. Dieser Traum sollte nun in der Gestaltung der Abteilung des Kaufhauses seine Erfüllung finden. Es war die Szene, in der sich die Hauptcharaktere, getrieben von Schicksal und Leidenschaft, zum ersten Mal begegneten und die ersten zarten Bande der Liebe zu knüpfen begannen.

Schon merkwürdig, ging es mir durch den Kopf. Da hatten wir das echte Alsterhaus in Hamburg, nutzten es aber nur für Außenaufnahmen. Alle Innenaufnahmen wurden im Studio gedreht. Bei näherer Überlegung war es aber natürlich sinnvoll, denn die Umbauten und Drehzeiten würden einen Normalbetrieb im echten Alsterhaus kaum ermöglichen.

Ich betrat den Set, der aus einer großen Räumlichkeit bestand, in der sich meine bestellten Möbel und Bauten in Kisten stapelten. Ein paar Männer fingen bereits an, die Sachen auszupacken. Sogleich wurde ich von meiner Assistentin empfangen. Daran musste ich mich erst noch gewöhnen. Ich war tatsächlich die Chefin des Szenenbuildings.

»Mia? Ich bin Theresia, wir hatten schon gemailt und telefoniert«, erklärte sie und streckte mir die Hand hin.

»Richtig! Freut mich, dich nun persönlich kennenzulernen.«

»Ich habe schon mal die Anweisung gegeben, die Requisiten auszupacken. Ich hoffe, das war in deinem Sinn?«

»Klar!« Es war immer gut, wenn jemand mitdachte.

»Ich hab schon bei der ersten Staffel assistiert«, fügte sie hinzu und kaute lässig einen Kaugummi, während sie ihre kleine Brille mit einem Finger die Nase hochschob.

Tja ich nicht. Aber ich war stolz, nun mit von der Partie sein zu dürfen.

»Komm, ich zeig dir alles.«

Nach einem Rundgang fing ich an zu prüfen, was alles da war und was nicht, um es auf meiner Requisitenliste abzuhaken. Schnell zeigte sich die gute Organisation des Studios. Die Lieferungen waren vollzählig, genauso meine Reservierungen im Fundus. Wir konnten loslegen.

Zunächst mussten wir den Raum ausgestalten, bevor die Accessoires hinzukommen würden.

Ein prickelndes Gefühl der Vorfreude durchzog mich, während ich voller Energie die Skizzen und Pläne überprüfte, die ich vorher mit Liebe zum Detail angefertigt hatte. Ich koordinierte mich mit Theresia, die mir zur Seite stand. Dazu kamen noch zwei weitere Helfer. Ich übertrug ihnen ein paar Aufgaben und machte mich dann ans Ausgestalten, wobei ich stets darauf achtete, dass jeder Schritt mit der gleichen Sorgfalt und Präzision umgesetzt wurde.

Die Basis bildete der Boden, der aus einem glatten, glänzenden Material bestand, das einen verführerischen Duft von frisch gesägtem Holz verströmte. Dieser war in Vorarbeit ausgelegt worden, doch für das frühe 20. Jahrhundert sah er zu perfekt aus. Mit Hingabe versetzte ich ein paar der Planken dezente Abnutzungsspuren, um den Eindruck zu erwecken, dass viele Kundinnen und Kunden die Abteilung betreten hatten. Danach polierte ich sie mit einem weichen Lappen, bis sie in einem warmen Glanz erstrahlten.

Derweil widmeten sich meine Mitarbeiter den Wänden, die mit weißen Holzpaneelen verkleidet wurden, die feinste Schnitzereien aufwiesen. Sie fügten sich mit ihrer schlichten Eleganz perfekt in das gesamte Bild ein. Bis zum Abend waren wir damit gut beschäftigt.

Die Zeit war wie im Flug vergangen. Ich hatte nicht mal eine Mittagspause gemacht. Morgen würden wir weiterarbeiten, damit der Dreh in wenigen Tagen beginnen konnte.

Ich freute mich darauf, war gespannt, wie der Regisseur meine Arbeit finden würde.

Theresia und die beiden Helfer luden mich noch auf ein Bier ein, was ich dankend annahm.

»Die neue Chefin muss doch einen ordentlichen Einstand haben! Hat Spaß gemacht heute«, meinte Theresia. In der Tat waren wir gut vorangekommen.

»Man weiß ja vorher nie, wen man da vor die Nase gesetzt bekommt. Unser letzter Szenenbildner war ziemlich arrogant. Ist jetzt nach Hollywood gegangen«, fuhr sie fort. »Er will sein Glück in der größten Traumfabrik der Welt versuchen, hat bisher aber kein Engagement. Er glaubt aber, dass er zu Höherem berufen ist.« Sie zuckte mit den Schultern.

Wir verschwanden zusammen in einer nahe gelegenen Bar, und sie erzählten weitere Anekdoten vom Dreh der ersten Staffel.

»Das hat ja niemand gedacht, dass das *Alsterhaus* solch ein Erfolg werden würde. Produktionen wie diese stammen sonst aus den USA oder Großbritannien. Aber dass auch die deutsche Filmindustrie mitmischen kann, haben wir nun bewiesen«, erklärte einer der Helfer.

Ich nickte nur, spürte, dass ich ein bisschen kaputt und

müde war, daher verabschiedete ich mich früh. Es war dennoch ein schönes geselliges Beisammensein gewesen.

Auf dem Weg nach Hause, den ich abermals mit Bus und U-Bahn bestritt, vibrierte mein Handy. Es war Leo, die mir eine Nachricht geschickt hatte.

> Willkommen zurück im Lande Hamburg. Lust auf einen kleinen Abendsnack? Ich hab gekocht ...

> Das klingt zwar verführerisch, aber ich bin gerade auf dem Heimweg und erledigt. Wie wäre es mit morgen Abend? Ich bringe Pizza mit?

> Deal! Ich freue mich schon auf dich!

Ich stieg aus der U-Bahn und begab mich direkt nach Hause, duschte und fiel ins Bett. Da fiel mir noch Mama ein. Ich rief sie rasch zurück, plauderte etwas mit ihr und genoss das Gespräch. Natürlich wollte sie alles über meinen spontanen Urlaub wissen, ich erzählte es ihr, nur die eine oder andere Angelegenheit ließ ich weg.

»Ich bin stolz auf dich, dass du dich etwas aus deinem Schneckenhaus gewagt hast«, sagte sie zum Abschied. Ich war auch stolz auf mich.

Es war ein erfüllender Tag gewesen, und ich freute mich darauf, morgen weiter an dem Set zu arbeiten, um es für den ersten Drehtag vorzubereiten.

28. Kapitel

Auch tags darauf gaben mein Team und ich alles. Wir verwandelten das unbelebte Set in etwas Dynamisches, das den Anschein erweckte, als würde hier reger Kaufhausbetrieb herrschen.

Wir stellten mehrere Regale und Schränke im Raum auf, die aus edlem Holz gefertigt und mit Glasfenstern versehen waren, denn das Drehbuch sah vor, dass in der Abteilung ein neuer Schmuckstand für geschliffenes Kristallglas aus dem Hause Swarovski aufgestellt worden war. Der Stand war sowohl praktisch als auch stilvoll und diente dazu, die Vielfalt der Waren zu präsentieren, die das Kaufhaus zu bieten hatte. Mit Sorgfalt drapierte ich Geschmeide, Schmuckkästchen und Parfümflaschen aus dem Fundus darin. Aber wie das manchmal so war, wenn man das Set real vor sich sah, wirkte es doch meist anders als auf den Skizzen. Es fehlte noch etwas … ein schönes Samtkissen, das den Verkaufstisch zieren sollte und auf dem ein paar edle Steine Platz finden würden.

Auf der Suche nach einem passenden Accessoire im Fundus stolperte ich über eine Sammlung Kisten, auf denen *Nimm mich mit* stand.

Ab und an kam es vor, dass ein Studio sich von Requisiten trennen wollte, diese versteigerte, spendete oder eben anderweitig aussortierte. Sofort blitzte mir ein wunderschönes blaues Stück Stoff entgegen. Unwillkürlich musste ich an das *Zum Löwen* denken, daran, dass wir noch viele schöne Utensilien benötigten und dieses hier perfekt für einen der Räume wäre.

»Was passiert mit den Kisten hier?«, fragte ich Theresia.

»Steht doch drauf. Man darf sich mitnehmen, was man haben möchte.«

Wenn das so war … griff ich beherzt zu.

Unter den alten Sachen fand ich auch ein kleines Wappen, das einen Löwen zeigte. War das nicht perfekt für die Löwen Suite? Und die zwei blauen Decken ebenso!

»Super Sachen hier!«, freute ich mich und legte meine Fundstücke zur Seite, um die Regale nach einem passenden Samtkissen für die Swarovski-Steine abzugrasen. Ich wurde fündig.

Danach ging es weiter an die Arbeit. In rasender Geschwindigkeit verwandelte sich das Set in ein echt wirkendes Kaufhausabteil.

Am Ende des Tages betrachteten wir mit einem Gefühl der Zufriedenheit und des Stolzes das Ergebnis unserer Arbeit.

Vor uns lag die extravagante und historisch akkurate Abteilung für Edelwaren eines Kaufhauses, das aus einem Roman des 20. Jahrhunderts zu stammen schien. Es war so realistisch, dass ich mich fast wie eine Kundin fühlte, die in diese vergangene Epoche eingetaucht war.

Morgen würde ein anderes Team herkommen, Aufnahmen vom Setting machen, vielleicht traf sogar der Regisseur ein, um das Werk mit eigenen Augen zu betrachten. Gegebenenfalls wurden dann noch Änderungen vorgenommen.

Mit einem zufriedenen Lächeln bereitete ich mich gegen 18 Uhr auf den Heimweg vor, dankte meinen Mitarbeitern und plante schon das nächste Setting für die Serie im Kopf.

Ich schnappte mir meine Fundstücke aus dem Fundus und verabschiedete mich sodann, um mich auf den Weg zu Leo zu machen. Vorher gab ich noch eine Bestellung beim Italiener um die Ecke auf, bei dem ich keine halbe Stunde später die Pizzen abholte, die ich bestellt hatte. Von hier aus war es nur ein Katzensprung bis zu Leos Zuhause.

Als ich dort eintraf, breitete sie die Arme so stürmisch aus, um mich darin einzuschließen, dass mir fast die Pizzaschachteln und die Fundstücke aus den Händen glitten.

»Willkommen zurück in unserem schönen Hamburg! Wie war es an der See? Wie war es im Löwensteg?«, fragte sie mich schon, noch ehe ich dazu gekommen war, einen Atemzug zu nehmen.

»Lass mich doch erst mal ankommen.« Ich lachte leise.

»Entschuldige«, sie nahm mir die Pizzakartons ab und runzelte dann die Stirn über die blauen Decken und das Löwenwappen.

»Was ist denn das?«

»Aus ... aus unserem Fundus.« Ich hatte ja versprochen, ihr nichts zum Thema Renovierung des *Zum Löwen* zu sagen, weil Gundi und Bernd das nicht wollten. Aber natürlich hatte ich nicht daran gedacht, dass die Sachen Fragen aufwerfen würden, wenn ich sie mit hernehmen würde. Doch den Umweg nach Hause hatte ich auch nicht nehmen wollen.

»Du bringst die Arbeit mit hierher?«, wunderte sich Leo und ging voran. Ich folgte ihr in das Wohnzimmer.

Riccardo war nirgends zu sehen, Alina schlief wohl schon.

»Wo ist deine bessere Hälfte?«

»Der ist mit seinen Kumpels unterwegs. Männerabend. Und wir haben unseren Mädelsabend. Falls Alina uns lässt.« Sie zwinkerte. Auf dem Tisch entdeckte ich ein Babyfon, durch das man ein leises Glucksen hörte.

»Er feiert, dass er bei einem Vorstellungsgespräch in die nächste Runde eingeladen wurde.«

»O wie toll, dann geht es bergauf.«

»Ja, sieht so aus. Er ist total happy drüber, anfangs hat er ja nur Absagen bekommen, was ich gar nicht verstehen kann. Er hat bei so viele guten Produktionen am Pult gesessen.«

Wir setzten uns an den kleinen Esstisch. Mit einem Pizzaroller wurde unser Abendessen in Stücke geschnitten. »Jeder nimmt von jedem?«

Ich nickte und legte die Decken und das kleine Wappen auf dem Stuhl neben mir. Leo hob erneut eine Braue, als ihr Blick abermals zu den Accessoires glitt.

»Und was genau sind das jetzt für Sachen?«

Wie erklärte ich das nun?

»Na ja, wenn sie schon was zum Mitnehmen anbieten, wollte ich mir das nicht entgehen lassen. Kann man ja immer mal gebrauchen.«

Leo nickte, stellte zum Glück keine weiteren Fragen, aber ich fühlte mich nicht wohl, ihr nichts von den Schwierigkeiten zu erzählen, in denen Gundi und Bernd steckten. Aber ich hatte es ihnen nun mal versprochen. Und mit der Aussicht, die Pension zu retten, konnte ich das Verschweigen zumindest etwas rechtfertigen. Aber gut fühlte es sich nicht an. Es drückte auf den Magen wie ein schweres Gewicht. Umso schwerer war es, sich nichts anmerken zu lassen.

Leo schnappte sich ein Stück Pizza und steckte es sich genüsslich in den Mund. Ich hatte plötzlich nicht mehr so viel Appetit. Da traf mich Leos berühmt berüchtigter Röntgenblick, der mir durch und durch ging. Irritiert wich ich ihm aus. Aus Erfahrung wusste ich, dass sie in mir las wie in einem offenen Buch …

»Also diese Sachen …«, fing sie erneut an. »Ist es nicht vielmehr so, dass das für das *Zum Löwen* gedacht ist?«

Nun blieb mir der Mund offen stehen. Wie konnte … sie das nur wissen?

»Mama hat sich verplappert«, erklärte Leo spitzbübisch.

»Hat … hat sie?«

Sie nickte, biss erneut von der Pizza ab. Im Gegensatz zu mir schien ihr der Umstand, dass es um das *Zum Löwen* nicht allzu gut stand, nicht den Appetit zu verleiden. Es sei denn, sie wusste sogar noch mehr als ich?

»Sie hat gesagt, dass du ihnen hilfst, die Zimmer neu einzurichten. Und ich habe verwundert nachgehakt, warum du mir davon noch gar nichts erzählt hast. Dann hat sie herumgedruckst, sich in Widersprüche verstrickt und schließlich zugegeben, dass ihr eine große Rettungsaktion der Pension plant.«

Ich fühlte mich furchtbar, wie eine ziemlich miese Freundin. Nervös knetete ich die Hände.

»Ich ... tut mir echt leid. Ich wollte es ja sagen, aber sie haben mich gebeten und ... wir wollten dir das Resultat zeigen, damit du dir keine Sorgen machst ... Alina ... Familie ...«, stammelte ich durcheinander, aber Leo blieb entspannt. Sie schien sogar vergnügt. Was war nur los? Hätte sie nicht sauer auf mich sein müssen? Damit hätte ich mich beinahe wohler gefühlt.

»Bist du denn nicht böse auf mich?«

Leo lachte zu meiner Überraschung.

»Überhaupt nicht. Ich finde es toll, dass du meinen Eltern helfen möchtest. Auch, wenn es gar nicht nötig war, das alles vor mir verbergen zu wollen. Ich bin doch nicht aus Zuckerwatte.«

»Gundi war besorgt, dass du vielleicht vor lauter Sorge direkt bei der Renovierung helfen willst.«

»Ja, das sieht mir auch ähnlich, oder?« Leo zuckte mit den Schultern. »Ehrlich, Mia, ich bin dankbar, dass du dich kümmerst. Ich weiß, dass das genau dein Ding ist, und deswegen wird es auch richtig gut werden mit dem neuen Konzept. Noch wichtiger ist aber, dass du meine Eltern motiviert hast. Sie sind so voller Hoffnung wie schon lange nicht mehr. Ich habe doch schon längst gemerkt, dass irgendetwas im Argen ist. Vor mir kann man nicht lange etwas geheim halten. Aber nun weiß ich Bescheid und bin froh, dass sie was unternehmen wollen, dank dir.« Ihr Blick fiel wieder auf die Deko-Elemente, die neben mir auf dem Stuhl lagen. »Wenn das jemand schafft, dann du. Und keine Sorge, ich lasse euch machen. Im Moment bin ich gut mit Alina beschäftigt. Die Kleine braucht mich, und ich vertraue voll und ganz auf euch. Das habe ich auch meiner Mutter erklärt.«

»Danke. Ich bin … echt froh, dass es jetzt raus ist. Wäre mir schwergefallen, es dir die ganze Zeit zu verheimlichen.« Und wie froh ich erst war, dass sie mir nicht böse war. Leo war einfach die Beste.

»Du kannst es ja wiedergutmachen.«

»Ach ja? Wie denn?«

»Erzähl mir alles über Gideon und dich.« Nun schaute sie mich nur noch vergnügter an, in ihren Augen blitzte es richtig. Sie hatte schließlich mitbekommen, dass wir uns oft getroffen hatten. Auffällig oft.

Allerdings war das ein Thema, über das ich nicht reden wollte. Ich spürte, wie mir die Laune im Nu verflog.

»Alles okay? Die Stimmung ist plötzlich tiefer als der Meeresspiegel gesunken.«

Ich schüttelte den Kopf. »Lass uns über was anderes reden, bitte.«

Ich wollte mich nicht erinnern, nicht damit befassen. Es tat zu weh. Denn meine Gefühle für ihn waren nicht verflogen, nur weil er sie nicht erwiderte. Das wäre ja sonst auch zu einfach.

»Der hat dir doch nicht wehgetan?«, rief Leo plötzlich entrüstet aus und ballte die Hände zu Fäusten.

»Nein, es war anders. Er hat sich um mich gekümmert, er war immer für mich da. Da ist es wohl passiert, dass …«

Ich seufzte so laut, dass Leo nicht mal ihren Röntgenblick brauchte, um zu verstehen.

»O nein …«

»Doch …«

»… du dich in ihn verliebt hast?«

Ich nickte. So in etwa. Schon ziemlich blöd. Die Nähe, die wir aufgebaut hatten, vermisste ich schrecklich. Aber sie war einseitig gewesen. Das meiste hatte nur in meiner Fantasie existiert, war Wunschdenken gewesen. Was nichts daran änderte, dass es mir das Herz gebrochen hatte, die Wahrheit zu erfahren.

»Es ist ... vielleicht auch normal, dass man sich zu jemandem hingezogen fühlt, der für einen da ist?«

Klar, so war es zweifelsohne.

»Er sagt, er hat es nur aus Pflichtgefühl seinem Bruder gegenüber getan. Aber mit ihm war alles so leicht und sorgenfrei. Es hat Spaß gemacht, ich war ... gerne bei ihm.«

»Kann man sich kaum vorstellen, dass der so nett sein soll.« Leo war immer noch wütend auf ihn.

»Ach, Leo ...«

»Du kennst ja nicht alle Geschichten über ihn. Er ist jemand, der immer Schwierigkeiten macht. Der wollte sogar den Trödelladen aus der Straße haben. Mit dem kann man nicht reden.«

»Witzig, er behauptet das auch von euch.«

»Tut er das?«

»Allerdings. Aus seiner Sicht wird ihm das Leiten seines Restaurants erschwert«, verteidigte ich ihn. Auch wenn ich eigentlich der Meinung war, dass das Patentrezept für diese Situation darin bestand, offen zu kommunizieren und sich mal auszusprechen. Die Leute aus dem Löwensteg mussten einfach über ihre Schatten springen. Diese inoffizielle Unterteilung in Unterer und Oberer Löwensteg war doch albern. Zwischen dem *Dreizack* und den Geschäften von Leos Freundinnen lag nur eine Straße, das sollte also die Trennlinie sein?

»Ach ja?«

»Die vielen Renovierungen haben ihm die Gäste vertrieben. Das hat ihn nicht sehr erfreut. Wäre euch doch bestimmt auch so gegangen.«

»Mag sein«, lenkte Leo ein. »Aber dass er dir wehgetan hat, verzeih ich dem Kerl nicht so schnell.«

»Lass uns doch bitte über was anderes reden. Über Riccardos möglichen Job. Oder Alina, wie geht es ihr? Ich will nicht an ihn denken, verstehst du? Das mache ich schon viel zu oft.«

Wenn ich was in Travemünde gelernt hatte, dann wieder nach vorne zu blicken. Das sollte auch Gideon betreffen.

Leo nickte langsam. »Hast ja recht, man sollte nicht in Wunden stochern.« Sie atmete tief ein. »Alina wächst und wächst. Und sie lacht so viel. Man kann sie leicht erheitern.« Ein verträumtes Lächeln zeichnete sich auf Leos Zügen ab. »Neulich hat sie irgendetwas geblubbert, ich schwöre dir, es klang fast wie ein Wort.«

War das nicht ein bisschen früh für erste Worte? Aber so waren frischgebackene Mamas vielleicht.

Ich hörte ihr zu und genoss es zu erfahren, was in meiner Urlaubswoche alles in Hamburg geschehen war, was ich verpasst hatte …

29. Kapitel

Der Regisseur hatte noch einige Änderungswünsche am Set angemeldet. Das war nichts Ungewöhnliches, sondern kam praktisch immer vor. Für den Rest der Woche konzentrierte ich mich daher darauf, seine Wünsche umzusetzen. Mein Team arbeitete hervorragend, und am Freitag war dann die Abnahme.

Nächsten Montag konnten also die Dreharbeiten für Staffel zwei des *Alsterhauses* beginnen. Ich hingegen packte ein paar Sachen zusammen und machte mich Samstag in der Früh auf den Weg nach Travemünde, um dort Gundi und Bernd bei den Renovierungen zu helfen, wie wir es abgesprochen hatten. Am Telefon hatten wir zuvor schon überlegt, welche Farben für welche Wände infrage kämen, woraufhin das Ehepaar Nägel mit Köpfen gemacht und eine ganze Palette an Wandfarben bestellt hatte, die inzwischen auch geliefert worden waren.

Ich kam gut durch, die Autobahn und Landstraßen waren fast leer, da keine Schulferien waren und auch sonst keine Feiertage anstanden. Als schließlich die ersten Backsteinhäuschen in mein Sichtfeld kamen, hatte ich genau dasselbe Gefühl des Nach-Hause-Kommens wie bei meinem ersten Besuch, als ich durch die verwinkelten Gassen gefahren war. Schließlich erblickte ich die steinernen Löwenköpfe, die den Eingang zum Löwensteg markierten.

Es war schon viel los in der Geschäftsstraße, die parallel zur Trave verlief. Überall öffneten gerade die ersten Lädchen, und ein paar Leute saßen bereits draußen auf der Straße an

Tischen vor Restaurants und Cafés. Schließlich überquerte ich die Rosenkreuzung und parkte direkt vor dem *Zum Löwen*.

Einen Moment hielt ich inne und genoss den Augenblick. Ich schaute rüber zum *Fräulein Zucker* und dann zum Trödelladen direkt neben der Pension. Die Frühlingssonne ließ die Häuschen erstrahlen, dass sie förmlich leuchteten. Es war so schön hier. Das Wetter wurde immer besser, überall blühte es. Ich nahm mir fest vor, den Tag und die Arbeit zu genießen, mich von nichts und niemandem aus der Ruhe bringen zu lassen. Schon gar nicht von der Tatsache, dass das *Dreizack* nur schräg gegenüber war. Ich ignorierte diesen Umstand, schaute nicht mal in den Rückspiegel zum Restaurant, sondern straffte entschlossen die Schultern.

Schließlich stieg ich aus, lief über den kleinen Weg zum Haus und drückte die Tür auf. Sofort stieg mir der vertraute Geruch von Holz in die Nase, der so wohltuend und willkommen heißend war. Auf der Theke zu meiner rechten lag Dotti in ihrer Pappkiste und schaute mich aus blinzelnden Augen an. Dahinter stand Gundi. Als sie mich erblickte, strahlten ihre Augen vor Freude. Rasch breitete sie die Arme aus, eilte um den Tresen herum, um mich zu empfangen.

»Du bist aber früh dran. Wir wollten doch erst um zehn loslegen!«, rief sie erfreut und drückte mich schon an sich, sodass mir die Puste ausging.

»Ich bin lieber früher dran als zu spät. Im Auto habe ich ein bisschen Deko mitgebracht, die wir gut gebrauchen können.«

»Großartig. Die Bestellungen, die wir zusammen getätigt haben, sind auch teils schon da. Aber heute geht es ja erst mal ums Streichen.«

Das war richtig, viele Zimmer sollten neue Farben bekommen. Das war Schritt eins.

Die Tür zur Gaststätte ging auf, und Bernd kam zu uns. Er

hob grüßend die Hand, schien sich nicht minder zu freuen, mich zu sehen, als ich ihn.

»Moin, Mia!«, sagte er und schüttelte meine Hand, ehe er es sich anders überlegte und mich herzlich an sich drückte.

Keinen Wimpernschlag später betraten Stella, Em, Mandy und Sam den Empfangsraum. Sie trugen alte Overalls, die bereits mit Farbe bekleckert waren.

»Ihr seid die Besten!«, freute sich Gundi.

Auch jeder der Neuankömmlinge wurde von ihr innig geherzt.

»Ich bitte dich, Gundi, wir haben dir doch gesagt, dass wir da sein werden!«, meinte Stella amüsiert. »Fehlen nur Nova und Nathan.«

»Wir sind schon da!«, erklang Novas Stimme durch die Tür, die gerade schwungvoll aufging. Auch die beiden waren mehr als pünktlich. Sie trugen ebenfalls alte Overalls. Ich musste schmunzelnd daran denken, dass diese bunte Truppe schon viel Erfahrung mit Renovierungen hatte. Was uns die Sache sehr erleichtern würde.

»Gut, dann setzen wir uns erst mal zusammen und besprechen den Plan«, schlug ich vor. Zum Glück hatte ich dank meiner Eigenschaft als Szenenbildnerin Erfahrung darin, Menschen anzuleiten, um kreative Umbauten und Dekorationen vorzunehmen.

Wir gingen in die Gaststätte, wo ich einen Plan für die obere und untere Etage ausbreitete, der auch den Grundriss der Zimmer abbildete. Ich hatte die einzelnen Namen der Zimmer reingeschrieben und trug nun vor, welche Wand welche Farbe bekommen sollte, was ich natürlich im Vorfeld mit den Andresens abgesprochen hatte.

»Sind denn die Farben schon da?«, wollte Nathan wissen.

»Die sind vor drei Tagen geliefert worden«, sagte Bernd. Das war perfekt.

»Vielleicht teilen wir uns auf. Zwei Leute pro Raum? Sonst

kommen wir uns nur in die Quere«, schlug ich vor. Wenn alle ihren Aufgabenbereich hatten, wurde es nicht zu chaotisch.

Damit waren alle einverstanden.

Plötzlich ging die Tür auf und Leo trat ein, einfach so, mir nichts, dir nichts. Alina auf dem Arm und Riccardo im Schlepptau. Uns blieb allesamt der Mund offen stehen. Scheinbar hatte niemand, nicht mal die Andresens, mit ihrem Auftauchen gerechnet. Zu mir hatte sie noch gesagt, dass sie sich nicht einmischen würde. Aber nun stand sie plötzlich vor uns.

»Moin, ihr Lieben!«, grüßte Leo, als wäre es das Normalste der Welt, dass sie im *Zum Löwen* stand. »Was staunt ihr denn für Bauklötze? Begrüßt man so eine jahrelange Lieblingsfreundin?«

Typisch Leo, sie war immer für eine Überraschung gut.

Das Erstaunen wich schnell der Wiedersehensfreude.

Sofort sprangen alle auf, eilten zu ihr hin, als wäre es ein Wettlauf, um sie zu begrüßen und auch Alina zu herzen, die sich verzückt umsah. Gleich darauf wurde Riccardo, der ein bisschen im Hintergrund geblieben war, ebenso von der Gemeinschaft willkommen geheißen.

Es brauchte gefühlt zehn Minuten, ehe sich alle beruhigt und wirklich jeder jeden geherzt hatte.

»Was machst du denn hier, meine Große?«, fragte Gundi schließlich und stellte damit wahrscheinlich die Frage, die allen gerade durch den Kopf ging.

»Na, wenn hier so viel gearbeitet wird, darf ich doch nicht fehlen. Es geht immerhin um das *Zum Löwen.*«

»Kind … du hast doch gesagt, du würdest in Hamburg bleiben, dich um die Familie kümmern«, stammelte Gundi. Ich konnte das bezeugen. Hoffentlich übernahm sich Leo nicht. Und wer sollte auf Alina aufpassen?

»Ich kümmere mich um die Familie. Ihr alle seid meine Familie. Aber keine Sorge, ich werde nichts umräumen oder streichen. Ich bin hier, um euch bei der Versorgung zu helfen und mit Lori die Gäste in der Gaststätte zu bedienen. Ich stelle mich ganz brav in die Küche und bereite belegte Brote zu, da werde ich mich nicht überanstrengen.« Sie hauchte einen Kuss auf Alinas Köpfchen. »Außerdem gibt es hier eine kleine Dame, auf die ich nicht verzichten kann.«

»Das ist eine wunderbare Idee, mein Kind. Aber wie willst du denn die kleine Maus und die Küche unter einen Hut bekommen?«

»Ich habe eine Babywippe dabei, die ich ins Büro stelle. Die Tür zwischen diesem und der Küche bleibt offen, so habe ich die Süße immer im Auge und kann sofort zu ihr, wenn was ist. Ihr seht, ich kann also helfen, ohne mich zu überanstrengen.«

Gundi und Bernd schlossen Leo noch einmal sacht in ihre Arme und streichelten sanft das Köpfchen der Enkeltochter.

»Also weiht mich mal ein, wie weit seid ihr denn, was habt ihr vor und was wollt ihr auf euren belegten Brötchen haben?«

Wir setzten uns hin und klärten Leo über alles auf.

»Mit Riccardo haben wir jetzt eine gerade Zahl und es können je zwei Leute ein Zimmer streichen.« Wenn das nicht perfekt zu meinem Plan passte.

»Zwei Leute pro Zimmer – klingt effektiv«, stimmte mir Sam zu. Allmählich sollten wir uns auch ranhalten, sonst wurde das ein Kaffeekränzchen statt einer Renovierung. Ich klatschte beherzt in die Hände. »Lasst uns anfangen.«

»Ja, legen wir los!«, stimmte Stella mit ein.

Wir teilten uns auf. Gundi und Bernd bildeten ein Team, genauso Nova und Nathan, Sam und Stella sowie Em und Mandy. Blieben also Riccardo und ich. Jedes Gespann suchte sich ein Zimmer aus. Wir entschieden uns für die Löwen-Suite. Das war ambitioniert, handelte es sich doch um das größte aller Zimmer.

Darauf wurden Pinsel und Farbeimer verteilt, Folien ausgelegt und mit der Arbeit begonnen. Die Löwen-Suite würde einen warmen Sandton bekommen, der an Strand denken lassen sollte. Dazu ein paar Wand-Tattoos mit Symbolen von Lübeck und selbstredend Gundis kultige Löwenstatuen, die vom Hauseingang in die Suite ziehen würden. Zunächst schoben wir aber die Möbel von den Wänden ab, breiteten die Folien über diesen aus und auch über den Boden. Das nahm bereits einiges an Zeit in Anspruch. Allerdings kamen wir dennoch gut voran. Riccardo und ich arbeiteten so gut zusammen, als hätten wir im Leben nie etwas anderes gemacht.

Schon bald erwartete uns die Mittagspause, und wir fanden uns wieder in der Gaststätte ein, die recht gut gefüllt war. Wäre uns nicht der Privattisch der Andresens reserviert gewesen, unsere große Gruppe hätte vielleicht gar keinen Platz gefunden. Wir quetschten uns allesamt auf die Holzbank.

»Heute schmeckt es besonders lecker«, hörte ich ein paar Leute sagen und wusste, dass Leo in der Küche stand und es daher weniger salzig war als sonst. Gundi bekam das nicht mit oder ignorierte es. Aber ich sollte wohl früher oder später mit ihr darüber reden, denn auch die Küche war ein wichtiger Aspekt der Pension und ihres hoffentlich eintretenden Erfolges.

Lori brachte ein paar Fischplatten und Schüsseln mit Kroketten und Gemüse zu uns.

»Langt nur kräftig zu«, sagte die freundliche Bedienung, und das taten wir dann auch alle. Aus einem Nebenzimmer trat Leo. Die Schürze noch umgebunden und Alina im Arm, setzte sie sich neben mich.

»Ich hoffe, es schmeckt euch?«

Ich probierte ein Stück von der Scholle und schloss genussvoll die Augen. »Großartig. Du bist nicht nur eine famose Sängerin, sondern auch eine begnadete Köchin.«

Auch die anderen waren voll des Lobes.

»Freut mich, so soll es sein. Das Talent habe ich von meiner Mama.«

Gundi hauchte Leo ein Luftküsschen zu. Ich biss mir unverzüglich auf die Zunge, um nur ja nichts Falsches zu sagen.

»Alles okay?«, hakte Leo nach, der meine verzerrte Miene selbstredend nicht entgangen war. Es war eben ein schweres Thema, von dem ich nicht recht wusste, wie ich es ansprechen sollte.

»Hast du es auch schon gehört?«, fragte Leo im Flüsterton.

»Wovon redest du?« Jedenfalls nicht von Gundis Kochkünsten.

»Mir haben ein paar der Nachbarn vorhin erzählt, dass es Gideon nicht gut gehen soll«, erklärte mir Leo ganz unvermittelt.

Mein Herz stolperte sofort.

»Was hat er denn?« Nichts Ernstes hoffte ich.

»Er scheint … wenig rauszugehen und auch nicht mehr selbst zu kochen«, erklärte sie mir.

Das hörte sich in der Tat merkwürdig an. Kochen war doch seine große Leidenschaft.

»Wieso?«

Leo sah mir tief in die Augen, als hoffte sie, es würde sofort bei mir Klick machen. Aber das tat es nicht. Nicht sofort jedenfalls. Und als ich endlich kapierte, worauf sie hinauswollte, hätte ich fast gelacht.

»Wegen mir, denkst du?« Nichts konnte ferner liegen als das. Wahrscheinlich hatte er sich einfach eine Erkältung eingefangen.

»Es ging los, als du weg bist. Die Dame vom Curry Imbiss hat gesagt, dass sie ihn sonst jeden Morgen eine Runde hat joggen sehen. Aber ganz plötzlich hat er damit aufgehört. Er taucht auch kaum noch im *Dreizack* auf. Und wenn sie ihn doch mal sieht, soll er ganz blass gewesen sein. Als wäre er krank. Gibt dir das nicht zu denken?«

»Nicht wirklich. Vielleicht ist er ja wirklich krank?«

»Oder vielleicht mag er dich ja doch und vermisst dich?«

»Nur weil er eine schlechte Woche hat?« Er hatte mir doch recht deutlich gesagt, dass er keine Gefühle für mich hat, die über eine Freundschaft hinausgehen. Das war sein gutes Recht. Und mein gutes Recht war es, ihm aus dem Weg gehen zu wollen. Tat mir ehrlich leid, wenn er krank war oder es ihm anderweitig nicht gut ging. Aber mit mir hatte das nichts zu tun.

»Rede doch noch mal mit ihm.«

Auf keinen Fall! Wozu auch? Damit er erneut klarmachen konnte, dass ich maximal eine gute Freundin, aber eben doch eher eine lästige Pflicht war? Weil er irgendwie glaubte, bei seinem Bruder was gutmachen zu müssen?

»Wenn er was von mir will, kann er herkommen, er weiß ja, dass ich hier bin.« Spätestens mein Wagen vor der Pension sollte es ihm verraten. »Ich bin wieder beim Streichen.« Mit diesen Worten erhob ich mich.

Alle schauten verblüfft zu mir.

»Bist du schon satt?«, wollte Gundi wissen.

»Ich hab keinen Hunger mehr, ich arbeite weiter.« Das tat ich dann auch.

In der Löwen-Suite angekommen, tunkte ich die Farbrolle vorsichtig in den Eimer, ließ sie abtropfen und richtete sie dann auf die Stelle der Wand, die ich streichen wollte, ließ sie sanft hoch und runter gleiten, sodass eine Spur aus Sandfarbe zurückblieb.

»Leo meint es nur gut«, erklang Riccardos Stimme hinter mir. Ich hatte gar nicht gemerkt, dass er gekommen war. Seufzend hielt ich inne, schaute über meine Schulter zu ihm.

»Ich weiß.« Aber sie sollte sich da nicht einmischen. Ich brauchte niemanden, der Schicksalsfee für mich spielte. Ich wusste aber auch, wie sehr Leo diese Rolle liebte. Ihr Ziel hatte sie erreicht, ich dachte wieder über ihn nach, obwohl ich das nicht wollte.

Ob es Gideon wirklich schlecht ging? Wegen mir? Aber

wenn dem so wäre, hätte er mich kontaktieren oder hier treffen können. Sein Verhalten ergab keinen Sinn. Es musste also etwas anderes dahinterstecken. Und das ging mich wohl nichts an.

30. Kapitel

Nachdem wir die Arbeit für heute niedergelegt hatten, schauten wir uns gemeinsam die Zimmer jedes Teams an. Alle waren gut vorangekommen, fast jeder der fünf Räume war schon zur Hälfte fertig gestrichen, sodass wir morgen die angefangene Malerarbeit würden beenden können, die Woche darauf würden die verbliebenen fünf Zimmer folgen. Es sah schon sehr vielversprechend aus. Die neuen Farben leuchteten richtig, gaben jedem einzelnen Raum das gewisse Etwas. Man konnte sich schon vorstellen, wie es wirken würde, wenn erst die Einrichtung umgestellt und die Deko-Elemente angebracht sein würden.

»Und was machen wir jetzt?«, hakte Em nach und wischte sich dabei mit ihren bemalten Fingern über die Stirn, sodass ein Klecks zurückblieb.

»Ich würde vorschlagen, du duschst, Meisterin der Farbexplosionen«, neckte Mandy sie.

Em bemerkte den Klecks an ihrer Stirn, legte den Kopf schief und deutete dann auf Mandys Schopf, auf dem sich ebenfalls ein paar Kleckse befanden. »Da sollte sich jemand an die eigene Nase fassen.«

Mandy griff nach einer beschmierten Strähne, betrachtete sie und zuckte mit den Schultern.

»Vielleicht spring ich auch mit drunter.«

»Wenn wir weiter so gut vorankommen, könnte die Neueröffnung schon in drei bis vier Wochen stattfinden«, motivierte ich alle.

»Denkst du?«, hakte Leo nach.

Ich nickte. »Mit so einem großen Team geht es schnell. Aber man muss auch ordentlich die Werbetrommel rühren.«

»Das kann ich übernehmen«, meldete sich Leo freiwillig. »Ich hab ein Händchen für Social Media und so.«

»Super!«, freute sich Gundi. »Da hab ich volles Vertrauen in dich, mein Kind.«

Gundi schaute in den vollen Gastraum.

»Wir müssen uns nun um die Wirtschaft kümmern«, erklärte sie. »Wir können schließlich Lori und Leo nicht alles allein machen lassen. Aber ihr seid natürlich alle auf ein kühles Blondes eingeladen. Oder was immer ihr mögt.«

»Das ist doch ein Wort«, freute sich Nova.

»Da verschieben wir sogar die Dusche, oder?«, meinte Mandy und zog Em an sich, um sie auf die Wange zu küssen.

Zusammen setzten wir uns noch in die Gaststätte, plauderten bis spät abends, ehe sich nach und nach alle verabschiedeten und schließlich nur Gundi, Bernd, Riccardo und ich übrig blieben. Leo hatte sich längst mit Alina auf ihr altes Zimmer zurückgezogen. Mir taten die Knochen weh, aber ich war stolz auf das, was wir geschafft hatten.

Inzwischen war ich so müde, dass ich nur noch ins Bett fallen wollte. Ich verabschiedete mich.

»Wir sehen uns morgen, in alter Frische!«

»Schlaf gut, Mia!«

31. Kapitel

Auch der nächste Tag hatte es in sich. Alle rückten wieder gegen zehn Uhr an, um mit den Arbeiten fortzufahren. Ein jeder und eine jede war hochmotiviert. Und wer es noch nicht war, wurde von den anderen angesteckt. Sam und Stella konnten es kaum erwarten, den Pinsel zu schwingen. Nova und Nathan hatten Törtchen aus der Konditorei als Snack mitgebracht, die wie kleine Kunstwerke aus Sahne aussahen. Em und Mandy waren ebenso voller Tatendrang. So sah es auch bei Riccardo und mir aus, wir stürzten uns ohne Umschweife in die Arbeit, griffen nach unseren Farbrollen und rollerten los.

Wir kamen sehr gut voran, beendeten unser Zimmer bis zum Abend und würden nächste Woche das jeweils zweite Zimmer in Angriff nehmen, während die Andresens die bereits fertigen Zimmer nach meinen Vorschlägen umdekorierten, Möbel rückten und kleine Accessoires anbrachten. So der Plan für die nächste Woche.

Erschöpft setzten wir uns alle in unseren bunten Overalls in die Gaststätte, wo Lori uns Freibier ausschenkte. Wie viel wir in nur zwei Tagen geschafft hatten, es war unglaublich!

»Ich bin euch allen so dankbar. Es ist schön zu sehen, wie alles Gestalt annimmt«, sagte Gundi zutiefst gerührt. »Deswegen gebe ich heute nicht nur eine Runde Bier, sondern auch ein tolles Essen aus, das Leo und Lori für euch zubereitet haben.«

»Das ist doch ein Wort, ich habe richtig Kohldampf bekommen!«, meinte Mandy und rieb sich ihren Bauch.

Schon wurden Kroketten, Kartoffeln, Pommes und verschiedene Fleisch- und Gemüsegerichte auf Platten hereingebracht. Es roch fantastisch.

Wir rückten zusammen, damit sich Leo und Alina auch zu uns setzen konnten, und Gundi und Bernd erzählten etwas aus der Geschichte des *Zum Löwen* und von ihren vielen Reisen, die sie zusammen unternommen hatten.

»Unser erster Gast ... an den erinnere ich mich genau. Das war so ein schusseliger Professor, der das Leben der Möwen an der Ostsee studieren wollte. Er hatte das Zimmer, das jetzt zur Löwen-Suite wird«, erzählte sie mit einem Strahlen in den Augen. »Ich hab ihm jeden Morgen sein Lieblingsfrühstück zubereitet. Damals hatten wir nämlich noch kein Büfett im Angebot.«

»Was gab es denn?«, hakte ich nach.

»Rührei mit Speck«, sagte Gundi und kicherte. »Damals war meine Nase auch noch nicht so eingerostet.« Sie drückte mit dem Finger auf ihre Nasenspitze. Ich horchte auf.

»Was meinst du?«

»Mama hat nach einer Erkältung vor ein paar Monaten ihren Geruchssinn eingebüßt«, wusste Leo zu berichten. »Das heißt, ganz weg ist er nicht. Aber eingeschränkt.«

Daher also die ständigen Überwürzungen und Versalzungen.

»Der Arzt sagt, das wird schon wieder.«

Hoffentlich, schoss es mir durch den Kopf. Denn die Zimmer mochten noch so ansprechend sein, wenn die Küche versagte, gab es unzufriedene Gäste.

Just in dem Moment ging die Tür auf, und die hochgewachsene Gestalt Gideons trat ein. Unsere Blicke trafen sich, und ich erstarrte. Auch die anderen hoben irritiert die Köpfe. Was um alles in der Welt wollte er im *Zum Löwen*?

»Hallo, Mia, ich habe mitbekommen, dass du wieder da bist. Ich muss noch mal mit dir reden, geht das?«

Alle schauten Gideon an, als wäre er eine geisterhafte Erscheinung. Doch er ignorierte die überraschten Blicke, sah nur mich an. Leo legte sanft ihre Hand auf meine Schulter, als wollte sie mich ermutigen. Ich nickte.

»Entschuldigt mich …«

Ich erhob mich, dabei entging mir nicht, dass die anderen tuschelten. Wahrscheinlich kannten sie inzwischen meine komplette Geschichte mit allem Drum und Dran und wussten auch, was zwischen Gideon und mir vorgefallen war. Ich deutete ihm an, mir nach draußen zu folgen. Als ich an ihm vorbei kam, strömte mir sein Aftershave entgegen. Der Geruch von Moschus, den ich so mochte. Es kribbelte unwillkürlich in meinen Wangen. Verärgert rieb ich mir mit beiden Händen über diese, denn ich wollte diese Reaktionen nicht.

Wir verließen die Pension, gingen ein Stück, folgten dem Löwensteg, der im Licht der Straßenlaternen erleuchtet war. Sie schimmerten auf dem Kopfsteinpflaster und in den Scheiben der Schaufenster. Es dämmerte schon, aber die letzten Ausläufer der Sonne zeigten sich noch glühend am Horizont.

Schweigend liefen wir nebeneinander her. Aus dem Augenwinkel beobachtete ich seine große Gestalt, bemerkte, dass sie überaus kontrolliert wirkte.

Wir waren schnell an der Promenade angekommen. Jetzt war die Sonne ganz verschwunden, und die Wellen leuchteten silbern im Licht des Mondes. Es war eine friedliche Frühlingsnacht. Doch noch immer hatten wir kein Wort gewechselt.

»Was willst du mit mir besprechen?«, hakte ich also nach, als wir ein stilles Plätzchen gefunden hatten, um in Ruhe zu reden.

Er straffte die Schultern, sah mich wieder mit diesem Bedauern im Blick an, bei dem ich mich fragte, ob er Mitleid mit mir empfand? Weil ich mich verrannt hatte?

»Unser letzter Abend ging mir nicht aus dem Kopf. Ich habe … Dinge gesagt, die ich bereue. Meine Wortwahl war nicht … optimal.«

Ich verschränkte die Arme vor der Brust. Es war eine Schutzreaktion, aber ich fühlte mich dadurch auch ein bisschen gestärkt, stellte mich auf eine Wiederholung unseres letzten Gesprächs ein, in dem er mir klargemacht hatte, dass ich nur eine Art Pflicht für ihn gewesen war. Diesmal etwas sensibler ausgedrückt.

»Es tut mir leid, ich habe die falschen Worte gewählt, als ich dir gesagt habe, dass ich es als meine Aufgabe ansehe, mich um dich zu kümmern. Ich wollte dir damit nicht wehtun, aber das habe ich.«

Ich nickte. »Ich weiß, dass das nicht deine Absicht war … war es das dann?« Wozu es noch mal besprechen? Ich wollte es nicht noch mal hören, auch wenn es nun netter formuliert sein würde. Ich hatte es verstanden. Er hatte keine Gefühle für mich.

»Du weißt, dass das nicht alles ist«, sagte er auf eine merkwürdig distanzierte Weise, die mich dennoch innehalten ließ.

»Was ist es denn noch?«, fragte ich in ruhigem Ton.

Er nickte zum Meer. Wir liefen über die Promenade runter zum Strand. Rasch erreichten wir die anrollenden Wellen.

Eine ganze Weile schwiegen wir. Erneut. Doch seine Nähe ließ mich keine Ruhe finden. Mein Körper war angespannt, kribbelte, sehnte sich. Nach ihm. »Ich kann es nicht leugnen, Mia, ich fühle mich zu dir hingezogen. Seit … ja, eigentlich dem ersten Moment.«

Ich starrte ihn mit offenem Mund an. Wo kam das auf einmal her? Und wenn er es vom ersten Moment an empfunden hatte, wieso hatte er dann neulich etwas ganz anderes gesagt?

»Was, aber …?«

Sein Blick glitt auf das Wasser hinaus. Sanft wehte der Wind die Wellen zu uns heran.

»Dass ich nur Pflichtgefühl dir gegenüber empfinde, war nicht mal die halbe Wahrheit«, sagte er. »Es hat sich falsch angefühlt, sich das einzugestehen, denn mein Bruder hat dich geliebt. Und dir nahezukommen, habe ich mir deswegen verboten. Und doch wünschte ich, dass wir uns damals auf der Kennedybrücke begegnet wären, statt Gabriel und du.« Er lachte.

Das hatte er gedacht? Ich hatte keine Ahnung gehabt.

»Deswegen habe ich Abstand zwischen uns gebracht.«

Ich schüttelte den Kopf. »Was soll das? Diese Achterbahnfahrt? Wieso hast du mir das nicht einfach früher gesagt? Wir hätten vielleicht … eine Lösung gefunden? Ich hätte mich … nicht so vor den Kopf gestoßen gefühlt.«

Ich war lauter geworden, als ich es beabsichtigt hatte. Doch ich verstand nichts mehr. Empfand er etwas für mich? Oder doch nicht? Wusste er es selbst nicht?

Er lächelte. »Ich fürchte, ich bin meinem Bruder sehr ähnlich, denn auch ich habe mich in dich verliebt, Mia. In deine ungestüme und manchmal etwas tollpatschige Art, die dich nur noch liebenswerter macht. Und doch …« Er wandte sich ab. »Es darf nicht sein.«

»Wieso nicht?«

Wenn wir es beide empfanden … was konnte uns hindern? Gabriel? Ich wusste einfach, dass er uns seinen Segen gegeben hätte. Mehr noch, er hätte es womöglich schön gefunden, dass wir füreinander da sein konnten, dass er uns indirekt zusammengebracht hätte.

»Wir können nicht zusammen sein, Mia, niemals.«

Ich kämpfte gegen Tränen an. Wieso war er nur so grausam? Eben sagte er mir noch, dass er meine Gefühle erwiderte, und dann … war er wieder so kühl.

»Wieso nicht?«

Er starrte in die Ferne.

»Es gibt einen einfachen Grund. Ich bin schuld«, raunte er.

Woran denn schuld?

»Was hast du getan?«, fragte ich mit klopfendem Herzen.

Er senkte den Kopf, blickte auf den Sand, der allmählich ins Wasser überging.

Ich erinnerte mich an diese Schuld, die er schon die ganze Zeit mit sich herumtrug, als wir auf dem Priwall gewesen waren und auch sonst.

»An dem ... was Gabriel passiert ist.«

Ich hörte es noch Sekunden später in meinen Ohren nachhallen. Wieder und wieder. Vergeblich versuchte ich, einen Sinn darin zu finden, aber das war kaum möglich. Wie hätte das auch gehen sollen? Wie hätte er schuld daran sein können, was Gabriel geschehen war?

»Was?« Das konnte nicht sein. So ein Unsinn. Er hatte ihn wohl kaum persönlich in die Tiefe gestürzt. Es war ein Wander-Unfall gewesen.

Aber Gideon schien es ernst zu meinen.

»Ich habe nicht nur sein Leben auf dem Gewissen, sondern auch deines. Ihr wolltet heiraten. Ihr wart füreinander bestimmt. Ich habe eure Liebe zerstört. Und wenn ich nun meinen Gefühlen nachgebe, mit dir zusammen bin, was sagt das über mich aus?«

Ich schüttelte den Kopf. »Das kann nicht sein!«, wiederholte ich immer wieder.

»Es tut mir leid«, sagte er und wandte sich um. Fahrig fuhr er sich durchs Haar.

Ich sprang auf, um ihn daran zu hindern, mich ohne Antworten zurückzulassen.

»Willst du jetzt einfach gehen?« Mit diesem Brocken, den man nicht verdauen konnte?

»Wegen mir ist Gabriel gestorben. Jetzt weißt du es. Und ändert es etwas? Es ändert alles.«

Ich sah ihn fassungslos an. Glaubte immer noch nicht, dass es stimmte, was er sagte. Aber warum hätte er so etwas behaupten sollen? Was war wirklich geschehen?

»Du kannst jetzt nicht gehen!«, rief ich, aber er tat es dennoch. Ich starrte ihm nach, merkte, wie ich kaum an mich halten konnte. Das durfte doch nicht wahr sein! Ich erinnerte mich, wie mich der Kanzlei-Chef von Gabriel besucht, mir erklärt hatte, was genau geschehen war. Er war allein zum Wandern gewesen, es hatte Unwetter gegeben, er war nicht zur vereinbarten Zeit zurückgekehrt. Ein Suchtrupp war zum Gullfjellet losgezogen, hatte ihn nicht gefunden. Aber keine Rede von Gideon oder irgendeiner zweiten Person.

Ich holte ihn ein, riss ihn an seinem Arm herum. »Sag mir jetzt die Wahrheit. Was ist geschehen? Wieso erzählst du mir das? Das ist nicht das, was damals geschehen ist!«

Gideon wirkte so kühl, als blockte er alle Gefühle ab, atmete tief ein.

»Doch, das ist es, Mia. So leid es mir tut.«

»Hör auf, das ist doch nicht wahr!« Einen intensiven Augenblick lang sahen wir uns einfach nur an.

»Also schön. Hier ist die ganze Wahrheit: Ich sollte auch nach Bergen kommen. Gabriel hatte mich eingeladen, wir wollten reden, einen weiteren Versuch wagen, uns zu versöhnen, nachdem es so oft daran gescheitert war, dass wir uns immerzu verpasst oder keine Zeit für ein klärendes Gespräch gehabt hatten. Er liebte diesen Ort, fand ihn passend für das Gespräch. Doch es gab noch einen weiteren Grund, warum es ihm wichtig war, die Sache zu bereinigen. Die bevorstehende Verlobungsfeier mit dir. Es war ihm wichtig, dass ich dabei sein würde. Es schien mir, als wollte er wieder eine Familie sein, ganz besonders, weil du nun Teil dieser Familie sein solltest. Aber … wie ich dir schon sagte, ich bin immer zu spät. Es war alles geplant, meine Anreise nach Bergen, unser Treffpunkt, sogar das Restaurant, in dem wir zusammen essen wollten, war bereits ausgewählt. Doch ich habe den Termin abgesagt, wollte ihn um einen Tag verschieben, weil im *Dreizack* die Hölle los war. Eine Hochzeitsgesellschaft wurde bei uns erwartet, etliche Änderungen in letzter Minute waren beauftragt worden. Es herrschte Chaos. Ich dachte, dass Gabriel und ich das am nächsten Tag ebenso gut regeln könnten, was zu regeln war. Unsere Aussprache hatte so lange auf sich warten lassen, auf den einen Tag kam es doch nicht mehr an. Und weil ich nicht gekommen bin, hat er stattdessen diese Wanderung unternommen.«

Gabriel wäre nicht an diesem Tag zum Gullfjellet gefahren, wenn er sich stattdessen mit Gideon getroffen hätte. War es das, was er mir sagen wollte? Ein furchtbarer Schicksalsschlag, der hätte vermieden werden können?

Ich spürte, wie mein Herz schwerfälliger schlug. Mein Kopf rauschte, die Gedanken überschlugen sich. Die Vorstellung, alles hätte anders ausgehen können ... sie war verlockend. Gabriel wäre ganz normal heimgekehrt, zu mir nach Hause gekommen. Wir hätten unser Leben gemeinsam verbracht, die Verlobungsfeier ausgestattet, geheiratet. Vielleicht hätte ich jetzt mein erstes Kind erwartet ...

Aber das war das Leben, es war unvorhersehbar, nicht planbar, oder nur in Grenzen. Und doch war er auf dem Holzweg. Gabriel hatte die Entscheidung getroffen, wandern zu gehen, nicht er. Nicht ins Museum, nicht zum Sightseeing, er hatte sich für die Tour zum Berg Gullfjellet entschieden.

»Aber ... Gideon, es war ... nicht deine Schuld.«

Er hob den Kopf, schüttelte ihn.

»Ich ... hätte es dir früher sagen sollen. Aber der Gedanke, dass du mich hassen könntest ...« Er brach ab.

»Ich hasse dich nicht. Es war ein schreckliches Unglück. Aber niemand kann etwas dafür. Hörst du? Niemand.«

Er wirkte, als wäre er in den wenigen Minuten deutlich gealtert. Es schien, als wollte er sich nicht vergeben. Als müsste er daran festhalten, der Verursacher des Unglücks zu sein.

Ich griff sacht nach seinem Arm. Er schüttelte meine Hand ab.

»Lass mich allein, Mia«, sagte er. »Ich weiß, du meinst es

gut, indem du Tatsachen beschönigst. Aber es lässt sich nicht beschönigen.«

»Gideon ...«

Er ließ mich stehen, ging. Einfach so. Aufhalten konnte ich ihn nicht. Ich wusste, er brauchte Zeit für sich.

Ich sah ihm nach, hatte nicht damit gerechnet, was ich heute erfahren hatte. Meine Wut auf ihn war verpufft. Ich begriff, dass alles, was geschehen war, zusammenhing. Dass ich keine lästige Pflicht gewesen war. Auch etwas anderes wurde mir klar. Hatte ich noch bis vor Kurzem geglaubt, ich wäre diejenige, die nicht hatte abschließen können, wurde mir mit einem Mal bewusst, dass er es war, der das nicht schaffte. Der sich in Schuldzuweisungen verstrickte wie in einem Spinnennetz.

32. Kapitel

Die Woche zog sich wie Kaugummi. Ich arbeitete an einem neuen Set, aber mit den Gedanken war ich bei ihm. Unser Gespräch am Strand wollte mir nicht aus dem Kopf. Deswegen fuhr ich am Mittwoch nach meinem Feierabend spontan nach Travemünde. Aus dem Autoradio drang *I'm With You* von Avril Lavigne, während ich die Strecke gen Norden vorbei an grünen und goldenen Feldern nahm, bevor sich das Szenario in die für Lübeck typischen Backsteinhäuschen wandelte. Schließlich parkte ich kurz darauf vor dem *Dreizack* und trat ohne Zögern ein. Wie immer war das Restaurant gut besucht, edle Gäste an edlen Tischen, die edle Weine tranken. Meine Alltagsklamotten sorgten für überraschte Blicke. Ich ignorierte diese. Suchend schaute ich mich nach ihm um, sah ihn aber nirgends.

»Wünschen Sie einen Tisch?«, wurde ich schon von einem der Kellner gefragt.

»Ich möchte zu Herrn Jansen, ich bin eine Freundin von ihm.«

»Herr Jansen ist nicht hier, er fühlte sich nicht wohl.«

Das verstärkte meine Sorge.

»Wo finde ich ihn?«

Der Kellner schaute nach oben, als wollte er mir sagen: in der Wohnetage über dem Restaurant. Was ja auch Sinn machte.

Ich nickte, ging wieder raus und lief um das Haus herum, um an der Türklingel am Seiteneingang zu läuten.

Nichts regte sich.

Also klopfte ich, klingelte erneut, wieder und wieder, bis sich das Fenster über mir öffnete und Gideon herausschaute.

»Was ist?«, rief er. Ich hörte ihm gleich an, dass seine Aussprache nicht besonders klar war. Er hatte getrunken.

»Bitte mach mir auf.«

»Mia? Was machst du hier?«

Mich um dich kümmern!

»Lass mich rein«, bat ich.

Er zögerte, nickte dann aber und machte mir schließlich auf. Mein Herz klopfte, als er vor mir stand. Er sah anders aus als sonst, zerzaust, die Haare standen ihm zu Berge. Er trug einen Morgenmantel. Eine Fahne stieg mir entgegen. Gideon achtete sonst immer sehr auf sein Äußeres. Aber dieser Mann vor mir war nicht er selbst.

»Wieso ... bist du hier?«, wunderte er sich.

»Ich mache dir jetzt erst mal einen schönen heißen Tee«, entschied ich und schob mich an ihm vorbei ins Innere des Wohnbereichs.

»Was ... aber?«

Über eine Treppe gelangte man nach oben. Die Wohnung war modern ausgestattet. Hier und da standen ein paar Flaschen, die verrieten, wie er die letzten Tage zugebracht hatte. Unser Gespräch musste etwas in ihm ausgelöst haben, das zu nichts Gutem geführt hatte.

Ich räumte ein paar der Flaschen beiseite. »Wo ist die Küche?«

Er deutete mir an, wo es lang ging, und folgte mir. Dort angekommen, ließ er sich auf einen Stuhl an einem Tisch sinken, der direkt am Fenster stand.

»Mein Kopf tut weh«, murmelte er und massierte sich die Stirn.

»Kein Wunder, du hast ja ganz schön über die Stränge geschlagen.«

Ich füllte den Wasserkocher, schaltete ihn ein und suchte

mir dann eine Tasse und etwas Tee. Beides fand ich in einem der Hängeschränke.

»Wieso bist du hier?«, fragte er noch mal und sah mich überrascht an, als hätte er nicht erwartet, mich je wiederzusehen. »Dein Kellner hat mir gesagt, dass es dir nicht gut geht. Ich will mich um dich kümmern.«

»Brauch ich nicht.«

»Ich glaube aber doch.«

Ich deutete auf zwei leere Flaschen, die in der Spüle standen.

»Scheiße ... ich ... bin nicht ich selbst«, gab er zu. »Ich weiß schon gar nicht mehr ... wie viel ich von dem Zeug getrunken habe.«

Der Wasserkocher gab Signal, ich füllte die Tasse mit heißem Wasser, gab den Beutel hinein und schaute mich um. »Wo können wir uns hinsetzen? An deinen Tisch?«

Gideon schüttelte den Kopf. »Komm ...« Schwerfällig erhob er sich, immerhin schwankte er nicht.

Er brachte mich ins Wohnzimmer. Sogleich fiel mir die sicherlich teure Ledercouch auf, die sehr elegant wirkte. Wie eigentlich alles in dieser Wohnung, die ohne Zweifel seine Handschrift trug. Nur Gideon selbst schien gerade gar nicht hier reinzupassen.

Wir setzten uns hin, ich versank in dem angenehm weichen Polster und schob ihm die Tasse rüber.

»Vorsicht, muss noch etwas ziehen und ist sehr heiß!«

»Mia ... du hättest nicht kommen sollen. Ich will nicht, dass ... du mich so siehst, verstehst du?«

»Ist doch schon zu spät«, sagte ich. »Aber wie du siehst, bin ich nicht schreiend weggelaufen.«

Ganz leicht zuckte sein Mundwinkel zu einem winzigen Lächeln. »Bist du nicht«, gab er zu. Dann wich er meinem Blick wieder aus.

»Hör mal, ich wollte wirklich nur nach dir sehen, ich räume noch etwas auf, dann bin ich wieder weg, okay?« Schließlich merkte ich, dass meine Anwesenheit ihm unangenehm war. Aber in dem Zustand konnte ich weder ihn noch die Wohnung lassen.

Eine ganze Weile saßen wir so da.

»Ich muss mal ein bisschen lüften«, entschied ich, öffnete das Fenster und ließ die gute Ostseeluft ein. Tief atmete er ein, sein Gesicht nahm wieder etwas Farbe an.

Dennoch wirkte er erschöpft, legte sich auf die Couch, während ich für ein bisschen Ordnung sorgte, die Flaschen einsammelte und Sachen aufhob, die herumlagen. Da hielt ich plötzlich den Lochstein in der Hand. Nachdenklich strich ich mit dem Finger über die glatte Oberfläche, legte ihn vorsichtig auf den Tisch zurück und seufzte, bevor ich in der Küche etwas zu essen anrichtete.

»Du hast doch sicher lange nichts gegessen, oder?«, fragte ich, nachdem ich ins Wohnzimmer zurückgekehrt war und ihm einen Teller mit Ofenbroten hinhielt.

Kopfschüttelnd schnappte er sich eines und biss hinein.

»Keine Sterneküche«, musste ich eingestehen. Wieder lächelte er.

»Es ist lecker, wirklich.«

Das hörte ich gern.

»Na schön ... ich glaube, du bist jetzt versorgt. Und da ich dich nicht länger als nötig belästigen will ...«

»Nein ... das tust du nicht«, unterbrach er mich.

Überrascht hielt ich inne.

»Eigentlich ist es schön, dass du hier bist. Ich würde mich freuen, wenn du doch noch etwas bleibst. Zu zweit schmeckt's auch besser.«

Ich ließ mich lächelnd auf die Couch sinken, griff auch nach einem Ofenbrot und biss hinein. »Es ist ... wirklich keine Sterneküche.«

Gideon lachte, es schien ihm besser zu gehen. Und da es

inzwischen ein bisschen frisch war, machte ich das Fenster wieder zu, während er mir ein Stück seiner Wolldecke reichte, in die ich mich zu gerne einhüllte.

Wir redeten über Gott und die Welt, über Gabriel, über ihn und mich, bis weit nach Mitternacht, ehe wir auf der Couch einschliefen.

Als ich in der Früh die Augen aufschlug, wusste ich erst nicht, wo ich war. Doch ich spürte seinen Arm um mich, und fühlte mich trotz all der schwermütigen Augenblicke wohl. Denn bei ihm zu sein war letztlich alles, was ich wollte. Länger bleiben konnte ich trotzdem nicht. Ein Set wartete auf mich. Ich befreite mich aus seinem sanften Griff, machte Kaffee in der Küche und stellte ihm diesen hin, ehe ich aufbrechen wollte.

»Du bist noch hier«, staunte er, als er aufwachte.

Ich nahm mir noch einen Moment, mich zu ihm zu setzen. »Nicht mehr lange, ich muss zu meinem Set. Aber ich hab Kaffee gemacht.«

Er nickte langsam. »Danke ... dass du hergekommen bist, ich glaube ... das war gut. Vielleicht ... gehe ich heute wieder zur Arbeit.«

»Das ist ein guter Plan.« Ich wusste aus Erfahrung, wie wenig es half, sich einzuigeln. Da kam mir noch eine Idee. »Komm doch am Samstag zur Pension und hilf uns. Die Arbeit lenkt wunderbar ab. Außerdem, das ist doch die Gelegenheit, sich mit der Nachbarschaft zu versöhnen.«

Er lachte leise, schüttelte aber den Kopf.

»Ich weiß nicht ... wollen die mich denn dabeihaben?«

»Ganz sicher, jede helfende Hand ist willkommen. Außerdem bin ich auch da.«

»Das ist ein sehr gutes Argument. Na schön ... ich denke drüber nach. Versprochen.«

33. Kapitel

Am Wochenende darauf kehrte ich nach Lübeck zurück, um Gundi und Bernd zu helfen. Die kurze Entfernung machte es mir leicht zu pendeln.

Um zehn traf ich ein und nach mir alle anderen. Genau wie die Woche davor waren Stella, Sam, Emilie, Mandy, Nova und Nathan gekommen sowie Leo, die in der Gaststätte helfen und sich zugleich um Alina kümmern wollte, als auch Riccardo. Wir teilten die verbliebenen Zimmer unter uns auf. Wir kamen gut voran, aber Gideon tauchte nicht auf, obwohl er mir versprochen hatte, darüber nachzudenken. Tatsächlich war ich davon ausgegangen, dass er zu uns stoßen würde. Dass er nicht hier war, machte mir Sorgen. Wir hatten uns in den letzten Tagen viele WhatsApp-Nachrichten geschickt. Eigentlich hatte er einen guten Eindruck auf mich gemacht. Er hatte etwas gefestigt gewirkt. Ich beschloss daher, später nach dem Rechten zu sehen.

Riccardo und ich kümmerten uns zunächst um die Muschel-Kammer, die eine hellblaue Wandfarbe bekommen sollte. Wenn die Farbe erst trocken war, sollten Muschel-Dekorationen folgen. Ich hatte die Idee, dass wir ein paar schöne Exemplare an die Wand kleben konnten. Das würde dem Raum einen besonderen Reiz geben.

»Gibt's etwas Neues von deinem Jobinterview?«

»Ach …«, er seufzte. »Leider bin ich nicht in die engere Wahl gekommen.«

»Wie ärgerlich.«

»Umso mehr kann ich mich auf Leo und Alina konzentrieren«, versuchte er, es positiv zu sehen.

»Und aufs Streichen.«

»Ja, das auch.« Er lachte.

Aber dann passierte es. Riccardo verrenkte sich den Rücken, als er mit dem Farbroller mit Teleskopstange versuchte, den oberen Rand des Zimmers zu erreichen. Ein leiser Aufschrei entfuhr ihm. Schon hielt er sich das Kreuz wie ein alter Mann.

»O Gott, was ist los?«, fragte ich voller Sorge und eilte zu ihm hin, nahm ihm den Stab ab und legte diesen vorsichtig auf den mit Folie ausgelegten Boden.

»Geht schon«, versicherte er und setzte sich auf das Bett, das nun nicht mehr an der Wand, sondern in der Mitte des Zimmers stand und wie alles andere mit durchsichtigem Plastik bedeckt war.

»Sicher? So sieht das aber nicht aus.«

»Ist nur eine alte Sportverletzung. Ist gleich besser.«

»Okay ... ich mache erst mal weiter.« Ich ließ meinen Worten Taten folgen, beobachtete Riccardo aber im Augenwinkel und hatte nicht das Gefühl, dass es seinem Rücken wieder besser ging.

Das änderte sich auch nicht, als wir uns mit den anderen zur Mittagspause in der Gaststätte einfanden.

»Was ist denn, Schatzi?«, wunderte sich nun auch Leo, weil sich Riccardo immer wieder den Rücken rieb.

»Die Verletzung ... hab mich zu sehr gestreckt.«

»O nein, lass mich mal ran.« Sie fing an, ihn mit einer Hand zu massieren, während sie mit dem anderen Arm Alina hielt, die seelenruhig schlief.

»Besser?«, fragte Leo und setzte sich wieder neben ihren Freund.

»Etwas ...« Er drehte sich nur leicht zur Seite und stöhnte erneut auf. »Verdammt.«

Es sah so aus, als würde Riccardo zumindest heute ausfallen. Nicht gerade optimal, aber wohl nicht zu ändern.

»Ist schon okay, ich streiche allein weiter«, sagte ich.

»Nein, das kommt nicht infrage! Ich bin hier, um zu helfen«, beharrte Riccardo.

»Dann hilf doch Leo in der Gaststätte«, schlug Gundi beherzt vor.

»Das halte ich auch für besser«, stimmte ich zu. Bevor der arme Kerl sich noch ernsthaft verrenkte. Die Muschel-Kammer war zudem klein, die konnte auch eine Person allein herrichten.

Riccardo seufzte. »Na schön … tut mir leid, Mia, dass du jetzt allein weitermachen musst.«

»Das muss sie nicht«, erklang hinter uns eine Stimme, die mir sofort einen wohligen Schauer über den Rücken jagte. Überrascht drehten wir uns alle gleichzeitig zu der Person um, die gerade die Gaststätte betreten hatte.

Dort stand Gideon. In einem Maleroverall. Ich war unendlich froh, ihn zu sehen. Nicht nur, weil ich unerwartete Hilfe erhielt, sondern vor allem, weil es ihm besser zu gehen schien.

»Ich habe es doch richtig verstanden? Heute findet die große Streichaktion statt?«

»Und Sie wollen uns helfen, Herr Jansen?«, hakte Stella skeptisch nach. Sie hätte genauso gut fragen können: Und im Himmel ist Jahrmarkt, sagen Sie?

»Sieht man das nicht?«

Er grinste und nickte mir zu. »Ich schätze, du hast wieder einen Streichpartner. Sofern … du einverstanden bist. Ich habe nämlich zwei linke Hände, nur zur Warnung.«

»Ist das Ihr Ernst?«, wollte nun auch Gundi wissen.

»Natürlich. Das nennt sich nachbarschaftliche Hilfe. Und ich habe mir fest vorgenommen, dass wir unser nachbarschaftliches Verhältnis verbessern sollten.«

Ich blickte an unserem Tisch zu beiden Seiten hinunter und entdeckte ausschließlich überraschte Blicke und offen stehende Münder. Gundi war die Erste, die sich fasste. Sie fuhr sich durchs Haar, nickte heftig und krempelte sich dann die Ärmel hoch, als wollte sie Entschlusskraft demonstrieren.

»Ja, wenn das so ist, setzen Sie sich zu uns, Herr Jansen. Sie sind natürlich herzlich willkommen. Nicht wahr?«

Die anderen nickten, erst vorsichtig, dann immer bestimmter.

»Gideon.«

»Gerne, Gideon.«

Er nahm mir gegenüber Platz und sah mich ernst an. Er war eigen, er war arrogant, aber er saß hier, um uns zu helfen. Und ich musste zugeben, ich fand es toll, dass er sich aus seiner Komfortzone begeben und allen ein Friedensangebot gemacht hatte. Das war ein erster Schritt.

Nach der Mittagspause ging es mit den Arbeiten weiter. Wir lösten unsere kleine Runde auf und kehrten in unsere jeweiligen Zimmer zurück, um mit dem Streichen fortzufahren. Gideon folgte mir in die Muschel-Kammer, die bereits zu zwei Dritteln neue Farbe an der Wand hatte.

»Ich sehe, ihr seid schon ein gutes Stück vorangekommen.«

»Nicht so weit, wie ich es gerne hätte. Wie geht es dir denn?«

»Besser … und ich denke, dass mir die Arbeit hier guttut.«

Ich lächelte, das glaubte ich auch. Nichts ging über harte Arbeit, die lenkte ab.

»Danke, dass du für mich da warst, Mia. Das vergesse ich dir nie. Ich weiß, ich habe das sicher schon in tausend Whats-App-Nachrichten gesagt, aber ich wollte es auch noch mal live machen.«

Ich nickte ihm zu und drückte ihm die Teleskopstange in die Hand, mit der Riccardo gemalert hatte. »Hast du das schon mal gemacht?«, fragte ich.

Gideon lächelte verschmitzt. »Nein, ehrlich gesagt nicht.«

»Und woher stammt dann …«

»Der Overall? Ein Faschingskostüm.«

Ich grinste.

»Okay, dann komm mal her, ich zeige dir, wie es geht.«

Ich nahm ihm die Stange ab und rollerte drauflos, strich demonstrativ einen Teil der Wand und lieferte dazu Erklärungen zu meinem Vorgehen.

»Das sieht gut aus.«

»Kunststück, ich bin Szenenbildnerin. Da braucht man durchaus handwerkliches Geschick.«

Wenn ich schon sonst nicht gerade durch Geschicklichkeit glänzte, in dem Fall war ich es.

»Jetzt probiere du es mal.«

Ich reichte ihm abermals die Stange.

Vorsichtig tunkte er die Farbrolle ein, ließ sie abtropfen und tat es mir gleich. Ich musste zugeben, er stellte sich nicht schlecht an.

»Na bitte!«, sagte ich erfreut und wandte mich meiner Wandseite zu. Wenn wir uns ranhielten, konnten wir heute noch einiges schaffen. Und das taten wir auch, im Nu leuchtete die neue Farbe an der Wand, es fehlten nur noch wenige Bahnen. Ich schaltete das Radio ein, *Canvas* von Rezonate dudelte aus dem Lautsprecher.

Um für ein bisschen gute Laune zu sorgen, sang ich mit, was Gideon ein Lächeln ins Gesicht zauberte. Allzu schnell wurde ich jedoch übermütig, fing noch an zu tanzen und es kam, wie es kommen musste, denn Mia Franke war der Tollpatsch des Jahres. Ich ließ nicht nur versehentlich etwas Farbe auf die Folie am Boden tropfen, das wäre ja zu verschmerzen gewesen, ich rutschte auch noch darauf aus und flog hin.

»Autsch«, zischte ich. Wenn ich einmal cool wirken wollte, ging das natürlich total daneben.

Schon war Gideon bei mir. Er hatte alles stehen und liegen

lassen, bückte sich zu mir runter und sah mich voller Sorge an. »Was ist passiert?«

»Was schon? Ich bin Mia!« Das war Erklärung genug.

»Hast du dir wehgetan?«

Ich schüttelte den Kopf. Zum Glück nicht, das wäre ja auch zu blöd gewesen, wenn ich nach Riccardo nun auch noch ausgefallen wäre.

Erst jetzt erlaubte er sich ein Grinsen. »Du bist wirklich Mia«, sagte er dann und deutete auf meinen Overall, der nun einen großen Fleck hellblauer Farbe abbekommen hatte, weil ich natürlich genau in den Klecks gefallen war.

Ich seufzte. »Dazu sind solche Overalls da.«

»Komm, ich helfe dir auf.«

Er zog mich sacht auf die Beine, doch die Folie war so rutschig, dass ich ihm prompt in die Arme stürzte. Sein Geruch stieg mir entgegen, ließ mich für einen winzigen Moment alles vergessen. Ich blinzelte verlegen zu ihm hoch.

»Sorry.«

»Ich hab mit nichts anderem gerechnet.« Er zwinkerte.

Ich löste mich von ihm, und auf seinem Overall prangte nun genau derselbe blaue Fleck.

»Jetzt hab ich auch noch dein Faschingskostüm ruiniert.«

»Hast du nicht. Es ist ein Maleroverall, die sehen so aus. Davon abgesehen habe ich es doch schon getragen, beim letzten Fasching nämlich. Außerdem, es macht es mir viel Spaß mit dir«, sagte er gelöst und lachte.

»Echt? Herumstolpern und alles ins Chaos stürzen nennst du Spaß?«

»Schon. Immerhin bringst du mich zum Lachen. Das schafft sonst niemand so schnell.« Die Lachfältchen um seine Mundwinkel sahen zu süß aus. Ich konnte nicht aufhören, sie anzustarren.

»Ich weiß nicht, ob das ein Kompliment ist.« Nervös strich ich mir eine Strähne aus der Stirn.

»Ist es.« Sein Lächeln wurde nur noch strahlender. Es war schön, ihn wieder so gelöst zu erleben.

Einen Moment lang sahen wir uns einfach nur an. Er hätte gerne ewig andauern dürfen, wenn es nach mir gegangen wäre. Aber dann merkten wir beide, dass es seltsam war. Und ich spürte umso mehr, dass, obwohl er mir seine Gefühle längst am Strand gestanden hatte, er einfach noch nicht bereit war für mehr. Dass er jetzt Mia als gute Freundin brauchte, und nicht Mia, die heiße Nächte mit ihm verbrachte.

»Wollen wir weitermalern?«, fragte er sanft, und ich nickte. Klar, das war sicher das Beste. Denn was ich mir wünschte, das konnte ja nicht funktionieren. Wegen all der Dinge, die zwischen uns standen und immer stehen würden. Ich biss mir auf die Unterlippe. Wieso musste alles immer so kompliziert sein? Wieso konnten wir uns nicht einfach in die Arme fallen und unseren Gefühlen nachgeben?

Er drehte sich herum, wollte nach seinem Farbroller greifen, als ihm etwas aus der Hosentasche auf den Boden fiel.

Wer war hier der Tollpatsch? Amüsiert bückte ich mich nach dem Etwas und stellte fest, dass es Flyer waren.

»Für dein Restaurant?«

Erstaunt drehte er sich um und fasste an seine Hosentasche, während mein Blick auf die Worte fiel, die auf dem Flyer standen und mein Herz sofort ins Stolpern brachten.

»Gullfjellet?«

Es war eine Werbebroschüre für eine Reise nach Norwegen, zum Gullfjellet, dem höchsten Berg der Region nahe Bergen. Jenen Ort, an dem das Unglück seinen Lauf genommen hatte.

»Willst du etwa … dahin?«

»Komm, Mia, gib mir die Flyer zurück.« Er hielt ernst die Hand auf. Ich schüttelte den Kopf, denn mir dämmerte schnell, dass das kein Zufall war. Dieser Ort. Aber was wollte er dort?

»Sag mir erst, was es damit auf sich hat.«

Er wollte doch wohl unmöglich dort wandern gehen. Das wäre absurd. Dennoch machte mir die Vorstellung Angst.

Tief atmete er ein. »Ich wollte es dir sagen, aber nicht jetzt schon.«

»Ich will wissen, warum du auch dorthin möchtest!«

»Na schön ... setzen wir uns«, schlug er vor, nahm am Boden Platz und hielt immer noch die Hand auf.

Widerwillig legte ich die Flyer in diese. Mir gefiel der Gedanke nicht, dass auch der zweite Bruder ausgerechnet in diese Region reisen wollte.

Langsam ging ich in die Hocke runter.

»Du hast mich ziemlich zum Nachdenken angeregt. Unser Gespräch bei mir zu Hause hat mir gutgetan. Ich habe erkannt, dass ich einiges aufarbeiten muss. Mehr als ich dachte. Das wird nicht leicht, aber ich will mich dem stellen. Freitag geht es los«, offenbarte er nun. »Ich fahre nach Bergen, wie du schon richtig erraten hast.«

Das war alles, nur keine gute Idee.

»Ich muss den Kopf freikriegen und dasselbe tun, was du bereits getan hast: mich verabschieden, die Vergangenheit hinter mir lassen. Aber es muss dort sein, dort liegt meine Schuld.«

»Gideon, du hast keine ...« Ich brach ab, versuchte es auf andere Weise zu erklären. »Wieso denn dort? Wenn dir was passiert ... das wäre unerträglich für mich!«

»Ach, Mia ... ich passe schon auf mich auf.«

Das hatte sicher auch Gabriel gedacht. Ich schüttelte den Kopf. »Das kannst du mir nicht antun«, rutschte es mir raus.

Sein Blick wurde plötzlich weich. »Ich möchte dir doch nichts antun, Mia. Du weißt, wie wichtig du mir bist. Aber verstehe mich, ich muss es tun. Ich will meinen Frieden machen.«

Ich schüttelte den Kopf in dem Wissen, ich konnte ihn

nicht davon abbringen. Vielleicht musste es ja wirklich sein, nur … ich ertrug den Gedanken dennoch nicht. Meinetwegen hätte er ans Ende der Welt reisen können, wenn das seinen Zweck getan hätte. Aber der Gullfjellet?

»Kannst du mich denn nicht verstehen?«

Doch. Und trotzdem war es unvernünftig.

»Ich brauche Zeit, um damit klarzukommen. Und ich kann nicht garantieren, dass mir das gelingt«, sagte ich und griff wieder nach dem Farbroller, um die letzte Bahn zu streichen.

34. Kapitel

Der Donner hallte so nah an meinen Ohren, dass ich für einen Moment nichts hören konnte. »Wo bist du?«, rief ich aus Leibeskräften, aber selbst meine Stimme drang nicht zu mir vor. Panisch schaute ich mich um. Wie riesige Schemen ragten die Berge um mich herum auf, düster und unheilvoll, während mich der Regen immer weiter zu einem Abgrund trieb, als wollte er mich darüber hinwegspülen. Ich kämpfte dagegen an, brachte all meine Kraft auf.

Und dann sah ich ihn. Er stand nur wenige Schritte von der Tiefe entfernt.

»Komm zu mir!«, brüllte ich, denn ich wusste doch, wie es ausging. Ich wusste, was geschehen würde. Er würde in die Tiefe stürzen.

Tränen rannen über meine Wangen. Er hörte mich nicht. Egal, wie laut ich rief. Was geschehen war, war geschehen. Und doch fühlte es sich an, als wiederholte es sich zum tausendsten Mal.

Ein gleißender Blitz erhellte den dunklen Nachmittagshimmel, der aufgrund der düsteren Wolken aussah, als wäre es längst Mitternacht. Doch für den Bruchteil einer Sekunde wurde es überall hell. Just in dem Augenblick drehte er sich zu mir um, und ich erstarrte.

»Gideon?« Nein, das konnte nicht sein. Er gehörte hier nicht her. Gabriel müsste dort stehen. An seiner Stelle. Mein Herz fing an zu rasen, weil mir klar wurde, dass auch er in den Abgrund fallen würde. Ich rannte, so schnell ich konnte, doch der Boden war aufgeweicht und feucht, ich rutschte aus, schlug auf und landete im Matsch.

»Nein!«, schallte meine Stimme über alles hinweg. Und als ich den Kopf hob, stand er nicht mehr dort. Er war verschwunden. Unwiederbringlich.

Schweißgebadet schreckte ich hoch. Mein Atem war so laut, dass er meinen Herzschlag übertönte. Langsam nahmen die Umrisse meines Zimmers Formen an. Wieder dieser Traum. Er hatte mich so lange verschont, und nun war er wieder aufgetaucht. Nein, nicht ganz, korrigierte ich mich. Denn etwas war anders gewesen. Gideon war in den Abgrund gestürzt, nicht Gabriel. Hatte dieser Traum etwas zu bedeuten? War er eine Warnung? Oder nur ein Zeichen meines Unterbewusstseins, das sich um Gideon sorgte? Was es auch war, ich konnte ihn unmöglich allein nach Bergen fliegen lassen. Das stand nun fest, nicht nach diesem Traum. Nicht, wenn ich nicht wollte, dass auch der zweite Bruder Opfer eines Unglücks wurde. Ich griff nach dem Handy und rief ihn an, egal wie spät es war.

»Mia? Ist alles okay?«, fragte er besorgt. »Du hast nicht auf meine Anrufe und Nachrichten reagiert. Und jetzt ist es drei Uhr nachts!«

»Ich komme mit dir.«

»Was?«

»Mit dir nach Bergen!«

»Das kommt nicht infrage …«

»Ich werde es tun, ich will dich nicht allein lassen, ich kann nicht anders. So wie du ja auch nicht anders kannst.«

Er schwieg einen Moment, als würde er nachdenken.

Ich war so aufgeregt, ich hörte mein Blut in den Ohren rauschen.

»Also schön«, sagte er schließlich. »Danke, Mia.«

Mein Herz pochte wie wild, als das Taxi am Freitagabend vor dem Hotel in Bergen hielt. Nach einem vierstündigen Flug waren wir endlich hier. Es war kein Problem gewesen, den

Freitag freizubekommen, meine Branche war flexibel. Allerdings hatte mich das schlechte Gewissen geplagt, weil ich das Wochenende doch eigentlich im Löwensteg hatte verbringen und den Andresens beim Umdekorieren der Pension hatte helfen wollen.

»Jetzt mach dir mal keinen Kopp, Mia, wir haben hier viele helfende Hände und außerdem deine grandiosen Skizzen und Pläne, an denen wir uns orientieren werden. Ich merke doch, dass etwas vorgefallen ist und du etwas Wichtiges regeln musst. Das solltest du auch tun, Kind. Wir kommen schon zurecht«, hatte Gundi mir versichert. Das hatte mich erleichtert.

Ich blickte nun aus dem Wagenfenster an dem Gemäuer hoch, das uns für die nächsten zwei Nächte beherbergen würde. Es war ein pittoreskes Gebäude aus vergangenen Zeiten, das an einer geschäftigen Straße im Herzen von Bergen lag. Die Fassade aus rotem Backstein wurde von weiß umrahmten Fenstern mit grünen Läden verziert. Über dem Eingangsportal prangte in goldenen Lettern der Name: Fjellgløtt – Bergblick.

Gideon ergriff meine Hand und drückte sie, während er mir ein Lächeln schenkte. »Danke, dass du mit mir kommst«, raunte er. Seine Finger an meinen fühlten sich stark und warm an. So nah waren wir uns lange nicht mehr gekommen. Doch in seinen Augen konnte ich Traurigkeit erkennen. Hier zu sein war merkwürdig. An dem Ort, an dem es geschehen war.

Wir stiegen aus und bezahlten den Fahrer, der uns das Gepäck aus dem Kofferraum reichte. Langsam gingen wir auf das Fjellgløtt zu und traten durch das Eingangsportal, das uns in eine wunderschöne Lobby führte. Der Boden glänzte, man spiegelte sich darin. Unter anderen Umständen hätte ich es genossen, hier zu sein. Mein Kennerinnen-Blick sagte mir sofort, dass dies ein sehr gutes Haus war.

»Guten Abend«, begrüßte uns der Portier, ein freundlicher

älterer Herr mit grauem Haar und einem akkuraten Schnurrbart, auf Englisch. Wir checkten ein, der Mann reichte uns lächelnd die Chipkarten für unsere Zimmer. Keine alten Schlüssel wie bei Gundi. Hier war alles modern, um nicht zu sagen luxuriös. Genau der Ort, an dem ein Mann wie Gideon Jansen absteigen würde.

»Wir möchten morgen wandern gehen«, erklärte Gideon. »Wissen Sie, wie die Wetterverhältnisse sein werden?«

»Sie haben Glück«, sagte der Portier mit einem gewinnenden Lächeln, das seinen Schnurrbart vibrieren ließ wie die Schnurrhaare von Dotti. »Morgen soll es schön werden. Perfekt für eine Wanderung. Bergen ist umgeben von wunderbaren Wanderwegen und schönen Bergen.«

Ich lächelte gequält und bedankte mich, während Gideon stumm nickte. Schönes Wetter, das klang wenig gruselig. Aber auch nach keinem Grund für ein spontanes Kneifen.

Schweigend fuhren wir mit dem Fahrstuhl in den dritten Stock und gingen zu unseren Zimmern, die direkt nebeneinanderlagen. Ein Doppelzimmer wäre zu merkwürdig gewesen, das war uns beiden schnell klar geworden. Mein Zimmer war klein, aber gemütlich. Auf dem Nachttisch standen eine Vase mit frischen Blumen und ein Schälchen mit Pralinen.

Ich stellte meine Tasche ab und setzte mich aufs Bett, das weich unter mir nachgab. Dabei versuchte ich, mich ein bisschen zu ordnen, war ich doch recht spontan mitgekommen. Ob Gabriel in diesem Hotel abgestiegen war? Vielleicht sogar in diesem Zimmer? Nein, es fiel mir wieder ein, dass er in der Villa seines künftigen Mandanten untergebracht gewesen war. Ein bisschen erleichterte mich das. Alles andere hätte sich merkwürdig angefühlt. Es hätte meine Gedanken kreisen lassen, was ich nun aber nicht gebrauchen konnte. Dann ging ich rüber zu Gideons Zimmer, das genauso aussah wie meines. Er war gerade mit Auspacken fertig. Das verriet der leere Koffer auf dem Bett.

»Wie fühlst du dich?«

»Bis hierhin haben wir es geschafft.«

Er trat auf mich zu und sah mich an. So intensiv, dass mir die Knie weich wurden.

Ich mochte ihn immer noch ... konnte im Grunde nicht glauben, dass wir wirklich hier waren. Zu zweit. Mit unseren Zimmern direkt nebeneinander. Von meinem Traum hatte ich ihm nicht erzählt, ich hatte einfach nur gesagt, dass ich ihn begleiten wolle. Das hatte er akzeptiert, keine weiteren Fragen gestellt. Was auch gut war, denn den Traum wollte ich schnell vergessen.

»Ich bin froh, dass du hier bist«, flüsterte er.

»Ich auch«, hauchte ich. Ich hätte ihn niemals allein gehen lassen. Meine Augen wanderten zu seinen Lippen. Doch schnell wendete ich meinen Blick ab und errötete. Konnte es wirklich sein, dass mein Herz immer noch nicht akzeptierte, dass das mit uns nicht klappen würde?

Er wandte sich um und holte eine Karte aus einer Kommode heraus, die er auf dem Bett ausbreitete.

»Komm, sieh es dir mit mir an. Das ist die Route, die wir morgen nehmen werden«, erklärte er und zeigte auf eine rote Markierung, die sich durch grünes Gebirge östlich von Bergen schlängelte. »Wir fahren mit dem Bus bis hierhin.« Sein Finger tippte auf eine kleine Ortschaft am Ufer eines Sees. »Und dann wandern wir bis hier.« Nun deutete er auf einen Punkt nahe eines Berggipfels. Es war der Gullfjellet, das wusste ich. »Dort soll es passiert sein. Zumindest wurde Gabriel dort zuletzt von einem anderen Wanderer gesehen.«

Ich schluckte, trat näher, beugte mich über die Karte und spürte einen Stich im Herzen. So genau hatte ich es mir noch nie angesehen. Es handelte sich, wenn ich es richtig verstand, um einen offiziellen Wanderweg. Wie viele Menschen nach dem Geschehen dort entlanggewandert waren, ohne zu ahnen, was an jenem Tag geschehen war? Vielleicht hatte es in der einen oder anderen regionalen Zeitung gestanden.

»Das ist weit«, murmelte ich.

Er wandte sich wieder zu mir um. Sein Blick ging mir durch und durch. Es war besser, wenn ich mich zurückzog. Ich war müde und musste Kraft für morgen tanken. Und ich musste endlich lernen, nicht sofort auf seine Blicke anzuspringen, als würde jemand einen Knopf bei mir drücken.

»Schlaf gut«, sagte ich.

35. Kapitel

Wir standen früh auf und bereiteten uns für die Wanderung vor. Ich hatte schlecht geschlafen. Zu viel war mir durch den Kopf gegangen. War es wirklich eine gute Idee, hierhergekommen zu sein? Was erwartete uns am Gipfel? Wie würden wir damit umgehen, wenn wir dort ankämen? Ich hatte mich auch vor Albträumen gefürchtet, aber die waren ausgeblieben. Nun stand die Morgensonne am Himmel, und es gab kein Zurück. Gewissenhaft packten wir unsere Rucksäcke mit Proviant, Wasser, Ersatzkleidung und einem Erste-Hilfe-Set. Mit festen Bergschuhen, wetterfesten Jacken und Mützen waren wir gut ausgestattet.

Zunächst ging es ins Hotelrestaurant. Im Frühstücksraum aßen wir noch etwas, um gestärkt zu sein. Ich bekam jedoch kaum einen Bissen runter. Der Portier kam zu unserem Tisch und wünschte uns einen guten Morgen und viel Glück für unsere geplante Tour.

»Seien Sie vorsichtig da oben«, mahnte er besorgt. »Ich habe gehört, morgen sollen Unwetter aufziehen. Erste Ausläufer könnten Sie schon heute treffen. Das Wetter hier ist manchmal unvorhersehbar.«

Ein Schauer jagte mir den Rücken runter. Hatte es nicht gestern geheißen, heute solle die Sonne scheinen? Und jetzt sollte man doch mit Ausläufern eines Unwetters rechnen? Ich hatte kein gutes Gefühl bei der Sache.

»Danke für die Warnung«, sagte Gideon freundlich. »Aber wir sind gut vorbereitet, mit Karte, Ersatzkleidung und Handy.«

Der Portier nickte. »Gut, aber seien Sie trotzdem wachsam.

Die Bergwelt ist schön, aber auch tückisch. Wetterumschwünge können blitzschnell kommen. Und hier sind schon manche Wanderer ins Unglück gestürzt.«

Ich biss mir unwillkürlich auf die Unterlippe. Wenn er nur ahnte, wie schmerzlich mir das bewusst war.

»Wir werden äußerste Vorsicht walten lassen«, versprach Gideon.

Damit schien der Portier zufrieden.

Nachdem er sich zurückgezogen hatte, beugte ich mich zu Gideon vor. »Vielleicht ist das alles doch keine gute Idee«, sprach ich laut aus, was mich schon heute Nacht gesorgt hatte.

Gideon aber sah mich ernst an. »Ich habe Verständnis, wenn du nicht mitkommen möchtest, Mia. Ich würde dich nie in Gefahr bringen wollen. Wenn du hierbleiben möchtest, ist das völlig okay. Aber ich werde den Plan durchziehen.«

Daran konnte niemand rütteln, das ahnte ich. Aber wenn er ging, ging ich auch.

Wir aßen auf, verabschiedeten uns an der Rezeption und verließen das Hotel um Punkt neun Uhr. Am Busbahnhof stiegen wir in den Doppeldecker, der uns in einer einstündigen Fahrt zum Ausgangspunkt unserer Wanderung brachte – einem kleinen Örtchen am Ufer eines glitzernden Sees, von wo ein ausgeschilderter Pfad ins Gebirge führte.

Ein paar Wanderer waren schon unterwegs, folgten der offiziellen Route. Wie flinke Ameisen wirkten sie in der Ferne, bald schon waren sie gar nicht mehr zu sehen. Die Sonne schien auf die schroffen Gipfel, die in sattem Grün und warmem Braun erstrahlten, durchzogen von weißen Schneefeldern. Eigentlich ein schöner Anblick. Ich atmete tief ein. Es fühlte sich unwirklich an, hier zu sein. Und doch spürte ich den Sandboden unter meinen Schuhen. Leise knirschten die kleinsten Steinchen, doch für mich hörten sie sich ohrenbetäubend laut an, als wollten sie mich wachrütteln und sagen: Du bist wirklich hier!

»Also dann«, sagte er und setzte den ersten Schritt auf den Pfad, der sich durch die Berge schlängelte, die im Hintergrund wie gewaltige Kolosse aufragten. Die ersten Schritte fühlten sich verdammt schwer an, als wären meine Beine aus Blei. Und wenn ich aufsah, erschien mir der Weg unendlich weit. Ich spürte Gideons Hand, die abermals nach meiner griff und sie fest drückte. Entschlossen ging er voran, zog mich mit sich, bis es mir leichter fiel, ihm zu folgen. Ich war in meinem Leben vielleicht ein- oder zweimal wandern gewesen, gehörte nicht zu den Menschen, die eine Bergtour genossen. Vielleicht kam mir die Strecke deswegen so ermüdend vor. Wir passierten Wälder und Wiesen, näherten uns dem Berg, der an einen steinernen König denken ließ. Auch hier gab es offizielle Pfade. Nichts an ihnen wirkte bedrohlich oder gar gefährlich. An einem Rastplatz entdeckte ich sogar eine Familie mit Kindern. Nein, dies war kein Ort zum Fürchten. Eigentlich.

Die Natur um uns herum war atemberaubend schön. Überall blühte Enzian in leuchtenden Farben. Kleine Bäche plätscherten fröhlich dahin und Vögel zwitscherten in den Wipfeln der Nadelbäume. Der Sommer war nah. Unter anderen Umständen hätte ich den Ausflug genossen.

Gegen Mittag machten wir Rast an einem Bergsee und aßen unsere mitgebrachte Brotzeit. Die klare Bergluft und die Anstrengung hatten uns hungrig gemacht. Aber wir hielten nur kurz inne, kamen nicht dazu, zu entspannen. Dafür war nicht die Zeit. Gestärkt setzten wir unseren Weg fort. Wir waren rastlos, wollten vorankommen.

Die Landschaft wurde karger, das Gelände steiler, je höher wir kamen. In der Ferne wurde der Himmel dunkel.

»Vielleicht solltest du umkehren, Mia«, überlegte Gideon beim Anblick der näher kommenden Wolken.

»Wieso?«

»Es sieht aus, als würde es einen Wetterumschwung geben. Ich möchte nicht, dass es für dich unangenehm wird. Außerdem weiß ich doch, wie sehr du Unwetter hasst.«

Ich schüttelte den Kopf. Das kam ja mal so gar nicht infrage.

»Das sind nur die Ausläufer, die der Portier erwähnt hat.«

»Ich würde mich wohler fühlen, wenn du kehrtmachen würdest.«

Ich schüttelte nur noch energischer den Kopf. »Ich bleibe bei dir. Oder wir kehren zusammen zurück. Auf keinen Fall sollten wir uns hier trennen.«

Unsere Blicke trafen sich. Vielleicht erkannte er in diesem Moment, wie ernst es mir war. Denn er nickte schließlich.

»Also schön, dann weiter nach oben.«

Der Weg war an manchen Stellen schwierig zu begehen. Ich war froh, Gideon an meiner Seite zu haben, der mir immer wieder half. Ohne ihn wäre ich schon mehrmals umgekehrt, das stand fest. Aber er gab nicht auf, ihn zog es bis ganz nach oben.

Endlich erreichten wir nach mehreren Stunden den Gipfel. Er lag da, friedlich in der Nachmittagssonne schimmernd. Nichts deutete auf das Drama hin, das sich hier vor drei Jahren abgespielt hatte. Keine Ahnung, was ich erwartet hatte, hier vorzufinden. Doch gewiss nicht das Gefühl eines Tages wie jedem anderen. Genau das war jedoch die Stimmung, die mich empfing. Normalität.

Gideon ging ein Stück voraus, den Blick starr auf einen bestimmten Punkt gerichtet. Ich wusste, er brauchte diesen Moment der Erinnerung allein.

Ich setzte mich etwas abseits auf einen Stein und sah zum Horizont. Dunkle Wolken zogen auf, aber noch schien die Sonne warm. Dennoch hatte unser Portier mit seiner Warnung recht gehabt, die Ausläufer eines Unwetters näherten sich, und ich war froh, dass wir es vorher hierhergeschafft hatten. Eine kühle Brise wehte mir ins Gesicht, als wollte sie mir aufzeigen, wie nah das Unwetter schon war. Ich schüttelte mich, wollte am liebsten schnell wieder aufbrechen, als ich plötzlich etwas Unerwartetes spürte. Eine Hand, die kurz meine Schulter berührte. Ich fuhr herum, aber da war niemand. Nur der Wind, der mir eine Haarsträhne ins Gesicht wehte. Irritiert tastete ich meine Schulter ab, doch da war nichts.

In diesem Augenblick drehte sich Gideon zu mir um. Sein Blick war gefasst. Ich ging zu ihm und wir nahmen uns einfach nur in die Arme. Wir hielten uns fest, wortlos. Zwei Freunde, die zusammenhielten. Füreinander da waren. Langsam lösten wir uns wieder voneinander.

»Lass uns gehen, ein Unwetter zieht auf«, sagte Gideon tonlos und deutete zu der Wolkendecke, die sich in nur wenigen Augenblicken verdichtet hatte.

Ich nickte. Noch einmal sahen wir zum Gipfel zurück, dann stiegen wir den Weg hinab, der uns heraufgeführt hatte.

Es dauerte nicht lange, da setzte starker Regen ein. Dicke Regentropfen prasselten auf uns herab, und innerhalb weniger Minuten fror ich am ganzen Körper, während der Regen von meiner wetterfesten Kleidung abperlte. Der zuvor so idyllische Bergpfad verwandelte sich rasch in einen reißenden, matschigen Bach. Ich geriet ein wenig in Panik, hatte ich doch nicht mit einem so schnellen Umschwung gerechnet. Gideon und ich kämpften uns Schritt für Schritt vorwärts, immer darauf bedacht, nicht auszurutschen auf dem glitschigen Untergrund.

Wir waren inzwischen die einzigen Wanderer weit und breit, alle anderen waren wohl vorher umgekehrt.

»Vorsicht!«, rief Gideon plötzlich und packte mich am Arm, gerade als ich auf einem Stein auszurutschen drohte. Mit Kraft zog er mich an sich. Dankbar lächelte ich ihn an. Er erwiderte das Lächeln, doch in seinen Augen spiegelte sich Sorge. Wir wussten beide, das Wetter würde nicht so schnell besser werden, die dunklen Wolken hingen längst über unseren Köpfen, und der Weg nach unten war noch lang. So schnell wie möglich mussten wir hier weg, bevor uns Hagel und Blitz noch einholten.

Donner grollte wie aufs Stichwort bedrohlich in der Ferne, und ein greller Blitz zuckte am Horizont auf. Instinktiv duckte ich mich. Gideon legte beschützend einen Arm um meine Schultern.

»Keine Sorge, ich pass auf dich auf«, raunte er mir zu.

Ein zweiter Blitz folgte. Ich konnte sehen, wie er den Himmel zuckend sprengte, alles um sich herum vor dem Hintergrund der dunklen Wolkenberge aufglühen ließ. So etwas hatte ich noch nie gesehen.

»Komm«, forderte mich Gideon erneut auf und griff nach meiner Hand. Er hatte recht, wir durften nicht in Schockstarre verharren, wir mussten weiter.

Wir kämpften uns vorwärts, jeder Schritt eine Herausforderung. Der Pfad war rutschig vom Schlamm, mehrere Male wäre ich beinahe gestürzt, hätte Gideon mich nicht festgehalten. Die Sicht wurde wegen des Regens immer schlechter. Als versuchte man vergeblich durch einen verschwommenen Schleier zu blicken, der einem höchstens vage spiegelte, was sich hinter ihm befand.

Wir mussten mehrmals anhalten, um auf der Landkarte nach dem richtigen Weg zu suchen. Doch die Karte war bereits durchnässt und die Tinte verschwommen. Wir konnten unseren Standort kaum noch ausmachen. Immer wieder sahen wir uns hilfesuchend nach vertrauten Landschaftsmerkmalen um. Doch alles sah gleich aus in dem strömenden Regen.

Die Kälte kroch mir langsam, aber sicher in die Glieder. Zitternd kämpfte ich mich Schritt für Schritt den Pfad entlang, den Blick starr auf den Boden gerichtet, um ja nicht auszurutschen.

Plötzlich zuckte ein greller Blitz über den wolkenverhangenen Himmel direkt über uns hinweg, gefolgt von einem donnernden Krachen. Jetzt hatte es uns eingeholt. Die Erkenntnis lähmte meine Glieder. Mit voller Wucht brach das Unwetter über uns herein. Kein Ausläufer. Eiskalte Regentropfen peitschten auf unsere Gesichter. Mein Haar war so durchnässt, als käme ich gerade aus der Brause. Ich wischte mir verzweifelt über die Augen, sah nur noch Schemen um mich herum. Ein Schleier aus Regenwasser zog sich über meine Augen.

Ich versuchte, Gideons Gestalt neben mir auszumachen, doch meine Sicht verschwamm. Der Pfad vor uns wurde rutschig, und ich musste mich an Felsen und Baumstämmen festhalten, um nicht zu fallen. Zu meinem Schrecken konnte ich mich nicht erinnern, auf dem Hinweg solch eine unebene Strecke passiert zu haben.

»Das ist nicht der richtige Weg«, rief Gideon mir auch schon durch das Tosen des Sturms zu. Wir mussten eine falsche Abzweigung genommen haben. Gott allein wusste, wo genau wir jetzt waren.

Ich konnte nicht weiter, klammerte mich an eine Felswand und wollte einfach nur hierbleiben, die Augen schließen und das Unwetter ignorieren. Aber ich wusste, das war nicht möglich. Es wäre sogar fatal, jetzt innezuhalten.

Komm schon, Mia, auch wenn du Unwetter hasst, du musst weiter, drängte eine innere Stimme in mir. Wieso nur musste ich ausgerechnet in solch eine Lage kommen? Ich fuhr mir übers Gesicht, wieder und wieder, um den Regen fortzuwischen, damit ich wieder klar sehen konnte. Es war hoffnungslos. Aber dann, ganz plötzlich, schlug es mir wie ein Blitz, passend zum Wetter, ein. Eine Idee, die doch so naheliegend war.

Meine zitternden Finger tasteten nach meinem Handy, in der Hoffnung, Hilfe rufen zu können. Gut, womöglich wäre der Empfang schlecht. Aber es brauchte ja nur eine Nachricht. Oder einen Anruf!

Doch kaum hatte ich es aus der Tasche gezogen, glitt es mir aus der nassen Hand und fiel zu Boden.

»Verdammt!«, fluchte ich, bückte mich nach dem Mobiltelefon und hob es auf, um zitternd den Notruf zu wählen. Keine Verbindung.

Gideon kämpfte sich zu mir vor und deutete nach vorne.

»Das habe ich auch schon versucht, keine Verbindung. Dort drüben ist eine Felsspalte. Vielleicht finden wir darin Schutz!«

Vorsichtig tasteten wir uns weiter, einer hinter dem anderen an der Böschung entlang. Und dann, ganz plötzlich, zuckte es wieder über uns. So dicht, als wollte der Blitz uns gezielt treffen. Nie zuvor war ich einem Unwetter so nah gewesen. Ich schrie vor Schreck auf, sprang instinktiv ein Stück nach vorne, weil ich wirklich glaubte, gleich getroffen zu werden. Da verlor mein Fuß den Halt und ich strauchelte. Vergeblich ruderte ich mir den Armen.

Panik wallte in mir auf, als ich stürzte. Ja, ich stürzte. Diesen Umstand zu begreifen, kostete mich vielleicht eine Millisekunde. Es kam mir jedoch vor wie eine Ewigkeit, bis ich hart auf einem Grasvorsprung aufschlug und liegen blieb. Benommen von dem Aufprall rang ich nach Luft.

»Mia!«, hörte ich Gideons Stimme. Sie klang fern und besorgt.

Ich wollte antworten, keuchte aber nur.

Über mir erschien verschwommen das Gesicht von Gideon. Er streckte den Arm nach Süden und rief etwas, das ich nicht verstand. Was willst du von mir?, wollte ich fragen. Aber kein Ton kam über meine Lippen. Dann wurde es dunkel um mich.

Keine Ahnung, wie lange ich weggetreten gewesen war. Doch es war seine Stimme, die mich zurückholte.

»Mia!«, klang es von der anderen Seite des Pfades. Keuchend kam er den Abhang heruntergerannt und fiel neben mir auf die Knie.

Ich richtete mich erschöpft auf, konnte mich zum Glück wieder bewegen. Es schmerzte immer noch, doch viel weniger als zuvor.

»Mia! Gott sei Dank, dir ist nichts passiert!«, rief er erleichtert und nahm behutsam mein Gesicht in seine Hände. Er sah mich so zärtlich an, dass ich für den Bruchteil einer Sekunde alles um uns herum vergaß. Sogar den Regen, der immer noch auf uns herabprasselte.

»Wieso bist du ... wieder weggegangen?«, wunderte ich mich, als ich das Geschehene Revue passieren ließ.

»Weggegangen? Ich bin eben erst die Böschung runter.«

»Aber ... ich hab dich gesehen ... du warst bei mir und hast dorthin gedeutet.« Ich zeigte ihm den Weg auf.

»Ich dachte schon, du hättest vielleicht ein Versteck für uns gefunden oder so.«

Er runzelte die Stirn.

»Keine Ahnung, was du meinst.« Er half mir, mich hinzusetzen, ging dann ein paar Schritte und schaute sich um.

»Du hast recht. Da ist eine Höhle!«, rief er plötzlich und eilte zu mir zurück, half mir, auf die Beine zu kommen. »Da finden wir Unterschlupf. Kannst du laufen?«

»Ich denke schon.«

Ich hatte mir nichts gebrochen, was einem Wunder gleichkam.

Gideon stützte mich vorsichtig. Doch als er merkte, dass ich noch zu benommen war, hob er mich hoch und drückte mich an seine Brust. Ich spürte seine Nähe, die Wärme seines Körpers, die die Kälte um uns herum überstrahlte, und auch seinen Blick, der voller Sorge war. Mit mir im Arm hastete er zu der nahen Höhle. Hier war es trocken und windgeschützt. Ich lehnte mich erschöpft an die Felswand und horchte auf das Toben des Sturms draußen. Durch die Höhlenöffnung konnte ich sehen, wie das Unwetter nochmals zunahm. Von wegen Ausläufer.

»Scheiße ... das war wirklich knapp.« Wir waren dem Sturm gerade noch entkommen. Wären wir es nicht, uns hätte dasselbe Schicksal ereilen können wie Gabriel. Die Erkenntnis ließ mich zugleich schaudern als auch aufatmen. Gideon setzte sich neben mich. Auch sein Atem ging viel zu schnell.

»Wie gut, dass du diese Höhle gefunden hast, Mia.«

»Aber ... das habe ich doch gar nicht.«

Der Gedanke an den Mann, der mir den Weg hierher gezeigt hatte, kam wieder auf. Er hatte ausgesehen wie Gideon, aber es war augenscheinlich nicht Gideon gewesen ... was, wenn es ... ich konnte den Gedanken nicht zu Ende führen. Doch es gab nur einen anderen Menschen, der wie Gideon aussah.

Ich hielt den Atem an. Nein, das konnte nicht sein. Es konnte nicht Gabriel gewesen sein. Wahrscheinlich hatte ich mir doch den Kopf angeschlagen oder es war der Schock gewesen, eine Halluzination. Das ergab so viel mehr Sinn. Aber woher hätte eine Halluzination von der Höhle wissen sollen?

Ich sah zu Gideon, der die Arme verschränkt hatte und den Regen vor der Öffnung beobachtete.

»Und du hast wirklich niemanden gesehen?«, hakte ich nach.

»Nein. Es war niemand dort.«

Ich nickte langsam. Wer oder was immer es gewesen war, ein Traum, eine Illusion, ein Geist, er hatte uns gerettet. Danke, formten meine Lippen ins Nichts, ohne einen Ton hervorzubringen. Ich blickte hinaus in die Ferne, als wäre dieses Wesen noch immer dort, als könnte es mich hören.

»Wir sollten uns wärmen, wer weiß, wie lange das noch so geht da draußen«, durchbrach Gideon meine Gedanken.

Er hatte recht. Mein Körper fühlte sich vor Kälte schon richtig taub an. Ein Feuer wäre sicher nicht schlecht.

Wir fanden ein paar trockene Zweige in der Höhle, die wohl irgendein Tier irgendwann hereingeschleppt hatte. Jetzt war die Höhle unbewohnt, und wir nutzten die Äste, um ein Lagerfeuer zu machen. Zum Glück hatten wir ein Feuerzeug dabei. Das kleine Feuer wurde schnell größer. Dicht drängten wir uns an dieses.

Die Flammen spiegelten sich in Gideons hellen Augen. Brachten sie zum Leuchten. Ich streckte die Hände aus, spürte die Wärme, die von meinen Fingerspitzen ausgehend durch meinen ganzen Körper floss. Schließlich sah er mich an. Jetzt, da wir in Sicherheit waren.

»Mia ... Es tut mir alles sehr leid. Ich ... wollte dich nicht in Gefahr bringen. Gerade eben ist mir fast das Herz stehen geblieben. Ich dachte schon ich ... hätte dich verloren.« Er kniff mit Daumen und Zeigefinger seine Nasenwurzel zusammen. »Das hätte ich nicht ertragen. Niemals! Es kann ... alles so schnell gehen, so schnell vorbei sein.«

Ich nickte bedrückt.

»Wenn dieses Unwetter etwas Gutes hat, dann, dass ich endlich klar sehen kann.« Er nahm vorsichtig meine Hand, rückte näher an mich heran, was mich seine Wärme trotz der nassen Kleidung spüren ließ. »Ich will nie wieder ohne dich sein. Ich will nie mehr in die Situation geraten, in der ich Angst haben muss, dich zu verlieren.«

Ich schaute ihn ungläubig an, während sich zugleich ein warmes Gefühl in meiner Brust ausbreitete, das sämtliche Kälte vertrieb. Genau das hatte ich auch gedacht. Wie manchmal das Schicksal zuschlagen konnte, und wie man dann bereute, Dinge nicht gesagt oder getan zu haben. Deswegen hatte ich mir während unseres Abstiegs vorgenommen noch mal mit ihm zu sprechen, sollten wir hier rauskommen. Darüber, was wir füreinander empfanden, wie kurz das Leben und ob es richtig war, sich weiter gegen unsere Gefühle zu stellen. Doch er kam mir nun zuvor.

»Verzeih mir, dass ich so ein Narr war. Dass ich nicht sehen konnte oder wollte, was du mir wirklich bedeutest. Dass ich mich dagegen gewehrt habe, als es mir klar wurde. Ich war blind und dumm. Aber jetzt kann ich es aussprechen, egal, ob es richtig ist, das zu tun, oder nicht. Du bist alles für mich.«

Überrascht hielt ich den Atem an.

»Ich darf dich niemals verlieren, Mia. Und ich möchte von jetzt an jeden Tag mit dir zusammen sein, wenn du es auch willst. Wenn du mich … noch willst.«

Hoffnung schimmerte in seinen Augen. Dieselbe Hoffnung, die sich zu der Wärme in meiner Brust hinzugesellte, die mir einen Schub voller Glückshormone bescherte und meinen Körper wiederbelebte. Denn das war es, was ich mir auch wünschte. Nichts anderes. Nur das.

»Ich will mit dir zusammen sein, was denkst denn du?«, fragte ich und lachte leise.

Erleichtert atmete er auf und drückte seine Stirn an meine, bevor er sich zu mir beugte und mich zärtlich küsste. Es fühlte sich wie eine Erlösung an. Wie etwas, auf das ich die ganze Zeit sehnlich gewartet hatte, und das nun in Erfüllung gegangen war. Ich erwiderte seinen Kuss voller Leidenschaft, während draußen Donner grollte. Aber den hörte ich gar nicht mehr. Nicht wirklich. Hier, in dieser Höhle, hatte ich alles gefunden, was ich gesucht hatte.

36. Kapitel

Das Unwetter dauerte die ganze Nacht an. Wir saßen eng aneinandergekuschelt in der Höhle und lauschten dem Sturm, der heulte und tobte. Immer wieder zuckten Blitze über den Himmel, und der Donner grollte durch die Berge. Und doch fühlte ich mich nicht mehr besorgt oder verängstigt. Ich drückte meinen Kopf an Gideons Brust, wusste, dass er der Grund dafür war. Sein starker Arm um mich gab mir das Gefühl, beschützt zu sein. Ich wusste, wir würden heil hier rauskommen. Denn in mir war eine Zuversicht gewachsen, dass wir, dass ich auch scheinbar ausweglose Situationen überstehen konnte.

»Ich glaube, ich habe jetzt keine Angst mehr vor Unwettern«, sagte ich.

»Tatsächlich?« Überrascht sah er mich an. »Ich kriege nämlich langsam Angst vor ihnen.« Er zwinkerte.

»Quatschkopf.« Ich stupste ihn an. »Ich meine, wenn man das hier durchmacht, was ist dann ein kleines Sommergewitter an der Ostsee?«

»Da hast du recht.« Er hauchte einen Kuss auf mein Haar. »Du bist so viel stärker als du denkst, Mia. Ohne dich wäre mir vielleicht etwas passiert. Dieser Regen, ich hatte kaum Hoffnung, dass wir es schaffen. Aber die Tatsache, dass du bei mir warst, hat mich kämpfen lassen. Ich wollte auf keinen Fall, dass dir etwas zustößt.«

»Dito«, sagte ich schmunzelnd und strich ihm über die Brust. Ich schloss die Augen, beschloss, den Moment zu akzeptieren, Stärke daraus zu gewinnen. Dabei lauschte ich nicht nur dem Trommeln und Schauern, sondern auch dem starken Klopfen von Gideons Herz.

Irgendwann mussten wir eingeschlafen sein, denn als ich die Augen das nächste Mal aufschlug, war es bereits hell. Die Sonne schien, die dunklen Wolken hatten sich verzogen. Gideon schlief noch, sein Kopf lag auf meiner Schulter. Ich strich ihm sanft durchs Haar und küsste seine Stirn. Wie unglaublich schön es war, dies jetzt einfach tun zu können. Meinen Gefühlen nachzugeben. Er bewegte sich leicht und öffnete dann blinzelnd die Augen.

»Guten Morgen«, sagte ich. »Es ist überstanden.« Wie gut die Luft nun roch, wie angenehm frisch sie war. Unsere Kleidung war trocken, das Feuer ausgegangen.

Er lächelte.

»Guten Morgen, ich hatte schon befürchtet, dass ich alles nur geträumt habe. Aber du bist wirklich hier, bei mir.« Seine Hand glitt zärtlich über meine Wange. Die Berührung jagte mir ein Kribbeln über den Rücken. Ich konnte nicht anders, meine Finger strichen über seinen Kiefer, führten sein Gesicht zu meinem, wo sich unsere Münder fanden. Weich umschlossen sich unsere Lippen, als wären sie einzig zu diesem Zweck geschaffen worden. Ich schmeckte ihn, diesen süßherben Geschmack nach Hoffnung und Glück.

»Es war kein Traum, ich bin hier«, raunte ich, drückte meine Stirn an seine.

Sein Atem glitt rhythmisch über meine Lippen, ehe sie seinen Mund ein weiteres Mal umschlossen.

»Ich würde gerne für immer hierbleiben, nur um deine süßen Küsse zu genießen«, scherzte er. »Aber ich fürchte, man wird uns schon suchen.«

Er hatte recht. Wir hatten uns im Hotel nicht zurückgemeldet. Sicher war man schon in Sorge um uns. Es wäre besser, schnell zurückzukehren.

Ich zückte mein Handy, in dem Versuch, dort anzurufen

und Entwarnung zu geben, doch natürlich gab es hier keinen Empfang.

Vorsichtig standen wir auf und gingen zum Ausgang der Höhle. Was für ein wundervoller Ausblick aus sattem Grün und Himmelblau. Alles glitzerte nass in der Morgensonne.

Wir atmeten tief durch und sahen uns um. Wir mussten einen Weg zurück finden, aber zuerst brauchten wir etwas zu essen und zu trinken. In unseren Rucksäcken war noch genug Proviant.

Wir setzten uns ans Ufer eines kleinen Bergsees und frühstückten Brot, Käse und Äpfel. Das frische Wasser stillte unseren Durst. Danach fühlten wir uns gestärkt genug, um den Rückweg anzutreten. Ich wusste, dass dieser idyllisch sein würde, dass uns die Natur auf unserem Weg begleiten und es ein wohltuendes Erlebnis werden würde. Vielleicht, ja vielleicht, könnten wir es sogar genießen.

Als wir am Nachmittag in die Lobby des Hotels traten, fühlte es sich für mich an wie die Rückkehr in die Zivilisation. Der glänzende Boden, die edlen Stuckverzierungen an der Decke. Alles schien um die Wette zu strahlen und war doch so anders als die grüne Welt, die wir hinter uns gelassen hatten.

»Da sind Sie ja!«, rief uns der Portier sichtlich erleichtert entgegen und kam hinter seiner Rezeption auf uns zu geeilt. »Gott sei Dank, Sie leben noch! Als Sie nicht zurückkamen, haben wir schon angefangen, eine Suchaktion zu planen! Die kann ich nun absagen, aber das tue ich gern. Schön, wenn etwas gut ausgeht. Aber sagen Sie, was ist denn genau geschehen?«

Wir erzählten ihm von unserem Abenteuer und dass wir in einer Höhle Schutz gefunden hatten. Es klang so unglaublich, selbst in meinen Ohren, wie musste es da erst für den Portier sein? Dieser schüttelte mehrmals erstaunt den Kopf.

»Da hat aber jemand eine schützende Hand über Sie gehalten«, sagte er dann.

»Ja, wer weiß. Kann schon sein«, erwiderte ich, bevor wir uns auf unsere jeweiligen Zimmer zurückzogen. Wir hatten uns beide nach einer Dusche gesehnt. Anschließend fiel ich erschöpft, aber glücklich ins Bett, um mich kurz etwas auszuruhen, bevor Gideon und ich etwas essen gehen wollten. Alles war gut gegangen. Ich konnte es nicht glauben. Ja, da hatte wirklich jemand seine Hand über uns gehalten. Ich dachte an diesen seltsamen Moment, als ich diese geisterhafte Erscheinung vor mir gesehen hatte. Ein warmes Gefühl aus Dankbarkeit durchströmte mich. Wäre das nicht geschehen, hätte ich nicht diese Eingebung mit der Höhle gehabt, wer weiß, was aus uns geworden wäre?

Just in dem Moment klingelte mein Handy. Ich griff rasch danach und erkannte ich den Namen eines alten Kollegen auf dem Display.

»Hey, Mia, wie geht's denn so?«, meldete sich Uwe, der damals der Szenenbildner bei *Hotel-Tester* gewesen, nun aber dort als Regieassistent tätig war.

»Gut, ich bin gerade fürs *Alsterhaus* Staffel zwei tätig. Und selbst?« Ich bemühte mich, leise, aber verständlich zu sprechen.

»Ja, hab schon gehört. Ich bin noch beim *Hotel-Tester*.«

»Du hast starke Nerven.«

»Wegen Holti? Ach, der wird auch immer ruhiger.«

Der Hotel-Tester selbst, Simon Holtmeyer, war ein ziemlich kritischer Tester. Die Arbeit mit ihm war daher durchaus kraftraubend und auch einer der Gründe gewesen, warum ich recht flott vom *Hotel-Tester*-Team weggekommen war.

»Hör mal, da ist ein Hotel kurzfristig für einen Dreh abgesprungen und wir suchen händeringend was Neues, unser aktueller Location Scout ist überfordert. Ich dachte, ich frag einfach mal dich, ob du noch was weißt. Es geht um die Region

Lübeck. Und da du ja in Hamburg lebst, dachte ich, du weißt vielleicht was.«

Sofort ploppte das *Zum Löwen* in meinem Kopf auf. O ja, dachte ich, das war ein Schicksalsanruf! Wenn das nicht die Chance war, die Werbemaßnahmen auf die Spitze zu treiben! Was konnte es Besseres für eine Neueröffnung geben als ein Schubs durch das TV? Wir mussten nur den guten Holti überzeugen, damit er der Pension eine gute Bewertung gab. Aber das war zu schaffen, schließlich wusste ich, worauf der Hotel-Tester Wert legte. Ich war sofort Feuer und Flamme.

»Möglich ... bis wann braucht ihr denn die Location?«, hakte ich nach, um mir alle Optionen offenzuhalten. Das letzte Wort hatten die Andresens.

»In drei Wochen ist der Dreh. Ziemlich kurzfristig, wie du siehst.«

Extrem kurzfristig. Man brauchte ja auch das Einverständnis der jeweiligen Herberge. Normal war, dass man sich einige Monate auf den Dreh vorbereiten konnte. Aber es war dennoch zu schaffen. Denn die Andresens hatten schließlich mich, den Profi vom Dienst.

»Ich weiß vielleicht was, aber ich muss das vorher abklären, sofern nichts gegen Neueröffnungen spricht?«

Wenn das klappen sollte, mussten wir ranklotzen.

»Na klar, solange wir den Drehplan einhalten können ...«

»Ich melde mich sobald wie möglich wieder bei dir, aber ich kann nichts versprechen.«

»Ich danke dir, du bist ein Schatz, Mia.«

Ich legte auf, da klopfte es an der Tür.

»Ja?«

»Ich bin es, Gideon. Darf ich reinkommen.«

»Natürlich.«

Kaum war er eingetreten, glitten wir einander in die Arme. Ein zärtlicher Kuss landete auf meinem Haar. »Ich hab dich bereits vermisst«, erklärte er.

Ging mir auch so.

»Hast du schon gepackt? Wir müssen bald los, und dann wollten wir uns ja noch kurz im Hotelrestaurant stärken«, sagte er und strich mir eine Strähne aus dem Gesicht.

»Wollte gerade anfangen zu packen, aber da hat ein alter Kollege vom *Hotel-Tester* angerufen. Du wirst es nicht glauben, vielleicht bringen die das *Zum Löwen* ins Fernsehen.«

»Wow, das klingt ja toll! Aber dann braucht Gundula Andresen unbedingt Kochunterricht vorher, sonst geht das so was von in die Hose!«

Ich legte den Kopf schief. »Bietest du dich etwa an?«

»Es gibt keinen besseren Koch in der Straße, wäre doch gelacht, wenn ich das nicht schaffe.«

»Auf keinen Fall gibt es einen Besseren!« Ich hob beide Daumen und zwinkerte. »Allerdings haben wir nur drei Wochen Zeit, es ihr beizubringen. Das ist vielleicht ein wenig knapp?«

Er kratzte sich nachdenklich das Kinn. »Wahrscheinlich hast du recht. Aber ich hab schon eine Lösung. Ich werde ihr nicht nur Kochunterricht geben, sondern beim Dreh einfach mit ihr in der Küche stehen und ein Auge auf sie haben.«

»Du als Gundis Sous-Chef?«

Er nickte. »Klar, wieso nicht?«

»Das wird ihr bestimmt gefallen.« Mir jedenfalls gefiel es.

»Wenn du das machst, bist du der Held des Löwenstegs.«

Er lachte leise. »Vom Schnösel zum Helden? Das nenne ich Karriere machen.«

37. Kapitel

»Mia, das ist ja eine Überraschung. Ist etwas passiert? Konntest du alles regeln, was zu regeln war?« Gundi staunte nicht schlecht, als ich am Montagabend plötzlich ohne Ankündigung in der Pension stand. Gemeinsam mit Gideon. Ihr Blick fiel auf unsere Hände, die ineinander verschränkt waren. Nach dem Heimflug am Sonntagabend hatte ich heute noch im Studio gearbeitet, war dann aber hierher aufgebrochen, um Gundi gemeinsam mit Gideon von dem Dreh zu erzählen, der sich anbot. Und der großen Chance, die dieser mit sich brachte. Doch Gundi hatte erst einmal nur Augen für die viel offensichtlichere Entwicklung.

»Ihr zwei«, gluckste sie, und ein zufriedenes Lächeln zeichnete sich auf ihrem Gesicht ab. So ist das also, schien ihr Blick zu sagen.

»Es ist in der Tat etwas passiert.«

»Ja, allerdings, Mia, das kann ich sehen. Und ich gratuliere euch von Herzen!«

»Es ist aber nicht nur das. Auch wenn das natürlich das Beste ist, was mir je passiert ist.« Ich drückte Gideons Hand, der mir darauf ein warmes Lächeln schenkte. »Aber sag, Gundi. Hast du schon mal von der Sendung *Hotel-Tester* gehört?«

»Natürlich. Die gucken Bernd und ich immer. Warum fragst du?«

Ich tauschte einen amüsierten Blick mit Gideon aus.

»Weil Simon Holtmeyer gerne das *Zum Löwen* testen würde. Wenn ihr es erlaubt.«

»Was?« Gundis Stimme war vor Schreck höher geworden.

»Um Himmels willen! DER Simon Holtmeyer? Aus der Sendung?«

»Genau der!«

Aufgeregt lief sie hin und her. Erinnerte plötzlich an ein aufgescheuchtes Huhn. »Das ist ja aufregend, das ist ja großartig! Wann will er denn kommen? Und was müssen wir tun? Ach, ich weiß gar nicht, was ich jetzt sagen soll, Mia!«

»Erst mal tief durchatmen. Wenn ihr euch zu dem Dreh bereit erklärt, müssen wir vorher noch einiges auf Vordermann bringen.«

Gundi blieb vor mir stehen und tippte mir gegen die Schulter mit einem triumphierenden Blick.

»Ha, da ist nicht mehr viel zu tun. Bernd und ich waren nämlich sehr fleißig. Wir haben die ganze Woche über Möbel gerückt und Dekorationen angebracht. Genau wie du es skizziert hast. Es sieht so toll aus. Ihr beide müsst es euch gleich anschauen.«

»Ja, wenn das so ist.« Ich hob den Daumen. Schließlich ging es ja genau darum, ob das *Zum Löwen* nun fernsehtauglich geworden war.

Gundi machte eine einladende Handbewegung und nahm uns mit auf die Führung. Zuerst ging es in den oberen, danach in den unteren Bereich. Jede Tür hatte ein eigenes Schild bekommen, auf dem nicht nur der Name des Raumes stand, sondern auch dekorative Ostseemotive zu sehen waren. »Die hat Leo gemacht, sind sie nicht entzückend?«

»Allerdings!«

Ein paar Löwen waren abgebildet auf dem Schildchen für die Löwen-Suite, dem besten Zimmer, dessen Wand mit Lübeck-Motiven ausgestattet war, und vor dem Fenster lag eine Löwenstatue, die dem schlafenden Lübecker Löwen nahe des Holstentors nachempfunden war. Natürlich fand sich hier auch mein kleines Löwenwappen aus dem Studio-Fundus.

Genau so hatte ich es mir vorgestellt. Ein Zimmer, das einfach nur Lübeck ausstrahlte.

Als Nächstes ging es zur Kapitäns-Kajüte, dem zweitbesten Zimmer der Pension, das mich überhaupt erst auf die Idee für die Themen-Zimmer gebracht hatte. Es imponierte mit nautischen Farben, einer ebenso nautischen Tagesdecke auf dem Bett und den Vorhängen aus dem Kostüm-Fundus des Studios, in dem ich derzeit arbeitete. An der Wand über dem Fernseher hingen der alte und direkt darunter der goldene Anker aus dem Trödelladen, und auf den Regalen standen Flaschenschiffe. Auch einen antik wirkenden Globus hatten sie aufgetrieben. Das Zimmer wirkte gemütlich, aber auch wie aus der Zeit der Seefahrer, es versprühte einen ganz besonderen Zauber. Es folgte die Leuchtturm-Stube mit ihren Leuchtturm-Dekorationen, maritimen Accessoires sowie roten und weißen Streifen, die Vorhänge und Decken dominierten. Die einfach eingerichtete Fischer-Hütte war eines der günstigeren und kleineren Zimmer. Die Wand war bestückt mit Fischernetzen, in denen sich verschiedene leuchtende Muscheln befanden. Ganz ähnlich sah die Muschel-Kammer aus.

Familien mit Kindern bezogen am besten die Meerjungfrauen-Koje oder die Piraten-Höhle. Beide Räume waren entsprechend farbenfroh und kindgerecht ausgestattet.

Die Strandkorb-Lounge hatte neben ihrer hellen, luftigen Einrichtung auch einen namensgebenden Strandkorb mit Kissen und Decken in blau-weiß gestreiftem Design.

»Wo habt ihr den denn aufgegabelt?«, wunderte ich mich über das gute Stück.

»Das war Nathan«, erklärte Gundi. »Er hat einfach gefragt bei der Vermietung, ob sie alte ausrangierte Strandkörbe verkaufen. Und die haben Ja gesagt. Daraufhin hat er den hier mitgenommen und repariert.«

»Coole Idee«, lobte ich.

Der Möwen-Ausguck war auch ein einfacheres Zimmer

mit bunten Möwen-Wand-Tattoos. Ein Highlight war schließlich die Dünen-Oase: ein Zimmer mit einem hellen Holzboden, einem Hängesessel und einer Wandtapete mit einer Dünen-Landschaft.

»Also, was sagt ihr?«, fragte Gundi und strahlte abermals übers ganze Gesicht. »Ist das deine Vision gewesen, Mia?«

Ehrlich gesagt, es war mehr als das, denn die Andresens hatten den Zimmern noch ihre eigene Note gegeben, wodurch alles noch authentischer wirkte. Und ich erkannte auch die Handschriften der anderen Löwensteg-Bewohnerinnen und -Bewohner wieder, die tatkräftig mitgeholfen hatten. Dadurch wirkte die Pension nun bunt und belebt, so wie der Löwensteg selbst.

»Ich muss wirklich sagen, es sieht toll aus«, sagte ich anerkennend. Besser, als ich es mir erträumt hatte. »Ich glaube, wir werden Holtmeyer damit nicht einfach überzeugen, er wird begeistert sein!« Und das kam nicht oft vor.

»Denkst du wirklich?«

Ich nickte.

»Also wenn das so ist, machen wir das! Ich frage gleich Bernd, ob er auch einverstanden ist.« Sie wandte sich um, wollte schon zur Rezeption eilen, als Bernd in den Flur einbog.

»Ich bin ja schon da, Liebling«, erklärte er. »Hab Stimmen gehört und wollte nach dem Rechten sehen.«

»Oh, wie gut, dass du uns gefunden hast, mein Schatz. Stell dir vor, Mia kann uns zum *Hotel-Tester* bringen. In die Sendung!«

»Ist nicht wahr?«

»Doch, doch, lass es dir erklären!«

Schmunzelnd erzählte ich noch einmal von der Chance, die sich hier bot und was ein gutes Urteil von Holtmeyer für das Zum Löwen bedeuten konnte.

»Ist das nicht fantastisch? Stell dir nur vor, all die Leute, die uns und das *Zum Löwen* sehen würden. Sag Ja, mein Schatz!«

»Da muss ich gar nicht lange überlegen. Wenn Mia uns das empfiehlt, bin ich überzeugt, dass das eine gute Sache ist.«

Ich lachte. »Lieb, dass ihr so an mich glaubt. Aber zaubern kann ich noch nicht. Auch wenn die Zimmer fantastisch aussehen, muss auch der Betrieb einen guten Eindruck machen.«

»Wenn wir alle zusammenarbeiten, schaffen wir das«, war Gundi überzeugt.

Gideon räusperte sich, erinnerte mich daran, dass eine Sache noch zu klären war.

»Holtmeyer legt allerdings viel Wert auf die Küche.«

Gundi wurde mit einem Mal sehr blass. »Ja … das stimmt wohl, ich kenne die Sendung ja. Er vergibt Sterne am Schluss, mit denen er jeden Herbergsbetrieb bewertet. Und die Küche ist bei ihm mindestens einen, wenn nicht gar zwei Sterne wert.«

Ich nickte. So sah es aus.

»Tja, was soll ich da machen? Ich bin jemand, der immer frei nach Schnauze gekocht hat, nie nach Rezept. Das hat früher super geklappt, weil ich ja noch normal schmecken und riechen konnte. Ich bin keine ausgebildete Köchin, wisst ihr? Ich habe hier immer nur Hausmannskost angeboten. Aber die Leute haben es geliebt. Dafür stand das *Zum Löwen*. Wir sind nicht das *Dreizack*. Aber jetzt weiß ich keinen Rat. Wenn Herr Holtmeyer kommt, wird er meine Küche sicher nicht gut genug finden.«

Erstaunt runzelte ich die Stirn. Also hatte Gundi die ganze Zeit gewusst, dass sie kochtechnisch nicht mehr auf der Höhe war. Und da sie nicht nach Rezept kochen konnte, war sie natürlich noch viel mehr auf ihren Geruchs- und Geschmackssinn angewiesen.

»Noch ist ja nicht aller Tage Abend, mit mir hast du einen preisgekrönten Sous-Chef an deiner Seite.«

Gundi machte große Augen, lachte dann jedoch. »Das ist ein guter Witz, Gideon. Du möchtest dich zu mir in die Küche stellen und mir assistieren? Der Chefkoch vom *Dreizack*?« Sie klopfte sich auf den Schenkel, als hätte er einen famosen Scherz gemacht, aber Gideon blieb völlig ernst.

»Genau so werden wir es machen. Wenn du es gestattest.«

»Du meinst es wirklich ernst?«

»Selbstredend. Zusammen werden wir diesem Holtmeyer ein Gericht kredenzen, das er nie vergessen wird.«

Gundi wog nachdenklich den Kopf hin und her. »Das ist sehr lieb von dir. In dir steckt ein feiner Kerl, das muss ich sagen. Aber sieh mal, wenn die Gäste dann zu uns kommen, nachdem sie den Bericht im TV gesehen haben, erwarten sie auch eine gute Küche, die ich nicht bieten kann. Denn seien wir ehrlich, wenn es Holtmeyer schmeckt, dann nur wegen dir. Und du kannst ja schlecht für immer mein Sous-Chef sein.«

»Gut, dass du das erwähnst. Mein Plan geht ja noch weiter. Ich habe schon vielen Lehrlingen das Kochen beigebracht. Ich sehe keinen Grund, warum das bei dir nicht auch klappen sollte«, fügte Gideon selbstbewusst hinzu.

Gundi hob eine Braue. »Du … willst es mir beibringen? Einfach so?«

»Natürlich, wir sind doch gute Nachbarn, oder nicht? Wir fangen morgen an, drei Mal die Woche komme ich abends für zwei Stunden rüber und wir bringen dich und deine Küche auf Vordermann. So ist auch gesichert, dass alle Gäste, die nach der *Hotel-Tester*-Sendung das *Zum Löwen* aufsuchen, eine exquisite Küche genießen dürfen.«

»Aber du musst doch dein eigenes Restaurant führen!«

»Die zwei Stunden habe ich schon Zeit. Ich möchte helfen, und das werde ich auch tun, wenn du mich lässt. Ich habe genug Angestellte, die das *Dreizack* am Laufen halten. Ich koche sonst auch nicht jeden Abend selbst.« Er zwinkerte.

Gundi strahlte mit einem Mal. »Ja, wenn das so ist, dann machen wir das doch! Mia, sag deinem Herrn Holtmeyer zu. Er ist hier willkommen. Wenn Gideon mich bei seinem Besuch unterstützt und mir außerdem das Kochen beibringt, dann kann doch nichts schiefgehen, oder?«

Ich hauchte Gideon einen Kuss auf die Wange. »Danke.« Er hatte sie unglaublich glücklich gemacht, ihr einen Teil ihres Selbstbewusstseins zurückgegeben. Ich war sicher, die beiden würden ein tolles Küchenteam bilden. Und in Richtung Gundi hob ich den Daumen.

38. Kapitel

Heute sollte es nach der Arbeit im Studio wieder direkt nach Travemünde gehen, wo ich Gundi und Bernd beim letzten Feinschliff bei der Gestaltung der Zimmer helfen wollte. Hier und da gab es noch Kleinigkeiten zu tun, winzige Veränderungen, die aber ins Auge fallen würden. Eine Decke sollte noch den Raum wechseln, ein Bild umgehängt werden. Meinem alten Kollegen Uwe hatte ich inzwischen zugesagt, und der Drehtermin für *Hotel-Tester* stand. Daher mussten wir Volldampf geben.

Ich parkte vor dem *Zum Löwen*, linste dabei zum *Dreizack*, das sich im Rückspiegel abbildete. Es war zu praktisch, wenn der Liebste gleich schräg gegenüber lebte. Ich schlief inzwischen fast jede Nacht bei ihm. Schnell waren auch mehr und mehr Sachen von mir in seiner Wohnung zurückgeblieben. Auch heute wollte ich bei ihm bleiben. Es fühlte sich so normal an, dass mir das Herz aufging. Denn lange hatte ich auf solche Normalität verzichtet. Eine junge Frau, die bei ihrem Freund schlief. Einfach so.

»Mir gefällt das sehr, du solltest bei mir einziehen«, sagte er jeden Morgen, nachdem er mich mit einem Kuss geweckt hatte, bevor ich wieder zur Arbeit fuhr. Und während ich für das *Alsterhaus* Szenenbilder kreierte, dachte ich eigentlich nur an den Feierabend und daran, alsbald wieder in seine Arme zurückzukehren.

Ich stieg mit einem breiten Lächeln im Gesicht aus und lief den Weg zur Eingangstür der Pension hoch. Dotti saß davor, schaute mich aus gütigen Augen an und rieb sanft ihr Köpfchen an meinem Bein, als gehörte ich längst zur Familie. Ich bückte mich, um sie sacht zu streicheln, erntete ein zufriedenes Schnurren und drückte dann die Tür auf. Als ich das *Zum Löwen* betrat, in der Absicht, noch mal alles für den anstehenden Dreh zu prüfen, hörte ich ein Lachen aus der Küche. Es gehörte Gundi, und ein sinnliches männliches Lachen stimmte mit ein. Es verursachte mir ein wildes Kribbeln in der Magengegend. Offenbar hatten die beiden viel Spaß.

Ich war gespannt, folgte dem Lachen durch die Lobby, drückte die Tür zur Küche vorsichtig auf und lugte hinein. An einer Kochinsel standen Gideon und Gundi in ihrer Kochkluft. Ich konnte geschnippeltes Gemüse sehen, ausgenommenen Fisch, und ich roch einen kräftigen Eintopf, der auf dem Herd brodelte.

»Du musst dich nur an das Rezept halten, dann kann kaum etwas schiefgehen«, versprach Gideon ihr.

»Wie messe ich das noch mal alles richtig ab?«

Leise räusperte ich mich. Überrascht schauten Gundi und Gideon zu mir auf.

»Mia, wir haben ja nicht so früh mit dir gerechnet, bist du zum Probeessen hier?«, fragte Gundi.

Ich lachte leise. »Könnte man so sagen.«

»Oder gar aus einem anderen Grund? Den Gideon kann ich dir aber noch nicht zurückgeben, den brauche ich noch.« Gundi zwinkerte.

»Wie soll ich das nur aushalten?« Tatsächlich war ich heute etwas früher dran als sonst. Aber die Sehnsucht nach dem Löwensteg und nach Gideon hatte mich hergeführt.

»Ich weiß schon wie.«

Gundi kam mit ihrem Haarnetz auf mich zu, breitete die Arme herzlich aus und drückte mich schwungvoll an sich. Es war wieder dieses Gefühl des Nach-Hause-Kommens. Aber mein Blick blieb an Gideon hängen.

»Einen Kuss in der Küche kann ich wohl gestatten.«

Ich lachte. Schon trat auch Gideon auf mich zu und begrüßte mich mit einem leidenschaftlichen Kuss.

»Mehr gibt's dann zum Nachtisch«, raunte er in mein Ohr. Und ich freute mich unglaublich darauf. Dann drehte er sich zu Gundi um. »Was das Probeessen angeht, da wollen wir mal schwere Geschütze auffahren, nicht wahr, um Mia zu überzeugen?«

»Allerdings, Gideon. Wir servieren dir dann die neue Spezialität des Hauses«, ließ mich Gundi verheißungsvoll wissen.

Ich nahm das Angebot nur zu gerne an. »Macht ihr nur weiter, ich nehme noch mal alle Zimmer unter die Lupe.« Ein paar Kleinigkeiten wollte ich noch ändern.

Nachdem ich damit fertig und nun endlich zufrieden mit dem Ergebnis war, setzte ich mich in die Gaststätte, wo mir schließlich das Essen serviert wurde. Auch Bernd gesellte sich zu mir, er bekam dasselbe Gericht aufgetischt. Ein golden paniertes Schollenfilet. Gundi und Gideon nahmen neben uns Platz, schauten neugierig, wie es uns schmeckte.

Als ich einen kleinen Bissen nahm, zerging er mir auf der Zunge. Es war die perfekte Mischung aus Gundis Hausmannskost und Gideons Sterneessen, die sich zu etwas Wunderbarem, ja, etwas ganz Neuem vereint hatten.

»Wow ...«, entwich es mir.

Gundi klatschte vor Freude in die Hände. »Es schmeckt ihr!«

»Es ist ausgezeichnet«, sagte nun auch Bernd.

Gundi drückte ihre Hand auf die üppige Brust. »Das höre ich wirklich gerne. Da hat sich die Mühe gelohnt.«

»Habe ich doch gleich gesagt, dass wir das hinkriegen. Und du wirst sehen, Gundi, je häufiger wir zusammen kochen, desto besser wird deine Küche.«

»Ich bin ja so erleichtert«!, rief Gundi aus. Und setzte sogleich hinterher: »Da fällt mir noch ein, Mia, diese Frau vom

Fernsehen war übrigens vor ein paar Tagen hier, um sich alles anzusehen », erklärte sie.

»Das war die Redakteurin. Sie hat sich sicher die Drehbedingungen angeschaut.«

»Das stimmt. Aber sie war leider nicht ganz zufrieden. Sie hat sich gewundert, dass keine Gäste da sind. Ich hab ihr erklärt, dass wir neu eröffnen werden und im Moment nur die Gaststätte geöffnet ist. Aber das schien ihr merkwürdig vorgekommen zu sein. Sie hat auch gefragt, wann die Neueröffnung ist, und ich habe ihr erklärt, dass sie eine Woche vor dem Dreh stattfindet. Das hat sie ein bisschen besänftigt.«

»Gibt es denn noch keine Buchungen?«, wunderte ich mich.

Immerhin wusste ich, dass Flyer gedruckt und verteilt worden waren, außerdem hatte Leo eine eigene Facebook-Seite angelegt und alle Infos in Reiseportalen aktualisiert. Da hätte doch schon die eine oder andere Buchung für die Zeit nach der Neueröffnung eingetrudelt sein müssen.

»Nun, wir haben zwei Reservierungen für den Drehtag.«

Das war zu wenig für einen Dreh, wirkte nicht einladend. Ich nickte nachdenklich.

»Jetzt mach doch nicht so ein Gesicht, Mia! Bis die drehen, sind es bestimmt noch ein paar mehr Reservierungen«, meinte Gundi gut gelaunt. »So ist das immer. Die Leute müssen ja auch erst auf uns aufmerksam werden. Du wirst sehen, sobald sie es tun, wird die Bude voll sein. Bestimmt kommen sie nach der Neueröffnungsfeier in Scharen zu uns.«

Ihr Wort in Gottes Ohr, dachte ich nur.

39. Kapitel

Leider konnte ich aufgrund meines Drehplans nur kurz bei der Neueröffnung des *Zum Löwen* vorbeischauen. Aber was ich sah, machte einen wirklich guten Eindruck. Es waren viele Neugierige gekommen, um sich die Pension im neuen Gewand anzusehen. Neben Musik und bunten Luftballons gab es auch ein Büfett, überall herrschte gute Laune, und das weckte die Hoffnung in mir, dass Gundi recht haben könnte. Dass sich doch noch ein paar Gäste finden würden, die sich im *Zum Löwen* einmieten und alle Zimmer voll sein würden. Doch leider erfüllte sich diese Hoffnung nicht.

Ich hatte großes Glück, dass ich bei den zwei Drehtagen von *Hotel-Tester* dabei sein konnte. Mein eigener Set-Plan ließ es zu, und ich wollte es mir nicht nehmen lassen, Gundi und Bernd beizustehen.

Einen Abend vorher kam ich an, nur um festzustellen, dass die Gästezahl nach wie vor überschaubar war. Die Andresens schienen mit ihren fünf vermieteten Zimmern mehr als zufrieden, stolz erzählten sie, dass drei weitere Gäste sich nach der Neueröffnung eingemietet hätten. Doch für den Dreh mussten es mehr sein. Im Hintergrund einer Szene musste Leben herrschen. Der Eindruck vermittelt werden, dass hier was los war. Niemand wollte sich in eine ausgestorbene Pension einmieten. Mir war klar, dass hier noch etwas zu tun war, bevor das Drehteam morgen kam. Aber wo sollten wir in so kurzer Zeit zusätzliche Gäste auftreiben, damit das Szenenbild wirkte, wie es wirken sollte?

»Mach dir keine Gedanken«, versicherte mir Gideon, als ich abends neben ihm im Bett lag und immer noch keinen Rat wusste. Die Uhr tickte. Holtmeyer würde früh auf der Matte stehen. Für acht Uhr hatte er sich angekündigt. Man konnte ja schlecht die vorhandenen Gäste wie Statisten in die Szenen einbauen.

»Das mache ich aber, das wird ein riesengroßer Reinfall, wenn Holtmeyer die leeren Räume sieht.«

»Ich hab da was organisiert«, ließ Gideon mich wissen. Sanft zog er mich an seine Brust, doch ich war gerade zu aufgekratzt, um es zu genießen.

»Wirklich? Was denn? Und wieso sagst du mir das erst jetzt?«

»Weil es eigentlich eine Überraschung werden sollte. Vertrau mir, es wird genügend Gäste geben.«

»Ich hoffe es. Holti kennt kein Erbarmen. Wenn ihm was nicht passt, sagt er das.« So gut kannte ich den Star der Show. Er suchte immer nach dem Haar in der Suppe. Wenn es irgendwo etwas zu bemängeln gab, bauschte er es auf. Er wusste eben, wie TV funktionierte. Nur ein perfekt geführter Herbergsbetrieb hatte Chancen auf seine Bestnoten.

Gideon drückte mir einen zärtlichen Kuss auf. »Vertrau mir«, raunte er. »Morgen haben die Andresens ein volles Haus, dafür habe ich gesorgt. Und jetzt entspann dich, Mia. Der Abend gehört uns.« Dann breitete er die Decke über uns aus, hüllte uns ein in eine wonnige Wärme, die mich alles andere für eine kurze Weile vergessen ließ.

Am nächsten Morgen herrschte helle Aufregung im *Zum Löwen*, ein Dreh war schließlich nichts Alltägliches. Außerdem ging es um einiges, das Urteil von Simon Holtmeyer konnte entscheiden, wie es mit der Pension weiterging. Heute war der Tag der Wahrheit! Würden all die langen Arbeitsstunden und liebevollen Details wahrgenommen und wertgeschätzt werden?

Als das Dreh-Team von *Hotel-Tester* um acht Uhr in der

Pension ankam, lag eine leichte Brise in der Luft, die den Duft von Salz und Meer mit sich trug. Die Sonne verwandelte den Himmel in ein Meer aus Rosa, Orange und Violett. Bei solch perfektem Wetter zwitscherten die Vögel in den Büschen rund um die Pension fröhlich, hießen die Neuankömmlinge willkommen. Das machte einen guten Eindruck. Hoffte ich.

Gideon und ich hatten an einem Tisch in der Lobby Platz genommen.

»Ich sehe immer noch keine Gäste«, raunte ich ihm aufgeregt zu. Was immer er sich überlegt haben mochte, es musste einfach funktionieren.

»Abwarten.« Er zwinkerte mir zu.

Holtmeyer betrat den Empfang und erspähte mich sofort. Genauer gesagt glaubte ich, dass er nach mir Ausschau gehalten hatte.

»Mia«, begrüßte er mich. »Hab schon gehört, du hast das hier vermittelt. Nett, nett.«

Ich rollte innerlich mit den Augen. Holtmeyer Arroganz war legendär. Und sein ›nett, nett‹ bedeutete nie etwas Gutes.

»Simon«, sagte ich nur und nickte.

Er schaute sich um, erblickte das Interieur aus Holz. Ich wusste, er mochte es gediegen. Erst dann wandte er sich der aufgeregten Gundi und dem nicht minder nervösen Bernd zu, die hinter der Rezeption standen und nur darauf warteten, endlich bemerkt zu werden.

»Sie sind das Ehepaar Andresen, nehme ich an?«

»Ganz recht. Gundula und Bernd«, stellte Gundi sich selbst und ihren Mann vor.

Simon beugte sich vor und schüttelte ihnen die Hand. Dann lächelte er gewinnend. Alles an dem Kerl wirkte unecht. Es erinnerte mich daran, warum ich so froh gewesen war, bei *Hotel-Tester* aufhören zu können. Aber heute sollte er uns helfen. Und ich hoffte, dass er das tat.

»Sie wurden ja schon über alles aufgeklärt. Wir drehen

frei, das heißt ohne Drehbuch. Was passiert, passiert eben. Am besten fangen wir gleich an. Wir drehen noch mal, wie ich hier reinkomme, dann stellen Sie sich bitte noch mal vor, und beachten Sie die Kamera gar nicht … tun Sie so, als wäre sie nicht da. Alles ganz natürlich.«

Gundi lächelte verkniffen. »Sicher … als wäre sie nicht da. Ganz … ganz natürlich.«

Simon pfiff seinen Kameramann mit sich raus.

»Ihr macht das schon«, war ich mir sicher, drückte beide und setzte mich dann zu Gideon zurück. Der Empfang war mir selten größer vorgekommen. Eine weite Fläche aus Holz, auf der man die Uhr ticken hören konnte.

»Wenn das in jeder Szene so leer ist, wird das eine Katastrophe«, murmelte ich.

»Es wird nicht leer bleiben«, sagte Gideon und drückte meine Hand.

Ich seufzte und beobachtete, wie Simon erneut hereinrauschte. Gut, ein Drehbuch gab es nicht, aber die Szenen waren eben doch ein wenig gestellt. Auch wenn er was anderes behauptete. Und ich persönlich fand, dass man das auch merkte. Aber so waren Reality-Dokus.

»Wir befinden uns hier im *Zum Löwen*, einer Institution im Löwensteg in Travemünde«, hörte ich ihn einleitend sagen. Dann wandte er sich auch schon an das Ehepaar und begrüßte es. Gundi wirkte ein bisschen steif, aber fürs erste Mal machte sie ihre Sache sehr gut.

Simon war sehr interessiert an der Geschichte der Pension. Gundi erzählte ihm von der Reise, auf der sie Bernd kennen- und lieben gelernt hatte, wie sie dann irgendwann entschieden hatten, einen Ort zu schaffen, an dem sich andere Reisende wohlfühlen konnten. Schließlich erwähnte sie noch die Neueröffnung und das veränderte Konzept, mit dem sie die Gäste begeistern und ihnen etwas ganz Besonderes bieten wollten.

»Ich zeige Ihnen dann mal Ihr Zimmer«, sagte sie freundlich und ging voraus.

Simon Holtmeyer und sein Kameramann folgten ihr. Man hörte, wie sie die Treppe hochgingen, wie die Dielen im Flur knarzten. Man hätte auch eine Stecknadel fallen hören können. Verbissen kaute ich auf meiner Unterlippe herum.

Kurz darauf kam Gundi zu uns zurück.

»Er hat die Löwen-Suite bezogen und der Kameramann die Kapitäns-Kajüte. Sie machen jetzt weitere Aufnahmen, brauchen uns aber nicht dafür. Ach, ich hoffe, es gefällt Herrn Holtmeyer bei uns. Er wirkt so sympathisch!«

Nur auf den ersten Blick.

Plötzlich hörte ich viele Schritte über uns, die offenbar durch den Gang liefen. Das klang nicht nach Holti.

»Was ist da los?«, wunderte ich mich.

»Das sind die Gäste«, klärte mich Gideon auf. »Die haben nur auf ihren Einsatz gewartet.«

»Welche Gäste denn?«

»Hat dir dieses Schlitzohr denn nichts gesagt?«, wunderte sich Gundi. »Er hat alle aus der Nachbarschaft gefragt, ob sie hier für kurze Zeit einziehen. Damit wir nicht nur fünf vermietete Zimmer haben, sondern ein volles Haus.«

Ich runzelte verblüfft die Stirn. Dann ging mir allmählich ein Licht auf. »Stella, Em, Nova und all die anderen ... sind für heute eure Gäste?«

»Und für morgen.« Gundi nickte.

Da kamen sie auch schon in den Empfangsraum. »Setzen wir uns doch in den Pensionsgarten, das Wetter ist so schön«, schlug Mandy vor. Als sie mich erblickte, winkte sie mir zu.

»Eine gute Idee!«, erwiderte Em und lachte erfreut.

»Aber ... was ist denn mit deren eigenen Läden?«

»Nathan kümmert sich um die Konditorei, Sam übernimmt für heute den Trödelladen, weil er frei hat. Es ist alles organisiert«, erklärte mir Gideon.

Ich konnte es nicht glauben. »Das ist ja …«

»Genial?«

Ich streckte ihm die Zunge raus. »Irgendwie schon. Du bist ziemlich gerissen.« Ich umarmte ihn und drückte ihm einen Kuss auf die Lippen.

»Ich sagte doch, dass ich von jetzt an ein guter Nachbar sein möchte.« Er lächelte zärtlich, dann deutete er mit dem Daumen hinter sich. »Ich muss nun auch an die Arbeit. Viel Glück mit eurem Hotel-Tester! Heute Abend bin ich wieder hier, um in der Küche zu assistieren.«

»Danke, Gideon. Du und Mia, ihr seid wirklich Helfer in der Not«, sagte Gundi.

Zum Abendessen hatten Gundi und Gideon dampfende Fischfilets mit zartem Gemüse zubereitet. Dazu gab es einen frischen Salat mit Tomaten und Gurken aus dem eigenen Garten. Ich beobachtete Holtmeyer genau, während er das Gericht probierte und hoffte, dass sich gleich ein breites Lächeln auf seinem Gesicht abzeichnete, während die Kamera darauf hielt. Und tatsächlich, er strahlte, wie ich ihn selten zuvor hatte strahlen sehen. Die Küche des *Zum Löwen* hatte ihn ohne Zweifel überzeugt. Meine Zuversicht, dass wir Holtmeyer würden für das Haus gewinnen können, wuchs und wuchs.

Schließlich verabschiedete sich der Star-Moderator mit seinem Kameramann, um die Gegend zu erkunden, denn seine Zuschauerinnen und Zuschauer wollten wissen, was sie hier erleben konnten, wenn sie einen Urlaub buchten.

»Was denkt ihr?«, fragte Gundi nervös und setzte sich zu Bernd und mir an den Tisch, von dem aus ich alles beobachtet hatte.

»Er hat es geliebt! Ganz sicher!«

Gundi klatschte vor Vergnügen in die Hände. »So soll es sein!«

40. Kapitel

Am nächsten Morgen wachte Simon Holtmeyer im gemütlichsten Gasthaus der Region auf. Die Sonne strahlte wohlwollend durch das Fenster. Und als er sich frisch gemacht hatte und die Treppe mit seinem Kameramann herunterkam, empfing ihn der Trubel einer gut ausgebuchten Pension. Woher ich das wusste? Ich kannte den bekannten Moderator und seine Abläufe, und ich saß gerade im Empfangsraum vor dem Kamin, um alles live zu beobachten.

Unsere hauseigenen Statisten füllten die Pension mitsamt der echten Gäste mit Leben. Hier und da lief Em mit Mandy durchs Bild. Dann kam Stella aus der Gaststätte und lobte das Frühstück, als Simon sie kurz anhielt und danach fragte.

»Eins A! Mit das beste Frühstück, das ich je in einer Pension gegessen habe.« Sie lächelte in die Kamera, hob den Daumen. Ganz natürlich eben, wie Simon Holtmeyer es mochte.

»Super, wir haben alles im Kasten! Jetzt noch ein paar Außenaufnahmen vom Strand bei Tageslicht und wir können weiter.« Das waren die Worte, auf die ich die ganze Zeit mit Anspannung gewartet hatte. Der Dreh war beendet, jetzt wollte er nur noch ein paar Eindrücke der Umgebung einfangen. Aber die Andresens waren erlöst, alles hatte geklappt und nichts war schiefgegangen.

Holtmeyers Blick wanderte zu mir. Er winkte mich zu sich. Was konnte er denn nur wollen?

»Begleite uns doch ein Stück, du bist ja unser offizieller Location Scout für diese Folge. Du kannst uns sicher etwas über die Region erzählen.«

»Klar, wieso nicht.«

Also gut, ich war offenbar noch nicht erlöst. Aber die Aufgabe würde ich auch noch bewältigen.

»Nehmt doch die Fahrräder«, schlug Gundi vor.

Der Kameramann war zum Glück für solche Fälle vorbereitet und hatte eine Helmkamera dabei, die er aus seinem Zimmer holte. Die Taschen wurden vorher noch in Holtmeyers TV-Wagen verstaut, dann konnte es losgehen.

Ich winkte Gundi und Bernd, ehe wir uns auf den Weg über den Löwensteg machten, vorbei am Zippel-Park zum Strand. Immer dabei: die Kamera.

Wir fuhren zur Brodtener Steilküste, wo es die interessantesten Naturschauspiele gab, halb schräge Bäume, die sich über die Küste neigten. Simon hatte Blut geleckt, wollte die ganze Küste entlangfahren, und so gelangten wir auch zum alten Lochsteinbaum, den mir Gideon gezeigt hatte. Ein Gefühl von Entspannung durchfuhr mich, als ich ihn sah, so halb umgekippt, die Zweige im Wasser. Ja, ich hatte meinen Frieden geschlossen, konnte ihn bestaunen, ohne mich unwohl oder traurig zu fühlen. Von hier aus konnte man kilometerweit übers Meer bis zum Horizont blicken. Simon war fasziniert von dem Ausblick und den Geschichten, die dieser alte Baum wohl erzählen könnte.

»Mach noch eine Aufnahme von dieser Seite! Und von der hier auch!«, scheuchte er seinen Kameramann herum.

Ich hatte tatsächlich zum ersten Mal, seit ich mit Holti arbeitete, ein wirklich gutes Gefühl. Doch da drehte er sich zu mir um und sah mich forschend an. Als hätte er genau in diesem Augenblick meine Gedanken gelesen.

»Diese kleine Pension, die schöne Gegend, das ist doch alles ein wenig zu perfekt, oder nicht?«

Ich schluckte erschrocken. Ahnte er, dass wir ein paar Freundinnen und Freunde als Gäste eingeladen hatten, um das *Zum Löwen* ein bisschen zu beleben?

»Du bist doch jetzt Szenenbildnerin, nicht wahr?«

Ich nickte. »Ja, und?«

Ein wissendes Lächeln breitete sich auf seinem Gesicht aus. »Gute Arbeit, Mia.«

»Wie ... wie meinst du das?«

»Ich schaue mir die Herbergsbetriebe immer vorher im Internet genau an, bevor ich dort hinfahre. Und über das *Zum Löwen* habe ich einiges gefunden. Alte Bewertungen, teilweise mit Fotos. Es war immer schon ein nettes kleines Haus mit netter Einrichtung. Aber keineswegs die Einrichtung, die wir jetzt hier vorgefunden haben.«

»Ich ... Ja, es ist ja auch eine Neueröffnung. Das habe ich aber Uwe gesagt.«

Simon lächelte gutmütig. »Das müssen besondere Leute sein, diese Andresens, dass du ihnen so unter die Arme gegriffen hast. Ich mag sie auch.«

Überrascht sah ich ihn an, aber Simon Holtmeyer drehte sich weg, schaute wieder aufs Meer.

»Es wäre ja auch nicht das erste Mal, dass *Hotel-Tester* einer Herberge beim Neustart hilft.«

Diese Worte sorgten dafür, dass mir ein zentnerschwerer Stein vom Herzen fiel.

»Das heißt, du wirst einen guten Bericht über sie bringen?«

»Wer weiß?« Doch das Lächeln auf seinen Lippen sagte eindeutig: Ja!

41. Kapitel

Einen Monat später wurde die Folge von *Hotel-Tester* ausgestrahlt, in der wir zu sehen sein sollten.

Zu diesem Zweck hatte Gundi uns alle in die Gaststätte eingeladen, wo sie einen Fernseher aufgebaut hatte, auf dem wir gemeinsam die Sendung schauen wollten.

Alle waren gekommen, Em und Mandy, Stella und Sam, Nova und Nathan. Auch Nachbarinnen und Nachbarn aus der Umgebung. Yvonna und Tobias von der *Krabbenstube 2.0* hatten sich genauso eingefunden wie Mai von der Suppenküche oder Tessa vom Juwelierladen aus dem Unteren Löwensteg. Leo und ihre Familie waren ebenfalls aus Hamburg eingetroffen. Denn dieses Ereignis wollte sich wirklich niemand entgehen lassen.

»Ich bin so aufgeregt, ich hoffe, Herr Holtmeyer ist uns wohlgesonnen«, sagte Gundi mehr als einmal, während sie durch den Gastraum wirbelte, Bierkrüge verteilte und Krumen von den Tischen wischte. Aber ich hatte das Gefühl, dass er es sein würde. Nein, eigentlich wusste ich es sogar.

Und schließlich ging es los, wir nahmen Platz, und die Titelmelodie des *Hotel-Testers* erklang. Gideon griff nach meiner Hand, hielt sie fest, als wollte er mich beruhigen. Dabei war ich guter Dinge. Das Lächeln von Holti an seinem letzten Tag am Steilufer hatte ich nicht vergessen.

Im Vorspann wurde Holtmeyer gezeigt, der verschiedene Hotels aufsuchte, dort das Essen probierte oder die Zimmer inspizierte. Mal sah man, wie sein Daumen nach oben, mal, wie er nach unten ging. Es regnete Bewertungssterne, die auf dem Bildschirm förmlich explodierten. Dann gab es einen harten Schnitt und es ging mit einer Überblende in den Löwensteg los. Sofort ging ein Raunen durch die Zuschauerreihen, weil die Leute ihre Straße wiedererkannten.

»Heute sind wir in der Region Lübeck unterwegs und haben wieder ein paar tolle Hotels für Sie getestet ... Sie werden überrascht sein, welche Vielfalt die Ostsee bietet. Als Erstes waren wir in Niendorf in dem kleinen Hotel Mühlenbach ...«

Wieder eine Überblende, diesmal nach Niendorf.

Schon sah man Holtmeyer in seiner typischen Manier den Weg zum Hotel hochkommen, der Kameramann schwenkte umher, um so viel wie möglich von der Umgebung einzufangen. Frühlingsstimmung, bunte Blumen, blauer Himmel. Dann betraten sie das Hotel, wurden von den Inhabern begrüßt und herumgeführt.

»Ein typisches kleines Hotel, nettes Ambiente, aber nichts Besonderes«, ließ uns Holtmeyer in seiner frotzeligen Art wissen.

Die Umgebung war wunderschön, und das Hotel machte eigentlich einen guten Eindruck. Letztlich vergab er aber nur 3,5 von 5 Sternen, und sein Daumen blieb in der Mitte hängen. Ich wurde nun doch wieder nervös. Hoffentlich ritt er uns nicht in irgendetwas rein.

Gideon legte zärtlich den Arm um mich, sodass ich mich an ihn lehnen konnte. »Es wird schon gutgehen«, munterte er mich auf. Ich hoffte es, von Herzen.

»Wir haben noch ein Motel in Scharbeutz unter die Lupe genommen, das an einem idyllischen Teich liegt. Hier wird Komfort groß geschrieben ...« Wieder zeigte Holtmeyer den Zuschauern das Interieur des Hotels und der Zimmer, die alle sehr gleichförmig aussahen. In der nächsten Szene sah man ihn in dem hauseigenen Restaurant sitzen, wo er es sich sichtlich schmecken ließ.

»Dies ist die Spezialität des Hauses: gebackene Flunder in Weißweinsauce.« Er hielt das Gericht in die Kamera.

»Oh, das wird sein Lieblings-Hotel für diese Folge«, mutmaßte Gundi. »Schaut doch nur, wie glücklich er aussieht. Bei uns war er doch sehr streng, meint ihr nicht?«

»Abwarten«, sagte Leo.

»Hier wird einem alles geboten, was man sich nur wünschen kann. 4,5 von 5 Sternen.«

In einer Animation flogen vier ganz ausgefüllte und ein halb ausgefüllter Stern über den Bildschirm. Im Hintergrund sah man bereits die Überblende zum Löwensteg.

Sofort hielten abermals alle den Atem an. Ich drückte aufgeregt fest Gideons Hand. Hoffentlich gab mein Gefühl mir recht, hoffentlich würde Holtmeyer ein gutes Wort für uns übrig haben.

Die vertraute Umgebung erschien auf dem Bildschirm, gefolgt von vertrauten Gesichtern.

»Moin, moin, Herr Holtmeyer«, grüßte Gundi in die Kamera.

»Ach herrje, so sehe ich aus?«, sagte Gundi aufgeregt. »Niemand hat mir gesagt, dass meine Nase so groß ist!«

»Im Fernsehen sieht man immer anders aus als in echt, frag Mia«, beruhigte Leo sie.

»Du bist wunderschön wie eh und je«, sagte ihre bessere Hälfte.

Gundi kicherte. »Du Charmeur.«

»Ist nur die Wahrheit.«

Als Nächstes schwenkte die Kamera in die Löwen-Suite, die, ich musste mich kurz selbst loben, ziemlich kameratauglich eingerichtet war. »Jedes Zimmer hat hier ein eigenes Motto. Unseres ist die Löwen-Suite, das beste Zimmer des Hauses. Mit viel Liebe dekoriert besticht es mit Lübecker Motiven, denn wie die Geschichte lehrt, stehen Löwen und Lübeck in enger Verbindung zueinander, man denke nur an Heinrich den Löwen, der die Stadt nach einem Brand neu gegründet hat«, erklärte uns Holtmeyer in die Kamera.

»Ich glaube, er mag es«, raunte Gundi und rutschte auf ihrem Stuhl hin und her.

In der nächsten Szene aß Holtmeyer das grandiose Abendessen, das Gideon und Gundi zusammen gezaubert hatten, sein strahlendes Lächeln entging der Kamera nicht. Als er auch noch den Daumen hob, jubelten unsere Zuschauer.

»Das gibt einen Stern fürs Essen!«, war sich Leo sicher, denn in Holtis Bewertung floss immer ein Stern für die Küche ein, sofern sie ihm gefiel.

Anschließend machte sich der Moderator auf den Weg ins Nachtleben von Travemünde, suchte die Strandbar auf, genoss einen Drink bei guter Musik und nächtigte darauf in einem, wie er sagte, der kuscheligsten Betten, in denen er je geschlafen hatte. Wir erlebten sein Aufwachen, sein Frühstück und seinen Ausflug runter zur Brodtener Steilküste.

Man musste es seinem eifrigen Kameramann lassen, er hatte wunderbare Aufnahmen vom *Zum Löwen* und der restlichen Umgebung gemacht, selbst mit seiner Helmkamera war alles perfekt zu sehen. Der Bericht neigte sich nun allmählich dem Ende zu, und die Nervosität im Raum stieg.

Schließlich verabschiedete sich Holtmeyer und lächelte abermals in die Kamera.

»Eine gemütliche Pension, leckere Hausmannskost, mit einem überraschenden Schuss an Raffinesse …«

Ich grinste zu Gideon. »Dein Verdienst.«

»Eine wunderbare Umgebung, was will man mehr. Ich mache das nur selten, aber heute vergebe ich verdiente und von Herzen kommende 5 von 5 Sternen für das gemütliche Gasthaus im Löwensteg.«

Gundi sprang jubelnd auf und klatschte, drehte sich im Kreis. »Ist das zu fassen? 5 von 5 Sternen!« Sie drückte jeden von uns an sich. Als ich an der Reihe war, hatte ich das Gefühl, sie wollte mich gar nicht mehr loslassen. »Ich gebe eine

Runde aus. Ach was, heute Abend geht alles aufs Haus!«
Schon eilte sie hinter die Bar, um das Bier anzuzapfen.

»Danke«, sagte Leo lächelnd zu mir. »Du hast sie unglaublich glücklich gemacht.«

»Wir alle, oder?«

Und das war nur die Wahrheit.

»Somit verabschieden wir uns für heute aus dem Löwensteg in Travemünde. Besuchen Sie diese entzückende Straße doch auch mal, es lohnt sich«, sagte Holtmeyer und winkte in die Kamera, ehe der Abspann über den Bildschirm lief. Auch alle anderen erhoben sich nun. Die Stimmung war ausgelassen, voller Freude und Eintracht, egal ob Oberer oder Unterer Löwensteg.

Wir stießen an und feierten unseren Erfolg, tranken auf das Zum Löwen und darauf, dass es sich noch lange würde halten können.

»Auf das Zum Löwen, auf den Löwensteg!«, hörte man es von überall her jubeln. Und ich war mittendrin, gehörte dazu, als würde ich hier schon ewig leben.

Gundi trug ein paar Platten mit Snacks herein, Gideon half ihr dabei, denn auch für diesen Abend hatten sich die beiden etwas Kulinarisches einfallen lassen: Fingerfood des Meeres.

Kurz darauf stellte sich Bernd auf einen Stuhl in der Mitte des Raumes und hielt ein Telefon hoch.

»Hört mal alle her! Eben haben wir schon sieben Buchungen erhalten und …«

Das Telefon bimmelte erneut. »Es werden offenbar immer mehr!« Alle jubelten. Er stieg wieder runter, ging ran und eilte aus der Gaststätte, um, wie ich annahm, weitere Reservierungen an der Rezeption entgegenzunehmen. Wie ich mich darüber freute!

»Ist es nicht an der Zeit, Nägel mit Köpfen zu machen?«,

fragte mich plötzlich Leo mit Alina im Arm, die sie sanft hin und her wog.

»Wie meinst du das?«

Sie schaute schmunzelnd zwischen Gideon, der schon wieder Richtung Küche eilte, und mir hin und her.

»Pack deine sieben Sachen und zieh zu uns!«, forderte sie mich auf.

Ich legte den Kopf schief. »Zu uns?« Also zu ihr? Hieß das, dass sie Hamburg den Rücken kehren wollte? »Hab ich was verpasst?«

»Kann schon sein.« Sie zwinkerte. »Mama und Papa haben Riccardo angeboten, hier zu arbeiten, in der Leitung. Er hat Ja gesagt. Und ich will auch wieder hierher zurück und später privaten Gesangsunterricht geben. Mädelsabende auf der Dachloggia, mein Löwensteg-Quartett um mich haben. Als wir alle hier weggezogen sind und die anderen nach und nach wieder herkamen, dachte ich mir, Leo, du bist zwar das Bummellicht, aber dich zieht es doch auch in den Löwensteg zurück, oder nicht? Daher haben wir uns dafür entschieden, hier unsere Zelte aufzuschlagen. Vorerst in der Pension, bis wir was Eigenes gefunden haben. Und du, liebe Mia, gehörst ja nun auch dazu. Also gib dir einen Ruck.« Leo klopfte mir auf die Schulter, ehe sie sich zu Em, Stella und Nova begab, ihren besten Freundinnen, die ja nun auch meine Freundinnen waren. Ich liebte sie, und ja, ich konnte es mir wirklich vorstellen, Hamburg den Rücken zu kehren.

»Sie hat doch recht, oder?«, meinte plötzlich Gideon, der mit einem Tablett voller Snacks neben mir stand und offensichtlich den letzten Teil des Gesprächs mitangehört hatte. »Ich fände es schön, wenn du immer bei mir wärst.«

Mir ging es doch genauso. Und bis zu meinem Set war es ja im Grunde auch nur ein Katzensprung. Inzwischen pendelte ich ohnehin ständig. Da würde sich beruflich praktisch nichts ändern. Aber ich könnte immer mit dem Meer vor der Tür aufwachen. Und mit Gideon neben mir im Bett.

»Meinst du denn, dass das mit uns gutgeht?«

Einfach so ins kalte Wasser springen?

»Ich glaube fest an uns.«

Doch konnten wir es wagen, einfach so in eine gemeinsame Zukunft zu blicken? Nach allem, was gewesen war? Was wir hinter uns hatten? Ich dachte an den Moment mit Holti am Lochsteinbaum, daran, dass ich meinen Frieden gefunden hatte. Dass ich Gabriel hatte loslassen können und er trotzdem immer ein Teil von mir sein würde. Dass es okay war, nach vorne zu blicken. Mit Gideon, den ich liebte.

Der Sommer stand vor der Tür. Es wäre sicher herrlich, ihn hier zu verbringen! Ich nickte. Es klang zu gut.

»Ich will bei dir sein. Und nirgends sonst.«

Er stellte das Tablett auf einem Tisch ab, strich mir zärtlich eine Strähne aus dem Gesicht, beugte sich zu mir runter und küsste mich sanft. Dieser Kuss beflügelte mich so sehr, dass ich wusste, es war das Richtige herzukommen. Hierzubleiben. Bei ihm. Bei allen.

Es war mir ernst mit uns. Ich wollte, dass er auch offiziell Teil meines Lebens war.

»Meine Mama würde dich auch gerne kennenlernen, aber sei gewarnt, sie ist manchmal anstrengend.«

Er lachte. »Zu gerne. Wir raufen uns schon alle zusammen, ich glaube, wir können inzwischen alles hinkriegen, meinst du nicht auch?«

Und ob wir das konnten. Wer, wenn nicht wir?

Sachte zog er mich an sich und legte seine Arme um mich, ich genoss das Gefühl und schloss die Augen.

»Ich liebe dich, Mia«, raunte er in mein Ohr.

Ich blinzelte zu ihm hoch, lächelte ihn an. »Ich liebe dich auch.«

ENDE

Zwischen Gefühlschaos, Weinbergen und Blumenpracht

Barbara Erlenkamp
WIEDERSEHEN IN DER
KLEINEN PENSION
IM WEINBERG

ISBN 978-3-404-19413-1

Katie ist voller Vorfreude: Endlich kommt ihre Tochter Emma aus England zu Besuch. Doch die anfängliche Wiedersehensfreude löst sich schnell in Luft auf. Denn Emma steckt mitten in der Pubertät und zwischen Mutter und Tochter kriselt es gewaltig. Damit nicht genug schleicht sich auch noch die Eifersucht in Katies Beziehung zu Oliver. Wie soll Katie bei all dem Trubel die Blumen in ihrem Garten genießen oder ihr Versprechen einlösen und dem Pensionsgast Ronald Willem über seine Schaffenskrise als Maler hinweghelfen?

Band drei der herzerwärmenden Feel-Good-Reihe von der Erfolgsautorin der »Das kleine Café an der Mühle«-Romane.

Lübbe

Vom Zauber der Bücher und der Liebe

Jana Schikorra
DIE KLEINE BÜCHEREI
DER HERZEN
Ausgezeichnet mit dem
Lovelybooks Community
Award

352 Seiten
ISBN 978-3-404-19274-8

Katherine erbt eine kleine Bücherei in der irischen Kleinstadt Howth. Die liebenswerten Dorfbewohner wünschen sich sehnlichst, dass Kate die Bücherei wieder eröffnet. Den Grund dafür findet sie zwischen den Seiten der Bücher: Briefe der Dorfbewohner. Was immer sie beschäftigt, aufwühlt oder glücklich macht, dort kann sich jeder seine Gedanken von der Seele schreiben und in seinen Lieblingsbüchern verstecken. Während Kate noch mit sich hadert, ob sie in Howth bleiben und dieses besondere Erbe fortführen will, trifft sie auf Cadan. Der charmante Fotograf bahnt sich schnell einen Weg in ihr Herz, und bald hat Kate mehr als nur einen Grund, um in Irland zu bleiben ...

Lübbe

In dieser Straße schlagen Herzen höher

Kerstin Garde
DIE KLEINE
STRANDBOUTIQUE IM
SANDDORNWEG
Roman

336 Seiten
ISBN 978-3-404-18528-3

Um in der Schneiderei ihrer Oma auszuhelfen, reist Louisa von Berlin an die Ostsee. Doch dem Geschäft im Sanddornweg droht die Pleite. Das möchte Louisa um jeden Preis verhindern. Und sie hat auch schon bald eine rettende Idee: Aus der alten Schneiderei soll eine moderne kleine Strandboutique werden. Voller Begeisterung stürzen sich Louisa und ihre Oma in den Umbau – tatkräftig unterstützt von den Bewohnern des Sanddornwegs. Und als wäre das nicht Aufregung genug, bringt auch noch der sympathische Henrik Louisas Herz zum Hüpfen.

Ein warmherziger Küsten-Roman, der zum Träumen, Wohlfühlen und Verlieben einlädt.

Lübbe

Niedliche Alpakas, Sternschnuppennächte und ganz viel Liebe.

Sonja Flieder

STERNSCHNUPPEN-
ZAUBER
ÜBER DEM KLEINEN
APFELHOF

214 Seiten
ISBN 978-3-7413-0473-6

Lisa und Moritz sind mit ihrem kleinen Sohn auf Weltreise. Deswegen kommen Gwen und Frank als Vertretung auf den Apfelhof. Sie können sich erst mal nicht ausstehen, obwohl sie viel gemeinsam haben. Aber als Frank Gwen bei einem schwierigen Gast hilft, knistert es gewaltig zwischen ihnen. Gemeinsam meistern sie das übliche Chaos auf dem Hof. Und auf einmal merkt Gwen bei einem Blick in Franks blaue Augen, dass in ihrem Bauch viele kleine Schmetterlinge mit den Flügeln schlagen. Doch ihr beginnendes Glück wird auf eine harte Probe gestellt. Werden die beiden die Liebe finden?
beHEARTBEAT - Herzklopfen garantiert.